MICHELLE RAVEN

FATALE JAGD

MONTGOMERY 3

würde dort übernachten, wo es ihm gefiel. Letzte Nacht war das eine Lichtung an einem See gewesen und das sanfte Plätschern des Wassers hatte ihn in den Schlaf gewiegt. Es war herrlich, nur die Geräusche der Natur zu hören, keinen Autolärm, keine Züge, keine Flugzeuge, keine Maschinen. Keine Menschen. Nur seine eigenen gleichmäßigen Atemzüge, das Zwitschern der Vögel und das Rascheln der Pflanzen im Wind.

Ein Eichhörnchen huschte über den Weg und schimpfte vom sicheren Baum aus, als er vorbeiging. Noah lachte. »Ist ja gut, gleich hast du wieder deine Ruhe.«

Kopfschüttelnd ging er weiter, als ihm klar wurde, dass er nun schon mit Tieren sprach. Offenbar war er doch einsamer als gedacht. Aber das würde sich geben, wenn er länger hier unterwegs war. Er musste sich nur erst mal daran gewöhnen, allein zu wandern. Ein umgestürzter Baum zwang ihn dazu, den Weg ein wenig zu korrigieren. Die Felsen waren jetzt weiter entfernt, die Bäume standen dichter. Vielleicht hätte er doch bleiben sollen, wo der Untergrund felsiger war, dort kam er wesentlich schneller vorwärts. Andererseits hatte er es nicht wirklich eilig. Und Tannennadeln waren deutlich bequemer unter der Isomatte im Zelt als Felsen. Ganz zu schweigen davon, dass er die Heringe nicht in die Felsen schlagen konnte.

Während er noch darüber nachgrübelte, welche Richtung die bessere war, drang ein leises Geräusch in sein Unterbewusstsein. Es war etwas gleichmäßiges, das konnte nicht natürlichen Ursprungs sein. Was mochte das hier draußen sein? Seines Wissens befand sich hier kein offizielles Camp oder etwas in der Art. Er hatte auch keine Spuren von anderen Menschen gesehen. Wenn hier jemals jemand entlangkam, dann nur äußerst selten. Meist hielten sich selbst die Backcountry-Wanderer an die wenigen offiziellen Trails, schon allein, weil das viel einfacher war, als sich selbst einen Weg durch die tief hängenden Äste der Koniferen zu bahnen. Manchmal standen sie so dicht, dass absolut kein Durchkommen war.

Auf jeden Fall war seine Neugier geweckt, was oder wer das seltsame Geräusch verursachte. Vielleicht gab es hier eine Pumpe irgendeiner Art, die mit Solarenergie betrieben wurde. Aber was sollte das mitten in der Wildnis bringen? Noah würde es in Kürze herausfinden. Grinsend erinnerte er sich daran, wie Nick immer über seine Neugier stöhnte. Wäre er dabei gewesen, hätte er garantiert den Spielverderber gegeben und darauf gedrungen, dass sie ihren Weg fortsetzten und einen Lagerplatz suchten. Das war einer der wenigen Vorteile, ganz allein unterwegs zu sein: Er konnte tun und lassen, was er wollte.

Die Geräusche wurden lauter, je näher er dem Ursprung kam. Was zum Teufel ging hier vor? Er hatte nichts über Bauarbeiten im Park gelesen – schon gar nicht in dieser verlassenen Gegend. Wegen der diversen seltenen Tierarten in diesem Bereich stand er besonders unter Schutz. Um genau zu sein, war es auch nicht gern gesehen, wenn sich Urlauber hier aufhielten, die Ranger befürchteten, dass dadurch zu viel Natur ge- und zerstört wurde. Momentan war der gesamte Bereich sogar für Besucher gesperrt. Er hatte sich darüber hinweggesetzt, weil er eben genau diese unberührte Landschaft sehen wollte. Natürlich würde er dafür sorgen, dass er keine Spuren – oder zumindest so wenige wie möglich – hinterließ.

Jetzt stellte er fest, dass das offenbar nicht nötig war. Das waren eindeutig menschengemachte Geräusche, von einem Auto oder einer Maschine, die die Natur zerstörten und wilde Tiere vertrieben. Wie konnte so etwas erlaubt sein? Sollten auch im Backcountry neue Camps oder Straßen gebaut werden? Es wäre eine Schande. Wenn erst die Massen einfielen, würde es schnell nicht mehr so ursprünglich aussehen. In der Luft lag ein Hauch von verbrannten Kraftstoffen und noch etwas anderem, das er nicht zuordnen konnte. Vorsichtig bewegte sich Noah weiter vorwärts. Wenn hier irgendwelche Parkoffiziellen herumliefen, wollte er lieber nicht entdeckt werden und erklären müssen, was er überhaupt in diesem Gebiet tat.

Zumindest brauchte er keine Angst haben, dass ihn jemand hörte, seine leisen Schritte wurden problemlos von dem Getöse übertönt. Es ging jetzt leicht aufwärts, die Bäume wuchsen dichter. Noah zwängte sich hindurch und musste über gleich mehrere umgestürzte Stämme steigen. Dank der daran noch befindlichen Äste war das alles andere als ein Vergnügen. Etwas riss an seinem Hemd und er blieb stehen, um den Stoff zu lösen. Ungeduldig fummelte er daran herum und zog schließlich fest daran. Ein reißendes Geräusch ertönte, aber das war ihm egal. Rasch überwand er das Hindernis, dann blieb er ruckartig stehen, als er sah, dass er am Rand einer Anhöhe angekommen war. Es ging sicher zehn Meter steil hinunter.

Noah griff nach hinten, um seinen Stand zu stabilisieren, während er über das vor ihm liegende Plateau blickte. Zwei Personen waren zu erkennen, die dicht beieinanderstanden. Unwillkürlich wollte er sich ducken, als er die Rangeruniform erkannte. Es schien eine Frau zu sein, die sich mit einem Mann unterhielt. Dahinter befanden sich mehrere Fahrzeuge und eine seltsame Konstruktion. Rasch zog er sein Handy heraus, um die Sache zu dokumentieren. Wie waren die Fahrzeuge überhaupt dorthin gekommen? Es gab hier keinerlei Straßen und auch keine Wege. Das Gespräch schien hitziger zu werden, die Rangerin hielt dem Mann offenbar eine Standpauke. Verständlich, bei dem, was dort getrieben wurde. Ohne Vorwarnung stolperte die Frau zurück und hielt die Hände abwehrend vor sich. Hart atmete Noah aus, als er erkannte, was dort unten vor sich ging. Unwillkürlich machte er ein Foto.

Ein lauter Knall ertönte, der ihn zusammenzucken ließ. Sein Fuß rutschte auf dem bröckeligen Felsen aus und er geriet ins Wanken. Adrenalin schoss durch seinen Körper, während er sich in Richtung des umgestürzten Baumes warf. Noah klammerte sich an einem der Äste fest, um nicht den Abhang hinunterzufallen. Vorsichtig richtete er sich wieder auf. Mit dem Telefon noch in der Hand blickte er dorthin, wo die beiden Personen gewesen waren. Der Mann stand immer noch da, die Rangerin lag auf dem Boden und rührte sich nicht. *O Gott!* Er hatte sie erschossen! Noch einmal machte Noah ein Foto von der Szene. Auf dem Display sah er, wie der Mörder dorthin blickte, wo er stand. In der Hand hielt er ein Gewehr. *Shit!*

Erneut knallte es, einige Zentimeter neben ihm spritzte die Borke auf. Der Mörder schoss auf ihn! Wieder warf er sich zu Boden.

Seine Beine hingen über die Kante des Abgrunds, er hatte keine Möglichkeit, sich schnell in Sicherheit zu bringen. Verzweifelt versuchte Noah, sich hochzuziehen, um hinter den Baumstämmen in Deckung gehen zu können. Der nächste Schuss würde ihn ganz sicher treffen, er hing wie ein Insekt im Spinnennetz, gut sichtbar für den Schützen. Furcht rieselte durch seinen Körper. Er wollte nicht sterben. Nicht so und nicht hier, völlig allein. *Nick*. Sein Bruder würde nie erfahren, was mit ihm geschehen war. Die Ungewissheit würde ihn zerreißen. Das konnte er Nick nicht antun. Beim nächsten Knall ließ Noah die Äste los, an die er sich geklammert hatte und stürzte in die Tiefe.

1

Sean hing bäuchlings an einen Felsen gepresst und versuchte, mit einem Meißel ein Stück Kalkstein so zu spalten, dass die Schichten nicht zerstört wurden. Gerade als er mit dem Hammer zuschlug, klingelte sein Handy. Erschreckt zuckte seine Hand und der Meißel verkantete sich. Der Stein zerbrach in mehrere Teile. *Shit!* Sean klammerte sich mit einer Hand fest, um sich auf dem rutschigen Felsen zu halten, während er gleichzeitig sein Handy aus der Hemdtasche herauszog. Ohne hinzusehen, nahm er das Gespräch an. »Ja!« Er klang nicht wirklich freundlich, aber das war ihm egal. Er hasste es, wenn jemand seine Feldstudien störte.

»Sean? Hier ist Nick.«

Sofort vergaß er seinen Ärger. »Nick! Schön, von dir zu hören. Wie geht's dir?« Sie hatten sich damals während des ersten Semesters an der University of Denver kennengelernt und waren seitdem gut befreundet. Selbst wenn sie verschiedene Fächer studiert hatten – Nick Biologie und er Geologie –, hatte es sofort zwischen ihnen gepasst.

»Wie es einem so geht, wenn man sich zu Tode langweilt, weil man mit einem gebrochenen Bein zu Hause sitzt.«

Sean schüttelte seine Hand aus, bevor er sich erneut festhielt. »Wie hast du das denn geschafft? Hat Noah dich doch zu einem Parkour überredet?«

Ein Moment der Stille entstand. »Nein, Autounfall.«

»Verdammt, dann bin ich froh, dass nicht mehr passiert ist. Ich bin noch unterwegs, aber wenn ich zurückkomme, besuche ich dich. Vielleicht schaffe ich es, dich auf andere Gedanken zu bringen.«

»Da bin ich sicher.« Es entstand eine Pause. »Ich wollte dich um einen Gefallen bitten.«

Sean verlagerte das Gewicht, es wurde langsam verdammt ungemütlich in dieser Position. »Alles was du willst, das weißt du.« Er war

Nick noch etwas schuldig, auch wenn sein Freund das nie in Anspruch nehmen würde.

»Ich wollte eigentlich eine Wandertour mit Noah durch den North Cascades National Park machen. Er hatte sich sehr darauf gefreut und braucht dringend eine Ablenkung von seinem Studium. Manchmal nimmt er das alles viel zu ernst.«

»Da kenne ich noch jemanden. Verstehe ich das richtig? Du willst mich bitten, dass ich mit ihm fahre, weil du wegen deines Beins verhindert bist?«

Nick seufzte. »Ich wünschte, ich hätte das getan. Aber nein, Noah ist schon dort, er ist allein gefahren. Er hat sich ein paar Mal gemeldet, er hatte viel Spaß.«

»Okay, also wenn ich nicht mit ihm fahren soll, was ist es dann?«

Wieder dieses Schweigen, das ihn langsam nervös machte. »Noah hat sich seit zwei Tagen nicht gemeldet und ich mache mir Sorgen, dass ihm etwas passiert ist.«

Das konnte Sean durchaus nachvollziehen, ihm war es bei seinen drei Geschwistern auch häufiger so gegangen – und das tat es heute noch, obwohl sie alle lange erwachsen waren. »Gibt es einen Grund für deine Sorge? Es könnte sein, dass er einfach keinen Empfang hat. Oder sein Handy einen leeren Akku hat. Oder es ihm hinuntergefallen ist.«

»Das weiß ich alles. Es ist die wahrscheinlichste Option.« Deutlich war ein Aber zu hören. »Ich will nur sicher sein, dass alles in Ordnung ist. Noah ist alles, was ich noch habe.«

Vor etwa acht Jahren waren ihre Eltern bei einem Flugzeugabsturz ums Leben gekommen, was die beiden Brüder noch enger zusammengeschweißt hatte. Sean schloss kurz die Augen. »Was kann ich tun?«

»Ich habe schon bei den Rangern im Park angerufen, doch die nehmen die Sache nicht ernst. Junger Mann im Urlaub, da kann man nicht erwarten, dass er sich ständig meldet, sagen sie. Aber ich kenne Noah, wenn er könnte, würde er sich melden, weil er weiß, dass ich mir Sorgen mache. Sonst hat er mir jeden Tag Fotos geschickt.

Seit zwei Tagen kam überhaupt nichts mehr von ihm und ich kann ihn auch nicht erreichen.«

»Okay. Weißt du, wo er langgehen wollte? Und wo er zuletzt war?«

»Ja, ich kann dir eine Karte per Mail schicken, wo er seine ungefähre Route eingezeichnet hatte. Ich habe die Stelle markiert, wo er zuletzt gewesen ist. Er hat an einem See übernachtet.«

»Alles klar, schick sie mir. Ich muss erst mal hier rauskommen, dann fahre ich gleich nach Norden.«

»Danke, das bedeutet mir sehr viel. Wo genau bist du eigentlich?«

»Ich hänge gerade mehr oder weniger an einem Felsen, den ich untersuchen wollte. Vom Rocky Mountain National Park bis zum North Cascades wird es sicher einen Tag mit dem Auto dauern. Ich werde sehen, ob ich einen Flug nehmen kann, damit ich eher da bin.«

»Ich buche dir einen Flug von Boulder nach Seattle. Von dort aus sollte man mit einem Mietwagen in zwei Stunden zum Park kommen. Wie schnell bist du in Boulder?«

Sean schielte auf die Uhr an seinem Handgelenk. »Ich schätze mal drei Stunden. Ich muss erst hier runter, dann aus dem Park raus. Bis zur Stadt dauert es vermutlich noch mal eine Stunde.«

»Okay, es ist jetzt 10 Uhr, meinst du, 14 Uhr klappt?«

Schnell rechnete Sean alles durch. »Ja, das sollte gehen.«

»Super. Ich buche auch gleich einen Mietwagen in Seattle. Ich schicke dir dann alle Details und die Tickets zu. Ich bin dir unendlich dankbar, Sean.«

»Das mache ich gern. Und du sagst mir sofort Bescheid, wenn er sich in der Zwischenzeit meldet?«

»Natürlich. Das wäre mir am liebsten, aber irgendwie …« Er brach ab. »Ich habe eine Scheißangst.«

Das brauchte er nicht zu sagen, Sean konnte es in jedem Wort hören. Und er wusste auch, dass Nick ihn nie darum gebeten hätte, wenn er nicht wirklich verzweifelt wäre. »Mir würde es mit meinen Geschwistern auch so gehen. Ich verspreche, ich werde alles tun, um ihn so schnell wie möglich zu finden.« Hoffentlich in einem Stück und unversehrt. Es war zwar ein irrer Aufwand, aber er hoffte, dass einfach nur Noahs Handy kaputt war.

»Danke. Das kann ich dir nie zurückzahlen.«

Sean schnaubte. »Das musst du auch nicht. Noah ist fast wie ein weiterer Bruder für mich, ich würde ihn – und dich – nie im Stich lassen. Oder irgendeine Form der Gegenleistung erwarten.« Sein Arm schmerzte inzwischen heftiger. »Und jetzt muss ich wirklich auflegen, bevor ich den Felsen runterrutsche, weil ich mich nicht mehr halten kann.«

»Natürlich. Melde dich, ja?«

»Klar. Bis später.« Sean steckte das Handy zurück in die Hemdtasche, hielt sich auch mit der zweiten Hand fest und atmete erleichtert auf, als der Druck nachließ. Da er keine Zeit zu verlieren hatte, kletterte er rasch den Felsen hinauf und packte seine Sachen zusammen. Während er noch den Rucksack schloss, lief er bereits los. Auf dem Hinweg hatte er sich viel Zeit gelassen, verschiedene Felsen untersucht und allgemein die Natur und Stille genossen, doch dafür hatte er jetzt keine Ruhe. Nick hatte ihn eindeutig mit seiner Sorge um Noah angesteckt. Es machte ihm regelrecht Angst, sich vorzustellen, was dem Jungen alles geschehen sein mochte. In der Natur konnte immer etwas passieren. Man könnte sich verletzen und nicht mehr ohne Hilfe rauskommen, oder auch von einem Tier angefallen werden. Wenn er sich recht erinnerte, gab es in dem Park Bären, Wölfe und sogar Berglöwen. Gerade im Backcountry könnte Noah durchaus von einem angegriffen werden.

Shit, er durfte sich nicht in Panik versetzen, sondern musste ruhig bleiben, um Noah helfen zu können. Wenn er ihn dann unversehrt fand, würden sie darüber lachen, wie ängstlich Nick und er gewesen waren. Wie zwei Glucken mit ihrem Küken. Die Vorstellung ließ ihn grinsen. Vielleicht sollten sie Noah in Zukunft einen Sender verpassen, sodass sie immer genau wussten, wo er sich befand. Noah würde sich dagegen ziemlich sicher wehren, aber es würde die Sache deutlich erleichtern. Am besten plante er gleich ein, ihn den Rest der Wandertour zu begleiten und ihn dann sicher bei Nick abzuliefern.

So schnell es ihm möglich war, lief Sean zu seinem Wagen, den er einige Kilometer entfernt auf einem Parkplatz abgestellt hatte. Glücklicherweise hatte er keine Tagestour geplant gehabt, sonst wäre der Weg deutlich weiter gewesen. An einem Wochentag war um diese Uhrzeit auch nicht ganz so viel Verkehr wie sonst am Wochenende, sodass er gut nach Boulder durchkam. Während er darauf wartete, dass sein Flug aufgerufen wurde, betrachtete er die Karte vom North Cascades National Park, die Nick ihm geschickt hatte. Noah war offenbar weit im Backcountry unterwegs, es könnte Tage dauern, bis er ihn aufspürte. Hauptsache, er fand ihn überhaupt. Nicht auszudenken, dass er vielleicht für immer verschollen blieb.

Um sich auf andere Gedanken zu bringen, wählte er Blakes Nummer. Sein drei Jahre älterer Bruder war Feuerwehrmann und an Krisensituationen gewöhnt. Zwar könnte er eine seiner beiden Schwestern anrufen, aber Kendra als FBI-Agentin würde vermutlich versuchen, ihm die Sache auszureden, und Leah würde sich um ihn sorgen, was er auch nicht wollte.

»Montgomery.«

Sean lächelte, als er die vertraute Stimme hörte. »Hier auch. Seit wann meldest du dich so offiziell?«

»Hatte keine Zeit, aufs Display zu sehen.«

»Störe ich dich gerade?«

Ein Quietschen ertönte. »Nein, ich bin gerade von einem Einsatz zurück und ziehe mich um. Wolltest du nicht herumkraxeln und an Steinen horchen?«

Sean verdrehte die Augen. »So ähnlich. Ich bin jetzt in Boulder am Flughafen.« Er erklärte kurz, worum Nick ihn gebeten hatte.

»Mist, ich hoffe, du findest ihn schnell und unverletzt.«

»Ja. Ich wollte nur Bescheid sagen, damit ihr wisst, wo ich bin.«

»Danke. Sei vorsichtig, okay?«

»Natürlich.«

Blake seufzte. »Ich würde mitkommen, aber so kurzfristig kann ich nicht Urlaub nehmen, wir sind eh schon krankheitsbedingt unterbesetzt.«

So gern er seinen Bruder dabeigehabt hätte, wollte er nicht weitere Zeit verlieren, darauf zu warten, dass Blake irgendwann Urlaub nehmen konnte. »Das dachte ich mir schon. Keine Angst, ich komme zurecht. Ich melde mich, wenn ich kann.«

»Ja, mach das. Nicht, dass du auch noch verloren gehst.«

Sein Flug wurde aufgerufen. »Sehr unwahrscheinlich. Ich muss los, bis demnächst.« Sean beendete das Gespräch und steckte das Handy ein. Seine Tasche mit dem Werkzeug und dem, was er an Notfallausrüstung aus seinem Auto mitgenommen hatte, hatte er als Gepäck aufgegeben, weil ihn sicher niemand mit Hammer, Meißeln und allem anderen im Handgepäck ins Flugzeug lassen würde. Zwar hätte er es im Auto lassen können, aber sollte er Noah schnell und gesund antreffen, würde er die Gelegenheit nutzen und einige Steinproben im Park sammeln.

Rasch ging er zum Gate, zeigte sein Ticket vor und wurde durch die Schranke gewunken. Ungeduldig wartete er mit den anderen Passagieren in einem Bus, mit dem sie auf das Rollfeld gebracht werden würden. Er wollte sich endlich auf die Suche nach Noah machen, doch es würde noch lange dauern, bis er beim Park ankam. Als er viele Minuten später im Flugzeug saß, holte er das Handy mit der Karte wieder heraus und plante, welchen Weg er im Park nehmen würde. Nachdem er das erledigt hatte, las er sich sämtliche aktuelle Informationen an, die er über den Nationalpark finden konnte. Vor Jahren war er schon einmal dort gewesen, allerdings nicht in dem Teil des Parks, in dem Noah unterwegs war.

So gut wie möglich vorbereitet lehnte sich Sean im Sitz zurück und schloss die Augen. Es war sinnvoll, sich noch eine Runde auszuruhen, bevor er die Suchaktion startete. Er hatte nicht vor, eine Pause einzulegen, bis er Noah gefunden hatte. Egal, wie lange es dauerte, er würde Nick nicht enttäuschen.

2

Stunden später fuhr Sean durch das Tor des Nationalparks. Als ständiger Besitzer eines Jahrespasses brauchte er ihn nur vorzuzeigen und wurde durchgewunken. Zuerst hatte er überlegt, sich an die Ranger zu wenden und um Hilfe zu bitten, aber er hatte sich dagegen entschieden, nach dem, was Nick über deren Reaktion berichtet hatte. Er konnte sie immer noch rufen, wenn er Noah gefunden hatte und Hilfe benötigte – oder er ihn nicht allein fand.

Es dauerte noch eine Weile, bis er endlich den Parkplatz erreichte, von dem aus er zu Fuß weitergehen musste. Er parkte den Mietwagen neben Noahs Auto, das dort immer noch stand. Also war sein Freund wirklich noch nicht von der Wanderung zurückgekehrt. Sean stieg aus und blickte in den Kleinwagen. Wie üblich bei Noah lag einiges darin herum, aber Sean entdeckte nichts, das einen Hinweis darauf gab, was mit ihm passiert sein könnte. Da er so nicht weiterkam, packte Sean seinen Rucksack und schulterte ihn. Bevor er losging, schob er einen Zettel unter Noahs Scheibenwischer, auf dem er ihn bat, sich sofort bei seinem Bruder zu melden, wenn er zurückkam.

Sean warf noch einmal einen Blick auf die Karte und schlug dann den Weg ein, der ihn am schnellsten zu dem Punkt bringen würde, an dem sich Noah das letzte Mal bei Nick gemeldet hatte. Dem Pfad würde er nur ein kurzes Stück folgen können, danach würde er sich einen Weg durch die Wildnis suchen müssen. Er konnte durchaus nachvollziehen, was Noah daran gereizt hatte, das Backcountry zu durchstreifen, anstatt sich an die bestehenden Trails zu halten. Die Natur wirkte viel gewaltiger und unmittelbarer, wenn man sich ohne ein Anzeichen von Zivilisation darin aufhielt. Es hatte eine ganz eigene Wirkung auf die Psyche. Man fühlte sich freier und gleichzeitig kleiner, unwichtiger. Nur ein Sandkorn in der Millionen Jahre alten Landschaft. Gleichzeitig war es ein erhebendes Gefühl, sich in ihr einen Weg zu bahnen, die Widrigkeiten zu besiegen. Sean verdrehte die Augen. Vermutlich würde er gleich auch noch anfangen, sich wie Tarzan auf die Brust zu trommeln und einen Schrei auszustoßen.

Auf dem Pfad kam er gut vorwärts, sodass er schon bald die Stelle erreichte, an der er in die Wildnis wechseln würde. Während er sich durch die Vegetation bewegte, achtete er auf Zeichen, ob jemand vor ihm dagewesen war. Er erwartete nicht, auf Spuren von Noah zu treffen, denn der hatte ganz sicher an einem anderen Punkt den Trail verlassen. Sean hatte extra einen späteren gewählt, um schneller zu den letzten bekannten Koordinaten zu kommen. Von dort aus würde er Noahs Spuren folgen, bis er ihn fand. Oder die Nachricht erhielt, dass er längst gesund und munter bei seinem Auto angekommen war. Letzteres würde ihm deutlich besser gefallen, denn das bedeutete, dass es Noah gut ging.

Sean schlug sich an einer Stelle in das Unterholz, die ihm ein relativ gutes Fortkommen ermöglichte. Glücklicherweise war dies hier kein Dschungel, sonst würde es deutlich anstrengender werden. Auch so musste er bei jedem Schritt darauf achten, wohin er trat und was ihn möglicherweise behindern oder verletzen könnte. Doch er konnte es trotzdem auch genießen, er liebte die Herausforderung. Allerdings stand diesmal die Sorge um Noah im Vordergrund und brachte ihn dazu, ein höheres Risiko einzugehen als normalerweise. Beinahe im Laufschritt bewegte er sich dort, wo der Untergrund es zuließ, durch den Wald. Noch war es hell, er wollte die Stelle, an der sich Noah zuletzt gemeldet hatte, auf jeden Fall noch bei Tageslicht erreichen, um nach Spuren suchen zu können. Zwar hatte er eine gute Taschenlampe dabei, aber in der Dunkelheit war es wahrscheinlicher, Hinweise zu übersehen.

Hin und wieder überprüfte Sean am GPS-Gerät, ob er noch die korrekte Richtung eingeschlagen hatte. Dank des angenehmen Wetters kam er gut voran und erlaubte sich schließlich eine kurze Pause, um etwas zu trinken und einen Snack zu sich zu nehmen. Er wedelte mit der Hand, um die Fliegen vor dem Gesicht zu vertreiben, bevor er einen großen Schluck Wasser trank. Von der kleinen Anhöhe aus hatte er einen wunderbaren Blick über die unmittelbare Umgebung. Wälder, nichts als Wälder, bis hin zu den kargen Felsen, die einige Kilometer entfernt hinausragten. Vermutlich würde er in dieser Wildnis nicht deutlich besser vorankommen als bisher und damit wurde die Zeit bis zum Sonnenuntergang langsam knapp.

Hätte er doch die Ranger für die Suche heranziehen sollen? Mit mehr Leuten wäre die Wahrscheinlichkeit, Noah schneller zu finden, größer gewesen. Andererseits hatte Nick das ja bereits versucht und die Ranger hatten ihn nicht ernst genommen. Sicher hätten sie Sean dann ebenso abgewimmelt. Vielleicht wäre es auch sinnvoll, mit einem Flugzeug oder einer Drohne die Umgebung abzufliegen. Entschlossen steckte Sean die Wasserflasche in den Rucksack. Er würde heute nach Zeichen zu Noahs Verbleib suchen, und wenn er etwas fand, das darauf hindeutete, dass seinem Freund irgendetwas geschehen war, würde er sofort die Ranger benachrichtigen. Und er würde sich auch nicht abwimmeln lassen. Ein Menschenleben könnte in Gefahr sein, es war die Pflicht der Ranger, das zu überprüfen, wenn sie Hinweise darauf erhielten. Selbst wenn jemand ohne Erlaubnis im Backcountry unterwegs war.

Zwar hatte er gelesen, dass das Betreten dieses Gebiets im Moment aus Naturschutzgründen verboten war, aber das entließ die Parkverwaltung seiner Meinung nach nicht aus ihrer Verantwortung. Natürlich konnten sie dann hinterher die Kosten für die Rettungsaktion in Rechnung stellen. Das würde jemanden wie Noah finanziell völlig überfordern, aber zur Not würde Sean und ganz sicher auch Nick ihm dabei helfen. Solange aber nicht feststand, dass Noah verletzt war und wirklich Hilfe benötigte, zögerte Sean, jemand anderen mit hineinzuziehen. Wenn alles gut ging, würde er Noah wohlbehalten antreffen und sie würden über die ganze Sache lachen. *Gott, er hoffte es!*

Rasch machte sich Sean wieder auf den Weg. Ein Tal mit Wiesen und einzelnen Bäumen breitete sich vor ihm aus, das von schneebedeckten Gipfeln überragt wurde. Laut der Angaben von Nick musste sich am Ende ein See befinden, an dem Noah übernachten wollte. Noch konnte er nicht erkennen, ob sich hier außer ihm in letzter Zeit ein Mensch aufgehalten hatte, aber vielleicht fand er ja bald Hinweise darauf. Über eine abschüssige Wiese, auf der bunte Sommerblumen blühten, bewegte sich Sean vorsichtig durch das Tal hinab. Weiter oben wurde der Boden karger und immer öfter zu reinem Fels. Kein Wunder, dass Noah den Weg nach unten bevorzugt hatte, wenn er dort übernachten wollte. Es war sicher nachts auch nicht ganz so kalt wie in Gipfelnähe.

Jetzt wünschte sich Sean fast, dass Noah weniger umweltbewusst wäre und er wenigstens so etwas wie ein Taschentuch oder ein Bonbonpapier finden würde, das ihm zeigte, dass er auf dem richtigen Weg war. Doch da war nichts. Es konnte gut sein, dass Noah einige Meter entfernt entlanggegangen war und Sean das nie erfahren würde.

Es dauerte eine ganze Weile, bis er endlich in der Ferne den See entdeckte, von dem Noah in seinem letzten Telefonat mit Nick gesprochen hatte. Erleichtert, dass er bald am Ziel war, erhöhte Sean noch einmal sein Tempo. Die hohe Bergwand im Westen würde das Tal lange vor dem eigentlichen Sonnenuntergang in Schatten tauchen und damit seine Suche erschweren. Wenn er heute noch irgendetwas finden wollte, musste er sich sehr beeilen.

Er checkte sein Handy und atmete erleichtert auf, als er noch ein Signal fand. Es könnte gut sein, dass die Verbindung abbrechen würde, wenn er noch tiefer in das Tal vordrang. Deshalb wählte er rasch Nicks Nummer.

»Ja?« Die Antwort kam sofort. »Hast du ihn gefunden?«

Die Hoffnung in Nicks Stimme sandte einen Stich durch Seans Herz. »Noch nicht, ich wollte nur Bescheid sagen, dass ich jetzt fast am See bin. Ich weiß nicht, ob die Funkverbindung noch lange hält, es sind hier doch einige hohe Berge drumherum.«

»Okay.« Diesmal klang Enttäuschung und übergroße Sorge mit. »Du glaubst nicht, wie sehr ich hoffe, dass es nur daran liegt. Dass Noah anrufen möchte, aber einfach keine Verbindung bekommt.«

»Doch, das glaube ich sofort. Sowie ich etwas weiß, melde ich mich, ich verspreche es.«

»Danke, Sean. Du bist echt mein Lebensretter.«

»Gar kein Ding. Ich melde mich.«

»Bis später.«

Sean unterbrach mit einem schlechten Gefühl die Verbindung und steckte das Handy wieder weg. Wie gern hätte er Nick bereits gute Nachrichten überbracht, doch das würde noch warten müssen. Damit er nicht noch mehr Zeit verlor, ging er schnell weiter. Die Wiese war jetzt stärker abschüssig und er brauchte seine volle Aufmerksamkeit, um auf den Beinen zu bleiben. Im Wald hatte er einen langen Stock gefunden, mit dem er sich jetzt abstützte. Seine Oberschenkelmuskeln begannen zu schmerzen, doch schließlich erreichte er das Ufer des mittelgroßen Bergsees. Er würde ihn umrunden müssen, um herauszufinden, wo genau Noah übernachtet hatte. Von hier aus war nichts zu erkennen.

Nach einiger Überlegung entschied er sich, auf der Westseite zu beginnen, dorthin würde die Sonne als Erstes scheinen, wenn sie über den Gipfeln der Berge aufging. An dem Ufer würde er selbst sein Zelt aufbauen und er hoffte, dass Noah genauso gedacht hatte. Rund um den See wuchsen die Bäume dichter und Sean würde genau aufpassen müssen, damit er nichts verpasste. Er wünschte, Noah hätte seinem Bruder genauere Informationen hinterlassen, das würde die Suche bedeutend abkürzen. Aber so musste er mit dem arbeiten, was er hatte.

Sean folgte dem Ufer und begutachtete besonders die Plätze, an denen ein Zelt aufgebaut werden konnte. Niedergedrücktes Gras, Fußspuren im sandigen Boden, abgeknickte Zweige, eine Feuerstelle, Löcher im Boden, wo die Heringe gesteckt hatten. Einiges könnte natürlich innerhalb von zwei Tagen vom Wind oder von Tieren unauffindbar verändert werden. Sean war trotzdem zuversichtlich, dass er einen guten Lagerplatz erkennen würde. Jedenfalls unter normalen Bedingungen. Immer wieder hockte er sich hin, um Spuren genauer zu betrachten. Er fand zahlreiche Abdrücke von Tieren, die den See als Wasserquelle nutzten, oder sich vielleicht auch auf die Lauer legten, um unaufmerksame Opfer zu erlegen.

Ein Schauder lief durch Seans Körper. Könnte Noah mit einem der wilden Raubtiere in Kontakt gekommen sein, als er hier gezeltet hatte? Möglich war es. *Gott, er wollte nicht den zerfleischten Körper seines Freundes finden!* Sean blieb stehen und atmete tief durch. Er musste sich eindeutig besser unter Kontrolle bringen. Es half Noah überhaupt nicht, wenn er sich die schlimmsten Dinge vorstellte, obwohl er überhaupt nicht wusste, was genau geschehen war. Oder ob überhaupt etwas passiert war. Es bestand immer noch die Möglichkeit, dass es einfach nur ein technisches Problem gab und er Noah quietschfidel antreffen würde. Daran musste er sich festhalten, sonst würde er sich nur selbst aufreiben.

Genauso sorgfältig wie vorher kontrollierte er den Uferbereich. Um nichts zu übersehen, betrachtete er auch die Stellen ein Stück vom Wasser entfernt, die sich besonders für ein Zelt anboten. Als er etwa auf der Hälfte der Seelänge war, entdeckte er schließlich einen Abdruck im sandigen Uferbereich. Zuerst dachte er, es handelte sich um Hufspuren einer Bergziege oder vielleicht auch eines Elchs, doch bei genauerer Betrachtung stellte es sich als der Abdruck eines Wanderstiefels heraus. *Ja, endlich!* Sean stand wieder auf und folgte der Spur bis zu einer kleinen Lichtung einige Meter vom Wasser entfernt. Dort gab es unzählige Abdrücke, die sich um einen Gegenstand in der Mitte herumzubewegen schienen. Wahrscheinlich hatte dort das Zelt gestanden und die Abdrücke waren beim Auf- und Abbau entstanden.

Offenbar hatte Noah also hier übernachtet, am nächsten Morgen das Zelt abgebaut und war dann weitergewandert. Es wäre einfacher gewesen, ihn hier noch anzutreffen, aber es beruhigte Sean ein wenig, zu wissen, dass Noah zumindest am Tag nach seinem letzten Telefonat mit Nick noch völlig in Ordnung gewesen war. Wieder zog Sean sein Handy heraus und stellte eine Verbindung mit Nick her.

»Ich habe die Stelle gefunden, an der Noah gezeltet hat. Er ist wohl weitergegangen. Zumindest funktioniert hier das Handy noch, daran kann es also auch nicht liegen.«

Nick atmete tief durch. »Okay. Aber wo ist er dann?«

»Ich weiß es nicht. Ich werde gleich noch weiter gehen und seinen Spuren folgen, solange es noch nicht zu dunkel ist.« Sean zögerte. »Könnte es sein, dass Noah schlicht keine Lust hatte, sich zu melden? Dass er es einfach vergessen hat? Oder hattet ihr eine Auseinandersetzung?«

»Nein, zu allem.« Das kam ohne zu zögern. »Wir verstehen uns super, wie immer. Und er wusste, dass ich mir Sorgen machen würde. Er würde nie vergessen, mich anzurufen. Und selbst wenn er sauer wäre – was er nicht war –, würde er sich trotzdem melden.«

»Ja, das dachte ich mir.« Es stimmte mit dem überein, was er über Noah wusste. »Gut, dann werde ich jetzt sehen, wie weit ich komme. Ich melde mich, wenn ich etwas finde, aber auch, wenn ich die Suche für die Nacht unterbrechen muss.«

»Könntest du …?«

»Was?«

»Nein, vergiss es. Ich wollte dich bitten, die Suche weiterzuführen, auch wenn es dunkel ist, aber das kann ich nicht von dir verlangen.«

»Ich würde es sogar tun, aber erstens würde ich dann Gefahr laufen, irgendwelche Spuren zu übersehen, und zweitens möchte ich ungern im Dunkeln über einen Bären oder ein anderes Raubtier stolpern.«

»Natürlich. Ich weiß das alles, ich bin nur so … unruhig. Irgendetwas sagt mir, dass Noah keine Zeit mehr hat. Und ja, als Biologe weiß ich, dass das Unsinn ist. Trotzdem kann ich das Gefühl nicht unterdrücken.«

»Ich verstehe dich, wirklich. Ich werde so lange weitersuchen, wie es geht. Wir sprechen uns später.«

»Danke, Sean. Und sei bitte vorsichtig.«

»Das bin ich immer.« Am Ende nannte er Nick noch seine aktuellen Koordinaten, damit der seinen Weg nachvollziehen konnte.

Sean ließ das Handy langsam sinken und atmete tief durch. Es schmerzte, seinen Freund so ängstlich und unsicher zu erleben.

Nachdem er ein letztes Mal auf die Beweise geblickt hatte, dass Noah hier gewesen war, setzte er seinen Weg fort.

3

Am Ufer waren die Fußspuren noch gut zu sehen gewesen, auf der Wiese war es schon schwieriger, vor allem, weil es bereits zwei Tage her war, seit Noah hier entlanggewandert war. Häufig musste er einige Meter in allen Richtungen weitersuchen, um wieder einen Abdruck zu finden, der von seinem Freund stammen könnte. Jetzt wünschte er fast, es würde Schnee liegen, denn dann wäre es ein Leichtes, der Spur zu folgen. Andererseits würde er sich während der Suche den Arsch abfrieren, was es auch nicht angenehmer machte. Ohne Sonne war es deutlich kühler, der Wind frischte auf, je höher er kam. Offenbar war Noah vom See aus in Richtung der Berge gegangen, um das Tal zu verlassen. Hätte er doch bloß eine andere Route gewählt. Sobald der Boden felsiger wurde, würde es schwerer werden, Hinweise darauf zu entdecken, wo sich Noah jetzt befand.

Je dunkler es wurde, desto langsamer kam er voran. Schließlich sah Sean ein, dass es keinen Sinn mehr ergab und er aufgeben musste. Tatsächlich war er von der langen Wanderung erschöpft, es wurde Zeit, sich eine Pause zu gönnen und etwas zu essen. Trotzdem fühlte er sich schlecht dabei, so als würde er Noah im Stich lassen.

»Noah?« Sein Ruf hallte von den Bergen wider. Unwillkürlich hielt er den Atem an, doch es kam keine Antwort. Enttäuscht seufzte er auf, auch wenn er nichts anderes erwartet hatte.

Solange noch ein letzter Rest Tageslicht da war, baute Sean das Einmannzelt auf und legte seinen Schlafsack hinein. Wenigstens hatte er das in seinem Wagen gehabt und auf den Flug mitnehmen können, sonst hätte er jetzt ein Problem, denn es wurde hier oben nachts selbst im Sommer empfindlich kühl. Inzwischen hatte er die Stirnlampe herausgeholt, die er sonst in Höhlen nutzte und aß das übrig gebliebene belegte Brötchen, das er sich am Flughafen gekauft hatte. Zwar hatte er einen kleinen Kocher dabei, aber er hatte keine Lust, sich etwas zuzubereiten. Vielleicht morgen, wenn er Noah gefunden hatte. Derzeit war sein Appetit jedenfalls begrenzt.

Die leere Tüte des Brötchens verschloss er wieder in der Plastikbox, die verhindern würde, dass Bären die Lebensmittel rochen und ihn besuchten. Er konnte sich wirklich nichts Unangenehmeres vorstellen, als nachts von einem Grizzly geweckt zu werden. Zur Vorsicht legte er noch das Bärenspray neben den Schlafsack, obwohl er das nur nutzen konnte, wenn das Tier schon in unmittelbarer Nähe war. Besser wäre eine Schreckschusspistole, aber die hatte er nicht dabei. Hätte er vorher geplant, auf eine Rettungsmission zu gehen, hätte er seinen Rucksack deutlich anders gepackt. Aber jetzt konnte er nichts mehr daran ändern. Da er morgen früh raus wollte, rief er noch schnell Nick an, um ihm ein Update zu geben, und auch Blake, damit seine Familie informiert war, wo er sich gerade befand. Noch immer funktionierte das Telefon, er konnte sich kaum vorstellen, dass Noah keine Verbindung mehr gehabt haben könnte. Hier war so ziemlich die entlegenste Stelle des Parks.

Nachdem er Zähne geputzt und sich erleichtert hatte, legte er sich in den Schlafsack und starrte an die Decke des Zelts. Oder zumindest dahin, wo er sie im Hellen hätte sehen können. Inzwischen war es stockdunkel, nur der Mond warf sein fahles Licht auf die Landschaft. Sean wünschte, Nick und Noah wären hier und sie würden zu dritt eine Tour unternehmen. Früher hatten sie das öfter gemacht, bis ihm und Nick die Arbeit dazwischenkam. Oder es könnte ein Ausflug mit seiner Familie sein, mit seinen Geschwistern und Eltern. Als Kind hatte er dabei seine Liebe zu den Steinen entdeckt. Doch dann hatten sie alle verschiedene Karrieren begonnen und sein Vater war schwer krank geworden. Am Ende hatte der sonst so kräftige und vitale Mann im Krankenhaus gelegen und auf den Tod gewartet.

Glücklicherweise war es nicht so weit gekommen und es ging ihm heute wieder gut, aber seitdem nahm Sean nichts mehr für selbstverständlich. Oder er hatte das zumindest vorgehabt, aber am Ende war sowohl bei ihm als auch bei seinen Geschwistern immer wieder etwas dazwischengekommen. Vor allem ihm. Er war überall auf der Welt gewesen, hatte Gestein geprüft, Bohrungen unternommen, versucht, Erdbeben vorherzusagen. Und es hatte ihm gefallen, immer unterwegs zu sein, faszinierende Landschaften und Kulturen kennenzulernen. Dadurch hatte er allerdings seine Familie und auch seine Freunde vernachlässigt, wie ihm jetzt schmerzlich bewusst wurde.

Zwei seiner Geschwister hatten inzwischen Lebenspartner, er legte es jedoch nicht darauf an, sich zu binden. Bei seinem Beruf würde es auch schwierig sein. Sollte er seine Partnerin immer zu Hause lassen, während er seiner Arbeit manchmal wochen- oder monatelang im Ausland nachging? Nein, es war sicher besser, wenn er allein blieb und sich nur hin und wieder eine Freundin suchte, die verstand, wo seine Prioritäten lagen.

Sean verzog den Mund. Das klang furchtbar berechnend, aber er war lieber ehrlich, damit niemand verletzt wurde. Vor vielen Jahren hatte er einer Frau sehr wehgetan, die gedacht hatte, er würde ihr einen Heiratsantrag machen, während er eigentlich nach einem Weg suchte, ihr klarzumachen, dass er kein Mann für feste Bindungen war. Er hatte ihren verletzten Gesichtsausdruck nie vergessen und sich geschworen, nie wieder jemandem so wehzutun. Jahre später hatte er erfahren, dass sie inzwischen glücklich verheiratet war sowie zwei Kinder hatte und sich unheimlich für sie gefreut. Das hatte sein schlechtes Gewissen beruhigt und ihn darin bestärkt, dass er immer ehrlich sein würde. Egal, wie sehr es in dem Moment schmerzen mochte.

Es gab einfach Menschen, die waren für die große Liebe geschaffen, so wie seine Eltern und Geschwister – er war sicher, dass Leah noch jemanden finden würde – oder wie seine Onkel und Tanten und seine Großeltern von der Hunter-Seite. Vielleicht war er wirklich ein wenig seltsam, dass er als einziger so gar nicht den Drang dazu verspürte. Doch es brachte nichts, darüber nachzugrübeln, bisher war sowieso keine Frau in Sicht, die ihn auch nur ansatzweise in Versuchung geführt hätte. Dafür liebte er sein unabhängiges Leben viel zu sehr.

Wenn er Noah gefunden hatte, würde er nach Denver zu seiner Familie fahren und sich für ein paar Tage vergewissern, dass es allen gut ging. Nicks Furcht um seinen Bruder hatte sich bis zu einem gewissen Grad auf Sean übertragen und ihm bewusst gemacht, wie schnell er jemanden verlieren könnte, den er liebte. Erst im letzten Jahr hatte seine Schwester Kendra in Lebensgefahr geschwebt und nicht lange davor Blake. Und er war beide Male nicht zur Stelle gewesen, um ihnen helfen zu können. Glücklicherweise hatten sie beide mehr oder weniger unversehrt überlebt – genauso wie ihre Partner Liam und Christine.

Sean schloss seine Augen, atmete tief ein und wieder aus. Es ging allen gut, das sagte er sich immer wieder. Nicht nur seiner Familie, sondern auch Noah. Wahrscheinlich lag er gerade genauso wie Sean in seinem Zelt und genoss die Stille hier im Park. Dabei war es gar nicht wirklich still. Jetzt, wo er sich darauf konzentrierte, konnte er das Rascheln des Windes an der Zeltplane hören, genauso wie verschiedene Tierlaute. Eine Maus piepste irgendwo in der Nähe, gleich darauf folgte der Ruf einer Eule. *Versteck dich lieber, kleine Maus!* Es raschelte in den Gräsern. Mit rauschenden Schwingen flog die Eule über das Zelt und stieß einen unzufriedenen Schrei aus. Mit einem Lächeln schlief Sean ein.

Lautes Rascheln weckte Sean aus einem tiefen Schlaf. Er riss seine Augen auf, blieb aber still liegen und horchte auf weitere Geräusche. Erst kam nichts, dann strich etwas an der Wand des Zelts entlang. Sein Herz begann, schneller zu klopfen, während er nach dem Bärenspray tastete. Er wünschte, er hätte seinen Elektroschocker dabei, doch eigentlich hatte er ja nur vorgehabt, die Felsen im Rocky Mountain National Park zu untersuchen und dafür war die Waffe nicht nötig gewesen. Nächstes Mal würde er den Fehler nicht begehen. Wobei er hoffte, sich nie wieder auf die Suche nach einem verschwundenen Freund oder Familienmitglied machen zu müssen.

Normalerweise sollte nichts passieren, solange er still im Zelt liegen blieb. Alle Lebensmittel waren sicher verstaut, es gab keinen Grund für einen Bären oder ein anderes Raubtier, in das Zelt einzubrechen. Gut, außer sie hatten Appetit auf Menschenfleisch. Sean schnitt eine Grimasse bei der Vorstellung. Hier in der abgelegenen Gegend wären die Tiere schon verhungert, wenn sie sich auf Menschen spezialisiert hätten. Außerdem hätte der Park Service die Gegend dann ganz sicher schon gesperrt. Wobei, genau das hatten sie ja getan. Vielleicht nicht, weil sich die Natur regenerieren sollte, sondern weil es zu gefährlich war. Es machte Sean nervös, dass Noah hier allein herumlief, er war deutlich unerfahrener, was die Natur anging. Warum hatte Nick nicht gleich Bescheid gesagt, als er wusste, dass er nicht mitfahren konnte? Dann hätte das alles vermieden werden können.

Erneutes Rascheln erinnerte ihn wieder an seine derzeitige prekäre Lage. Dummerweise wusste er nicht, was für eine Art von Tier es war, dann könnte er dementsprechend reagieren. Unvermittelt erklang ein lautes Heulen dicht neben dem Zelt. Sean zuckte zusammen und hielt das Bärenspray fester. Nach und nach setzten weitere Stimmen ein, bis das gesamte Wolfsrudel den Mond ansang. Sean presste die Hände auf die Ohren. So spannend er das auch fand, wäre es ihm in einiger Entfernung lieber. Das Heulen schien in seinem Körper zu vibrieren und er war beinahe versucht, mitzumachen. Allerdings würde das nur zu ungewollter Aufmerksamkeit führen. Am besten war es, sich still zu verhalten, bis sie weitergezogen waren.

Es schien unendlich lange zu dauern, bis die Wölfe die Nähe des Zeltes verließen. Sean entspannte sich und wartete noch einige Minuten, bevor er vorsichtig den Reißverschluss öffnete und nach draußen blickte. Mondlicht beschien die Landschaft und ließ sie seltsam fahl wirken. Es waren keine Tiere mehr zu sehen, aber sie könnten sich genauso gut irgendwo in den Bäumen und Büschen verstecken. Bei Tageslicht würde er nach Spuren suchen und sie für Nick fotografieren. Sein Freund interessierte sich immer dafür. Zumindest solange sein kleiner Bruder nicht verschwunden war. Morgen musste Sean Noah unbedingt finden oder die Nachricht erhalten, dass er wieder in der Zivilisation aufgetaucht war. Länger würde Noah sicher nicht hier wandern, ohne sich bei Nick zu melden.

Wenn sein Handy nicht mehr funktionierte – aus welchen Gründen auch immer –, wäre er sicher innerhalb von zwei Tagen zum Auto zurückgekehrt. Hier draußen ganz allein ohne jede Kommunikationsmöglichkeit herumzulaufen war leichtsinnig, das musste Noah wissen. Die Gedanken halfen nicht gerade dabei, Sean wieder müde zu machen. Aber er musste schlafen, um morgen fit zu sein. Bei Tagesanbruch würde er sofort loslaufen. Je schneller er klärte, was mit Noah passiert war, desto besser. Eine Weile lauschte er noch auf die Geräusche, bevor er langsam wieder in einen unruhigen Schlaf sank.

4

Sobald die Sonne am nächsten Morgen aufging, baute Sean das Zelt ab, wusch sich und aß etwas, bevor er aufbrach. Es wurde noch schwieriger, Noahs Spur zu folgen, besonders als er in den felsigen Bereich kam. Immer wieder musste er umkehren und nach weiteren Hinweisen suchen. Oft konnte er nicht sagen, ob es wirklich Noah gewesen war oder vielleicht doch ein Tier, das den Boden aufgewühlt oder die Steine gelöst hatte. Schließlich kam er auf einer Klippe an und verschnaufte ein wenig, indem er einen Moment die Aussicht genoss. Hatte Noah hier ebenfalls gestanden und sich gefreut, das erleben zu dürfen? Möglich war es. Er wünschte nur, es gäbe einen Beweis dafür.

Um die Schultern lockern zu können, setzte er den Rucksack ab und lehnte ihn gegen einen Felsen. Dabei fiel ihm eine kleine Markierung am Stein auf. Normalerweise hätte er sie nie gesehen. *N.L.* Noah Larsen. Natürlich könnte es auch jemand anders gewesen sein, aber die eingeritzten Buchstaben sahen frisch aus und er konnte sich nicht vorstellen, dass ganz zufällig jemand anders mit den gleichen Initialen an genau dieser Stelle gewesen war. Also war Noah wirklich hier gewesen und er kam ihm langsam näher. Oder zumindest war er auf dem richtigen Weg. Nick würde erleichtert sein, das zu hören.

Mit neuer Energie schwang sich Sean den Rucksack auf den Rücken und versuchte, sich vorzustellen, wohin Noah wohl als Nächstes gegangen war. Da es nicht weiter hinauf ging, musste er zurück nach unten gewandert sein. Er könnte den gleichen Weg genommen, oder ein Stück entfernt eine andere Abstiegsroute gewählt haben. Sean war sich fast sicher, dass es die zweite Option war. Noah wollte auf diesem Ausflug so viel wie möglich sehen, also würde er nicht zweimal den gleichen Weg gehen, außer es ließ sich nicht ändern. Außerdem war es so keine Herausforderung. Schon als Jugendlicher hatte Noah immer versucht, mit seinem Bruder mitzuhalten und hatte dabei einige wahnwitzige Stunts abgezogen. Inzwischen war er deutlich vernünftiger geworden, aber er würde vermutlich nicht widerstehen können, auszuprobieren, ob es auch einen anderen Weg nach unten gab.

Es dauerte eine Weile, bis Sean die Stelle fand, an der Noah vermutlich die Klippe verlassen hatte. Er folgte dem natürlichen Verlauf nach unten, was an einigen wenigen aufgewühlten Stellen bestätigt wurde. Hinunter ging es deutlich schneller als hinauf, sodass er bald auf ebenem Grund ankam. Im weichen Waldboden konnte er endlich wieder Fußspuren entdecken, die es ihm leichter machten, Noah zu folgen. Deshalb kam er deutlich schneller voran, auch wenn die Bäume manchmal so dicht standen, dass er sich hindurchzwängen musste. Aber solange er wusste, dass er Noah immer näher kam, machte ihm das nichts aus. Selbst als er über umgestürzte Stämme klettern musste, störte ihn das nicht. Er hatte das Gefühl, dass er seinen Freund endlich finden würde.

Kurz blieb er stehen und trank einen Schluck Wasser, während er die Umgebung betrachtete. Hier war der Park sehr ursprünglich, es gab keinerlei Anzeichen der Zivilisation. Sean konnte durchaus verstehen, warum Noah diesen Weg gewählt hatte, obwohl er sich wünschte, es wäre ein zugänglicherer gewesen. Mit dem Ärmel wischte er den Schweiß von der Stirn. Sean zog das Handy heraus und stellte fest, dass er keinen Empfang mehr hatte. Vielleicht war Noah tatsächlich noch in der Gegend unterwegs und konnte sich einfach nicht melden. *Gott, hoffentlich!* Es könnte natürlich auch sein, dass er verletzt war und Hilfe brauchte, aber darüber wollte Sean lieber nicht nachdenken. Er steckte das Handy wieder in seine Tasche und ging weiter.

Der Weg wurde noch rauer, ein Baum schien relativ frisch umgestürzt zu sein und zwang ihn, hinüberzuklettern. Auf halbem Weg sah er ein Stück Stoff an einem der Zweige hängen. Rasch zog er es herunter und betrachtete es genauer. Es schien ein Stück Hemd zu sein. Er wusste nicht genau, welche Kleidung Noah trug, aber die Wahrscheinlichkeit war hoch, dass er mit dem Hemd hängen geblieben war und sich befreit hatte. Es gab noch ein paar abgeknickte Zweige als weitere Anzeichen dafür, dass Noah hier hinübergeklettert war. Sean tat es ihm gleich – ohne seine Kleidung zu ruinieren – und atmete überrascht aus, als er plötzlich vor einem Abhang stand. Es war vorher nicht zu sehen gewesen, dass es dort nicht weiter ging.

War Noah wieder zurückgeklettert? Aber Sean hatte keinerlei Fußabdrücke gesehen, die in die andere Richtung führten. Er würde auch nicht an der Kante entlanggegangen sein, dafür war zu wenig Platz dort und der Fels selbst war zu bröckelig. Es war so schon gefährlich, einfach nur still zu stehen. Ein Stück entfernt lag unter ihm ein Plateau, das irgendwie seltsam wirkte. Als hätte an einigen Stellen etwas die Erde aufgewühlt. Was könnte das gewesen sein? Jetzt war jedenfalls nichts mehr davon zu sehen. Es herrschte eine seltsame Stille, die Sean nervös machte.

Vorsichtig ging er in die Hocke und betrachtete den Rand der Klippe genauer. Dabei hielt er sich an einem Ast fest, um nicht doch noch kopfüber hinunterzustürzen. An einer Stelle wirkte das Geröll aufgewühlt, so als hätte dort jemand gestanden. Noah würde doch nicht so verrückt gewesen sein, sich so dicht am Abgrund bewegt zu haben. Oder? Es ging tief hinunter, wie weit genau konnte Sean von hier aus nicht sehen. Als er seine Hand am Stamm umsetzte, streifte sein Finger eine Vertiefung. Langsam wandte Sean den Kopf zu dem umgestürzten Baum und betrachtete ihn genauer. Es dauerte einen Moment, bis er die Stelle wiederfand. Es handelte sich um ein kreisrundes Loch im Holz von etwa einem Zentimeter Durchmesser.

Es wirkte viel zu gleichmäßig und groß, um natürlichen Ursprungs zu sein. Zwar gab es bestimmte Käfer oder auch Vögel, die Bäume durchlöcherten, aber das hier wirkte anders. Als hätte sich etwas mit hoher Geschwindigkeit in das Holz gebohrt. Vor allem war die Stelle genauso frisch wie die von Noah verursachten Zerstörungen an den Zweigen. Sean steckte den Finger hinein und ertastete etwas

Hartes am Ende. Was zum Teufel war das? Rasch holte er sein Taschenmesser heraus und schob es in das Loch. Ein metallisches Klicken ertönte, als die Spitze an das Ende stieß. Hatte Noah versucht, Haken am Baum zu befestigen, um irgendwie von der Klippe zu kommen? Aber sein Freund war kein Kletterer, Sean bezweifelte, dass Noah die richtige Ausrüstung dafür dabeigehabt hatte.

Ein Verdacht kam in ihm auf, der ihm einen kalten Schauder über den Rücken trieb. Mit dem Messer bohrte er so lange in dem Loch, bis sich das metallische Objekt löste und er es herausziehen konnte. Es fiel in seine Hand und er starrte es an. *Shit!* Es handelte sich tatsächlich um Munition, verformt durch den Aufprall auf den Baumstamm, aber trotzdem deutlich zu erkennen. Er kannte sich nicht allzu gut damit aus, aber er vermutete, dass es sich um eine Gewehrkugel handelte. Zusammen mit Noahs Verschwinden ließ ihn der Fund das Schlimmste befürchten. Zwar war nirgends Blut zu entdecken, aber vielleicht hatte der Schuss ihn so erschreckt, dass er von der Klippe gestürzt war.

Auf dem Bauch schob sich Sean so weit vor, dass er über den Rand der Klippe blicken konnte. Ein Vorsprung war einige Meter darunter, doch er war nur wenige Zentimeter breit. Ein Mensch würde sich nicht halten können, wenn er darauf stürzte. Etwas Farbiges auf dem Sockel erregte Seans Aufmerksamkeit. So ein knalliges Rot gab es in der Natur nicht. Von seinem Standort aus konnte er nicht erkennen, was es war, aber er war sich sicher, dass es sich um etwas Menschengemachtes handelte. Wie hoch war die Wahrscheinlichkeit, dass jemand anders hier gewesen war und etwas verloren hatte? Sicher hätte es der Wind schon längst hinuntergeweht oder es wäre von den Gräsern, die dort wuchsen, überwuchert worden. Nein, es war genauso frisch wie die Kugel im Baumstamm. So frisch wie Noahs Spuren. *Verdammt noch mal!*

Sean rappelte sich auf und begann, nach einer Möglichkeit zu suchen, wie er von dieser Klippe nach unten kam. Er hatte zwar ein Seil dabei, aber das war eindeutig zu kurz, er hatte nicht vorgehabt, damit eine Felswand hinunterzuklettern. Bis ganz nach unten waren es sicher zehn Meter, wenn nicht noch deutlich mehr. Von hier aus war dank des Vorsprungs nicht zu erkennen, was darunter war. Möglicherweise lag Noah dort unten und wartete auf Rettung! Oder er war bereits tot. Seans Kehle zog sich zusammen. *Nein, das durfte nicht sein.* Eine weitere Frage war: Wer hatte die Kugel abgefeuert und warum? Und vor allem: Wo war derjenige jetzt? War er noch in der Nähe oder bereits über alle Berge?

»Noah!« Vielleicht war es nicht sinnvoll, auf sich aufmerksam zu machen, aber wenn Noah noch in der Nähe war, möglicherweise verletzt, dann musste Sean das wissen. »Hier ist Sean, wenn du kannst, gib mir ein Zeichen, dass du dort unten bist.« Angestrengt lauschte er, doch es war nichts zu hören. Immerhin wurde nicht auf ihn geschossen, aber das war auch schon das einzig Positive. Schließlich rappelte sich Sean auf. »Wenn du dort bist, ich hole Hilfe. Halt durch!«

An den Baumstamm gelehnt, zog Sean das Handy heraus und fluchte, als es immer noch keinen Empfang gab. Er würde ein ganzes Stück zurückgehen müssen, um jemanden anzurufen. Zuerst würde er aber versuchen, etwas weiter am Abgrund entlang einen Abstieg zu finden. Eilig kraxelte er über den Baumstamm und lief dann parallel zum Rand der Klippe durch die Wildnis. Doch so oft er es auch versuchte, es gab keinen Weg nach unten. Schließlich musste er aufgeben und lief durch den Wald zurück, bis sein Handy endlich wieder Empfang hatte. Es war zwar nur ein Balken, aber das würde hoffentlich reichen, um Hilfe zu rufen. Nach kurzer Überlegung wählte er Nicks Nummer. Vielleicht hatte sich Noah in der Zwischenzeit bei seinem Bruder gemeldet und die ganze Aufregung war umsonst.

»Sean?« Es dauerte nur Sekunden, bis sich Nick meldete.

»Hast du etwas von Noah gehört?«

»Nein, bisher nichts. Ich habe weiterhin versucht, ihn zu erreichen, aber es kommt sofort die Mailbox. Entweder hat er keinen Empfang, oder das Handy ist aus.«

Oder es war kaputt, aber das sagte Sean nicht laut. »Ich bin seinen Spuren gefolgt, er war auf einer Bergkuppe und ist dann weiter durch den Wald gegangen.« Sean zögerte, weil er nicht wusste, wie er es sagen sollte.

»Und weiter? Was verschweigst du mir?«

Natürlich musste Nick sein Zögern bemerken. »Ich bin der Spur bis zum Rand einer Klippe gefolgt. Ich habe keine Ahnung, wohin er von dort aus gegangen ist.«

»Gibt es keine weiteren Spuren?«

»Nein.«

Nick fluchte unterdrückt. »Was willst du mir damit sagen? Dass Noah von der Klippe gefallen ist?« Seine Stimme klang gepresst.

»Ich weiß es nicht. Ich habe in einem Baumstamm eine Gewehrkugel gefunden. Hatte Noah eine Waffe dabei?«

»Nein, er besitzt gar keine.«

»Sicher?«

»Absolut. Noah hasst alles, was mit Gewalt zu tun hat.«

Sean schloss die Augen. »Dann ist die Frage, wer sich noch in der Gegend aufhält, und warum er offenbar mit einem Gewehr schießt. Es muss nicht zu der Zeit gewesen sein, als Noah dort war, aber der Einschuss war ziemlich frisch.«

»Verdammt, ich hätte Noah nie allein …« Nick unterbrach sich. »Was machst du jetzt?«

»Ich komme nicht die Klippe runter, um zu sehen, ob es dort weitere Spuren gibt. Deshalb werde ich jetzt beim Park Service anrufen, damit sie jemanden schicken, der das kann. Vielleicht haben sie einen Hubschrauber oder was auch immer. Wenn dort unten nichts ist, umso besser. Aber wir müssen sichergehen.«

»Ja.« Rau kam das Wort heraus. »Gott, wenn ich mir vorstelle, dass Noah …«

Sofort unterbrach Sean ihn. »Mach das nicht, Nick. Noch wissen wir gar nichts. In der Ecke gibt es keine Möglichkeit, anzurufen, vielleicht ist Noah dort irgendwo unterwegs und kann sich einfach nicht melden.«

»Für wie wahrscheinlich hältst du das?«

»Genauso wie alle anderen Möglichkeiten. Ich bin hier im tiefsten Backcountry, Noah könnte ein paar hundert Meter vor mir sein und ich würde ihn nicht sehen. Deshalb versuch weiter, ihn anzurufen, vielleicht hat er ja irgendwann wieder Empfang.« Sean wusste nicht, wen er davon mehr zu überzeugen versuchte, Nick oder sich.

Nick schwieg einen Moment. »Mache ich. Bring mir Noah bitte zurück, Sean. Und sei um Himmels willen selbst vorsichtig.«

»Das bin ich immer. Mach dir um mich keine Sorgen. Ich melde mich, wenn ich mehr weiß.«

»Danke.« Nick legte auf, bevor er selbst es konnte.

Rasch suchte sich Sean die Nummer der Nationalparkverwaltung heraus und wählte sie.

»North Cascades National Park, hier spricht Stacy. Wie kann ich Ihnen helfen?«

»Hallo, mein Name ist Sean Montgomery. Ein Freund von mir ist im Backcountry des Parks unterwegs und wir haben seit Tagen keinen Kontakt mehr. Wissen Sie, ob ein Verletzter gemeldet wurde? Oder irgendetwas anderes?«

»Oh, da sprechen Sie besser mit Ranger Lewis, kleinen Moment, ich verbinde Sie.«

Ungeduldig wartete Sean darauf, dass sich der Ranger meldete. Es schien unerträglich lange zu dauern, bis ein barsches »Ja!« ertönte.

»Mein Name ist Sean Montgomery. Wie ich Ihrer Kollegin schon sagte, ist ein Freund im Backcountry unterwegs und es gibt seit Tagen keinen Kontakt mehr. Gibt es …«

»Sind Sie der Typ, der sich deswegen gestern schon hier gemeldet hatte? Ich dachte, ich hätte deutlich gemacht, dass jeder, der im Backcountry unterwegs ist, wissen muss, dass es nicht überall Handyempfang gibt. Aber die heutige Jugend denkt ja immer, sie müssten überall eine Verbindung kriegen.«

»Nein, das war ich nicht, sondern der Bruder des Vermissten. Ich bin inzwischen im Park und habe nach ihm gesucht. Es gibt Anzeichen dafür, dass er eventuell von einer Klippe gestürzt ist. Und tatsächlich habe ich auch ein Einschussloch in einem Baum gefunden.

Deshalb wollte ich wissen, ob bei Ihnen eventuell ein Verletzter gemeldet wurde. Oder es Berichte über Schüsse im Park gibt. Vielleicht sind auch Wilderer …«

»Nun machen Sie mal halblang! Zuerst mal, wo genau sind Sie da? Ich habe hier keine Meldung, dass sich noch jemand fürs Backcountry angemeldet hat. Sie wissen schon, dass man dafür ein Permit benötigt?«

Sean biss die Zähne zusammen, um dem Ranger nicht zu sagen, wo genau er sich sein Permit hinstecken konnte. »Hören Sie, es geht hier um ein Menschenleben! Wenn er wirklich von der Klippe gestürzt ist, könnte er jetzt schwer verletzt sein. Ich brauche Hilfe, um dort hinunterzukommen.«

»Kommen Sie erst mal zurück zum Hauptquartier, dann sehen wir weiter.«

»Das werde ich garantiert nicht! Ich erwarte, dass Sie jemanden hierherschicken, mit einer Kletterausrüstung, damit wir unten nachsehen können. Oder meinetwegen schicken Sie einen Hubschrauber, der sich von der anderen Seite ein Bild machen kann. Aber ich erwarte, dass Sie das sofort tun. Falls nicht, werde ich dafür sorgen, dass Sie wegen unterlassener Hilfeleistung verklagt werden.« Sean drohte nicht gern, aber er hatte nicht den Eindruck, dass er sonst zu Ranger Lewis durchdrang.

»Nun regen Sie sich nicht so auf, selbstverständlich schicken wir jemanden, der die Sache überprüft. Können Sie mir die Koordinaten sagen?«

Sean konsultierte sein GPS-Gerät und nannte Koordinaten etwa fünfzig Meter von der Klippe entfernt. Einen Moment lang herrschte Stille.

»Was tun Sie überhaupt in diesem Gebiet? Das ist zum Schutz der Natur momentan gesperrt und Sie dürften sich dort nicht aufhalten!« Die Stimme des Rangers war deutlich schärfer geworden.

»Das habe ich doch schon mehrfach gesagt. Ich bin auf der Suche nach meinem Freund.«

»Trotzdem ist das nicht …«

Rüde unterbrach Sean ihn. »Können wir später darüber reden? Es geht mir momentan nur darum, meinen Freund zu finden. Falls er verletzt ist, zählt jede Sekunde.«

»Natürlich.« Der Ranger klang ruhiger, aber deutlich unterkühlt. »Ich schicke jemanden zu den angegebenen Koordinaten. Ein Hubschrauber wird erst angefordert, wenn wir wissen, ob wirklich Hilfe benötigt wird.«

»Danke. Bitte denken Sie an die Kletterausrüstung, das ist sehr wichtig.«

»Wir sind keine Anfänger.«

Sean verkniff sich eine Bemerkung. »Sehr gut. Wann kann ich mit jemandem rechnen?«

»Gehen Sie von einigen Stunden aus. Es gibt dort keine Straßen oder befestigte Wege, die mit einem Fahrzeug befahren werden können. Wir kommen, so schnell wir können.«

»Danke, ich werde hier warten.« Sean beendete die Verbindung und rieb über seine Stirn. Er hasste es, sich so hilflos zu fühlen und auf einen Ranger warten zu müssen. Doch wenn Noah dort unten lag, musste er das wissen. In der Zwischenzeit würde er noch einmal den gesamten Plateaurand absuchen, um sicherzustellen, dass er keine anderen Spuren übersehen hatte, die zeigten, dass Noah einen anderen Weg genommen hatte.

5

Erneut blickte Taylor auf ihr GPS-Gerät, während sie sich einen Weg durch das Unterholz bahnte. Als sie den Auftrag von Ranger Lewis bekommen hatte, einen vermissten Wanderer zu suchen, war sie alles andere als begeistert gewesen. Warum zum Teufel hielten sich die Leute in den Bergen auf, wenn sie keine Ahnung hatten, wie sie sich dort verhalten mussten? Wie viele Rettungsmissionen hatte sie schon durchgeführt, die ohne Weiteres zu verhindern gewesen wären? Diese Typen sollten den Bergen fernbleiben oder gleich eine geführte Tour buchen. Das war nämlich ihre eigentliche Aufgabe als Bergführerin im Park.

Die Ausrüstung hatte sie im Rucksack verstaut, der Helm baumelte außen daran. Wenn sie schon solche Touren unternahmen, warum waren sie dann nicht so schlau, Funkgeräte oder noch besser Satellitentelefone mitzunehmen, mit denen sie jederzeit Hilfe rufen konnten? Aber es brachte nichts, sich darüber aufzuregen, dadurch ging der Einsatz auch nicht schneller vorbei. Eigentlich hatte sie heute früher Feierabend machen wollen, aber das würde wohl eher nicht passieren. Es dauerte Stunden, um bis zu der abgelegenen Stelle zu kommen, der Rückweg würde nicht kürzer sein. Und wenn es dann auch noch wirklich einen Verletzten oder – *bitte nicht!* – einen Toten gab, würde sie auf den Hubschrauber warten müssen. Eventuell musste sie sogar über Nacht bleiben, wenn kein Helikopter zur Verfügung stand oder er in der Dunkelheit nicht geflogen werden konnte.

Normalerweise unternahmen sie solche Touren zu zweit, aber ihr Kollege war wegen eines kranken Kinds heute nicht zur Arbeit erschienen und kein anderer hatte genug Klettererfahrung. Lewis hatte ihr gesagt, dass sie dort erwartet werden würde und derjenige ihr dann helfen könnte, wenn es um einen Transport ging. Wunderbar. Vermutlich noch so ein verpeilter Städter, der sich in seinem eigenen Garten verlief. Aber sie konnte es nicht ändern und musste mit dem arbeiten, was ihr zur Verfügung stand. Das war okay, solange der ‚Helfer' nicht nur im Weg herumstand oder sie sogar noch beide gefährdete. Leider kam das oft genug vor.

Taylor korrigierte ihren Kurs ein wenig und versuchte, im Kopf noch einmal alles durchzugehen, das sie beachten musste. Normalerweise machte sie das routinemäßig, aber manchmal half es ihr, sich zu fokussieren und alle anderen Gedanken aus ihrem Kopf zu verbannen. Heute hatte sie es offenbar dringend nötig. Es dauerte nicht lange, bis ihre Konzentration wieder nachließ. Sie sollte ihren Termin für heute Abend absagen, es war sehr unwahrscheinlich, dass sie ihn einhalten konnte. Sofort meldete sich ihr schlechtes Gewissen, aber sie konnte es nicht ändern.

Rasch zog sie ihr Handy heraus und wählte die Nummer. Fast sofort klickte es. »Hallo, hier ist Taylor Wilson. Ich kann heute leider nicht kommen.«

»Oh, das ist aber schade.«

»Ja, ich bin beruflich verhindert.«

»Morgen?«

»Ich werde es auf jeden Fall mit allen Mitteln versuchen.«

»Sehr gut. Dann sehen wir uns morgen.«

Nach dem Gespräch ging es ihr nicht gerade besser, aber es musste sein. Selbst wenn sie es doch irgendwie pünktlich nach Hause schaffen sollte – wovon sie nicht ausging –, würde sie zu kaputt sein, um noch viel machen zu können. Nein, es war besser, es zu verschieben, um ihre volle Aufmerksamkeit geben zu können. Auch das musste sie jetzt aus ihrem Kopf kriegen und sich auf den Einsatz konzentrieren. Denn selbst jemandem, der so erfahren war wie sie, konnte ein Fehler unterlaufen, der sie und denjenigen, den sie retten sollte, in Lebensgefahr brachte. Bisher war das nie ein Problem gewesen.

Sie hatte den kürzesten Weg querfeldein vom Auto zu den Koordinaten gewählt, was dazu führte, dass sie einige Hindernisse überwinden oder umgehen musste. Trotzdem war das deutlich schneller, als die weite Route ganz außen herum zu gehen. Es war einige Zeit her, seit sie zuletzt in diesem Teil des Parks gewesen war. Geführte Bergwanderungen waren in diesem Gebiet vor einigen Monaten ausgesetzt worden, um eine Regeneration der Natur zu ermöglichen. Das wurde immer wieder in den verschiedenen Teilen des Parks so gehandhabt und war einer der Gründe, dass der North Cascades noch zum größten Teil aus intakter Wildnis bestand. Als Mitglied der Parkverwaltung könnte sie selbstverständlich trotzdem auch in diese Bereiche des Parks gehen, aber meist hielt sie sich an die Einschränkungen. Es gab genug andere schöne Ecken, die sie erklettern konnte.

Nach scheinbar unendlich langer Zeit kam sie endlich dort an, wo der Notfall gemeldet worden war. Taylor setzte den Rucksack ab und sah sich um. Es war niemand zu sehen. Hatte Lewis nicht gesagt, dass jemand auf sie warten würde, der ihr genau sagen konnte, wo die Person von der Klippe gestürzt war? Hier gab es nicht mal eine richtige Klippe, sie stand mitten im Wald. Da sie keine Lust hatte, darauf zu warten, dass derjenige auftauchte, konsultierte sie ihr GPS-Gerät. Auf der topographischen Karte war deutlich zu erkennen, wo die Felsen, auf denen sie gerade unterwegs war, endeten. Deshalb nahm sie ihren Rucksack wieder auf und ging langsam in die angegebene Richtung.

Kurz vor dem Ziel versperrte ein umgestürzter Baum den Weg. Da es keine Möglichkeit gab, ihn zu umgehen, kletterte Taylor darüber und kam schließlich dicht am Rand der Klippe hinaus. Auch hier war niemand zu sehen, deshalb warf sie schon einmal einen Blick in die Tiefe. Wenn jemand an dieser Stelle hinuntergestürzt war, bestand kaum Hoffnung, dass er den Fall unbeschadet überstanden hatte. Mit allergrößter Wahrscheinlichkeit war er bereits tot. Ihr Magen zog sich zusammen. Sie hasste es, wenn Menschen ihr Leben leichtsinnig wegwarfen. Am schlimmsten war es für die Angehörigen, denen sie die furchtbare Nachricht überbringen mussten.

Häufig kamen dann Anschuldigungen, dass der Park nicht genug gesichert war und Taylor musste sich sehr zurückhalten, nicht zu antworten, dass es sich um Wildnis handelte und nicht um Disneyland. Jeder, der einen Nationalpark oder ein anderes Naturschutzgebiet betrat, musste sich bewusst sein, dass er es auf eigene Gefahr tat. Es würde dem Naturerleben völlig widersprechen, wenn sie überall Geländer anbringen würden. Als Nächstes würden sie auch noch die wilden Tiere einsperren, damit sie bloß niemanden angreifen konnten. Dabei geschahen diese Vorfälle meist nur dann, wenn sich jemand unvorsichtig oder idiotisch verhielt. Oder beides.

Taylor hockte sich hin und versuchte, den besten Weg hinunter zu finden. Es sollte kein Problem sein, sich mit einem Seil hinunterzulassen. Die Frage war nur, ob die Felsen stabil genug waren, um Haken zu benutzen. Normalerweise waren im Park nur Klemmhaken erlaubt, aber im Notfall würde sie auch Haken in den Felsen schlagen. Das würde sie testen müssen. Unter ihren Händen begann der Rand der Klippe abzubröckeln. Eilig entfernte sie sich von der Kante. Etwas schloss sich hart um ihren Oberarm und riss sie zurück. Das brachte sie aus dem Gleichgewicht und sie landete schmerzhaft auf ihrer Hüfte.

»Sind Sie verrückt geworden? Der Rand ist nicht stabil!« Eine tiefe Männerstimme herrschte sie an.

Schnell rappelte sich Taylor auf und drehte sich zu dem Idioten um, der ihr beinahe einen Herzinfarkt beschert hatte. Seine Lippen waren fest zusammengepresst, ein Muskel zuckte in seiner Wange. Die Augenbrauen hatten sich über ungewöhnlich hellbraune Augen gesenkt, während er sie übel gelaunt anstarrte. *Er* war sauer auf sie?

»Ich weiß genau, was ich tue. Ganz im Gegenteil zu Ihnen offenbar, denn sonst wäre Ihr Freund jetzt nicht verschwunden. Ich nehme jedenfalls an, dass Sie derjenige sind, der uns gerufen hat.« Taylor versuchte, ihre Stimme ruhig und professionell zu halten, aber es fiel ihr verdammt schwer.

Wenn möglich wurde seine Miene noch düsterer. »Uns? Wo sind Ihre Kollegen?«

»Sie müssen mit mir Vorlieb nehmen. Haben Sie damit ein Problem?« Okay, das war nicht wirklich professionell, aber es nervte sie, wie abschätzend der Typ sie betrachtete. Als wäre sie unfähig, nur weil sie eine Frau war. Oder was auch immer er für ein Problem mit ihr hatte.

Er bewegte kurz den Kopf, anscheinend seine Art des Kopfschüttelns. »Nein. Ich mache mir nur Sorgen um meinen Freund. Entschuldigen Sie, dass ich es an Ihnen ausgelassen habe.«

Vielleicht hatten sie einfach nur einen schlechten Start gehabt. Mühsam glättete Taylor ihre Miene. »Kein Problem. Können Sie mir sagen, was passiert ist?«

Der Mann fuhr mit der Hand durch seine mittelbraunen Haare, die bereits aussahen, als hätten sie seit Tagen keinen Kamm mehr gesehen. »Nein, leider nicht. Der Bruder des Vermissten hatte mich kontaktiert, weil er von Noah schon seit zwei Tagen nichts mehr gehört hatte. Eigentlich wollte sich Noah jeden Tag melden. Auf seinem Handy kommt nur noch die Mailbox. Deshalb bin ich hergekommen, um ihn zu suchen. Ich bin seiner Spur bis genau hier hin gefolgt.« Er deutete auf den Abgrund vor ihnen. »Ich habe keine Hinweise darauf gefunden, dass er von hier wieder weggegangen ist und einen anderen Weg genommen hat.«

Das sagte erst mal gar nichts, außer er war ein professioneller Spurenleser. »Und Sie sind wer?«

Er hielt ihr die Hand hin. »Sean Montgomery, ich bin mit den Brüdern befreundet.«

Zögernd ergriff Taylor sie und ließ schnell los. »Taylor Wilson, ich bin Bergführerin hier im Park.«

»Danke, dass Sie so schnell gekommen sind. Noah ist wirklich sehr zuverlässig, wenn sein Handy einfach nur leer oder defekt wäre, wäre er zum Auto zurückgekehrt und hätte sich gemeldet. Das hat er aber nicht getan, deshalb befürchte ich, dass ihm etwas passiert ist.«

Taylor schlüpfte aus dem Rucksack und stellte ihn auf den Boden. »Okay, welche Spuren haben Sie gefunden?«

Montgomery deutete in Richtung des umgestürzten Baumes. »Fußabdrücke auf dem Boden, abgebrochene Zweige am Baum, dazu ein Stück Stoff, vermutlich von seinem Hemd. Die Kante der Klippe sieht auch aus, als wäre vor Kurzem etwas abgebrochen. Und …« Er zeigte auf eine runde Vertiefung im Baumstamm. »… jemand hat geschossen, vermutlich mit einem Gewehr.« Er griff in seine Hosentasche und zog etwas heraus. »Hier ist die Kugel.«

Verwirrt starrte Taylor darauf. »Wer sollte hier schießen? Hat Ihr Freund …?«

»Nein, Noah hat keine Waffen bei sich. Es muss jemand anders gewesen sein und vor nicht allzu langer Zeit, denn das Loch im Holz sieht noch sehr frisch aus.«

Taylor hockte sich vor den Baumstamm und untersuchte die Stelle. »Sie haben recht. Ich werde es melden müssen, dass jemand hier im Park in der Gegend herumschießt.«

»Das verstehe ich, doch könnten wir erst meinen Freund suchen? Wenn er vor zwei Tagen hier war und hinuntergestürzt ist …«

Er brauchte nicht weiterzureden, sie verstand auch so, was er sagen wollte. Die Wahrscheinlichkeit, dass dieser Noah noch lebte, war ziemlich gering. Und wenn, dann sollten sie ihn so schnell wie möglich finden. »Gibt es Hinweise darauf, dass er von der Klippe gestürzt ist?«

»Es befindet sich einige Meter tiefer ein kleiner Absatz, darauf liegt irgendetwas Rotes, das ebenfalls ziemlich frisch aussieht. Ich konnte nicht genau erkennen, was es ist und ob es Noah gehört.«

»Das kann aber kein Blut sein.«

»Vermutlich eher etwas aus Plastik oder Metall, schätze ich.«

Taylor zog ein Fernglas aus ihrem Rucksack und bewegte sich erneut auf die Kante zu. Diesmal war sie noch vorsichtiger. »Halten Sie mich fest?«

Wieder schloss sich eine warme Hand um ihren Oberarm, fest, aber nicht schmerzhaft. Taylor beugte sich vor und warf einen Blick auf den Absatz. Sofort entdeckte sie den roten Gegenstand. »Es sieht aus wie ein Stück von einer Handyhülle. Ich kann mich aber auch irren. Wissen Sie, ob Ihr Freund so etwas hat?« Langsam zog sie sich zurück, bis sie auf sicherem Boden stand.

Sofort ließ Montgomery sie los. »Ich habe keine Ahnung, ob Noahs Handy eine rote Hülle hat. Aber wer sollte sie sonst hier verloren haben? Ich kann mir nicht vorstellen, dass jemand anders in den letzten Tagen in der Gegend unterwegs war.«

»Außer derjenige, der auf den Baum geschossen hat.«

Montgomery verzog den Mund. »Ja, außer dem. Allerdings denke ich nicht, dass er hier oben war. Ich habe nur ein Paar Fußspuren gefunden. Und er kann unmöglich mit einem Gewehr vom Rand aus die anderthalb Meter bis zum Baumstamm geschossen haben. Dann würde das Loch sicher anders aussehen.«

»Das stimmt.« Sie blickte über die Landschaft und runzelte die Stirn. »Wahrscheinlich kam der Schuss von dort drüben.«

»Wissen Sie, was da passiert ist? Es sieht aus, als gäbe es dort Fahrspuren.«

»Ich habe keine Ahnung.« Sie wandte sich wieder der vorliegenden Aufgabe zu. »Ich werde mich jetzt dort hinablassen und sehen, ob ich den Vermissten entdecke.« Dafür musste sie allerdings erst mal etwas finden, an dem sie ihr Seil befestigen konnte. Kritisch beäugte sie den Baumstamm. Er war das einzige halbwegs Massive in näherer Umgebung zum Abhang. Allerdings war sie nicht sicher, dass er nicht verrutschen würde, wenn sie mit ihrem vollen Gewicht daran hing. »Können Sie überprüfen, ob der Baumstamm hält, wenn ich ihn als Sicherung nehme?«

»Natürlich.«

Während sich Taylor den Klettergurt umlegte und das Seil durch den Karabinerhaken fädelte, beobachtete sie, wie Montgomery den Stamm begutachtete. Er zog mit voller Kraft daran, ohne Ergebnis. Offenbar wurde der umgestürzte Baum durch andere Bäume, die davor wuchsen, ausreichend abgesichert. Taylor setzte den Helm auf, überprüfte den Rest ihrer Ausrüstung und schlang dann das Seil um den Stamm. Es war nicht ideal, aber sie musste mit dem arbeiten, was vorlag. Sofern der Fels stabil war, würde sie Haken in die Wand schlagen und sich damit zusätzlich absichern.

Ein letztes Mal überprüfte sie den Gurt und ob das Seil korrekt eingefädelt war, dann trat sie zum Rand der Felswand. Montgomery betrachtete sie dabei mit einem seltsamen Gesichtsausdruck. Für einen Moment kamen Zweifel in ihr auf. Was, wenn es gar keinen Vermissten gab und das irgendein Plan war, um sie … ja, was? Wenn jemand sie umbringen wollte, gäbe es deutlich einfachere Wege. Und es gab keinen Grund, weshalb es jemand auf sie abgesehen haben könnte. Sean Montgomery war ihr völlig unbekannt und er wirkte auch nicht unbedingt wie jemand, der Spaß daran hatte, wildfremde Frauen in den Tod zu locken. Mal ganz davon abgesehen, dass er nicht hatte wissen können, wer vom Ranger Service geschickt werden würde. Nein, es gab diesen Vermissten. Die Frage war nur, ob sie ihn dort unten finden würde.

»Seien Sie vorsichtig. Der Fels besteht aus Sedimentgestein und ist ziemlich spröde.«

Das brachte sie zum Lächeln, sie hatte nicht erwartet, dass er sich mit Gestein auskannte. »Keine Angst, ich weiß, was ich tue. Es wäre aber nett, wenn Sie den Baumstamm im Auge behalten und mir sofort Bescheid geben, wenn er sich rührt.«

»Zur Not setze ich mich drauf.«

Eher unwahrscheinlich, dass er ihn damit aufhalten konnte, aber der Gedanke zählte. »Danke.«

Nach einem tiefen Atemzug kletterte sie vorsichtig über den Rand und stützte sich mit den Füßen an der Felswand ab. Steine bröckelten heraus und landeten mit einem Klacken auf den Absatz. Um das Seil vor Beschädigungen zu schützen, schob sie einen Plastikschutz dorthin, wo es über den Stein rieb. Normalerweise war sie auf ihren Routen deutlich bessere Bedingungen gewohnt, aber hier musste es auch so gehen. Die Zeit drängte, sollte der Vermisste hier hinuntergefallen sein. Selbst wenn er mit größter Wahrscheinlichkeit einen Sturz nicht überlebt hatte, musste seine Leiche geborgen werden, bevor die Fleischfresser im Park sie entdeckten. Wenn es dafür nicht bereits zu spät war.

Noch einmal sah sie zu Montgomery hinauf, dann begann sie, vorsichtig abwärts zu klettern.

6

Am liebsten hätte Sean beobachtet, wie Taylor hinunterkletterte, doch es wäre zu gefährlich. Nicht nur für ihn, sondern vor allem auch für sie, wenn sich weitere Steine vom Rand lösten und auf sie hinunterfielen. Er war total beeindruckt davon, dass sie das Risiko auf sich nahm, sich an dieser Stelle abzuseilen. Die Wand ging beinahe senkrecht hinunter, es gab nur wenige Stellen, an denen sie mit den Schuhen Halt finden würde. Sie musste sich darauf verlassen, dass das Seil sie hielt. Es machte Sean nervös, nur zusehen zu können. Wenn er allein unterwegs war, ging er durchaus auch das ein oder andere Risiko ein, aber es war etwas ganz anderes, jemand anderem dabei zuzusehen. Besonders einer Frau wie Taylor.

Sie war schlank und sicher fünfundzwanzig Zentimeter kleiner als er. Doch ihre Oberarme waren durchaus muskulös, wie er bemerkt hatte, als er sie berührte, vermutlich weil sie ständig in den Bergen herumkraxelte. Trotzdem wünschte er, sie müsste nicht erst hinunterklettern, um nach Noah zu suchen. Allein die Vorstellung, was sie unten vorfinden würde, machte ihm Angst. *Bitte, Noah darf einfach nichts passiert sein!* Es würde Nick zerstören, sollte er seinen kleinen Bruder verlieren. Wie viel Kummer konnte ein Mensch ertragen, ohne zu zerbrechen? Sean wollte es nicht herausfinden. Noah war während ihrer Zeit in der Studenten-WG fast so etwas wie ein weiterer kleiner Bruder für ihn geworden, ihn zu verlieren, würde furchtbar wehtun. Erst recht, wenn er dazu auch noch Nicks Schmerz erleben würde. Nein, Noah hatte sein gesamtes Leben noch vor sich.

Ein lauter Schlag erklang, dicht gefolgt von hinunterpolternden Steinen. Angespannt beugte sich Sean vor. »Alles in Ordnung?«

Es dauerte einen Moment, bis eine Antwort kam. »Ja. Ich habe versucht, einen Haken einzuschlagen. Offenbar ist die Felswand dafür nicht wirklich gut geeignet. Ich werde etwas tiefer versuchen, ob es dort besser ist.«

»Passen Sie bloß auf!«

»Das ist mein Job.« Sie klang leicht genervt.

Auch wenn das stimmen mochte, war sie trotzdem nicht gegen Verletzungen und Unglücke gefeit. Sean hielt seinen Mund, um sie nicht abzulenken, aber er griff nach dem Seil. Zwar würde er nicht viel ausrichten können, wenn sie fiel, aber es gab ihm das Gefühl, etwas zu tun. Er konnte deutlich spüren, wie stark es gespannt war, weil sie mit ihrem vollen Körpergewicht daran hing. Plötzlich gab es einen Ruck und das Seil war frei. Sie konnte unmöglich schon unten sein! »Taylor?«

»Alles okay, ich bin auf dem Absatz.«

Erleichtert schloss er kurz die Augen. »Ist es eine Handyhülle?«

Eine kurze Pause entstand. »Ja. Ein Stück davon.«

»Aber kein Handy?«

»Nein, nicht, dass ich sehen kann. Ich klettere jetzt weiter.«

Ihr Gewicht zog das Seil wieder hinunter, immer wieder konnte er Steine hören, die sich von der Felswand lösten und in der Tiefe landeten. Seine Hände waren inzwischen schweißnass, sein Herz schlug wie ein Presslufthammer. Wenn Noah dort unten lag … Ohne Vorwarnung verschwand das Gewicht erneut, das Seil lag schlaff in seinen Händen. Mit angehaltenem Atem wartete er darauf, dass Taylor ihm sagte, was sie gefunden hatte. Als nichts kam, befürchtete er das Schlimmste.

»Sean.«

Dass sie ihn mit Vornamen ansprach, erschien ihm beinahe wie eine Bestätigung seiner Befürchtungen. »Was?« Das Wort kam harsch heraus.

»Er ist nicht hier.« Die Art, wie sie es sagte, passte nicht zu dem, was sie sagte.

Das erleichterte Aufatmen blieb Sean im Halse stecken. »Aber?« Es nervte ihn, nichts sehen und sich nur schreiend verständigen zu können.

»Die Spuren deuten an, dass hier wirklich jemand heruntergekommen ist. Nur ist er jetzt eben nicht mehr da.«

Sean mochte sich nicht vorstellen, was das bedeutete.

»Ich möchte, dass Sie das Seil hochziehen und mit meinem Rucksack wieder runterlassen. Ich werde Ihren Freund suchen.«

»Ich komme runter.«

»Das geht nicht, Sie haben keinen Helm und sind nicht erfahren darin …«

Sean hörte nicht weiter zu, sondern zog das Seil hoch, so schnell er konnte. Er band es an ihren Rucksack und ließ es wieder hinunter.

»Danke. Ich werde mich bei Ihnen melden, wenn ich etwas gefunden habe.«

Anstatt darauf zu reagieren, zog er das Seil wieder herauf. Glücklicherweise hatte er einen eigenen Klettergurt dabei, den er rasch überzog und das Seil hindurchführte. Noch einmal testete er die Stabilität des Baumstamms, dann setzte er seinen Rucksack auf und schwang sich über den Rand der Klippe. Steine rieselten ihm entgegen und er wünschte sich einen Helm. Er konnte es nicht ändern, auf keinen Fall würde er Noah im Stich lassen. Wenn er dort unten nicht lag, hieß das, dass er nach dem Sturz noch am Leben gewesen war. Vielleicht war er verletzt und versuchte verzweifelt, irgendwie in die Zivilisation zurückzukommen.

»Sean? Was um Himmels willen tun Sie da!«

»Ich komme runter, das habe ich doch schon gesagt. Gehen Sie lieber aus dem Weg, es könnte sein, dass sich ein paar Steine lösen.«

»Das ist viel zu gefährlich!«

»Hoch klettere ich jetzt sicher nicht mehr.«

Er ließ sich schneller hinunter, als er es normalerweise getan hätte, aber er vertraute der Behelfskonstruktion mit dem Baumstamm nicht sonderlich. Je eher er unten war, desto besser. Allerdings wollte er mit heilen Knochen ankommen, deshalb machte er auf dem Absatz kurz Halt, um das Seil zu überprüfen und sich auf den restlichen Weg vorzubereiten. Taylor hatte das Stück von der Handyhülle offenbar mitgenommen, es lag nicht mehr dort. Sean verlagerte das Gewicht, um sich weiter abzuseilen, als plötzlich der schmale

Felsvorsprung unter ihm nachgab.

Mit einem unterdrückten Schrei verlor er das Gleichgewicht und stürzte in die Tiefe. Ein Stück tiefer stoppte sein Fall abrupt, als der Gurt das Seil anhielt. Die Bewegung überdehnte schmerzhaft seine Muskeln und Sehnen, aber besser, als auf dem Boden zu landen.

»Sean, ist alles in Ordnung?« Sorge klang deutlich in ihrer Stimme mit.

Das Seil pendelte zurück in Richtung Fels und er hielt die Füße hoch, um sich von der Wand abstoßen zu können. »Ja, alles okay.« Mehr oder weniger. Er umfasste das Seil wieder fester und ließ sich Stück für Stück hinunter.

Er war nur noch etwa drei Meter vom Boden entfernt, als er über sich ein lautes Poltern hörte. Sofort blickte er nach oben. Der Baumstamm musste sich aus seiner Verankerung gelöst haben. Vermutlich durch den harten Ruck beim Sturz. Jetzt hing er bereits halb über dem Abgrund und würde jeden Augenblick herunterstürzen. Und ihn dabei begraben. *Shit!*

»Fallen lassen!« Taylors lauter Ruf drang durch seine Panik.

Unwillkürlich folgte er ihrem Befehl und klinkte das Seil aus. Ungesichert stürzte er zu Boden. Hart kam er auf und blieb einen Moment betäubt liegen. Sofort war Taylor da. Sie warf sich auf ihn, umklammerte ihn mit Armen und Beinen und rollte sich mit ihm aus der Gefahrenzone. Nur Sekunden später krachte der Baumstamm genau dorthin, wo er eben noch gelegen hatte. Äste und Zweige brachen ab und flogen wie Geschosse durch die Luft. Irgendetwas bohrte sich in seinen Oberschenkel, aber er war froh, nicht vom Baum plattgewalzt worden zu sein. Hätte er ihn voll getroffen, wäre er jetzt tot.

Sein Atem klang keuchend in der folgenden Stille. Sean hielt die Augen fest geschlossen, er wollte lieber nicht sehen, wie nah er dem Tod gekommen war. Es dauerte eine Weile, bis er bemerkte, dass er auf Taylor lag, die sich noch immer an ihn klammerte. Langsam hob er die Lider und blickte direkt in Taylors große Augen. Sie wirkten in der Sonne beinahe silberfarben. Der Helm saß schief auf ihrem

Kopf, einzelne Strähnen kurzer dunkler Haare lugten hervor. Ihm fehlte die Sprache, deshalb beugte er sich vor und küsste ihre Wange.

Ihre Augen weiteten sich. »Warum haben Sie das getan?« Offenbar hatte sie kein Problem damit, Worte zu finden.

»Ein Dank.« Seine Stimme klang rau und er räusperte sich. »Für die Rettung.«

Das brachte ihm ein kleines Lächeln ein. »Bitte.« Dann verengten sich ihre Augen. »Das war unglaublich leichtsinnig! Sie hätten getötet werden können – und ich noch dazu. Was haben Sie sich dabei gedacht?«

Vorsichtig setzte sich Sean auf und unterdrückte das Stöhnen, als der Schmerz durch seine Glieder schoss. »Ich habe mir gedacht, dass mein Freund hier unten ist und ich ihm helfen muss. Oder denken Sie, er könnte einen solchen Sturz unverletzt überstanden haben?« Er bewegte sich zur Seite, damit Taylor aufstehen konnte.

»Unwahrscheinlich. Es wäre sowieso ein Wunder, wenn er den Aufprall überlebt hat.«

»Wenn? Ich dachte, Sie haben gesagt …«

»Ich habe gesagt, dass er nicht hier ist. Das heißt, er könnte entweder den Sturz überlebt und danach versucht haben, sich in Sicherheit zu bringen. Oder …«

»Oder, was?«

Taylor zögerte. »Hier gibt es Raubtiere. Wenn sie einen frischen … Kadaver wittern, werden sie ihn nicht verschmähen. Vielleicht wurde er verschleppt.«

Sean biss bei dem Gedanken die Zähne zusammen. »Nein, das will ich nicht glauben. Wir müssen ihn finden.«

»Bevor Sie Ihren Stunt begonnen haben, war ich dabei, die Spuren zu begutachten, um herausfinden zu können, was passiert ist. Jetzt …« Sie deutete auf den Baumstamm und die heruntergestürzten Felsbrocken. »… wird das deutlich schwerer sein.«

»Tut mir leid?«

»War das eine Frage? Es klang nicht wirklich ernst gemeint.«

Mühsam kam Sean auf die Beine. »Es war nicht so geplant, und es ist schlimm, dass ich mögliche Spuren zerstört habe. Aber ich bedaure nicht, runtergekommen zu sein, um nach Noah zu suchen. Wenn er hier noch irgendwo ist, muss ich ihn unbedingt finden.«

»Sind Sie immer so eigensinnig?«

»Wenn es um meine Freunde oder Familie geht, ja.« Nichts konnte ihn aufhalten, wenn einer von ihnen in Gefahr war und er die Möglichkeit hatte, zu helfen.

»Okay, das lasse ich gelten.« Taylor betrachtete ihn genauer. »Sind Sie verletzt?«

»Würden Sie es mir glauben, wenn ich sage: Nur ein Kratzer?«

»Eher nicht.« Sie ging um ihn herum. »Stehen können Sie schon mal, das ist gut. Es scheint also nichts gebrochen zu sein. Aber es steckt ein Stück Borke in ihrem Oberschenkel. Das müssen wir rausholen und die Wunde desinfizieren, bevor sie sich entzündet.« Aus ihrem Rucksack holte sie ein Erste-Hilfe-Set.

Sean blickte an sich hinunter und schnitt eine Grimasse. Deshalb schmerzte sein Bein also so. Vielleicht hätte eine Jeans etwas mehr Schutz geboten, doch er trug nur eine dünne Trekkinghose, durch die das Holz ohne Widerstand hindurchgegangen war. Blut tränkte bereits den Stoff, bei jeder Bewegung zerrte er an dem Fremdkörper. Taylor hatte recht, darum mussten sie sich zuerst kümmern, auch wenn alles in ihm danach drängte, sofort nach Noah zu suchen. Sean musste vernünftig laufen können, wenn er seinem Freund helfen wollte. »Ja, das ist besser. Wie machen wir es?«

Taylor hockte sich neben ihn und beäugte den langen Holzsplitter. »Ich ziehe erst das Stück raus.« Sie blickte hoch. »Bereit?«

Das würde sicher unangenehm werden. Trotzdem nickte Sean und wappnete sich gegen den Schmerz. Taylor berührte sein Bein, sanft zuerst, dann legte sie die andere Hand um das Stück Borke. Schon allein diese Berührung reichte, dass ihm der Schweiß ausbrach. Bevor er sich daran gewöhnen konnte, zog Taylor den Holzsplitter mit einer gleitenden Bewegung hinaus. Sean biss die Zähne zusammen, um die wilden Flüche zurückzuhalten, die ihm durch den Kopf gellten.

Wieder berührte Taylor ihn, diesmal am Arm. »Alles okay?«

»Kommt … auf die Definition von okay an.«

Überraschend grinste sie ihn an. »Ich deute das als ja. Ziehen Sie die Hose runter, damit ich mir die Wunde ansehen kann.«

Seans Augenbrauen schossen in die Höhe, aber er tat, was Taylor ihm befahl. Während er in ihre Augen sah, nahm er den Klettergurt ab, öffnete den Hosenknopf und zog den Reißverschluss auf. Er schob die Hose langsam hinunter, auf Höhe der Verletzung half Taylor ihm dabei. Schließlich hing sie um seine Knie. Es fühlte sich seltsam an, mit hinuntergelassener Hose mitten in der Wildnis zu stehen, während eine Frau vor ihm hockte. Glücklicherweise waren die Schmerzen zu stark, um irgendwelche ungewollten Regungen zu verspüren. Das wäre noch die Kirsche auf der Torte, wenn er sich vor Taylor lächerlich machte. Es reichte schon, dass er die Felswand hinuntergefallen war.

Er warf einen Blick auf die Wunde und wünschte gleich, er hätte es nicht getan. Ein breiter Riss lief über seinen Oberschenkel, aus dem kontinuierlich Blut floss. So wie es sich anfühlte, war die Verletzung recht tief.

Taylor wühlte in ihrem Verbandsset und zog eine Pinzette heraus. »Ich muss versuchen, mögliche Splitter herauszuholen, sonst werden Sie damit große Probleme haben. Von einer Entzündung ganz zu schweigen. Vielleicht setzen Sie sich besser hin, dann sind Ihre Muskeln nicht so angespannt.«

Zwar glaubte Sean nicht, dass ihm das irgendwie helfen würde, was die Schmerzen anging, aber es würde Taylor die Sache vielleicht erleichtern und sie würden umso schneller nach Noah suchen können. Mit Taylors Hilfe setzte er sich auf einen Felsen ein paar Meter entfernt und versuchte, das Gefühl zu ignorieren, dass immer noch ein Fremdkörper in seinem Bein steckte. Es würde nicht gerade angenehm werden, jetzt noch Stunden, wenn nicht sogar Tage damit durch die Wildnis zu stapfen, doch er hatte keine Wahl. Auf keinen Fall würde er aufgeben, bevor er nicht wusste, was mit Noah passiert war.

Taylor hockte sich vor ihn und spritzte etwas Desinfektionsmittel über die Pinzette. Sie hielt die Pinzette über seine Wunde. »Tut mir leid.«

Seans gesamter Körper spannte sich an, als das Instrument in die Wunde tauchte. Er sah lieber nicht hin, als Taylor einige Holzsplitter entfernte. Es reichte, wenn es sich so anfühlte, als würde sie mit glühenden Feuerhaken darin herumstochern. Schließlich legte sie die Pinzette zur Seite. »Mehr kann ich nicht machen, ich möchte auch nicht noch mehr verletzen. Ich werde es jetzt so gut es geht desinfizieren und dann verbinden. Hoffen wir, dass es reicht, bis ich Sie in die Zivilisation zurückgebracht habe.«

Da seine Zähne so fest aufeinandergepresst waren, nickte er nur. Er würde nicht gehen, solange er Noah nicht gefunden hatte. Egal, was Taylor davon hielt. Wenn sie ihm nicht länger half, würde er allein weitermachen. Diesmal fluchte er laut, als sich das Desinfektionsmittel in seine Wunde brannte. Shit, er hatte vergessen gehabt, wie sehr so etwas schmerzte. Selbst bei kleinen Schnitten war es schon unangenehm, aber bei dieser großen und tiefen Wunde hätte sie auch gleich eine Stange Dynamit hineinstecken können. Aber gut, alles war besser, als wenn sich die Wunde infizierte und er hinterher eine Blutvergiftung bekam oder gar sein Bein verlor.

Besorgt blickte Taylor ihn an. »Okay?«

Er wischte mit dem Ärmel über seine Stirn. »Muss ja.«

Noch immer sickerte Blut aus der Wunde, sein Magen drehte eine Rolle und Sean blickte lieber wieder Taylor an. Sie holte ein Tuch aus ihrem Rucksack und wischte sanft das Blut von seinem Bein. Dann wickelte sie einen festen Verband darum. Im ersten Moment wurde ihm schwarz vor Augen, als sich der Schmerz intensivierte, aber er schaffte es, sich auf dem Felsen zu halten. Endlich hatte Taylor den Verband befestigt und richtete sich auf. Sean atmete ein paar Mal tief durch und hob die Lider. Wann hatte er die Augen geschlossen?

»Soll ich Ihnen mit der Hose helfen?«

Taylors Worte drangen durch den Nebel in seinem Gehirn und klärten ihn erschreckend schnell. »Das schaffe ich allein, danke.« Mit wackeligen Beinen stand er auf und zog vorsichtig die Hose über den Verband. Glücklicherweise funktionierte das ohne weitere Schmerzen. Rasch knöpfte er sie zu und zog den Reißverschluss hoch. Erst danach blickte er Taylor wieder an. »Meinst du nicht, dass wir uns duzen sollten, nachdem du mich in Unterhose gesehen hast?«

7

Taylor starrte ihn an. Versuchte Sean gerade einen Scherz zu machen, obwohl er so aussah, als würde er jeden Moment das Bewusstsein verlieren? Was zum Teufel war mit den Männern los? Ja, sie hatte den Slip gesehen, den er trug – und auch, dass seine Beine durchaus muskulöser waren, als sie vorher geglaubt hatte. Zusammen mit den geheimnisvollen Augen, den verstrubbelten braunen Haaren und den markanten Gesichtszügen war er durchaus attraktiv. Trotzdem sprang sie ihn deswegen nicht gleich an. Sie hatte momentan ganz andere Probleme. Wie zum Beispiel, dass er mit der Verletzung nicht lange durchhalten würde. Und hier irgendwo mit größter Wahrscheinlichkeit menschliche Knochen lagen, die von Tieren abgenagt und verteilt worden waren. Sie wollte weder einen Toten finden – oder Teile davon – noch auf Raubtiere treffen, die sie als Snack betrachten würden. Unruhig sah sie sich um.

Offenbar hatte sie zu lange geschwiegen, denn Seans Miene verschloss sich. »Entschuldigung, ich wollte nur freundlich sein. Wir können uns weiter siezen, auch wenn ich das ziemlich mühsam finde.«

»Kein Problem, ich war nur gerade an deiner Bemerkung mit der Unterhose hängen geblieben. Es ist nicht die erste dieser Art, die ich gesehen habe, nur falls du das denken solltest.«

Sean schloss kurz die Augen. »Ich sollte mich wohl entschuldigen. Das war ein Versuch, von meiner Schwäche abzulenken.«

»Mich oder dich?«

Sein Mundwinkel hob sich. »Beides.«

»Ich mag es, wenn Leute ehrlich sind.«

»Das werde ich mir merken.« Sean ging zwei Schritte und nickte dann. »Ich kann mich bewegen, das ist gut. Wir sollten jetzt nach Noah suchen.«

»Ich halte es für besser, wenn wir dich so schnell wie möglich hier rausbringen. Ein Arzt muss die Wunde versorgen.«

Sofort schüttelte Sean den Kopf. »Noah ist von oben heruntergefallen. Er ist ganz sicher verletzt. Seit über zwei Tagen ist er schon hier und wartet auf Hilfe. Ich muss ihn finden.« Er sah dorthin, wo der zerbrochene Baumstamm lag. »Außerdem kommen wir hier sowieso nicht hoch. Wir müssen uns einen anderen Weg suchen.«

»Also gut. Ich suche nach Spuren, du ruhst dich noch etwas aus. Ich sage sofort Bescheid, sobald ich welche finde.« Taylor verstaute das Erste-Hilfe-Set und ihren Helm in ihrem Rucksack und setzte ihn auf.

»Was hattest du entdeckt, bevor ich runtergekracht bin? Du sagtest, dass Noah dort gelandet ist. Gab es irgendwelche Spuren? Gegenstände? Blut?« Er wurde deutlich blasser.

»Ein Handy lag dort, mit dem Rest der roten Hülle. Vermutlich ist es heruntergefallen und dabei zerstört worden. Deshalb hast du ihn nicht mehr erreicht und er konnte auch keine Hilfe rufen. Ich habe es aufgehoben, bevor du runtergekommen bist.« Sie hielt es ihm hin. »Eine Sonnenbrille, ebenfalls kaputt. Eine geplatzte Wasserflasche. Und ja, auch etwas Blut. Aber nicht so viel, dass es besorgniserregend wäre. Die Frage ist, in welchen Zustand dein Freund war. Konnte er sich bewegen, sogar laufen? Wenn ja, wohin ist er von hier aus gegangen?«

»Es muss Spuren geben. Wenn nicht hier auf dem harten Boden, dann irgendwo in der Umgebung. Wir müssen sie nur finden.«

»Ja.« Taylor tastete ihre Taschen ab und zog dann ihr Handy heraus. »Aber zuerst werde ich in der Rangerstation anrufen, dass es einen Unfall gegeben hat, sie schon mal einen Hubschrauber und eventuell sogar einen Notarzt bereithalten sollen, wenn wir deinen Freund finden.«

»Das wäre gut.«

Taylor blickte auf das Display und runzelte die Stirn. Das Telefon zeigte ihr keine Verbindung an, dabei sollte es eigentlich in jedem Winkel des Parks funktionieren. Vielleicht lag es an der Felswand in der Nähe. »Anscheinend kriege ich gerade keine Satellitenverbindung. Ich versuche es etwas später noch mal.« Sie steckte das Handy weg. »Ich gehe dann …«

»Am besten teilen wir uns auf, damit wir schneller etwas finden.« Sean rückte seinen Rucksack zurecht und sah sich um. »Wohin würde man von hier aus am ehesten flüchten? Besonders wenn man verletzt ist. Vermutlich dorthin, wo es weniger felsig ist, wo man nicht klettern muss.« Er rieb über seine Stirn, als hätte er Kopfschmerzen. »Andererseits war da dieses Einschussloch im Baumstamm. Wenn es tatsächlich zur gleichen Zeit entstanden ist, könnte sich Noah dorthin geflüchtet haben, wo er es für am sichersten hielt.«

Offenbar war Sean nicht bereit, auf ihren Rat zu hören, sich ein wenig auszuruhen. Da sie nicht seine Mutter war, ließ sie es auf sich beruhen. »Ich kann mir immer noch nicht vorstellen, wer hier herumgeschossen haben sollte. Aber probieren wir es aus. Wir werden etwas finden.« Und wenn es Schleifspuren waren, von einem Tier verursacht, dass die Leiche wegtransportierte. Doch das sprach sie nicht aus. Sie wollte Sean nicht die Hoffnung nehmen, die sie so deutlich in ihm spürte. Wahrscheinlich dachte er, wenn er selbst den Sturz überlebt hatte, dann sicher auch Noah. Was durchaus sein konnte, aber verletzt tagelang in dieser abgelegenen Region des Parks zu überleben, war etwas ganz anderes. »Warum versuchst du es nicht dort und ich sehe hier drüben nach.« Sie deutete dorthin, wo es offener und flacher war, damit Sean sein Bein nicht überanstrengte.

»Okay.«

Sie sah ihm nach, wie er langsam in die angegebene Richtung humpelte. Auch wenn er es nicht zugeben wollte, er hatte Schmerzen und würde das Bein nicht lange belasten können. Sie mussten Noah so schnell wie möglich finden – oder seine Überreste –, damit sie Sean hier rausbringen konnte. Denn eines wusste sie genau, er würde nicht ohne seinen Freund gehen. Solange er noch glaubte, dass Noah Hilfe brauchte, würde er ihn suchen, völlig egal, ob er damit seine eigene Gesundheit oder Sicherheit gefährdete. Seltsam, dass sie ihn nach der kurzen Zeit schon so gut einschätzen konnte.

Nachdem sie sichergestellt hatte, dass er zurechtkam, machte sie sich auf die Suche nach Spuren. Sie suchte von der Unglücksstelle aus den Boden ab und ging dabei die Felswand entlang. Es war schwierig, jetzt noch sagen zu können, was durch Seans Absturz heruntergekommen war, und was vielleicht vorher schon hier gelegen hatte und bewegt worden war. Blutstropfen fand sie keine, es könnte aber auch sein, dass Noah seine Verletzung verbunden oder irgendwie gestillt hatte. Sorgfältig überprüfte sie jede noch so kleine Anomalie, konnte jedoch nichts ausmachen, das auf den Mann hingedeutet hätte.

»Hier!« Seans Ruf hallte über die Lichtung.

Sofort lief Taylor zu ihm. »Hast du was gefunden?«

Sean deutete auf den Boden. »Blutstropfen auf den Blättern. Und Fußspuren. Oder zumindest irgendwelche Spuren. Irgendjemand hat sich hier durch das Unterholz bewegt.«

Taylor hockte sich neben ihn. »Ja, es sieht so aus. Ein Tier war es jedenfalls nicht, dafür sind die Kanten der Spuren zu hart und gleichmäßig. Jetzt müssen wir nur noch herausfinden, in welche Richtung er sich bewegt hat.« Wenn sie Glück hatten, hatte er nicht noch mehrere Kilometer zurückgelegt, sondern sich irgendwo versteckt, um auf Hilfe zu warten. Allerdings musste er wissen, dass die Wahrscheinlichkeit ziemlich gering war, dass ihn jemals jemand finden würde. Sie konnte sich ausmalen, welche Angst er verspürt haben musste.

»Folgen wir ihnen.« Sean erhob sich und schwankte leicht.

»Willst du nicht lieber hierbleiben, während ich nach ihm suche? Ich komme zurück und hole dich, wenn ich ihn gefunden habe.«

Beinahe sofort schüttelte Sean den Kopf. »Nein, ich muss etwas tun. Wenn ich nur rumsitze, grübele ich die ganze Zeit. Und ich werde die Schmerzen stärker spüren, wenn ich nicht abgelenkt bin.«

Mit einem Seufzer stand sie auf. »Okay, dann gehen wir weiter.« Schließlich konnte sie ihn auch nicht hier festbinden. Tat sie es nicht, würde er ihr auf jeden Fall folgen, ob sie wollte oder nicht. Wenn sie wenigstens schon ihre Kollegen informieren und Hilfe anfordern könnte, doch noch hatte sie keinen Empfang. Langsam ging sie weiter, während sie immer wieder den Boden auf weitere Spuren kontrollierte. Es war nicht sonderlich schwer, ihnen zu folgen.

»Danke.« Seans Stimme erklang dicht hinter ihr.

Taylor drehte sich zu ihm um. »Wofür?«

»Dass du nicht versuchst, es mir auszureden. Noah ist der jüngere Bruder meines besten Freundes, er ist fast so etwas wie ein weiterer Bruder für mich. Ich habe ihn praktisch aufwachsen sehen. Ich muss einfach etwas tun, um ihm zu helfen.«

Sie verstand ihn nur allzu gut. Ihr würde es genauso gehen. »Das kann ich nachvollziehen, doch es bringt ihm nichts, wenn du wegen deines Beins nicht weiter kannst oder dir eine Blutvergiftung oder etwas Ähnliches holst.«

»Das Risiko ist mir bewusst. Solange es noch geht, ist mir Noah aber wichtiger.«

Taylor nickte ihm zu. »Dann finden wir ihn besser schnell, denn ich denke nicht, dass ich dich tragen könnte.«

Das brachte ihr ein schnelles Lächeln ein. »Nein, wohl eher nicht. Wenn ich nicht weiter kann, lässt du mich einfach irgendwo liegen.«

»Das werde ich ganz sicher nicht!«

Seine Hände schlossen sich warm um ihre Oberarme. »Doch, denn du musst weiter nach Noah suchen. Er braucht unsere Hilfe.«

Sie brachte es nicht über sich, ihm zu sagen, dass sein Freund vermutlich längst jenseits aller Hilfe war. Schließlich nickte sie, obwohl sie nicht sicher war, ob sie ihn wirklich im Stich lassen konnte. Hoffentlich würde es nicht erst dazu kommen. Noch immer konnte sie sich nicht vorstellen, dass Noah wesentlich weiter gekommen war, wenn er verletzt war. Es war kein Seil zu sehen gewesen, er war also völlig ungesichert und vermutlich auch ohne Helm oben von der Klippe heruntergestürzt. Selbst wenn der Absatz seinen Sturz ein wenig gebremst hatte, war es nahezu unmöglich, dass er ohne schwerere Verletzungen davongekommen sein könnte. Zumindest Knochenbrüche waren sehr wahrscheinlich, vielleicht sogar eine

Kopf- oder Wirbelsäulenverletzung. Bei letzteren würden sie ihn vermutlich in einem Radius von unter einem Kilometer finden.

Da es nichts bringen würde, weiter darüber nachzugrübeln, folgte sie erneut den Spuren, die sich deutlich durch das Unterholz zogen. Mal war es der Schuhabdruck eines Wanderstiefels, dann wieder abgeknickte Äste oder etwas Blut an den Blättern eines Buschs. Ihre Bewunderung stieg, als sich der Weg immer weiter hinzog. Dieser Noah war offenbar sehr zäh. Sein Wille trieb ihn vorwärts. Hinter sich konnte sie Seans Atem hören. Auch er hielt sich gut, dafür dass er eine Beinverletzung hatte. Sie hatte Bergtouren geführt, bei denen die Leute schon nach fünf Minuten anfingen zu jammern, dass ihnen die Schuhe drückten, der Rucksack zu schwer war und der Wind zu kalt. Sean würde das nicht tun. Vermutlich würde er selbst dann nichts sagen, wenn er sein Bein nicht mehr bewegen konnte. Selbst wenn es unvernünftig war, gefiel ihr das.

Unvermittelt trat sie aus dem Wald, wo auch die Spuren abrupt endeten. Oder zumindest waren sie nicht mehr zu erkennen. Der Boden war aufgewühlt, es waren eindeutig Reifenspuren von großen Fahrzeugen zu erkennen, die sich durch das Tal zogen. Warum zum Teufel fuhr hier jemand mit Fahrzeugen durch die Wildnis? Die Gegend war viel zu unwegsam, über viele Kilometer gab es keine Straßen. Taylor ging ein Stück weiter und drehte sich um. Von hier aus war problemlos die Klippe zu erkennen, von der sie abgestiegen waren. Anscheinend waren dies hier die Spuren, die sie von oben bereits gesehen hatten. Hier waren eindeutig noch vor Kurzem irgendwelche Arbeiten im Gange gewesen, von denen sie bisher nichts gehört hatte. Zwar hatte sie wegen ihrer Spezialisierung auf Bergführungen eher weniger mit den normalen Verwaltungsarbeiten der Ranger zu tun, aber davon hätte sie ganz sicher gehört. War deshalb dieser Bereich des Parks für alle Besucher gesperrt? Es sah hier nicht nach Renaturierung aus.

Taylor zog ihr Handy heraus und atmete auf, als die Balken andeuteten, dass sie Empfang hatte.

»Was tust du?« Sean stand schwer atmend neben ihr.

»Ich rufe Lewis an. Ich will wissen, warum hier jemand herumgefahren ist und ich will, dass er noch jemanden schickt. Je mehr nach Noah suchen, desto schneller werden wir ihn finden. Dein Freund hat keine Zeit mehr. Wir müssen ihn unbedingt heute noch entdecken.« Die Nächte waren hier nicht gerade warm und wenn er verletzt war, würde er noch schneller auskühlen. Von der Gefahr durch die Raubtiere ganz abgesehen. Der Geruch seines Blutes würde sie über kurz oder lang anlocken.

»Okay. Nachdem ich weiß, dass er von der Klippe gestürzt und verletzt ist, bin ich für jede Hilfe dankbar.«

Taylor nickte und wählte Lewis' Nummer. Es schien ewig zu dauern, bis er sich meldete.

»Ja.«

»Hier ist Taylor. Ich bin auf ein Tal gestoßen, in dem es aussieht, als hätten irgendwelche Bauarbeiten oder etwas in der Art stattgefunden. Jedenfalls gibt es Spuren von mehreren Fahrzeugen.«

»Was machst du denn da? Ich dachte, ich hätte dich losgeschickt, damit du einen Vermissten suchst.«

Taylor runzelte die Stirn. »Das tue ich, genau dabei bin ich darauf gestoßen. Ich habe nicht mitbekommen, dass im Backcountry irgendetwas gebaut wird. Weißt du was davon?«

»Nein. Was ist mit dem Mann?«

»Bisher haben wir ihn noch nicht gefunden. Er ist wohl eine Klippe heruntergefallen und scheint verletzt zu sein. Seine Spuren haben uns genau zu dieser zerstörten Fläche geführt. Es wäre besser, wenn wir hier mehr Leute hätten, die uns bei der Suche helfen. Vielleicht auch einen Hubschrauber, damit er gleich abtransportiert werden kann, wenn wir ihn finden.«

»Gib mir deine Koordinaten, dann sehe ich, was ich tun kann.« Er klang seltsam genervt.

Taylor las die Koordinaten von ihrem GPS-Gerät ab. »Es wäre unterlassene Hilfeleistung, wenn wir von einem Verletzten wissen und nicht alles unternehmen, um ihn herauszuholen.« Es war unglaublich, dass sie das dem leitenden Ranger erklären musste.

»Das ist mir völlig bewusst, danke für die Belehrung. Bleibt da, es kommt in Kürze jemand.« Lewis unterbrach die Verbindung, bevor sie noch etwas sagen konnte.

Fassungslos starrte sie das Telefon an.

»Was hat er gesagt?«

Taylor versuchte, ihre Mimik in den Griff zu bekommen, bevor sie sich zu Sean umwandte. »Er schickt jemanden. In Kürze, wie er es nannte. Ich habe keine Ahnung, was das bedeutet. Wir sollen hier warten.«

Sofort schüttelte Sean den Kopf. »Keine Chance. Ganz sicher drehe ich nicht Däumchen, solange Noah noch in Gefahr ist. Was stellt er sich …«

»Das sehe ich auch so.«

Sean hielt in seiner Tirade inne, seine Mundwinkel hoben sich. »Gut.« Mit einer Hand fasste er in seine Tasche und zog sein Handy heraus. »Ah, ich habe auch Empfang. Ich rufe kurz Noahs Bruder an, dann können wir weiter.«

Während Sean telefonierte, hockte sich Taylor hin und untersuchte die Spuren in der aufgewühlten Erde. Soweit sie es sehen konnte, gab es keinerlei Hinweise darauf, wozu jemand hier entlanggefahren sein sollte. Sie konnte sich nicht vorstellen, dass es überhaupt erlaubt war, in einem besonders geschützten Bereich des Nationalparks die Natur zu zerstören. Sicher gab es jede Menge Auflagen, die alle erfüllt werden mussten. Auf jeden Fall würde auch jemand vom Parkmanagement die Bauarbeiten – oder was immer es war – überwachen und dafür sorgen, dass so wenig wie möglich zerstört wurde.

Stattdessen waren mehrere Fahrzeuge durch die Gegend gefahren. Es hätte deutlich weniger Schaden angerichtet werden können, wenn die Leute zu Fuß hierhergekommen wären. Wie konnte Lewis so ruhig bleiben, wenn sie ihm davon berichtete? Normalerweise war er beim kleinsten Eingriff in den Park total von der Rolle. Irgendetwas stimmte hier ganz und gar nicht und sie würde herausfinden, was das war.

8

Es fiel Sean extrem schwer, Nick davon zu berichten, was er bisher gefunden hatte, aber er mochte ihn nicht länger in Unwissenheit lassen. Es war gut möglich, dass Noah schwer verletzt war oder sogar tot und Nick musste das erfahren. Sein Freund war verständlicherweise extrem aufgewühlt.

»Ich wusste, dass etwas passiert ist! Er hätte sich sonst schon längst bei mir gemeldet. Ich hatte nur gehofft …« Er brach ab. »Wie konnte er einfach eine Klippe hinunterstürzen?«

Gute Frage, die Sean selbst gern beantwortet hätte. »Ich kann es dir nicht sagen. Allerdings kam der Abgrund wirklich sehr abrupt, vielleicht hat Noah ihn nicht schnell genug gesehen. Oder er war in der Dämmerung unterwegs.« Sean holte tief Atem. »Auf jeden Fall verspreche ich dir, dass wir ihn so lange suchen werden, bis wir ihn gefunden haben.«

»Danke. Moment – wir? Ich dachte, du bist allein unterwegs.«

»Das war ich auch. Ich habe inzwischen Hilfe vom Park Service bekommen, eine Bergführerin unterstützt mich und andere sind unterwegs.«

»Endlich! Es wurde auch Zeit, dass sie die Sache ernst nehmen.«

»Ich denke, das tun sie jetzt. Ich werde mich wieder bei dir melden, wenn ich neue Informationen haben, okay?«

»Gut. Und Sean, finde Noah bitte. Ich könnte es nicht ertragen, wenn ich niemals wüsste, was mit ihm passiert ist.« Schmerz sprach deutlich aus Nicks Worten.

»Ich werde so lange suchen, bis ich ihn gefunden habe, ich verspreche es.« Oder bis sein eigener Körper aufgab, aber er hoffte, dass es dazu nicht kommen würde.

»Danke.«

»Versuch, dich ein wenig auszuruhen, okay? Bis später.« Sean ließ das Handy sinken und starrte auf die Landschaft. Hatte Noah auch diese Spuren gesehen und sich hierhergeschleppt, um Hilfe zu erhalten? Vielleicht hatte er sogar noch jemanden angetroffen. Es konnte durchaus sein, dass die Spuren nicht älter als zwei Tage waren. Hinzu kam, dass jemand in der Gegend mit einem Gewehr geschossen hatte. Hatte ein Wilderer herumgeballert? Oder war es ein gezielter Schuss gewesen, der vielleicht sogar Noah gegolten hatte? Möglich war beides und das machte Sean nervös.

»Warum sucht dein Freund nicht selbst nach seinem Bruder?«

Taylors Stimme hinter ihm ließ ihn zusammenzucken. Für einen Moment hatte er vergessen gehabt, dass er nicht allein war. Langsam drehte er sich zu ihr um und versuchte, den Schmerz in seinem Oberschenkel zu ignorieren. »Nick hat sich vor einer Woche bei einem Autounfall das Bein gebrochen. Er kann nicht mal aufstehen, geschweige denn durch eine Landschaft wandern.«

»Oh, ich verstehe. Es muss schwer für ihn sein, zu Hause bleiben zu müssen und seinen Bruder nicht selbst suchen zu können.«

Offenbar verstand sie es wirklich. »Ja. Eigentlich wollten sie den Trip zusammen machen, aber nachdem Nick nicht mehr konnte, ist Noah allein gefahren.« Hätte er das doch bloß nicht gemacht! Doch woher hätte er wissen sollen, was passieren würde?

»Wie gut, dass er einen Freund wie dich hat, der sofort einspringt.«

Verlegen hob Sean die Schultern. »Das würde doch jeder machen.«

»Nein, definitiv nicht.« Taylor rückte ihren Rucksack zurecht. »Wollen wir weiter? Oder willst du doch lieber hier warten? Ich kann auch …«

»Das hatten wir doch schon. Ich werde ihn suchen, bis ich ihn gefunden habe.«

Taylor hob die Hände. »Alles klar.«

Als sie an ihm vorbeigehen wollte, berührte er ihre Finger. »Entschuldige, ich wollte dich nicht anmotzen. Ich bin sehr dankbar für deine Hilfe.«

»Kein Problem, du hast Schmerzen, da wäre ich auch grantig.«

Eigentlich hatte er gedacht, sie gut vor ihr verborgen zu haben.

»Woher weißt du das?«

Mit den Fingern strich sie über die Stelle zwischen seinen Augenbrauen. »Die Falten hier. Vorher hattest du sie nicht.«

Ihre Berührung ließ ihn die Schmerzen für einen Moment fast vergessen. »Du bist eine gute Beobachterin.«

»Andernfalls wäre ich für meinen Beruf nicht geeignet. Ich habe Schmerztabletten dabei, willst du welche?«

»Ja, das kann nicht schaden, denke ich.« Je länger er mit der unbehandelten Wunde herumlief, desto schlimmer würde es werden. Doch er durfte nicht aufgeben. Dankbar nahm er die Tabletten entgegen und spülte sie mit etwas Wasser hinunter. »Danke.«

Besorgt sah sie ihn an. »Versprich mir, dass du mir Bescheid sagst, wenn es zu schlimm wird. Du kannst deinem Freund nicht helfen, wenn du selbst an einer Sepsis stirbst.«

»Mache ich.« Irgendwann zumindest. Solange es noch irgendwie ging, oder bis endlich Hilfe kam, würde er weitergehen. Langsam kehrte er zu der Stelle zurück, an der Noah offenbar aus dem Wald gekommen war. »Wir müssen versuchen, irgendwie seine Spur weiter zu verfolgen.« Was leichter wäre, wenn er wüsste, ob sich Noah weiter im Schutz des Waldes aufgehalten hatte, oder doch den ebeneren Boden des Tals vorgezogen hatte.

»Warum versuchst du nicht, zwischen den Fahrspuren was zu finden und ich gehe am Waldrand entlang und suche dort weiter?«

Er wusste genau, warum sie das vorschlug, deshalb nickte er dankbar. »Gute Idee.« Sean sah ihr nach, als sie in der Vegetation verschwand. Inzwischen war er sehr froh, dass Lewis Taylor geschickt hatte und keinen Möchtegernranger, der nur seine Uniform ausführen wollte.

Rasch konzentrierte sich Sean darauf, den Boden nach Spuren abzusuchen. An manchen Stellen war die Erde verfestigt, so als wären die Fahrzeuge etliche Male darüber gefahren. An anderen gab es tiefe Furchen, wo sich die großen Räder in den lockeren Boden gegraben hatten. Hier noch irgendwelche Fußspuren zu finden, glich der sprichwörtlichen Suche nach der Nadel im Heuhaufen. Es konnte gut sein, dass der Boden erst eingeebnet worden war, nachdem Noah hier entlanggekommen war. Ein Prickeln schoss durch sein Rückgrat. Was, wenn sein Freund hier etwas beobachtet hatte, dass er nicht hätte sehen sollen? Hatte jemand auf ihn geschossen, um ihn zu vertreiben, oder gar zu töten? Nein, das war ein Nationalpark, es war utopisch, sich so etwas vorzustellen.

Allerdings gab es diese seltsamen Spuren und Noah war nur etwa hundertfünfzig Meter Luftlinie davon eine Klippe hinabgestürzt. Es gab ein Einschussloch im Baumstamm. Und seine Spur endete genau hier. Sicher gab es Zufälle, aber das waren dann doch ein paar zu viele. Jedenfalls für seinen Geschmack. Hatte Noah die Leute in den Fahrzeugen um Hilfe gebeten, nachdem er verletzt worden war? Dann hätten sie ihn doch sicher telefonieren lassen und ihn aus dem Park in ein Krankenhaus gebracht. Sean blieb ruckartig stehen. Vielleicht hatten sie das getan und Noah war in einem solch schlechten Zustand gewesen, dass er nicht mehr seinen Namen hatte nennen können?

Sofort zog Sean sein Handy heraus und rief noch einmal Nick an. Der bestätigte, dass er noch nicht in den Krankenhäusern der Region angerufen hatte, das aber sofort nachholen würde. Möglicherweise war er ganz umsonst hierhergekommen, während sich Noah schon längst in einem der umliegenden Orte im Krankenhaus befand. Aber das war okay, solange es ihm gut ging. Alles war besser, als sich vorzustellen, dass Sean irgendwann seine Leiche finden würde. Während er auf Nicks Rückruf wartete, suchte er weiter den Boden ab. An einer Stelle fand er eine Ansammlung an Schuhabdrücken, doch keiner davon gehörte zu Noahs Wanderstiefeln.

Was auch immer diese Leute hier getrieben hatten, es musste in den letzten Tagen gewesen sein. Hier oben an der Grenze zu Kanada, noch dazu im Gebirge regnete es sicher häufiger. Und wie er selbst schon gemerkt hatte, war es ebenso häufig windig. Es hätten sich Pfützen in den Spuren gebildet oder sie wären vom Wind so lange abgeschliffen worden, bis sie weniger gut zu erkennen wären. Doch diese wirkten sehr frisch, gestochen scharfe Kanten und an einigen Stellen war noch zu sehen, dass der Aushub aus dem Boden feuchter war als die Erde an der Oberfläche. Er kannte sich zwar besser mit Steinen aus als mit fruchtbarem Boden, aber er hätte auf zwei bis drei Tage Maximum getippt.

Eine Weile suchte er noch ergebnislos weiter, dann ging er dorthin, wo er Taylor am Waldrand sah. Sie richtete sich auf, als er näher kam. »Hast du was gefunden?«

»Schuhabdrücke, die aber nicht von Noahs Schuhen stammen. Vermutlich von den Männern, die die Fahrzeuge bedient haben.«

Ihre Lippen pressten sich zusammen. »Lewis hat mir nicht gesagt, dass hier irgendwelche Arbeiten stattfinden.«

Das war eine seltsame Formulierung. »Er hat es dir nicht gesagt, oder es fanden keine statt?«

»Genau.« Sie wischte ihre Hände an der Hose ab. »Irgendwas Seltsames geht hier vor, ich weiß nur nicht, was. Würde irgendetwas für den Park gebaut werden, hätte ich das sicher irgendwann aufgeschnappt. Ich bin zwar die meiste Zeit draußen, aber normalerweise wird so was groß angekündigt. Dieser Bereich des Parks ist momentan für Besucher gesperrt, aber nur, um ihn zu schützen und zu renaturieren.« Sie deutete auf die Reifenspuren. »Nicht, um ihn zu zerstören!« Wut stand in ihren Augen.

»Wenn hier nichts gebaut werden soll, dann muss es einen anderen Grund für die Anwesenheit der Fahrzeuge geben.« Er ließ seinen Blick über den Boden gleiten. »In einem Nationalpark wird das ja vermutlich verboten sein.«

»Absolut! Hier ist jeder Zentimeter geschützt. Das Einzige, was hier erlaubt ist, sind archäologische Ausgrabungen. Aber die werden vorher angemeldet und sind nur in bestimmten Bereichen gestattet. Außerdem wird dort per Hand gegraben, weil die möglichen Funde viel zu wertvoll sind, um sie mit einem Bagger zu zerstören. Einige der Funde sind bereits 8500 Jahre alt. Die Forscher kommen auf Pferden oder zu Fuß zu diesen Stellen. So etwas wie das hier habe ich noch nie im Park gesehen. Es gibt hier außerdem alte Minen und Camps, in denen die Bergleute gelebt haben. Aber wie gesagt, alles alt, jetzt darf niemand mehr in die Minen, jeglicher Abbau ist untersagt.«

»Soweit ich weiß, gibt es hier im Park auch ein Monitoring zum Klima, zu den Gletschern, Bergen, zu der Wasserqualität, den Veränderungen der Landschaft, zu Tierpopulationen und so weiter. Könnte es etwas damit zu tun haben?« Er kannte ihre Antwort schon, bevor sie den Mund öffnete.

»Nein, auf keinen Fall. Hier kommen nur hin und wieder Wissenschaftler vorbei, die bestimmte Daten sammeln und vergleichen.« Neugierig sah sie ihn an. »Woher weißt du das?«

»Ich bin Geologe, ich war schon öfter in den verschiedensten Parks und Landschaften unterwegs, um genau solche Dinge zu überprüfen.«

»Ach, das erklärt es.«

»Was?«

»Warum du einen eigenen Klettergurt dabeihattest. Ich hatte mich schon gefragt, ob du Hobby-Bergsteiger bist.«

Sean verzog den Mund. »Ich kenne mich mit Steinen aus und komme auch gut im Gebirge zurecht, aber zum Spaß klettere ich eher nicht auf Berge.« Ein Schauder lief durch seinen Körper. »Und jetzt erst recht nicht mehr.« Jedenfalls nicht in den nächsten Tagen. Irgendwann würde ihn die Erforschung der Steinformationen wieder locken.

»Das ist schade. Es gibt für mich nichts Schöneres, als in den Bergen unterwegs zu sein.« Sehnsüchtig blickte sie zu den Bergspitzen hinauf.

»Vielleicht könntest du mich davon überzeugen.« Sofort fühlte er sich schuldig, weil er an etwas anderes dachte als an Noah. »Hast du im Wald etwas gefunden?«

»Nein, gar nichts. Es scheint so, als wäre er an der Stelle dort hinten herausgekommen und dann …« Sie hob die Schultern. »… verschwunden.«

»Wie sollte das gehen, wenn er verletzt ist?«

»Ich habe keine Ahnung.« Sie zog ihr Handy heraus. »Aber ich werde diese Schweinerei hier dokumentieren, damit keiner auf die Idee kommt, es zu vertuschen. Oder Lewis denkt, es entspringt nur meiner Einbildung.« Rasch machte sie einige Fotos.

»Ich glaube nicht, dass er das unter den Tisch kehren kann. Dafür sind die Spuren viel zu offensichtlich.« Sean rieb über seine Stirn. »Was können wir jetzt tun, um Noah zu finden?«

»Vielleicht könnten wir Suchhunde einfliegen lassen.«

»Ich glaube, dazu fehlt uns die Zeit. Sollte Noah noch leben …« *Gott, hoffentlich!* »… dann müssen wir ihn so schnell wie möglich hier rausholen.« Wenn seine kleine Verletzung schon so schmerzte, wollte er nicht wissen, wie es Noah gerade ging. »Was meinst du, wie viele Tage das hier her ist?« Er deutete auf die Reifenspuren.

»Am Wochenende hat es geregnet. Das heißt, sie können erst deutlich danach entstanden sein, sonst wäre alles matschig. Ich gehe von zwei bis drei Tagen aus. Vielleicht auch erst gestern.«

Damit bestätigte sie seine Vermutung. »Also könnte es sein, dass Noah auf diese Leute getroffen ist und sie ihn mitgenommen haben.«

»Möglich ist es, aber dann wäre dein Freund inzwischen irgendwo aufgetaucht. In einem Krankenhaus oder so etwas.« Ihr war anzusehen, dass sie auch Zweifel daran hatte.

»Was ist, wenn sie nicht wollen, dass jemand berichten kann, was sie hier treiben?« Die Angst um Noah schnürte ihm die Kehle zu.

9

Taylor konnte ihm die Furcht ansehen. »Ich kann mir nicht vorstellen, dass sie dafür einem Menschen etwas antun oder ihm zumindest nicht helfen. Was sollten das für Monster sein, die so etwas machen?«

»Ich habe keine Ahnung. Vielleicht irre ich mich auch – Gott, ich hoffe es! Aber es ist schon seltsam, dass seine Spur hier endet und danach nicht mehr auftaucht.«

»Vielleicht müssen wir einfach noch ein wenig weitersuchen. Gehen wir in die Richtung, aus der die Fahrzeuge gekommen sind, möglicherweise treffen wir sie noch irgendwo an.« Was sie dann tun sollten, war Taylor nicht ganz klar. Auf jeden Fall war es die gleiche Richtung, aus der die Hilfe ihrer Kollegen kommen würde, also konnte es nicht schaden, dorthin zu gehen. »Vielleicht treffen wir dabei auch die Ranger.«

»Okay. Was glaubst du, wie lange sie brauchen werden?«

»Das kommt drauf an, ob sie per Hubschrauber eingeflogen werden, oder zu Fuß laufen. Lewis hat sich da nicht klar geäußert.«

Seans Blick zeigte, dass er nicht mit einer schnellen Rettung rechnete. »Die …« Er brach ab, als sein Handy klingelte. Rasch zog er es aus seiner Jackentasche. »Ja?« Wer auch immer ihn anrief, die Nachrichten waren offenbar nicht gut. Seine Miene verdüsterte sich sichtlich. »Das ist nicht gut. Ich werde weitersuchen.« Noch einmal hörte er zu. »Ja, natürlich sofort, du kannst dich darauf verlassen.« Schließlich beendete er das Gespräch und steckte das Handy weg.

»Gibt es was Neues?«

»Noah ist in keinem der Krankenhäuser der Umgebung aufgetaucht. Auch niemand, auf den seine Beschreibung passt und der vielleicht nicht bei Bewusstsein ist. Das heißt, er muss hier noch irgendwo sein. Oder er wurde woanders hingebracht.«

Verdammt, sie hatte auf die naheliegende Lösung gehofft. Wenn die Leute mit den Fahrzeugen ihn entdeckt und mitgenommen hatten, war es dann möglich, dass sie ihn irgendwo begraben hatten? Vielleicht war er an seinen Verletzungen gestorben und sie hatten seine Leiche entsorgt, damit sie keinen Ärger bekamen. Das war zumindest eine etwas bessere Vorstellung, als dass sie ihn getötet hatten. Sie konnte kaum glauben, dass irgendjemand so kalt und grausam sein konnte. Auch wenn das naiv sein mochte. »Dann suchen wir ihn.«

»Ja. Mir macht Sorgen, dass sie mehr als zwei Tage Vorsprung haben. Wenn sie Noah gefunden haben und die Absicht hätten, ihm zu helfen, dann wäre er in der Zwischenzeit aufgetaucht.«

»Es kann immer noch sein, dass sie nicht mehr hier waren, als er verletzt am Waldrand ankam.« Tröstend berührte sie Seans Arm. »Lass uns gehen, grübeln bringt uns nicht weiter.«

Das brachte ihr den Hauch eines Lächelns ein. »Du erinnerst mich an meine Schwester Kendra. Sie ist auch immer dafür, etwas zu tun, anstatt darüber zu reden.«

»Klingt nach einer sehr schlauen Frau, ich denke, ich würde sie mögen.«

»Garantiert.« Sean rückte die Riemen seines Rucksacks zurecht. »Gehen wir, damit wir noch möglichst weit kommen, bevor es dunkel wird.«

Damit hatte er recht, für den morgigen Tag war Regen angekündigt worden, der sämtliche Spuren von Noah verwischen würde. »Ich nehme wieder die Strecke durch die Bäume.«

Während sie zum Waldrand zurückkehrte, begann Sean damit, im Zickzack über die Fahrspuren zu gehen. Von Zeit zu Zeit blieb er stehen und betrachtete etwas genauer, bevor er langsam weiterging. Taylor kam auch nicht wirklich schneller vorwärts, da das Unterholz an manchen Stellen so dicht war, dass sie nicht hindurchgelangte. Dann nahm sie einen anderen Weg, denn Noah wäre mit Verletzung ebenso ausgewichen. Bisher hatte sie allerdings noch keinerlei weitere Spuren entdeckt. Sie war sich ziemlich sicher, dass Seans Freund nicht in den Wald zurückgekehrt war. Schließlich entschied sie, dass sie mehr Erfolg haben würden, wenn sie ebenfalls dort suchte, wo die Fahrzeuge entlanggefahren waren.

Es war deutlich schwerer, in dem aufgewühlten Boden etwas zu erkennen. Einige Fährten von Tieren waren dabei, die offenbar die Spuren überquert hatten, um sich auf der anderen Seite am Fluss mit Wasser zu versorgen. Jedenfalls hoffte sie, dass diese Idioten nicht auch noch den Flusslauf beschädigt hatten. Es war für die Tiere überlebenswichtig, dass der auch von den Gletschern gespeiste Fluss weiterhin Wasser transportierte.

»Taylor!«

Seans Ruf ließ sie aufblicken. Er hockte neben etwas und winkte sie heran. Eilig überquerte sie die Fläche, in der Erwartung, dass er etwas gefunden hatte, dass sie Noah näher brachte. Doch als sie dort ankam, erkannte sie auf dem Boden keinen Schuhabdruck eines Menschen. Stattdessen sah es aus wie ein Loch. »Was ist das?«

»Eine Bohrung. Offenbar haben diese Typen hier nach irgendwelchen Bodenschätzen gesucht. Oder vielleicht sogar geprüft, ob sie hier Fracking betreiben können.«

Entsetzt starrte Taylor darauf. »Mitten im Nationalpark? Das ist hier strengstens verboten. Damit würden sie nie durchkommen.«

»Offenbar ja schon. Ich kann mir nicht vorstellen, dass die hier unbehelligt mit riesigen Fahrzeugen samt Rohrgestänge für die Bohrung herumfahren können und es niemand bemerkt.«

»Es ist schon eine ziemlich einsame Gegend. Hier kommt so gut wie nie jemand vorbei. Außerdem ist sie derzeit für Besucher gesperrt, dementsprechend sind auch deutlich weniger Ranger unterwegs.«

Bitter blickte Sean sie an. »Da könnte man sich ja fragen, warum gesperrt ist. Und wer das veranlasst hat. Wer würde davon profitieren, wenn hier Rohstoffe gefunden und abgebaut werden?«

Taylor gefiel der Gedanke nicht. »Keine Ahnung. Ich weiß nur, dass wir beim Klettern nicht mal feste Haken installieren dürfen, was deutlich sicherer wäre. Und garantiert nicht so schädlich für die Umwelt wäre wie Fracking im Park. Das würde nicht nur den Boden schädigen, sondern auch das Wasser. Alle Tiere und Pflanzen würden davon betroffen sein.« Sie schüttelte den Kopf. »Nein, ich kann mir beim besten Willen nicht vorstellen, dass jemand von meinen Kollegen davon weiß. Es würde alles zunichtemachen, wofür sie die ganzen Jahrzehnte gearbeitet haben.«

»Ich kann dir nur sagen, was das hier meiner Meinung nach ist. Ich habe schon viele solcher Löcher gesehen.«

»Vielleicht waren sie hier, um neue Daten über den Park zu sammeln.« Sie sah sich in der zerstörten Natur um. »Allerdings kommen die normalerweise zu Fuß und nehmen nur Proben, ohne die Natur zu schädigen. Das hier sieht jedoch völlig anders aus.«

»Das würde ich auch sagen. Es waren Leute, denen die Natur völlig egal ist.« Mühsam stand Sean auf.

»Ich werde Lewis Bescheid sagen, er muss dem sofort ein Ende bereiten.« Sie wollte ihr Handy herausziehen, doch Sean hinderte sie daran. Warm lagen seine Finger um ihr Handgelenk.

»Warte damit noch. Ich möchte nicht, dass Noah zwischen die Fronten gerät. Außerdem wissen wir nicht, wer vom Park Service vielleicht daran beteiligt ist.«

Taylor gefiel das nicht, aber schließlich nickte sie. »Okay, aber nur bis heute Abend, danach müssen andere Maßnahmen getroffen werden.«

»Einverstanden.« Sean hielt ihr Handgelenk weiter umfasst. »Ich bin wirklich froh, dass du hier bist, Taylor.«

Seltsamerweise ging es ihr auch so. Trotz der Situation und der Möglichkeit, dass sie den Vermissten nur noch tot finden würden. Sie räusperte sich. »Ich helfe gern.«

Es sah so aus, als wollte er noch etwas sagen, aber schließlich nickte er nur. »Gehen wir weiter.«

Bedauern erfasste sie, als Sean sie losließ. Es hatte sich gut angefühlt, von ihm berührt zu werden. Innerlich schlug sie sich vor die Stirn. Es gab nur eine einzige Sache, über die sie nachdenken sollte: Wie sie Noah finden konnten. Alles andere war völlig unerheblich. Egal, wie interessant sie Sean inzwischen fand. Sie hatte schon früh gelernt, sich immer zu kontrollieren, deshalb machte es sie nervös, wenn irgendetwas ihr System störte. Doch sie würde es einfach ignorieren und weitermachen wie bisher. Egal, wie hart es für sie in manchen Momenten war.

Inzwischen glaubte Taylor nicht mehr, dass sie noch Spuren von Noah finden würden. Aller Wahrscheinlichkeit nach war er auf einem der Fahrzeuge mitgefahren, sei es freiwillig oder unfreiwillig. Es würde fast unmöglich sein, überhaupt noch herauszufinden, wo er abgeblieben war, solange die Leute ihn nicht in der Zivilisation ablieferten. Es gab hier einfach zu viele Arten, wie man einen Mann – egal, ob tot oder lebendig – loswerden konnte, ohne dass er je gefunden wurde. Ihr Herz zog sich in Mitgefühl für Sean und Noahs Familie zusammen. Es war immer schwer, einen geliebten Menschen zu verlieren, aber nie zu erfahren, was aus ihm geworden war, war die schlimmste Weise. Es gab keinen Abschluss, keine Möglichkeit, an einem Grab zu trauern. Sie würden sich immer fragen, ob er vielleicht doch noch irgendwo lebte oder ob sie noch mehr hätten tun können, um ihn zu finden.

Als Bergsteigerin hatte sie es schon zu oft erlebt. Besonders im Hochgebirge konnten Menschen einfach verschwinden, ohne dass sie je wiedergefunden wurden. Oder erst nach mehreren Jahrzehnten, wenn in der Schneeschmelze jemand auf die in der Kälte konservierten Leichen traf. Rasch schob sie die Gedanken beiseite. Sie musste positiv bleiben und an einen glücklichen Ausgang glauben. Das war es, was Sean jetzt brauchte. Jemanden, der ihm Mut machte und ihn bei seiner Suche unterstützte.

So ungern sie anfangs hierhergekommen war, hatte sich alles doch anders entwickelt als gedacht. Anstatt einen verantwortungslosen Vermissten zu suchen, war es nun eine Rettungsmission eines Verletzten, eventuell war sogar ein Verbrechen geschehen. Ob das beides in Zusammenhang stand, würde sich noch herausstellen.

Taylor war so darauf konzentriert, den Boden nach Spuren abzusuchen, dass sie nicht merkte, wie die Sonne langsam hinter den Bergen verschwand. Erst als es merklich kühler wurde, blickte sie auf. Auf dem schattigen Boden waren die Spuren deutlich schlechter auseinanderzuhalten, es war leicht möglich, sie zu übersehen. Wenn es denn welche gab. Seit Stunden hatten sie nichts gefunden, das irgendeinen Aufschluss darüber gab, wo Noah jetzt war. Keine Fußspuren von ihm, kein Blut, keine Gegenstände, die ihm gehörten. Als hätte er sich in Luft aufgelöst. Lewis hatte sich bisher noch nicht gemeldet und sie waren auch keinen Rettungsmannschaften begegnet. Wo konnten ihre Kollegen sein?

»Brauchst du eine Pause?« Sean kam humpelnd zu ihr herüber.

»Nicht unbedingt, aber wir müssen die Suche für heute unterbrechen, es wird zu dunkel.«

Es war Sean deutlich anzusehen, dass ihm das überhaupt nicht gefiel. »Noah geht die Zeit aus. Wenn wir noch irgendeine Chance haben wollen, ihn lebend zu finden, dann können wir uns nicht leisten, die Suche abzubrechen.«

»Das ist mir bewusst, aber es hilft ihm auch nicht, wenn wir einen Hinweis übersehen und ihn deshalb verpassen.«

Die Zerrissenheit war Sean ins Gesicht geschrieben. »Er könnte nur wenige hundert Meter weiter sein und verzweifelt Hilfe benötigen.«

Ihr Herz zog sich zusammen. »Möglich ist es, doch eher unwahrscheinlich. Wir haben die ganze Zeit keinerlei Spuren von ihm gefunden. Er ist vermutlich in einem der Fahrzeuge unterwegs und schon längst kilometerweit entfernt. Wenn nicht sogar außerhalb des Parks. Leider wissen wir nicht, was das genau für Fahrzeuge waren, sodass man eine Suchmeldung danach herausgeben könnte.«

»Oder wem man die Information anvertrauen könnte.« Er trank einen Schluck Wasser. »Gibt es jemanden innerhalb des Parks, dem du hundertprozentig vertraust?«

Taylor dachte angestrengt darüber nach und schüttelte schließlich den Kopf. »Ich bin noch nicht so lange hier, erst ein knappes Jahr, und da ich mit meinen Bergführungen ein wenig außen vor bin, habe ich meine Kollegen noch nicht so gut kennengelernt, dass ich das sagen könnte. Ich glaube nicht, dass einer von ihnen so etwas tun würde, aber beschwören kann ich es nicht.«

»Mist. Gibt es Überwachungskameras an den Ein- und Ausgängen des Parks?«

»Nein. Es sind ja Durchgangsstraßen, die durch den Park führen. Aber es gibt Tierkameras. Vielleicht wurden welche hier in der Gegend aufgehängt, die das Geschehen aufgenommen haben. Allerdings werden wir die nicht einfach so finden. Wir bräuchten eine Liste der Kameras in der Gegend und müssten die Bilder dann am PC auswerten.«

»Also auch keine Option im Moment.«

»Nein.«

Bittend blickte Sean sie an. »Können wir noch ein Stück weitergehen? Es fühlt sich für mich an, als würde ich Noah im Stich lassen, wenn ich nicht alles versuche, so lange es geht.«

»Das verstehe ich.« Taylor seufzte. »Also gut, gehen wir noch bis zu der Biegung da hinten, dann rasten wir für die Nacht.«

Sean nickte. Es schmerzte, ihn so besiegt zu sehen, doch sie konnte nichts daran ändern, sondern nur für ihn da sein und ihn unterstützen, so gut es ging. Ein Stück voneinander entfernt gingen sie weiter die unebenen Fahrspuren entlang und starrten auf den Boden. Es war zwecklos, es gab einfach nichts zu entdecken. Die Fahrzeuge hatten eine Schneise durch das Tal gezogen, dicht am Fluss, weil hier die Bäume nicht ganz so dicht wuchsen. Immer wieder schlängelte sich die zerstörende Spur um einzelne Baumgruppen herum. Es würde Jahrzehnte dauern, bis sich die Vegetation davon erholte. Wahrscheinlich würde man auch in hundert Jahren noch die Spuren sehen.

***

»Sorgt dafür, dass dieser Typ niemandem erzählen kann, was er gesehen hat.« Die Stimme drang aus Jasons Handy.

Er verzog den Mund. »Wir haben ihn sicher verwahrt, er kommt nirgends hin.« Auf keinen Fall wollte er sich selbst die Hände schmutzig machen. Sollten sich doch andere darum kümmern. »Wir haben die Sache im Griff.«

»Offenbar nicht. Es muss ihm gelungen sein, einen Notruf abzusetzen, denn es schnüffeln jetzt noch andere Leute im Park rum. Sie folgen seiner Spur und sie haben auch die Zerstörungen erwähnt. Wer weiß, was sie noch wissen oder finden werden. Wir können uns nicht leisten, dass etwas publik wird. Sorgt dafür, dass sie irgendwo verschwinden und nie auftauchen.«

Shit! Als würde dieser eine Typ nicht schon ausreichen. Eigentlich hatte Jason gedacht, dass sich die Sache erledigt hatte, nachdem der Mann von der Klippe fiel, doch er war widerstandsfähiger als gedacht. Glücklicherweise hatte er ihnen die Sache erleichtert, indem er danach direkt auf sie zugekommen war. Sie hatten ihn nur noch einsammeln müssen. »Das ist nicht unser Job. Wir haben den Befehl, die Fahrzeuge so schnell wie möglich aus dem Park zu bringen. Wie sollen wir das machen, wenn wir gleichzeitig noch irgendwen suchen sollen? Mal ganz davon abgesehen, dass es schon dunkel wird. Wir würden jetzt sowieso niemanden mehr finden.«

Einen Moment lang herrschte Stille. »Ich verstehe. Kommt raus, ich werde jemand anderen schicken, der sich darum kümmert.«

Erleichtert atmete Jason auf. »Machen wir. Im Dunkeln können wir nicht fahren, aber wir kommen morgen sofort raus.«

»Ich erwarte, dass ihr euch dann um den Zeugen gekümmert habt.«

Jasons Magen zog sich zusammen. Er war nicht zimperlich, aber kaltblütiger Mord war nicht unbedingt seine Sache. »Alles klar.« Am besten überließ er das seinem Kumpel, wahrscheinlich hatte Bear keinerlei Skrupel, ein Leben zu beenden. »Wie sollen wir …« Er brach ab, als er erkannte, dass die Verbindung beendet worden war.

Langsam steckte er das Handy zurück in seine Westentasche. Im ersten Moment hatte es wie ein Traumjob geklungen, viel Geld für die Arbeit und ein Bonus, wenn sie etwas fanden. Es war ihm egal gewesen, wo die Probebohrungen stattfanden, Boden war Boden. Doch er hätte nicht erwartet, dass sie sich um unliebsame Zeugen kümmern sollten. Eigentlich dürfte hier überhaupt niemand sein, der sie beobachten konnte. Nachdem sie den Mann entdeckt hatten, war die ganze Aktion abgekürzt worden, eigentlich hätten sie bis Ende der Woche Zeit gehabt.

Jason schüttelte den Kopf und beschloss, den Befehl erst einmal für sich zu behalten. Es reichte, wenn er ihn morgen früh erwähnte. Auf keinen Fall wollte er die Nacht in der Nähe einer Leiche verbringen.

10

»Wir sollten hier haltmachen.« Taylors Stimme erklang neben ihm. Inzwischen war es noch dunkler geworden, sodass er ihre Gesichtszüge nicht mehr deutlich erkennen konnte. Was ihm sagte, dass sie recht hatte. Es brachte nichts mehr, so ungern er die Suche auch abbrach.

Sean blickte sich um und deutete schließlich auf eine Baumgruppe, die in der Nähe des Flusses wuchs. »Vielleicht hinter den Bäumen dort?« Auf keinen Fall wollte er mitten auf dem Präsentierteller sein Zelt aufbauen. Zwar kam er sich ein wenig paranoid vor, doch er konnte sich Noahs Verschwinden nur damit erklären, dass jemand anders seine Finger im Spiel hatte. Er wollte ungern ebenfalls zum Opfer werden. Wenn er übertrieb, konnten sie hoffentlich hinterher zusammen darüber lachen.

»Das sieht gut aus. Hoffen wir, dass es nicht allzu kalt wird, ich habe keinen Schlafsack dabei. Eigentlich hatte ich damit gerechnet, abends wieder zu Hause zu sein.«

»Ich teile meinen Schlafsack gern mit dir.«

Sie zuckte sichtbar zusammen. »Ich weiß nicht …«

»Willst du lieber frieren? Ich verspreche, mich zu benehmen.« Er schnitt eine Grimasse. »Wie du weißt, bin ich sowieso gerade gehandicapt.«

»Natürlich, ich habe nicht gedacht, dass du die Situation ausnutzt und über mich herfällst.« Sie klang verlegen.

»Aber du kennst mich kaum und da ist es seltsam, wenn man so dicht nebeneinander liegt. Das verstehe ich.«

»Ja, so ähnlich.« Sie straffte die Schultern. »Gehen wir, damit wir noch ein bisschen sehen, wo wir das Zelt aufbauen.«

»Zur Not habe ich eine Stirnlampe dabei.« Und noch einiges andere, das man gebrauchen konnte.

»Auf alles vorbereitet.«

Sean grinste sie an. »Natürlich, ich war als Kind ein Boy Scout.«

»Daher kommt bestimmt auch deine Hilfsbereitschaft.«

»Das und von meiner Familie. Sie sind alle sofort da, wenn jemand Hilfe benötigt.« Manchmal auch etwas zu schnell und intensiv, wie er schon öfter erlebt hatte, doch im Notfall konnte er sich jederzeit auf sie verlassen.

»Darum beneide ich dich.« Es klang ein wenig traurig.

Bevor er darauf eingehen konnte, kamen sie bereits bei den Bäumen an. Sean begutachtete den Platz und nickte. »Ich denke, hier sind wir gut geschützt.« Er setzte den Rucksack ab und öffnete ihn. Nach einigem Wühlen zog er das Einmannzelt und die Heringe heraus. »Es ist wirklich nicht besonders groß, aber wenn wir ein wenig zusammenrücken, sollten wir reinpassen.«

»Ich habe schon unter schlimmeren Bedingungen übernachtet.«

Interessiert sah Sean sie an. »Ja? Erzähl.« Es würde ihn zusätzlich von seinen Schmerzen und der Sorge um Noah ablenken.

Taylor hockte sich hin und legte das Zelt aus, während Sean die Stangen zusammensteckte. Schließlich räusperte sie sich. »Einmal waren wir bei Minusgraden und heftigem Schneefall oben an einer Bergflanke gefangen. Wir mussten uns anketten und es war extrem kalt im Zelt. An Schlaf war kaum zu denken. Dagegen ist dies ein Kinderspiel.«

»Das stimmt natürlich. Ich bin froh, dass du nicht so abhängig von Komfort bist.«

Taylor lachte. »Dann hätte ich wohl eindeutig den falschen Beruf.«

Er mochte es, wenn sie lachte. Es klang total sympathisch und echt. So wie Taylor insgesamt. Einem ihrer Vorderzähne fehlte unten eine Ecke, auch das trug dazu bei, dass sie nicht so künstlich wirkte wie viele andere Frauen, die er kennengelernt hatte. Bei Taylor war er sicher, dass sie das meinte, was sie sagte und auch danach handeln würde. Das war unheimlich erfrischend. Besonders in einer solchen Situation, wo ihr Leben davon abhängen konnte.

»Sean?«

Er tauchte aus seinen Gedanken auf und erkannte, dass er Taylor nur stumm angestarrt hatte. Rasch wandte er sich wieder der Stange zu. »Ja?«

»Hast du etwas?«

Mit einem lautlosen Seufzer blickte er wieder auf. »Nein, ich habe nur gerade festgestellt, dass ich dich wirklich mag.« Angespannt wartete er auf ihre Reaktion. Normalerweise neigte er nicht dazu, seine Gefühle herauszuposaunen, schon gar nicht vor Leuten, die er erst ein paar Stunden kannte. Doch sie hatten bereits so viel miteinander erlebt, dass es sich anfühlte, als würde er sie schon deutlich länger kennen.

Taylor sah ihn einen langen Moment an, dann breitete sich ein Lächeln auf ihrem Gesicht aus. »Normalerweise würde ich das für eine Masche halten, um mich einzuwickeln, aber du guckst dabei so entsetzt, dass ich dir tatsächlich glaube.«

»Danke.« Er konnte nicht verhindern, dass es leicht ironisch klang. Es war erschreckend, wie wichtig es ihm war, was sie von ihm hielt.

»Bitte.« Das Lächeln verschwand. »Ich mag dich übrigens auch. Zuerst dachte ich, du wärst einer dieser Typen, die sich total selbst überschätzen und an keine Regeln halten. Die denken, dass sie wegen ihres Aussehens damit durchkommen.«

Autsch. Taylor war tatsächlich erschreckend ehrlich. »Wie gut, dass du es inzwischen besser weißt.«

Jetzt grinste sie ihn an. »Ja, das finde ich auch.«

Sean hielt sich an der Stange fest, um sie nicht zu sich herüberzuziehen und sie zu küssen. »Das hast du nur gesagt, um mich zu ärgern, oder?«

»Ja, es entspricht allerdings der Wahrheit. Ich habe auf meinen Touren, aber auch sonst, zu viele kennengelernt, die sich als die tollen Typen aufspielen, bei denen am Ende nichts dahintersteckt. So was nervt mich.«

»Verständlich.« Sean schob die Stangen in die Halterungen und richtete das Zelt langsam auf. »Bei drei Geschwistern wird dir das schnell ausgetrieben.«

»Ich kann es mir vorstellen.« Diesmal schien sie bedrückt. »Ich habe nur einen Bruder, er war jünger und ist bei meiner Mutter geblieben, als sich unsere Eltern haben scheiden lassen. Wir hatten danach leider nicht mehr viel Kontakt.«

Das war eine traurige Geschichte, die heute viel zu oft vorkam. »Dann bist du bei deinem Vater aufgewachsen?«

Taylor befestigte die Enden der Stangen auf der anderen Seite des Zeltes. »Ja, und es war eine tolle Zeit. Ich bin mit ihm fischen gegangen, zelten, bergsteigen, das ganze Programm. Ich habe unglaublich viel gelernt und hatte riesigen Spaß dabei. Es tut mir nur leid, dass mein Bruder das nicht erlebt hat. Es hätte ihm gutgetan.«

»Hat eure Mutter mit ihm so etwas nicht gemacht?«

Bitter lachte Taylor auf. »Nein. Sie stand mehr auf Make-up und Shopping. Nachdem mein Vater ihr nicht mehr die nötige Stabilität gegeben hat, wurde alles nur noch schlimmer. Sie hat Jacob – das ist mein Bruder – verhätschelt und sich an ihn geklammert, weil er alles war, das ihr noch geblieben war. Er denkt, es wäre sein gottgegebenes Recht, alles zu fordern und nie etwas zu geben. Noch immer lebt er zu Hause wie ein Pascha. Er muss weder arbeiten gehen noch im Haushalt helfen. Das ist ja keine Männerarbeit.« Tränen schimmerten in ihren Augen. »Es schmerzt, zu sehen, was aus meinem Bruder geworden ist. Ich wünschte, mein Vater hätte damals auch das Sorgerecht für ihn bekommen, aber das Gericht hat anders entschieden. Und Jacob war zu jung, um selbst zu entscheiden, wo er leben wollte.«

»Das tut mir sehr leid.« Er konnte sich nicht vorstellen, wie es wäre, unter diesen Umständen leben zu müssen. Seine Eltern liebten sich wie am ersten Tag und würden sich nie trennen. Aber selbst wenn, würden sie ihre Streitigkeiten nie über das Wohl ihrer Kinder stellen.

Röte bildete sich auf Taylors Wangen. »Danke. Und mir tut leid, dass ich dich mit meiner Familiengeschichte überfallen habe. Das ist nun wirklich kein Thema, das ich normalerweise am ersten Tag einer

Bekanntschaft anspreche.«

»Ich würde sagen, wir haben uns nicht auf die normale Art und Weise kennengelernt und schon viel zusammen erlebt, von daher ist alles erlaubt. Und ich habe danach gefragt, es interessiert mich.« *Sie* interessierte und faszinierte ihn mit jeder Minute mehr. Eine Frau, die fischte, campte und kletterte? Der Traum seiner schlaflosen Nächte.

Taylor sah ihn einen Moment lang nur an, dann entspannte sich ihre Miene. »Okay.«

Nachdem Sean das Zelt mit Heringen gesichert hatte, warf er den Schlafsack hinein. Da er keine Isomatte dabeihatte, würde es von unten ziemlich kalt werden, wenn sie den Schlafsack nur über sich deckten, aber es war nicht zu ändern. Eine Nacht würden sie es durchhalten, morgen mussten sie Noah unbedingt finden. Seine Stimmung verdüsterte sich wieder. Für einen kurzen Augenblick hatte Taylor ihn von seinen Grübeleien abgelenkt und er war dankbar dafür. Es brachte seinem Freund gar nichts, wenn er sich die ganze Zeit sorgte. Morgen früh würde er aufbrechen, sobald die Sonne aufging, und sich von nichts aufhalten lassen.

Eine Hand legte sich auf seine Schulter. »Wir werden ihn finden.«

»Ja.«

Sie wandte sich ihrem Rucksack zu. »Ich habe eine Decke mit. Sie ist nicht sonderlich dick, aber vielleicht hilft es ein wenig, wenn wir sie auf den Boden legen.«

Dankbar nahm Sean sie entgegen und warf sie ebenfalls ins Zelt. Danach schloss er sorgfältig die Fliegengaze, damit sich keine Mücken oder ähnliches Ungeziefer ins Zelt verirrte. »Perfekt. Wir ergänzen uns großartig.«

»Es scheint so.« Ein Lächeln lag in ihrer Stimme. »Was hast du zu essen mit? Ich kann nur einige Kraftriegel bieten, außerdem etwas Weißbrot und Käse.«

»Ich habe eine Dose Baked Beans dabei, aber ich bin mir nicht sicher, ob ich den Gaskocher anmachen sollte.«

»Zur Not kann man sie auch kalt essen. Alles schon mal ausprobiert.«

Sean verzog den Mund. »Ich weiß. Warm schmecken sie aber besser.«

»Mal abgesehen von einer möglichen Feuergefahr, warum willst du den Kocher nicht nutzen?«

Er wusste selbst, dass wohl niemand in der Nähe war, doch er konnte das Gefühl nicht abschütteln, dass sie sich möglichst unauffällig verhalten sollten. Deshalb hob er nur die Schultern. »Kann ich nicht genau sagen. Instinkt schätze ich.«

»Dann sollten wir ihm vertrauen. Hast du sonst noch etwas Essbares dabei?«

Sean sah seine Vorräte durch und entschied sich schließlich, die Dose nicht zu öffnen. Sie hatten genug anderes, um sich zu stärken. Es war inzwischen so dunkel, dass er die Stirnlampe zwischen ihnen auf den Boden legte, während sie schweigend aßen. Dank der begrenzten Auswahl ging das ziemlich schnell und Sean ertappte sich dabei, dass er gähnte. Der Tag war lang gewesen und die Aufregung hatte ein Übriges dazu beigetragen. Genauso wie die Verletzung, die inzwischen höllisch brannte. Kein Wunder, nachdem er sein Bein seit dem Sturz weiter belastet hatte. Ginge es nicht um Noahs Leben, hätte er den Ausflug sofort abgebrochen. Aber so hatte er keine Wahl.

»Vermutlich sollten wir jetzt schlafen gehen, damit wir morgen früh fit sind.« Offenbar hatte Taylor seine Müdigkeit bemerkt.

»Ja, das wäre wohl besser.«

Taylor packte die restlichen Lebensmittel bärensicher zusammen und steckte sie in den Rucksack. »Vorher sehe ich mir aber noch mal dein Bein an.«

Sean wünschte, es wäre nicht nötig, aber wenn er morgen noch einmal laufen wollte, musste es sein. »In Ordnung. Jetzt?«

»Ja. Warte, ich hole das Verbandszeug.«

Während er seine Hose öffnete und vorsichtig über den Verband zog, wühlte Taylor in ihrem Rucksack. Sean hob die Stirnlampe auf und leuchtete auf sein Bein. Es sah nicht so aus, als hätte die

Wunde noch besonders stark geblutet, aber das musste nichts heißen. Vermutlich wäre es sogar besser gewesen, wenn Schmutz und Splitter hinausgespült worden wären. Ein dumpfes Pochen erinnerte ihn daran, wie viel Glück er gehabt hatte, sich nicht schlimmere Verletzungen zugezogen zu haben. Obwohl auch eine einfache Entzündung schlecht ausgehen konnte, wenn sie zu lange nicht behandelt wurde. Aber darüber wollte er jetzt nicht nachdenken.

Taylor hockte sich vor ihn und löste sachte den Verband. Beim Abwickeln rieb er leicht über die Verletzung und ließ Sean die Zähne aufeinanderbeißen. Schließlich lag die Wunde frei und Sean blickte darauf. Die Taschenlampe war hell genug, um deutlich zu erkennen, dass die umgebende Haut gerötet war. Taylor berührte sie leicht mit dem Handrücken.

Mit gerunzelter Stirn sah sie zu ihm auf. »Die Haut ist deutlich wärmer. Ich fürchte, die Wunde hat sich entzündet. Du musst damit dringend zu einem Arzt, der sie gründlich säubert und dir Antibiotika verschreibt.«

»Ich weiß. Das geht jetzt aber nicht. Morgen, wenn wir Noah gefunden haben, fahre ich sofort hin.«

»Und was ist, wenn wir ihn morgen nicht finden? Schiebst du es dann auf übermorgen? Noch ist es eine Entzündung, du möchtest keine Blutvergiftung oder Ähnliches riskieren.«

»Es geht um Noahs Leben.« Das war alles, was zählte. Doch ihm war auch klar, dass er an irgendeinem Punkt nicht mehr weiterkommen würde. »Wenn es nicht mehr geht, bitte ich jemand anderen, die Suche fortzusetzen.«

Taylor nickte knapp. »Gut.« Dass sie es einfach so akzeptierte, zeigte ihm wieder, wie sehr sie auf einer Wellenlänge waren. »Ich kann leider nichts weiter machen, als die Wunde noch einmal zu desinfizieren und neu zu verbinden.«

»Okay.« Sean presste die Lippen zusammen, das Desinfektionsmittel brannte wie Feuer. Erleichtert atmete er auf, als der Schmerz langsam verging. Zumindest bis Taylor damit begann, den Verband wieder um seinen Oberschenkel zu wickeln. Als auch das vorbei war, ließ er sich schwer auf einen Baumstamm sinken. Seine Hand zitterte, als er die Wasserflasche nahm und einen Schluck trank.

»Geht es?«

»Ja.« Er konnte selbst hören, wie harsch das Wort klang. Hart atmete er aus. »Es wird gleich wieder aufhören. Danke.«

Taylor stellte sich dicht neben ihn und rieb mit der Hand über seinen Rücken. »Sicher?«

Es fühlte sich tatsächlich gut an und lenkte ihn vom Schmerz ab. Deshalb lehnte er seinen Kopf an sie. Wärme drang durch ihre Kleidung an seine Wange und er schloss für einen Moment die Augen. Taylor rückte dichter heran und schob die andere Hand in seine Haare. Sanft massierte sie seine Kopfhaut. *O ja, das war gut.* Sean schlang einen Arm um ihre Hüfte und rieb seine Wange an ihrem Bauch. Überrascht erkannte er, dass er trotz seiner Verletzung Erregung empfinden konnte. Allerdings war das in dieser Situation nicht gut. Er würde die Nacht auf engstem Raum mit Taylor im Zelt verbringen müssen, eine Erektion wäre da völlig unangemessen. Deshalb löste er sich bedauernd von ihr. »Tut mir leid.«

»Was?« Klang ihre Stimme rauer als vorher?

»Dass ich deine Bemühung, meine Schmerzen zu lindern, ausgenutzt habe.«

»Hat es geholfen, dass du dich etwas besser fühlst?«

Sean sah zu ihr auf. »Ja.«

»Dann hat es seinen Zweck erfüllt.« Sie trat von ihm weg und er musste den Impuls unterdrücken, sie zurückzurufen. »Ich fand es auch sehr angenehm, also mach dir keine Gedanken.« Taylor bückte sich und holte eine kleine Tasche aus ihrem Rucksack. »Ich ziehe mich kurz zurück. Kommst du zurecht?«

»Klar.« Sie verließ ihr kleines Lager. Sofort vermisste er sie. *Nicht gut.* Um sich abzulenken, holte er sein Handy heraus und rief Blake an. Er erzählte seinem Bruder, was geschehen war, und dass er das Schlimmste für Noah befürchtete. Zwar wollte er seiner Familie keine Sorgen machen, aber er brauchte jemanden, der im Notfall die Suche weiterführen konnte.

11

Mit weit geöffneten Augen starrte Taylor an die in der Dunkelheit unsichtbare Decke des Zelts. Es war tatsächlich *sehr* klein, weshalb sich Sean dicht an ihre Seite presste, damit sie überhaupt zu zweit darin Platz hatten. In der Weite der Natur sah er eher schlank aus, doch jetzt erkannte sie erst, wie breit seine Schultern wirklich waren. Sie war neben ihm eingeklemmt, sowie sie sich bewegte, würde sie ihn aufwecken. Mit der Verletzung brauchte er jede Erholung, die er bekommen konnte. Seltsamerweise war sie überhaupt nicht mehr müde, obwohl sie gedacht hatte, sie würde sofort einschlafen. Was vermutlich nur an dem Mann neben ihr lag.

Taylor verdrehte genervt die Augen. Was zum Teufel war mit ihr los? Sean war ein ganz normaler Mann, er war noch nicht mal extrem gut aussehend. Dafür war seine Nase zu krumm und das Kinn etwas zu kräftig. Andererseits machte vielleicht gerade das den Reiz aus, sie hasste künstliche Perfektion. Dazu kamen noch die geheimnisvollen hellbraunen Augen. Am meisten aber bewunderte sie seinen Willen, einem anderen Menschen zu helfen. Selbst auf Kosten seiner eigenen Bequemlichkeit, Gesundheit und vor allem Sicherheit. Wäre er jemand anders, hätte sie sich nicht überreden lassen, ihn zu begleiten, sondern hätte auf ihre Kollegen gewartet. Vermutlich war es dumm, doch er hatte sie mit seiner Angst um seinen Freund angesteckt.

Inzwischen konnte sie sich die schlimmsten Dinge ausmalen, die Noah passiert sein könnten. Und Sean hatte sie sogar fast überzeugt, dass jemand von ihren Kollegen an der Sache beteiligt war. Sie mochte es nicht glauben, aber seine Argumente waren stichhaltig. Es war nahezu unmöglich, dass eine Reihe von großen Fahrzeugen einfach durch den Park fuhr und die Natur zerstörte, ohne dass jemand informiert war. Die Frage war nur, wer, und warum derjenige dabei mitmachte. Und was diese Typen tun würden, wenn sie merkten, dass sie verfolgt wurden. Vielleicht waren sie schon aus dem Park hinaus, dann könnten sie unentdeckt entkommen. Wenn sie allerdings noch hier waren …

»Kannst du nicht schlafen?«

Taylor zuckte erschreckt zusammen, als Seans Stimme dicht neben ihr erklang. Eigentlich hatte sie gedacht, dass er längst schlief. Sie drehte ihren Kopf zu ihm und streifte mit der Nase seine Schulter. »Vermutlich ist es noch zu früh, ich bin noch nicht richtig müde. Und es gehen mir zu viele Dinge durch den Kopf.«

»Es liegt also nicht daran, dass du hier mit mir ins Zelt gepfercht bist?«

»Nur zu einem geringen Teil. Ich bin es nicht gewöhnt, mit jemandem das Bett zu teilen.« Als sie merkte, wie das klang, schloss sie die Augen. *Verdammt!*

»Tatsächlich?« Sean klang zugleich verwundert und belustigt. »Du bist echt faszinierend.«

»Machst du dich gerade über mich lustig?«

Sean drehte sich zu ihr herum, sein Atem streifte ihr Gesicht. »Nein, überhaupt nicht. Ich meine es völlig ernst.«

»Ich bin ein total normaler Mensch. Da gibt es nichts Faszinierendes zu entdecken.«

Ein leises Lachen erklang. »Doch, ich glaube schon. Auf den ersten Blick wirkst du ernst und in dich zurückgezogen, aber so bist du gar nicht, oder? Du ruhst in dir und es ist dir völlig egal, was andere von dir halten. Du gehst deinen Weg und lässt dich von niemandem aufhalten.«

Sie hatte keine Ahnung, woher er das wusste, aber seine Einschätzung war völlig korrekt. »Hundert Punkte.«

»Du spielst keine Spielchen, sondern sagst es immer genau so, wie du denkst. Egal, ob das für dich positive oder negative Auswirkungen hat.«

»Bis zu einem gewissen Punkt, ja. Manchmal behalte ich meine Meinung aber auch für mich, wenn sie andere Leute verletzen oder beleidigen könnte.«

»Wie jeder vernünftige Mensch. Mir darfst du immer die Wahrheit sagen, ich kann es vertragen.«

Ihr Mundwinkel hob sich. »Bist du sicher?«

»Autsch. Ich hatte gehofft, du sagst mir jetzt lauter nette Dinge.« Er lachte. »Nein, Scherz. Glaub mir, ich habe von meinen Geschwistern und Freunden schon alles gehört, was sie an mir nervt.«

»Deine Art, immer mit dem Kopf durch die Wand zu gehen, vielleicht?«

»Unter anderem.«

»Oder wie du im Bett mit den Zähnen knirschst?«

Er stützte sich auf einen Ellbogen. »Der ist neu. Das hat mir tatsächlich noch nie jemand gesagt. Oder es liegt nur an der Situation und sonst mache ich das nicht.«

»Es stört mich auch nicht. Genauso wenig wie das mit dem Kopf durch die Wand. Außer du bringst dich damit in Gefahr, dann finde ich es weniger lustig. Das nächste Mal, wenn ich sage, dass du oben bleiben sollst, dann bleib da auch. Du hättest sterben können und es wäre meine Schuld gewesen.« Ihre Kehle zog sich bei der Vorstellung zusammen und sie drehte den Kopf zur Seite. Erneut zuckte sie zusammen, als sich seine Hand um ihre Wange legte und sie zwang, in seine Richtung zu sehen, obwohl sie ihn in der Dunkelheit sowieso nicht erkennen konnte.

»Es war nie deine Schuld, Taylor. Du hast gesagt, dass ich oben bleiben soll und es war meine Entscheidung, dir zu folgen. Ich würde dir deshalb nie Vorwürfe machen.«

»Ich mir aber.«

»Taylor …«

»Wir sollten die Diskussion beenden, wir werden darüber nie einer Meinung sein.« Sie mochte sich nicht vorstellen, wie es gewesen wäre, ihn dort unten leblos liegen zu sehen.

Sein Daumen strich federleicht über ihre Wange. »Du hast dein Leben riskiert, um mich vor dem Baumstamm zu retten. Ohne dich wäre ich jetzt nicht hier. Jedenfalls nicht in diesem Zustand. Habe ich mich eigentlich dafür bedankt?«

»Ja.« Darüber wollte sie auch nicht reden. Sie hatte einfach gehandelt, ohne Rücksicht darauf, in welche Gefahr sie sich begab. Ein Zittern lief durch ihren Körper.

Sean zog sie an sich, ihr Gesicht landete an seiner Brust. »Schsch. Es ist alles gut. Wir sind beide am Leben.« Sein Arm lag um ihren oberen Rücken, die andere Hand dicht über ihrem Po.

Ein ganz anderer Schauer fuhr durch ihren Körper, der nichts mit Angst oder Kälte zu tun hatte. Um genau zu sein, war Sean sogar überraschend warm, obwohl er nur ein T-Shirt trug. Woher nahm er die Körperwärme? Nachts wurde es hier oben ziemlich frisch, es waren sicher nicht mal zehn Grad. Zögernd schob Taylor die Hand über sein Herz. Beruhigend klopfte es gegen ihre Finger und versicherte ihr, dass sie beide noch am Leben waren. Ohne darüber nachzudenken schmiegte sie sich enger an Sean und rieb mit ihrer Wange über seine Brust.

Sein Griff wurde fester und sein Herzschlag beschleunigte sich. Etwas Hartes presste sich an ihren Bauch. Sie sollte sich schnell zurückziehen, bevor sie noch etwas tat, das sie hinterher bereuen würde. Das Problem war nur, dass sie die Nähe im Moment über alle Maßen genoss. Es fühlte sich richtig an, Sean so dicht an sich zu spüren. Zu wissen, dass er ebenso in dem Augenblick gefangen war. Seine Hand schob sich groß und warm unter ihren Pullover und glitt über ihre nackte Haut. Langsam, beinahe hypnotisierend zog sie ihre Kreise und elektrisierte jede Faser ihres Körpers. Es prickelte, wo er sie berührte. Ihre Brustwarzen zogen sich schmerzhaft zusammen, sicher konnte Sean sie an seinem Bauch spüren.

Gott, wie konnte sie bei einem beinahe Fremden so etwas fühlen? Und wieso fühlte es sich so richtig an? Als wäre es etwas Unausweichliches. Taylor krallte ihre Hand in sein T-Shirt. Alles in ihr spürte dieses unbändige Verlangen, seine Haut an ihrer zu spüren. Nicht nur seine Hand an ihrem Rücken, sondern überall. Schließlich hielt sie es nicht mehr aus und ließ ihre Finger unter sein T-Shirt gleiten. Seine Haut war überraschend glatt, als sie immer weiter nach oben fuhr. Ihre Fingerspitzen schienen unglaublich empfindlich, als sie jedes Tal und jede Erhebung erkundete. Noch nie hatte sie ein Sixpack so erotisch gefunden. Was war nur mit ihr los?

Ihr Körper summte vor Verlangen, das sich noch steigerte, als seine Hand über ihre Seite glitt. Sanft fuhr sie sämtliche Rippen nach, bevor ein Finger über die Unterseite ihrer Brust strich. Zum Schlafen hatte Taylor ihren Sport-BH ausgezogen, und Seans Finger traf nur auf Haut. Hart atmete er aus, sein Schaft drückte sich gegen sie. Die Anspannung ließ Taylor zittern. Sie schob ihre Hand noch ein Stück höher, bis ihre Fingerspitzen seinen Nippel berührten. Sean zuckte zusammen, seine Hüfte bewegte sich ihr entgegen. Sie hatte sein T-Shirt mit hochgezogen, sodass ihre Lippen die Haut seiner Brust streiften. Zaghaft testete sie mit der Zunge seinen Geschmack.

Unvermittelt schloss sich seine Hand über ihrer Brust. Ein verlangender Laut entfuhr Taylor. Sofort presste sie die Lippen zusammen. Sie hatte das Gefühl, dass alles enden würde, wenn sie irgendetwas sagte. So konnte sie sich einbilden, dass eigentlich nichts passierte. Seit wann belog sie sich selbst? Es geschah eindeutig etwas und sie liebte jede einzelne Sekunde. Jede Berührung, jedes Zittern, jede verlangende Regung. Ein rauer Finger strich über ihre Brustspitze, einmal, zweimal, dann schlossen sich zwei Finger darum. Taylor schob ihre Brust vor, in der wortlosen Bitte um mehr.

Sean gehorchte sofort, der Druck wurde fester, während sich seine andere Hand in ihre Hose schob. *O Gott!* Um sich irgendwie abzulenken leckte sie erneut über Seans Brustwarze, dann schloss sie die Lippen darum und begann zu saugen. Zeitgleich zog Sean an ihrer Spitze, reines Verlangen schoss von dort durch ihren Körper und endete an ihrer empfindlichsten Stelle. Seine Hand schloss sich um ihre Pobacke und knetete sie. Beinahe verzweifelt schob Taylor ihre zweite Hand vor, die bisher zwischen ihren Körpern eingeklemmt gewesen war, und legte sie auf den Bund seiner Trekkinghose.

Als er nicht protestierte, öffnete sie den Knopf und zog den Reißverschluss hinunter. Dabei strichen ihren Knöchel über seinen harten Penis. Sie saugte härter und schloss schließlich ihre Hand um seine Erektion. Der Slip störte, aber mehr traute sie sich im Moment noch nicht. Eine Stimme in ihrem Kopf sagte, dass es Wahnsinn war, was sie da tat, aber sie ignorierte sie. Normalerweise war Taylor immer vernünftig, immer beherrscht, aber heute schaffte sie das nicht. Heute tat sie genau das, was sie gerade tun wollte, zur Hölle mit den Konsequenzen.

Raue Finger strichen über ihren Po, einer fuhr die Spalte zwischen ihren Backen nach. Ihr Verlangen steigerte sich, bis sie kaum noch wusste, was sie zuerst tun wollte. Oder doch, sie wusste es genau. Rasch schob sie den Slip hinunter und umfasste den harten Penis. Er hob sich und wurde noch größer. Sean war eindeutig genauso erregt wie sie. Bevor sie noch mehr machen konnte, rollte sich Sean mit ihr herum, bis sie auf ihm lag. Sein Schaft lag noch immer an ihrem Bauch und sie wünschte, er wäre tiefer, dort wo es beinahe schmerzte.

Seans Hand verließ ihre Brust und sie wollte schon protestieren, doch dann zog er ihren Pullover samt T-Shirt nach oben. Taylor half ihm, die Kleidung über den Kopf zu ziehen und lag schließlich mit nacktem Oberkörper auf ihm. Sein Penis hinterließ eine glühende Spur an ihrem Bauch. Schnell schob sie sein T-Shirt so weit hoch, bis sie ihre Brüste an seine Haut pressen konnte. Ein tiefer Seufzer entfuhr ihr. Es fühlte sich so gut an. Als Sean den Bund ihrer Hose berührte, hob sie sofort die Hüfte. Er verstand ihre Aufforderung, öffnete sie rasch und zog sie mitsamt dem Slip ein Stück hinunter. Kühle Luft strich über ihren Po und ihre Scham und steigerte ihre Erregung.

Schließlich war ihr das nicht mehr genug und sie schob sich auf Sean nach oben. Sein Schaft glitt zwischen ihre Beine und presste sich gegen ihren Eingang. Taylor schloss die Augen und genoss das Gefühl. Ihre Nippel bohrten sich in seine Brust, was nur wenig gegen den Schmerz half. Das Verlangen tobte in ihr wie ein wildes Tier. Sie schaffte es kaum, es zu bändigen. Noch nie war sie so außer Kontrolle gewesen, hatte beinahe Verzweiflung gespürt. Das machte ihr ein wenig Angst, doch nicht genug, um die Sache zu beenden.

Seans Berührungen wirkten etwas fahrig, als er seine Hände über ihren Rücken bis zum Po und wieder zurück wandern ließ. Überall wo er sie berührte, prickelte ihre Haut. Mehr, sie brauchte unbedingt mehr. Am liebsten würde sie in ihn hineinkriechen. Unruhig öffnete sie ihre Beine weiter, bis sein Schaft bei jeder Bewegung über ihre Klitoris strich. Taylor keuchte auf. Seans Hände schlossen sich um ihren Po und er dirigierte ihre Bewegungen. Auf und ab, jedes Gleiten über Tausende Nervenenden ein Schauer der Gefühle. Eine Hand glitt tiefer und etwas schob sich in sie. Es dauerte einen Moment, bis sie merkte, dass es nur ein Finger war.

Ihre Muskeln schlossen sich rhythmisch um ihn, während er immer tiefer in sie drang. Es fühlte sich unglaublich an, aber es war viel zu wenig. Taylor presste sich ihm entgegen, um so viel von ihm aufzunehmen wie möglich. Sie biss auf ihre Lippe, als sich ein zweiter Finger zu dem ersten gesellte. Mit einer Hand umfasste sie seinen Schaft und drückte ihn härter gegen ihre Klitoris. Das Verlangen stieg immer höher, das Summen in ihr wurde lauter. Beinahe verzweifelt rieb sie sich an ihm, sorgte dafür, dass er sie immer tiefer penetrierte. Ein dritter Finger füllte sie und trieb sie näher an den Orgasmus.

Keuchend presste sie ihren Mund gegen Seans Brust. Ohne darüber nachzudenken, biss sie zu. Er zuckte zusammen, dann stieß er so weit in sie, wie es möglich war, während sich ein Finger seiner anderen Hand auf ihren Anus legte. Ein Schrei entrang sich ihrer Kehle, als die Wellen des Höhepunkts über ihr zusammenschlugen. Sie begann zu zucken, während sich ihre Klitoris an seinem Schaft rieb und immer neue Funken entzündete. Seine Erektion wurde noch größer. Mit einem Fluch drehte Sean sie herum, bewegte sich nach oben, und stöhnte laut. Feuchtigkeit traf ihren Bauch. Taylor lächelte, als sich Sean schwer auf sie sinken ließ, seinen immer noch zuckenden Schaft zwischen ihnen.

12

Es kam Sean vor, als würde er aus einem Traum erwachen. War das wirklich gerade geschehen? Die Feuchtigkeit zwischen ihnen war ein nicht fehlzudeutender Beweis. Genauso wie das Gefühl absoluter Befriedigung, das er empfand. Es hatte sich unglaublich richtig angefühlt, Taylor zum Höhepunkt zu treiben, das Einzige, was er ein wenig bedauerte, war die Tatsache, dass er nicht in ihr gewesen war. Aber vermutlich wäre er dann innerhalb weniger Sekunden gekommen. Eine Berührung an seiner Seite ließ sein Herz schneller klopfen. Er neigte nicht dazu, mit beinahe Fremden Sex zu haben, deshalb war er nicht ganz sicher, wie er jetzt weiter vorgehen sollte. Er mochte Taylor extrem gern, auf keinen Fall wollte er sie verletzen.

Vorsichtig rollte er sich von ihr hinunter und stützte sich auf seinen Ellbogen. Es war zu dunkel, um mehr als ihre Umrisse im Zelt zu sehen. Er wünschte, er könnte mehr von ihr erkennen, schon allein, um ihre Stimmung zu erahnen. »Sollte ich mich bei dir entschuldigen?«

Unvermittelt flammte das Licht der Stirnlampe auf. Sean blinzelte in die plötzliche Helligkeit.

»Für die dumme Frage auf jeden Fall.« Taylor klang wie immer.

Erleichtert lächelte er. »Okay, tut mir leid.« Endlich hatten sich seine Augen an das Licht gewöhnt und er konnte sie deutlicher sehen. Röte überzog ihre Wangen, ihre Augen glänzten. Ihre schnellen Atemzüge führten seinen Blick zu ihren Brüsten, deren dunkle Spitzen immer noch aufgerichtet waren. Am liebsten hätte er sie gekostet, stattdessen ließ er den Blick weiter nach unten wandern. Auf ihrem Bauch fand er den Beweis für seine eigene Leidenschaft. Seltsamerweise startete das seine Erregung erneut. Noch etwas tiefer fand er sorgfältig getrimmte, feucht glänzende Locken.

»Hast du alles gesehen, was du wolltest?«

Verlegen ruckte sein Blick wieder zu ihrem Gesicht zurück. »Ja.«

»Gut.« Sie sah an ihm hinab und lächelte. »Ich jetzt auch. Wobei ich durchaus gern noch mehr sehen würde, aber ich schätze mal, das würde hier dann doch zu Erfrierungen führen.«

Er hatte die kalte Luft nicht mal gemerkt, seit Taylor ihn berührt hatte. »Das stört mich nicht.«

Ihr Lächeln verbreiterte sich. »Noch besser, aber wir sollten vielleicht doch ein wenig schlafen, wenn wir morgen fit sein wollen.«

Warum war alles so einfach mit ihr? Rasch holte er einige Taschentücher heraus und befeuchtete sie mit Wasser, bevor er sanft ihren Bauch abwischte. Taylor sah ihm mit halb geschlossenen Augenlidern dabei zu. Schließlich schob er bedauernd ihren Pullover hinunter und half ihr dabei, ihren Slip und die Hose hochzuziehen. Als letztes deckte er den Schlafsack über sie, bevor er sich herrichtete. Er biss die Zähne zusammen, als die Bewegung an seiner Wunde zerrte. Seltsamerweise hatte er während des Sex nicht eine Sekunde daran gedacht, doch jetzt machte sich die Verletzung wieder unangenehm bemerkbar.

Er legte sich auf die Seite, sodass er Taylor ansehen konnte. Ihre kurzen Haare waren zerzaust, ein Look, der ihr unheimlich gut stand. Er konnte sich vorstellen, morgens so neben ihr aufzuwachen und sich in den Tiefen ihrer grauen Augen zu verlieren. Aber das war der Sache sehr weit vorausgegriffen. Sie kannten sich erst wenige Stunden und waren durch die Ereignisse zusammengeworfen worden. Vielleicht hatte die vorhergegangene gefährliche Situation dazu geführt, dass sie sich deutlich schneller nähergekommen waren, als das normalerweise der Fall war. Was auch immer es war, Sean war dankbar für die Möglichkeit, sie berühren zu dürfen.

»Ist alles in Ordnung?« Besorgt blickte Taylor ihn an.

»Mehr als das.« Und das war die reine Wahrheit, jedenfalls was sie beide betraf.

Mit den Fingern strich sie über seine Augenbraue. »Und warum siehst du dann nicht so aus? Ich hätte an dein Bein denken sollen. Ich hoffe, es ist meinetwegen nicht schlimmer geworden.«

»Garantiert nicht deinetwegen. Und selbst wenn, hätte es sich gelohnt.«

Sie lächelte leicht. »Das ist zwar nett, aber auch unvernünftig.«

»Ich bereue jedenfalls keine einzige Sekunde. Oder höchstens, dass die Umstände nicht anders sind.«

»Wären sie anders, wären wir jetzt nicht hier.«

»Auch wieder wahr. Aber wünschen kann man es sich ja. Viel Zeit, ein großes Bett …« Seine Fantasie lief auf Hochtouren, bis sie zu einem völligen Stopp kam. »Was nicht heißt, dass ich eine Fortsetzung der Sache erwarte. Das bleibt ganz dir überlassen. Oder …«

Taylor legte ihre Finger über seine Lippen. »Vielleicht solltest du jetzt besser aufhören, bevor du dich um Kopf und Kragen redest.«

»Meinst du den ersten Teil oder das danach?«

»Letzteres. Es war unerwartet, dass wir uns so nahe kommen, aber heiß. Ich wollte es genauso wie du. Sehen wir einfach, wie es weitergeht, okay?«

Taylor war wirklich seine Traumfrau. »Ich bin sehr dafür.« Er küsste ihre Fingerspitzen.

Sie nahm ihre Hand weg, legte sie um seinen Nacken und zog sein Gesicht zu sich hinunter. Nur noch wenige Millimeter trennten sie voneinander, ihr Atem vermischte sich. Beinahe zaghaft berührten ihre Lippen seine. Ein völliger Kontrast zu der Leidenschaft, die sie vorher gezeigt hatte. Und damit umso faszinierender und erregender. Sein Herz klopfte heftiger, als er den Kuss erwiderte. Sie schmeckte genauso gut wie sie sich anfühlte. Er könnte sie stundenlang einfach nur küssen, aber schließlich zog sie sich zurück. Ihre Hand löste sich von seinem Nacken.

Ihre Lippen waren gerötet, ihr Atem ging schneller. »Ja, ich glaube, wir sollten das noch weiter erforschen, wenn wir wieder die Gelegenheit dazu haben.«

Ganz seine Meinung, auch wenn ihm momentan die Worte fehlten. Er legte den Kopf auf seine Jacke, die er als Kissen verwendete, und sah sie einfach nur an. Unglaublich, dass er heute Morgen noch nicht einmal gewusst hatte, dass sie existierte. Sean schob seine Hand zu ihr hinüber und lächelte, als Taylor sie ergriff. Er schloss seine Augen und atmete tief durch. Es fühlte sich richtig an, sie zu berühren. Ohne jeden Hintergedanken, ihre Haut an seiner.

»Gute Nacht.« Es wurde dunkel im Zelt, dann rückte Taylor näher heran und schlang ihren anderen Arm um seine Taille.

Perfekt. Das war alles, was durch seinen Kopf ging. »Schlaf schön.«

In der Nacht wachte Sean mehrere Male auf, immer wieder ließen ihn schlechte Träume hochschrecken. Taylor war stets da, um ihn in die Realität zurückzubringen. Es reichte schon, dass sie neben ihm lag, um seinen Puls wieder auf ein normales Level zu bringen. Als es außerhalb des Zeltes etwas heller wurde, hielt Sean es nicht mehr aus. Leise zog er seine Jacke über und schlüpfte aus dem Zelt. Es gab keinen Grund, Taylor jetzt schon zu wecken, es würde noch über eine halbe Stunde dauern, bis es hell genug war, dass sie ihre Suche fortsetzen konnten.

Lautlos schloss er den Reißverschluss hinter sich und ging ein Stück vom Zelt weg um sich hinter den Bäumen zu erleichtern. Bereits die wenigen Schritte zeigten, dass seine Beinwunde schlechter geworden war. Zwar konnte er sich weiterhin bewegen, aber es war alles andere als schön. Jede Bewegung zerrte am Stoff seiner Hose und damit auch am Verband. Sie mussten Noah unbedingt heute finden, bevor die Verletzung ihn zwang, das Gebiet zu verlassen.

Allzu lange würde es vermutlich auch nicht mehr dauern, bis sie wussten, ob die Fahrzeuge noch im Park waren oder ihn bereits verlassen hatten. Wenn sie entlang der Fahrrinne keinerlei Spuren von Noah fanden, würde er aufgeben müssen. Dann konnten sie nur versuchen, herauszufinden, wer die Fahrzeuge gefahren hatte und was mit Noah geschehen war. Er war nicht sicher, ob er das Richtige tat, aber solange die Möglichkeit bestand, dass sein Freund lebte und irgendwo im Park war, hatte er so die besten Chancen, ihn zu finden.

Während er mit leichten Bewegungen versuchte, sein Bein zu lockern, beobachtete er den Sonnenaufgang. Erst tauchten einzelne Strahlen hinter den Berggipfeln auf, der Himmel färbte sich in allen möglichen Pinktönen. Wenige Minuten später erschien die Sonne als großer roter Ball und hüllte die Natur in ein goldenes Licht. Selbst die furchtbaren Zerstörungen durch die Fahrzeuge wirkten für einen Moment nicht ganz so schlimm. Sean wünschte, Noah würde neben ihm stehen und sie könnten den Sonnenaufgang gemeinsam genießen. Seine Kehle zog sich zusammen, als er sich vorstellte, dass Noah vielleicht nie wieder einen erleben konnte.

Ein leises Brummen hallte von den Felswänden wider, dann verstummte es. War das seine Einbildung gewesen? Angestrengt lauschte er, konnte aber nichts mehr hören. Vermutlich hatte er so darauf gehofft, dass sein Gehirn die Geräusche fabriziert hatte. Langsam humpelte er zum Zelt zurück, um Taylor zu wecken. Er öffnete die Fliegengaze und beugte sich hinein. Taylor schien noch tief zu schlafen, sie hatte sich seine Hälfte des Schlafsacks gegriffen und schmiegte sich daran, als wäre er es. Es tat ihm leid, sie wecken zu müssen, aber er durfte keine Sekunde verschwenden.

Er berührte ihr Bein. »Taylor?«

Sie murmelte etwas und versuchte, sich den Schlafsack über den Kopf zu ziehen. Grinsend schüttelte er sie leicht.

»Komm schon, Schlafmütze.«

Mit einem Ruck setzte sie sich auf und starrte ihn an. »Was ist?«

»Es ist Zeit, aufzustehen.«

Sie blickte an ihm vorbei nach draußen, wo das Tal hell erleuchtet wurde. »Mist, ich muss verschlafen haben. Komme sofort.«

Sean richtete sich wieder auf und begann damit, seinen Rucksack zusammenzupacken. Innerhalb von Sekunden kletterte Taylor aus dem Zelt und streckte sich.

»Ich glaube, ich werde langsam zu alt für solche Sachen.«

Er konnte es nicht lassen. »Für Sex?«

Missmutig sah sie ihn an. »Haha. Nein, dafür ist man nie zu alt. Ich meinte, auf dem Boden zu schlafen.«

»Da muss ich dir recht geben. Mein Rücken fühlt sich an, als hätte ich auf einem Nagelbrett gelegen.«

»Schlimmer. Wie lange bist du schon wach?«

»Halbe Stunde oder so.«

»Warum hast du mich nicht geweckt?«

Er hob die Schultern. »Es war sowieso noch zu dunkel, um etwas zu erkennen.«

»Schon, aber …« Sie brach ab. »Höre ich da irgendwas?«

Sean lauschte und tatsächlich, jetzt war wieder das Brummen zu hören. »Ich hatte es eben bereits gehört und gedacht, ich würde es mir nur einbilden. Ist das ein Motor?«

»Klingt so.« Sie deutete in die Richtung, aus der die Geräusche kamen. »Es kommt von dort, glaube ich. Jedenfalls wenn mich das Echo nicht total täuscht.«

»Ich muss dorthin!« Unentschlossen blickte er auf sein Zelt.

»Lass es stehen. Wir nehmen nur die Rucksäcke, dann können wir sofort los.« Während sie sprach, schlüpfte sie in ihre Wanderstiefel und band sie hastig zu.

Sean stimmte ihr zu, es würde zu lange dauern, das Zelt abzubauen und zu verstauen. Vielleicht entfernte sich genau in diesem Moment das Fahrzeug von ihnen, das ihnen helfen könnte, Noah zu finden. Er setzte seinen Rucksack auf und verschloss das Zelt, nachdem er Taylors Rucksack herausgenommen hatte. Sie nahm ihn Sean aus der Hand, zog die Wasserflasche aus der Seitentasche und trank einen Schluck. Sean nahm sie entgegen, als Taylor sie ihm reichte und stillte seinen Durst. Anschließend steckte er die Flasche zurück.

Taylor schwang den Rucksack über die Schulter und sah Sean an. »Gehen wir.«

Was für ein Glück hatte er gehabt, gerade sie zu treffen. Sie hatte sich nicht mal die Zeit genommen, die Haare zu kämmen oder Zähne zu putzen, sondern war einfach bereit, loszulaufen, weil er sie brauchte. Wenn sie ein wenig Zeit hatten, musste er ihr das unbedingt sagen. Jetzt brauchte er allerdings sämtliche Kraft, um sich mit seinem verletzten Bein so schnell fortzubewegen, wie es irgend ging. Sofort passte sich Taylor seinem Tempo an, während sie auf das Geräusch zugingen. Immer wieder brach es ab, vielleicht weil sich der Hall unterschiedlich an den Felsen brach und vom Wind in ihre Richtung geweht wurde. Zumindest verschwand es nicht völlig, das war für Sean eine große Erleichterung.

Während sie den Reifenabdrücken folgten, achtete er weiterhin darauf, ob er andere Spuren entdeckte. Noch immer hatte er die Hoffnung nicht aufgegeben, dass Noah vielleicht doch hier irgendwo herumlief und er ihn retten konnte. Ohne Konfrontation mit den Typen, die nur hier waren, um die Natur zu zerstören. Er war momentan nicht in der besten Verfassung und er hatte auch keine Waffen dabei. Nicht, dass er sie unbedingt benutzen wollte, aber um Noah, Taylor oder sich zu beschützen, würde er es tun. Er war schon in einigen Ländern als Geologe unterwegs gewesen, in denen das nötig gewesen war.

Nach einiger Zeit wurde das Geräusch lauter, es war eindeutig ein laufender Motor. Es wäre auch möglich, dass das die Ranger waren, die mit dem Wagen hierher gefahren waren, um nach Noah zu suchen. Doch irgendwie glaubte er nicht daran. Es klang wie ein wesentlich größeres Fahrzeug. Die Ranger würden vermutlich auch nicht die ganze Zeit den Motor laufen lassen und damit noch mehr die Luft verpesten. Sean war dankbar dafür, denn nur so hatten sie ihn überhaupt bemerken können.

Sein Bein brannte wie Feuer, als sie endlich bei der Quelle des Geräuschs ankamen. Es war ein mittelgroßer Truck mit einer Ladung Rohre für Bohrungen. Offenbar hatten sie hier einen der Verursacher der Bohrungen gefunden. Ein Mann lehnte an der Beifahrertür, eine Zigarette im Mund.

»Ich habe dir gesagt, dass du auf ihn aufpassen sollst! Wir kommen erst hier weg, wenn wir ihn wiedergefunden haben. Also mach endlich hin!«

Aufpassen? Sprach er von Noah? Gerade noch rechtzeitig erwischte er Taylors Arm und zog sie mit sich hinter einige Büsche.

»Was …?«

Er presste seine Hand auf ihren Mund. »Still. Ich will nicht, dass er uns sieht.«

Sie machte eine ruckartige Kopfbewegung und befreite sich so. »Wieso nicht? Ich gehöre zum Ranger Service und werde ihn fragen, was zum Teufel er hier zu suchen hat!«

»Hast du auch gesehen, dass er eine Waffe trägt? Hast du eine?«

Das dämpfte ihre Wut. »Nein, ich bin Bergführerin, ich brauche normalerweise keine Waffe, außer vielleicht ein Taschenmesser.«

»Dann sollten wir lieber vorsichtig sein. Anscheinend suchen sie jemanden. Was, wenn es Noah ist? Vielleicht konnte er entkommen und ist jetzt irgendwo hier in der Gegend.« *Gott, bitte!*

Taylor nickte langsam. »Okay, wir gehen etwas vorsichtiger vor.« Sie sah sich um. »Wie willst du da hinkommen, ohne gesehen zu werden?«

»Durch den Wald. Wenn wir vorsichtig sind, erfahren sie nicht, dass wir da sind.«

»Okay. Geh vor.«

Sean wartete, bis der Mann zur anderen Seite blickte, bevor er von den Büschen aus in Richtung der Bäume lief. Es waren nur wenige Meter, aber es gab keinen Schutz dazwischen. Deshalb atmete er erleichtert auf, als sie die Bäume erreichten, ohne entdeckt zu werden. Hier konnten sie sich fortbewegen, ohne von dem Mann gesehen zu werden. Sie mussten nur aufpassen, nicht demjenigen in die Arme zu rennen, mit dem er gesprochen hatte. Hoffentlich war der so beschäftigt, dass er sie nicht bemerkte.

13

Furcht rieselte durch Taylors Körper, als sie sich leise durch den Wald bewegte. Die Bäume standen nicht so dicht, dass sie völlig verdeckt waren. Immer wieder mussten sie Lücken überbrücken und riskieren, dass sie bemerkt wurden. Ein Stück entfernt waren knackende Geräusche zu hören, denen sie folgten. Vom Fahrzeug aus kamen immer wieder die anfeuernden Rufe des Mannes, jetzt allerdings deutlich leiser zu hören. Was er damit bezwecken wollte, war ihr nicht klar. Wollte er Noah so mürbe machen, dass sein Kumpan ihn aufstöbern konnte? Wenn sie überhaupt nach Seans Freund suchten, es konnte auch um etwas ganz anderes gehen. Aber sie hoffte für Sean, dass sie endlich einen Hinweis erhielten, dass er noch lebte. Auch wenn sie wünschte, Noah hätte einfach in der Nähe der Absturzstelle gewartet und sie hätten ihn dort aufsammeln können. Möglichst ohne sich dabei eigene Verletzungen zuzuziehen.

Ihr Herz hämmerte im Takt ihrer Schritte, als sie immer tiefer in den Wald eindrangen. Wie weit könnte Noah mit seinen Verletzungen gekommen sein? Sean blieb so unvermittelt stehen, dass sie in ihn hineinlief. Sie unterdrückte einen Schmerzenslaut, als sich die Schnalle seines Rucksacks in ihre Wange grub. Rasch trat sie einen Schritt zurück und hockte sich neben ihn, als er sich hinter einen Busch bückte.

»Was ist?« Sie hielt ihre Stimme möglichst leise.

Wortlos hielt er ihr einen Fetzen Stoff hin.

»Meinst du, der ist von Noah?«

Hoffnung stand in seinen Augen. »Ja, es ist genau das gleiche Muster wie der Fetzen, den ich oben am Baum gefunden hatte.«

»Dann muss er hier in der Nähe sein!«

»Ja.« Sean deutete auf den Boden. »Hier sind Spuren.«

Sie kamen von der anderen Seite und führten weiter in Richtung der Berge. Wie glaubte Noah den bewaffneten Männern entkommen zu können? Er musste verzweifelt sein, wenn er es trotzdem versuchte. Taylors Herz zog sich vor Mitgefühl zusammen. Sie mussten ihn finden, und zwar bevor die Männer ihn erwischten. Wenn diese die Spuren auch fanden, würde es ein Leichtes für sie sein, ihm zu folgen. Sie würden damit unweigerlich auf Sean und sie treffen. Das mussten sie unbedingt verhindern.

»Soll ich Hilfe herbeirufen?« Sie tastete nach ihrem Handy.

»Nein, warte noch, bis wir ihn gefunden haben. Die beiden Verfolger sollen nicht durch jemanden informiert werden, dass wir hier sind. Es ist besser, wenn sie uns gar nicht erst sehen, zumindest bis wir Noah gefunden haben.«

In Anbetracht der Pistole, die der Mann bei sich hatte, war Taylor geneigt, Sean zuzustimmen. Andererseits wünschte sie, dass sie die Verantwortung an jemand anderen abgeben könnten. Es ging schließlich um ein Menschenleben und dazu noch um die Verantwortung für die Umweltzerstörung in diesem Teil des Parks. Sie war Bergführerin, mit Verbrechen im Park hatte sie normalerweise nichts zu tun. Doch das konnte sie sich in diesem Fall nicht aussuchen, sie würde Sean auf keinen Fall im Stich lassen. »Okay, doch ich kann mir immer noch nicht vorstellen, dass jemand vom Park Service da mit drinhängt.«

»Ich bin lieber vorsichtig, als es hinterher zu bedauern. Erst recht, wenn es um Noahs und dein Leben geht.«

»Und deins.«

Er lächelte schwach. »Das auch.«

»Okay, finden wir Noah und bringen ihn nach Hause.«

Sean drückte ihre Hand. »Danke.«

Langsam richtete er sich wieder auf und folgte den Spuren tiefer ins Dickicht. Es war schlau von Noah, dorthin zu fliehen, wo es mehr Möglichkeiten gab, sich zu verstecken. Wenn sie sich nicht irrte, gab es in der Gegend auch einige natürliche Höhlen im Fels sowie alte Mineneingänge. Wenn er geschickt war, würde er sich dort verbergen können. Allerdings war hier im Wald das Problem, dass jeder seiner Spur folgen konnte. Deshalb würde er sicher, wenn er noch klar denken konnte und es in seinem Zustand noch schaffte, ins felsigere Gebiet gehen. Die Spuren legten nahe, dass er eine schwerere Verletzung hatte, die ihn zunehmend behinderte. Es war erstaunlich, dass er überhaupt so weit gekommen war.

Vermutlich war es nur eine Frage des Drucks und der Furcht, zu welchen Leistungen man in der Situation fähig war. Doch irgendwann würde der Körper nicht mehr mitspielen. Das hatte sie inzwischen schon einige Male erlebt. Vor allem, wenn dann noch die äußeren Bedingungen widrig waren, kostete das viel Kraft. Noah hatte Glück gehabt, dass das Wetter in den letzten Tagen angenehm mild und trocken gewesen war. Sollte sich das heute ändern, wie es vorausgesagt worden war, dann würde es für ihn deutlich schwerer werden. Für sie ebenso und zudem würden sie auch keine Spuren mehr finden.

Deshalb war es wichtig, ihn möglichst jetzt zu finden, bevor er in die Fänge der Verfolger geriet oder es unmöglich wurde, ihn noch aufzustöbern. Aber vielleicht hatten sie ja Glück. Wie um ihre Gedanken zu widerlegen, knackte es nur wenige Meter entfernt.

»Scheißkerl! Wenn ich dich erwische, wirst du wünschen, nie geboren zu sein!« Die halblaute Stimme erklang hinter einer Reihe von Bäumen und sie kam eindeutig auf sie zu. »Ich hätte dich doch gleich gestern Abend umlegen sollen.«

Taylor reagierte sofort. Sie packte Sean am Arm, zog ihn mit sich zu Boden und rollte mit ihm unter ein Gebüsch. Sein unterdrücktes Aufstöhnen schmerzte, doch sie hatten keine andere Wahl, wenn sie nicht entdeckt werden wollten. Auf ihm kam Taylor zum Liegen und blickte direkt in seine Augen. Mit angehaltenem Atem wartete sie darauf, dass der Mann an ihnen vorbeiging und sich entfernte. Seans Hände lagen warm auf ihrem Rücken, sein Herz pochte hart an ihrem. Taylor senkte den Kopf, damit nichts von ihr zu sehen war. Ihre Wange rieb über Seans und gab ihr ein wenig Sicherheit.

Langsam entfernten sich die Geräusche und sie atmete erleichtert auf. Anscheinend hatte der Mann sie nicht bemerkt. Vorsichtig hob sie den Kopf und sah sich um. Als sie niemanden entdeckte, stand sie rasch auf und hielt Sean eine Hand hin. Er ergriff sie und ließ sich von ihr hochhelfen.

»Alles okay?«

Sean nickte. »Wir müssen weiter. Wenn der Typ jetzt Noahs Spur folgt, ist er vor uns bei ihm. Das müssen wir verhindern.«

»Wir können Noah aber nicht helfen, wenn wir entdeckt werden. Ganz im Gegenteil, dann werden sie vermutlich auch uns loswerden wollen.«

Seans Lippen pressten sich zusammen. »Davon gehe ich aus.« Er sah sie lange an. »Vielleicht ist es besser, wenn du hierbleibst und …«

»Keine Chance. Du brauchst mich, wenn Noah verletzt ist. Oder glaubst du, dass du ihn transportieren kannst, wenn du selbst kaum in der Lage bist, zu laufen?« Sie hob die Hand, als er etwas erwidern wollte. »Das steht nicht zur Diskussion, du wirst mich nicht los.«

Er schüttelte den Kopf. »Das will ich gar nicht. Ich möchte nur verhindern, dass du verletzt wirst.«

»Ich weiß. Genauso geht es mir aber auch mit dir. Und jetzt los, bevor der Mann zu viel Vorsprung hat.«

»Du hast recht.« Sean machte einige Schritte, sein Humpeln war stärker geworden.

»Habe ich deine Verletzung verschlimmert?«

»Es war nur der Aufprall. Das wird sich gleich wieder geben.«

Das glaubte sie zwar nicht, aber es brachte nichts, darüber zu diskutieren. Schweigend folgte sie ihm tiefer in den Wald hinein.

***

Verdammt noch mal, er hatte gehofft, dass der Wagen weiterfahren würde, ohne zu bemerken, dass er nicht mehr darin war. Das hatte zuerst auch geklappt, doch dann war er offenbar umgekehrt und jetzt suchten sie ihn hier. Noah blieb kurz stehen und versuchte, Kraft zu sammeln. Drei Tage ohne Nahrung, ohne Wasser hatten ihn geschwächt, er schaffte es kaum noch, einen Fuß vor den anderen zu setzen. Dazu kamen seine Verletzungen, die von dem Gerüttel im Wagen nicht gerade besser geworden waren. Als er von der Klippe gestürzt war, hatte er instinktiv versucht, seinen Kopf zu schützen. Das hatte funktioniert, aber dafür war er voll auf seinem Arm gelandet.

Er war an mindestens einer Stelle gebrochen, was aber beinahe noch mehr schmerzte und ihn behinderte, war seine Schulter. Vermutlich war da auch irgendetwas gebrochen. Nein, garantiert. Er konnte sich nicht bewegen, ohne dass der Schmerz durch seinen ganzen Körper schoss. Nach dem Absturz hatte er mit seinem kleinen Vorrat an Verbandsmaterial und einem Stock seinen Arm geschient. Das hatte etwas geholfen, doch ihm war klar gewesen, dass er ohne Unterstützung wohl nicht aus dem Park hinauskommen würde. Dummerweise war sein Handy bei dem Sturz zerstört worden und er hatte keine Möglichkeit, Hilfe zu rufen.

Also musste er sich allein durchschlagen und darauf hoffen, dass Nick irgendwann jemanden schicken würde, wenn er sich nicht mehr meldete. Er war ziemlich sicher, dass sein Bruder inzwischen schon außer sich vor Angst um ihn sein musste. Es gefiel ihm gar nicht, Nick solchen Kummer zu bereiten, aber woher hätte er wissen sollen, dass er einen Mord beobachten und jemand auf ihn schießen würde? Ganz offensichtlich hatten diese Typen keine Zeugen gewollt. Dummerweise hatte er keine Möglichkeit gehabt, ihnen aus dem Weg zu gehen. Er hatte es versucht, war dann aber doch genau dort gelandet, wo sie ihre Bohrungen anstellten.

Zuerst hatte er geglaubt, dass er sich verstecken konnte, bis sie abgezogen waren, doch offenbar hatte derjenige, der auf ihn geschossen hatte, einen Suchtrupp losgeschickt, der ihn schnell aufgespürt hatte. Sie hatten ihn aus dem Wald gezerrt und in einem ihrer Fahrzeuge eingesperrt. Hilflos hatte er zusehen müssen, wie sie in aller Ruhe ihre Arbeiten beendeten und dann im Konvoi in Richtung der Parkstraßen fuhren. Niemand hatte sich um seine Verletzungen gekümmert, oder ihm etwas zu essen oder trinken gegeben. Seinen Rucksack hatten sie ihm weggenommen, er war völlig hilflos gewesen. Kein Gefühl, das ihm besonders gefiel.

Inzwischen war er so dehydriert und übermüdet, dass er immer wieder eingeschlafen war. Noah hatte Angst, dass er irgendwann nicht mehr aufwachen würde. Deshalb hatte er sich schließlich entschlossen, bei der nächsten Gelegenheit einen Fluchtversuch zu wagen. Es war möglich, dass sie ihn dabei erschossen oder er sonst irgendwie zu Tode kam, aber alles war besser, als in dem Fahrzeug langsam dahinzusiechen und keine eigenen Entscheidungen treffen zu können.

Es war überraschend leicht gewesen, sich morgens aus dem Wagen zu schleichen und in dem angrenzenden Waldgebiet unterzutauchen. Zwar musste er zu Fuß den Rest des Weges gehen, aber das war ihm egal. Hauptsache, er war wieder frei.

Noah stolperte und konnte sich gerade noch auf den Beinen halten. Noch ein Sturz auf seinen Arm könnte sein Ende bedeuten. Er musste besser aufpassen, dies war seine einzige Chance. Wenn er erst bei den Klippen war, würden sie nicht mehr seinen Spuren folgen können. Die Rufe des einen Verbrechers, er nannte sich Bear, trieben ihn vorwärts. Wenn er lange genug durchhielt, würden sie irgendwann die Verfolgung aufgeben und sich darauf verlassen, dass er in der Natur schon von selbst sterben würde. Was durchaus sein konnte. Doch je früher sie wieder aufbrachen, desto größer waren am Ende seine Chancen. Nur hatte er darauf leider keinerlei Einfluss. Sie konnten ihn nicht laufen lassen, nachdem sie ihn mehrere Tage gefangen gehalten hatten und er erzählen könnte, was er gesehen hatte. Nicht nur den Mord, sondern auch ihre Gesichter. Er hatte außerdem einige Namen mitbekommen und den Gesprächen gelauscht, während er im hinteren Teil der Fahrerkabine durchgeschüttelt wurde.

Das trieb ihn vorwärts, immer weiter in die Wildnis, dabei müsste er eigentlich dringend in Richtung der Zivilisation. Noah hielt inne, als er ein leises Gluckern hörte. *Wasser!* So schnell es ihm möglich war, strebte er auf den schmalen Bach zu. Es war ihm völlig egal, wie viele Bakterien oder andere Verunreinigungen möglicherweise in dem Wasser waren, solange er endlich etwas zu trinken bekam. Um alles andere konnte er sich danach kümmern.

Gerade als er beinahe den Bach erreicht hatte, traf ihn unvermittelt etwas von der Seite. Noah konnte sich nicht auf den Beinen halten und stürzte zu Boden – direkt auf seine verletzte Seite. Unglaublicher Schmerz explodierte in jeder Faser seines Körpers, besonders in seinem Arm und seiner Schulter. Fast besinnungslos lag er einfach nur da und versuchte, wieder zu Atem zu kommen. Was war das gewesen? Er blinzelte, aber das Bild vor seinen Augen blieb unscharf. War jetzt der Moment gekommen, an dem sein Körper aufgab? *Nein, das konnte er nicht tun!* Er musste zurück zu Nick, zu seinem Leben. Vielleicht musste er nur einen Moment pausieren und es danach wieder probieren.

Das Wasser lockte in geringer Entfernung, doch es könnte genauso gut Kilometer entfernt sein. Harsche Atemzüge waren alles, was er noch hörte. Irgendetwas klingelte penetrant in seinen Ohren. Vielleicht die Alarmglocke seines Körpers? Er musste unbedingt aufstehen. Wenn sein Verfolger ihn hier in diesem Zustand entdeckte, hätte er leichtes Spiel. Sein Wille brachte ihn dazu, seine Glieder zu sortieren und sich auf den Rücken zu drehen. Allein das ließ den Schweiß am ganzen Körper ausbrechen. Er begann zu zittern, was seine Verletzungen weiter erschütterte.

Komm schon, reiß dich zusammen! Du darfst dich von so einer kleinen Verletzung nicht kaputtmachen lassen. Du bist stärker als das. Noah biss die Zähne zusammen und stemmte sich mit seinem gesunden Arm in eine sitzende Position. Schwankend versuchte er, sich zu orientieren. Wasser, das war erst einmal das Wichtigste. Vorsichtig kniete er sich hin. Wenn nötig, würde er auch kriechen, Hauptsache, er konnte endlich seinen Durst stillen. Einen Zentimeter nach dem anderen schob er sich vorwärts.

Gerade als seine Fingerspitzen ins Wasser tauchten, bemerkte er neben sich eine Bewegung. Langsam drehte er den Kopf. Der Schrei erstickte in seiner Kehle. *Nein!*

14

Ein Schuss hallte durch die Stille der Natur. Kurz darauf folgte ein markerschütternder Schrei. Sean zuckte zusammen, dann rannte er los, so schnell es sein Bein zuließ. *Noah!* Taylor war direkt hinter ihm, er konnte ihren keuchenden Atem hören. Es durfte Noah nichts passiert sein, so kurz bevor sie ihn endlich fanden! Nach dem Schrei herrschte Totenstille und Sean war sich nicht sicher, ob sie noch in die korrekte Richtung unterwegs waren. Er wurde langsamer, bis er schließlich stoppte. Mit angehaltenem Atem lauschte er, konnte jedoch nichts hören.

Taylor blieb neben ihm stehen. »Was …?«

Sean hob eine Hand und sie schluckte den Rest des Satzes hinunter. »Ich versuche, etwas zu hören.«

Angestrengt bemühte er sich, irgendein Geräusch zu vernehmen, doch da war nichts. Als hielte der gesamte Wald den Atem an.

»Folgen wir weiter den Spuren.« Taylors Flüstern war kaum zu verstehen.

Vorsichtiger setzte sich Sean wieder in Bewegung. Die Fußabdrücke erschienen unregelmäßiger, häufig sah es so aus, als wäre Noah getaumelt. Wenn der Mann ihn gefunden hatte, war er in dem Zustand kaum ein ernst zu nehmender Gegner. Sein Verfolger konnte ihn einfach erschießen, wie ein Tier auf der Jagd. Ein Gefühl der Dringlichkeit presste Seans Brustkorb zusammen. Er wollte Noah nicht sehen, wie er erschossen dalag. Und genauso wenig wollte er Nick anrufen und ihm erklären, dass er gescheitert war. Dass sein letzter naher Verwandter ebenfalls tot war. *Shit!*

Taylors Hand schloss sich plötzlich um seinen Arm. »Hörst du das?«

Sofort blieb er stehen und horchte. Zuerst hörte er nichts, doch dann … war da ein seltsames Knacken und ein schmatzendes Geräusch. Was zum Teufel war das? Sean ging weiter und sah, dass die

Spuren genau dorthin führten, woher die Laute kamen. Ein schlechtes Gefühl breitete sich in ihm aus und er lief automatisch schneller. Er schob sich durch einige Büsche und blieb wie angewurzelt stehen, als er nur wenige Meter von einem massiven Schwarzbären entfernt stand. Der Bär drehte ihm das Hinterteil zu, während er irgendetwas fraß.

Ein kalter Schauder lief über Seans Rücken, als er einen Wanderstiefel zwischen den Beinen des Bären herausragen sah. *Nein, Noah!* Mit einem lauten Schrei machte er das Tier auf sich aufmerksam. Doch anstatt sich dadurch vertreiben zu lassen, blickte ihn der Bär nur kurz an, dann beugte er sich wieder zu Noah hinunter. Blut war in dem weißen Fell um seine Schnauze zu sehen gewesen. Übelkeit wühlte in Seans Magen, als er verzweifelt versuchte, eine Möglichkeit zu finden, wie er Noah aus den Klauen der Bestie befreien konnte. Selbst wenn er schon tot sein sollte – die Wahrscheinlichkeit war ziemlich hoch –, konnte Sean nicht zulassen, dass er einem Bären als Nahrung diente.

»O Gott!« Taylor presste eine Hand vor ihren Mund, während sie mit weit aufgerissenen Augen auf das grauenhafte Bild vor ihnen starrte. »Hast du eine Schreckschusspistole oder so was dabei?«

»Nein. Was, wenn wir sonst irgendwie Krach machen?«

Sofort schüttelte sie den Kopf. »Nein, das ist wirklich eine schlechte Idee, Sean. Du möchtest nicht, dass der Bär auf dich aufmerksam wird und dich als nächste Mahlzeit auswählt. Oder dass die Verbrecher uns hören und herkommen.«

Wütend fuhr Sean sie an. »Willst du, dass ich ihn einfach weitermachen lasse? Das kann ich nicht. Noah ist ein Freund, einer der wenigen engen, die ich habe. Er ist sogar wie ein kleiner Bruder für mich. Auf keinen Fall sehe ich zu, wie ein Bär ihn frisst!« Allein der Gedanke ließ ihn beinahe seinen Mageninhalt verlieren.

Mit feuchten Augen sah Taylor ihn an. »Natürlich nicht, aber ich will auch nicht, dass du dich in Gefahr bringst. Du bist verletzt, Sean. Wenn er sich gegen dich wendet und du keine Waffe hast, kann er dich töten. Schwarzbären sind unberechenbar.«

»Das weiß ich.« Er zog das Bärenspray heraus und suchte sich einen langen Ast. »Bleib du hier in Sicherheit. Wenn es so aussieht, als würde er angreifen, mach ganz viel Krach, vielleicht kannst du ihn vertreiben.« Es war Irrsinn und das wusste er genau, doch er war nicht bereit, Noah aufzugeben und im Stich zu lassen. Sollte er wirklich tot sein, wollte Sean ihn in einem Stück und so schnell wie möglich nach Hause bringen. Das war er ihm schuldig und Nick auch.

Offenbar sah Taylor ihm an, dass sie ihn nicht umstimmen konnte, denn sie nickte schließlich. »Sei bloß vorsichtig.« In ihren Augen stand deutlich sichtbar die Furcht um ihn.

»Das bin ich.« Er berührte ihren Arm. »Falls ich …«

Sie unterbrach ihn sofort. »Du wirst nicht sterben, dafür werde ich sorgen.«

Es fühlte sich gut an, sie an seiner Seite zu wissen. »Gut.« Er gab ihr einen schnellen Kuss, dann rannte er los.

Er versuchte gar nicht erst, leise zu sein, sondern produzierte so viel Lärm, wie er nur konnte. Der Bär grunzte und ließ von seinem Opfer ab. Während er sich zu Sean umdrehte, stellte er sich auf die Hinterbeine. Auch wenn Schwarzbären weniger groß waren als ihre Grizzly-Verwandten, erreichte er eine ansehnliche Größe. In jeder anderen Situation wäre Sean ihm lieber aus dem Weg gegangen, aber das konnte er hier nicht. Er schlug mit dem Stock gegen einen Baumstamm und schrie den Bären an. »Verzieh dich!«

Der Bär grunzte, dann stieß er ein lautes Brüllen aus.

Langsam rückte Sean näher. »Los, komm schon, hau ab! Ich will dir nichts tun, aber ich werde es, wenn du dich nicht von der Stelle rührst.« Nicht, dass der Bär ihn überhaupt verstehen konnte.

Sean richtete sich so groß auf, wie er konnte und schwenkte den Stock über seinem Kopf. »Ich bin größer und stärker als du! Kusch dich!«

In einem lang gezogenen Brüllen ließ der Bär ihn seine beeindruckenden Zahnreihen sehen. Offenbar war er nicht bereit, seine Beute aufzugeben. *Verdammt!* Es waren nur noch wenige Meter zwischen ihnen, wenn der Bär losrannte, würde er nicht schnell genug flüchten können. Trotzdem bewegte er sich weiter auf ihn zu. Das Bärenspray hatte er erhoben, allerdings würde es erst etwas bringen, wenn der Bär schon fast über ihm war. Hoffentlich konnte er ihn mit dem langen Ast lange genug auf Distanz halten.

Was hatte das Tier überhaupt für ein Problem? Normalerweise sollte es längst abhauen, zumal auch keine Jungtiere in der Nähe zu sehen waren. Wieso zog es sich nicht endlich zurück in die Wildnis? Als gäbe es da nicht genug zu futtern. Sean fuchtelte mit dem Stock vor dem Bären herum, der mit der Tatze danach schlug und wütend brummte.

»Du willst es auf die harte Tour, oder? Aber klar, warum solltest du es mir auch leicht machen.« Es war ja nicht so, als wäre irgendetwas gutgegangen, seit er den Park betreten hatte. »Los, hau ab!« Während er es schrie, machte er einen drohenden Schritt auf den Bären zu.

Der Anblick des malträtierten Körpers dahinter drohte ihm die Fassung zu rauben. Sean schluckte schwer. Noah war tot, es konnte nicht anders sein bei den schweren Verletzungen. Wenn er nur ein paar Minuten früher gekommen wäre, hätte er ihn sicher noch retten können. Heiße Wut stieg in ihm auf. Auf die Männer, auf den Bären und auch auf sich. Doch das brachte jetzt alles nichts mehr. Er musste damit leben, dass er seinem Freund nicht hatte helfen können.

Hinter ihm erklang ein Knacken, doch er drehte sich nicht um. Wenn er einmal den Bären nur für eine Sekunde aus den Augen ließ, könnte der angreifen. Erschreckt zuckte er zusammen, als Taylor einen lauten Schrei ausstieß. Sie trat neben ihn und schlug zwei Stöcke gegeneinander. Irritiert starrte der Bär erst sie, dann wieder Sean an. Seine Ohren bewegten sich, während er darüber nachzudenken schien, wie er jetzt reagieren sollte. Um ihn noch ein wenig zu beeinflussen, begann Sean auch wieder mit dem Krach. Offenbar war ihm das zu viel, denn der Bär ließ sich auf die Vorderpfoten fallen und schüttelte den Kopf. Er stieß ein weiteres Grollen aus, dann drehte er sich um und trottete davon.

Sean blickte rasch zu Taylor. Sie war erschreckend blass, ihr Blick lag auf Noah. »Kannst du darauf achten, ob der Bär wiederkommt? Oder auch einer der Männer vom Fahrzeug. Ich will nicht überrascht werden.«

»Ja.« Sie schluckte hart, dann drehte sie sich so, dass sie die Umgebung beobachten konnte. Die Stöcke behielt sie weiterhin in der Hand.

Langsam wandte sich Sean wieder zu Noah um. Nur sehr ungern wollte er ihn so sehen, aber er hatte keine Wahl. Auf keinen Fall würde er ihn hier schutzlos liegen lassen. Mit schweren Beinen bewegte sich Sean die letzten Meter auf ihn zu. Die Füße steckten in guten Wanderstiefeln, eine Trekkinghose bedeckte die Beine. Das Hemd war aufgerissen, der Bär hatte es offenbar auf den Bauch abgesehen. Übelkeit stieg in Sean auf, als er die blutige Wunde sah. Weiter oben war das Hemd intakt, doch der Hals war ebenfalls zerfetzt. Es sah so aus, als hätte der Bär ihn mit einem Biss in die Kehle getötet. Hoffentlich war er schnell gestorben!

Zögernd blickte Sean ins Gesicht und atmete keuchend aus. Es war nicht Noah! Der Mann war Noah von Statur, Größe und selbst der blonden Haarfarbe so ähnlich, dass Sean nicht auf die Idee gekommen war, es könnte sich nicht um seinen Freund handeln. Vor allem, weil sie seiner Spur gefolgt waren, die sie hierher geführt hatte. Doch wenn das hier nicht Noah war, wo war er dann? Und wer hatte geschossen? Vermutlich der Tote, als er angegriffen wurde. Offenbar hatte es ihm nicht gegen den Bären geholfen. Zur Sicherheit hockte sich Sean neben ihn und betrachtete sein Gesicht genauer. Es war von Schock und Schmerz verzerrt, aber der Mann war ihm eindeutig unbekannt.

Rasch stand er auf, als ihm klar wurde, was das bedeutete: Sein Kumpan würde bald kommen und ihn suchen, wenn er nicht wieder auftauchte. Sicher hatte er den Schuss gehört. Sie mussten unbedingt hier weg und vor allem Noah finden, bevor der Bär auch ihn erwischte. Möglicherweise war er jetzt auf den Geschmack gekommen und da Noah verletzt war, würde er ein leichtes Opfer abgeben. Sean bewegte sich auf Taylor zu, die weiterhin die Gegend überwachte.

Als sie ihn hörte, sah sie zu ihm herüber. »Es tut mir so leid, Sean.«

Erst da fiel ihm ein, dass sie Noah überhaupt nicht kannte und daher nicht wissen konnte, dass jemand anders von dem Bären angefallen worden war. »Es ist nicht Noah.«

Ihre Augen weiteten sich. »Was? Wer dann?«

»Ich gehe davon aus, dass es derjenige aus dem Fahrzeug ist, der ihn gesucht hat. Vermutlich hat er nicht richtig aufgepasst und ist dem Bären direkt in die Fänge gelaufen. Das war wohl der Schuss, den wir gehört haben. Er hat vergeblich versucht, sich zu verteidigen.«

»Ich bin froh, dass es nicht Noah ist.«

»Und ich erst!« Gleich darauf war Sean der Ausbruch ein wenig peinlich. »Obwohl es mir für den Mann und dessen Familie leidtut. Damit hat er wahrscheinlich nicht gerechnet.«

»Er hätte hier ja nicht herumlaufen müssen.« Taylor schnitt eine Grimasse. »Das klingt kalt. Es ist eine furchtbare Art zu sterben.«

»Wir müssen Noah suchen. Er muss hier irgendwo in der Gegend sein und wenn der Bär ihn wittert …«

»Auf jeden Fall. Vor allem hat der zweite Mann den Schuss sicher auch gehört. Es kann gut sein, dass er jederzeit hier auftaucht.« Taylor sah sich um. »Hast du irgendwo die Pistole gesehen? Vielleicht können wir sie gebrauchen, falls wir noch mal auf einen Bären oder sonst etwas treffen.«

»Gesehen habe ich sie nicht, aber sie muss hier ja irgendwo liegen. Warte, ich suche sie.« Jetzt, wo der Kummer um Noah gewichen war, spürte er den Schmerz in seinem Bein deutlich stärker. Hoffentlich fanden sie seinen Freund bald, damit sie endlich hier weg konnten. So gern er die Natur mochte, er war eindeutig bereit für ein wenig Zivilisation.

»Ich helfe dir.« Taylor betrachtete die Spuren und suchte dann links von der Leiche. Dabei achtete sie darauf, sie nicht zu lange anzusehen. Sean konnte es ihr nicht verdenken.

Sean dagegen musste den Körper des Mannes bewegen, um darunter nach der Waffe zu suchen. Er konnte sich durchaus Schöneres vorstellen. Aber es half nichts. Wenn da eine Pistole war, mussten sie sie finden. Vorsichtig hob er die Beine an, entdeckte jedoch nichts. Beim Oberkörper verfuhr er ähnlich, musste jedoch den Kopf stützen, damit er nicht abknickte. Doch auch dort lag die Waffe nicht. Wo hatte er sie gelassen? Vermutlich nicht wieder weggesteckt, während ein Bär ihn angriff. Trotzdem griff er in die Hosentasche. Statt einer Pistole stießen seine Finger auf etwas Flaches. Vorsichtig zog er es heraus und fand ein Portemonnaie. Erst wollte er es zurückstecken, doch dann entschied er, Beweise zu sammeln, wer in die Sache verwickelt war. Rasch steckte er es ein.

»Ich habe sie!« Taylors Ruf ließ ihn aufblicken. Sie hatte sich einige Meter weiter hingehockt und hob mit zwei Fingern eine Pistole auf.

Erleichtert ließ Sean den Körper des Toten zurücksinken und wischte die Hände an seiner Hose ab. So schnell es seine Verletzung zuließ, stand er auf und ging zu Taylor. Sie hielt die Waffe noch immer so, als könnte sie jeden Moment losgehen. »Ich nehme an, du hast keine Erfahrung mit Waffen?«

»Nein, und ich möchte sie auch ungern sammeln.«

Sanft nahm er ihr die Pistole ab. »Dann nehme ich sie lieber.« Er überprüfte, ob sie geladen und gesichert war, dann steckte er sie in seine Hosentasche. Normalerweise mochte er sie nicht am Körper tragen, aber in dieser Situation musste er schnell drankommen können.

Taylor sah ihm mit zusammengeschobenen Augenbrauen dabei zu. »Es sieht so aus, als kennst du dich damit aus.«

»Ich hatte vor Jahren ein Training, weil ich manchmal in Ländern unterwegs bin, in denen es ratsam ist, bewaffnet zu sein.« Sein Onkel Clint, ein ehemaliger SEAL, hatte ihm auch noch einige Tricks und Kniffe beigebracht, aber das behielt er lieber für sich. Rasch sah er sich um. »Wir sollten jetzt los, bevor der andere Typ hier eintrifft.«

15

Taylor war wenig begeistert, mit einem bewaffneten Mann unterwegs zu sein. Allerdings war ihr das deutlich lieber, als die Pistole bei ihren Gegnern zu sehen. Die Frage war, ob sie sich damit schützen konnten. Zu sehen, was der Bär einem Menschen angetan hatte, war alles andere als schön gewesen. Am liebsten würde sie die Bilder aus ihrem Gedächtnis tilgen, aber sie waren regelrecht eingebrannt. Wobei sie dem Bären keine Schuld gab, es war sein Instinkt zu jagen, vielleicht hatte der Mann ihn überrascht oder mit dem Schuss verletzt. Sollte das Tier allerdings Sean und sie angreifen, würde sie alles tun, um es daran zu hindern, sie auch so zuzurichten.

Nachdem sie sich umgesehen hatten, fanden sie Noahs Spur wieder. Sie lief nur einige Meter entfernt durch das Unterholz. Es war nicht zu erkennen, wann er hier entlanggekommen war, aber er hatte Glück gehabt, dass er nicht auf den Bären getroffen war. Mit seinen Verletzungen hätte er keine Chance gegen das Tier gehabt. Stattdessen war er offenbar weiter in Richtung der Berge unterwegs. Hoffentlich konnten sie ihn bald finden, bevor die Sache noch übler ausging. Gott, es hatte richtig geschmerzt, Seans Kummer zu sehen, als er dachte, dass Noah tot wäre. Sie wünschte ihm ein deutlich besseres Ende dieses Abenteuers. Immerhin konnte er so noch Hoffnung haben, dass er seinen Freund lebend finden würde.

»Jason? Wo zum Teufel steckst du? Wir müssen endlich weiter und können uns hier nicht ewig aufhalten!« Die laute Stimme hallte durch den Wald, nicht allzu weit von ihnen entfernt.

Taylor ging sofort schneller. Auf keinen Fall wollte sie dem Mann begegnen, auch wenn Sean jetzt eine Waffe hatte. Sie glaubte trotz seiner Worte nicht, dass er es gewöhnt war, auf andere Menschen zu schießen. Nur ungern wollte sie herausfinden, ob er dazu in der Lage war.

Sean griff nach ihrer Hand. »Wir müssen uns beeilen. Er darf

Noah nicht zuerst finden.«

Das kam noch dazu. Taylor war unsicher, ob sie sich wünschen sollte, dass sie gestern keinen Dienst gehabt hätte. Dann wäre sie jetzt woanders, hätte kein Bärenopfer gesehen und auch nicht Seans Beinverletzung. Sie müsste keine Sorge haben, ob sie hier überhaupt lebend herauskamen, ob sie ihren Vater jemals wieder sah. Keine Angst um ihr Leben haben, oder das von Sean und Noah. Andererseits hätte sie Sean dann nie kennengelernt und das würde sie wirklich bedauern. Egal, wie die Umstände waren.

Bereitwillig folgte sie Sean. Im Notfall konnte sie schneller laufen als er, aber sie passte sich seinen Schritten an. Gleichzeitig suchte sie weiter den Boden nach Spuren ab. Es wäre zu einfach, in dieser Gegend Noahs Fußabdrücke zu übersehen. Wären sie allein, könnten sie ihn rufen und würden vielleicht eine Antwort bekommen. Doch so konnten sie nur still der Spur folgen und hoffen, ihn schnell genug zu finden.

Seans Griff war fest und sicher, offenbar hatte er nicht vor, sie wieder loszulassen. Was in der Vegetation nicht leicht war. Bedauernd entzog sie ihm ihre Hand, weil vermutlich jeder Ruck seine Verletzung belastete.

Ein beinahe unmenschlicher Schrei erklang und Taylor blieb ruckartig stehen. Mit weit aufgerissenen Augen sah sie Sean an, der ebenfalls angehalten hatte. Er blickte in die Richtung, wo sie den Toten zurückgelassen hatten.

»Fuck, Jason!« Offenbar hatte sein Kumpan ihn gefunden und war ebenso entsetzt, wie sie es gewesen waren. »Du Arschloch! Ich werde dich finden und fertigmachen, das verspreche ich dir!«

Dachte er wirklich, dass Noah so etwas angerichtet haben könnte? Selbst jemand, der nicht in der Wildnis zu Hause war, sollte erkennen können, dass es sich um einen Tierangriff handelte.

»Hörst du mich? Nur weil du abgehauen bist, ist Jason jetzt tot! Wenn ich dich finde, wirst du dir wünschen, nie deine Nase in unsere Angelegenheiten gesteckt zu haben.«

Taylor legte ihre Hand auf Seans Arm und spürte, wie angespannt seine Muskeln waren. Es war klar, dass er seinen Freund am liebsten verteidigen würde, aber das würde dem Verbrecher nur verraten, dass sie überhaupt in der Gegend waren. Noch wusste niemand etwas davon und so sollte es möglichst bleiben. Wobei es durchaus sein konnte, dass er bald über ihre Fußabdrücke stolpern würde. Drei Personen hinterließen deutlich mehr Spuren als eine einzelne. Es war sicher fast eine Autobahn, der er nur folgen musste, um zu ihnen zu gelangen. Das hieß, ihre Zeit lief ab.

»Schnell, weiter!« Sie hielt ihre Stimme so leise wie möglich.

Glücklicherweise nickte Sean und rannte weiter. Erleichtert folgte sie ihm. Etwas traf ihren Kopf und sie blickte nach oben. Sofort landete ein weiterer Tropfen in ihrem Gesicht. Wunderbar, genau das, was sie jetzt brauchten. Solange es nur ein wenig regnete, war das kein Problem, aber wenn es richtig anfing zu schütten, wie es hier wegen der Berge öfter der Fall war, dann würden sie nicht nur elendig nass werden, sondern vor allem auch die Spuren verlieren. Das erhöhte die Dringlichkeit noch einmal. Wenn sie Noah jetzt nicht fanden, könnten sie ihn für immer verlieren.

Taylor hatte keine Ahnung, wie sie damit umgehen sollte. Zwar war sie es gewohnt, Gruppen zu führen und auch die kleineren oder größeren Katastrophen zu managen, aber wie sollte sie jemandem durch einen solchen Verlust helfen? Es war unmöglich. Also zog sie es vor, daran zu glauben, dass sie ihr Ziel erreichen würden und zusammen mit Noah in die Zivilisation zurückkehren konnten. Was allerdings sicher nicht einfach werden würde, mit zwei Verletzten und dazu noch einem Verfolger.

Langsam wurde der Boden steiniger und es regnete stärker. Taylor hielt an und holte ihre Regenjacke aus dem Rucksack. Rasch zog sie sie an, dann stülpte sie den Regenschutz über den Rucksack. »Willst du keine Regenjacke anziehen?«

Sean drehte sich zu ihr um. »Ich habe keine mit. Eigentlich war nur eine Tagestour geplant – und nicht hier. Das Wetter war dort sommerlich, Regen war in den nächsten Tagen nicht angesagt.«

Mist. Das Wichtigste in solch einer Situation war, warm und trocken zu bleiben. Vor allem, wenn man noch dazu verletzt war. »Ich würde dir meine Jacke geben, aber ich fürchte, sie passt dir nicht.«

Schwach lächelte er sie an. »Keine Angst, ich bin nicht aus Zucker. Ein bisschen Regen halte ich aus.«

Das glaubte sie ihm unbesehen, aber das hier waren keine normalen Umstände. Es konnte in den Bergen bei schlechtem Wetter auch im Sommer ungemütlich kalt werden. »Hoffen wir, dass wir Noah bald finden.«

»Ja.« Sean hob eine Hand und strich eine Haarlocke unter ihre Kapuze. Eine Geste, die ihr Herz erwärmte. »Danke.«

»Wofür?«

»Dass du das alles mitmachst und bei mir bleibst. Ich könnte es verstehen, wenn du dich in Sicherheit bringst. Ehrlich gesagt, wäre es mir sogar lieber. Ich möchte nicht, dass dir etwas geschieht.«

»Das möchte ich auch nicht, deshalb werde ich aufpassen. Du brauchst meine Hilfe, Sean.«

»Ich weiß.«

Kein Wunder, dass sie ihn so mochte. »Dreh dich um.«

»Warum?«

»Ich nehme doch an, dass dein Rucksack ein Regencover hat. Dann wird zumindest nicht alles darin nass.«

»Gute Idee.« Er drehte sich um und blieb still stehen, bis sie seinen Rucksack regensicher verpackt hatte. »Danke.«

»Kein Problem. Jetzt sollten wir weitergehen, solange noch Spuren zu sehen sind.« Hoffentlich wurde das Wetter nicht noch schlechter, bevor sie Noah gefunden hatten.

***

Mühsam bewegte sich Noah über die ersten Ausläufer der Felsen vorwärts. Der harte Untergrund ließ jeden Schritt noch mehr schmerzen, aber immerhin würde sein Verfolger so keine Chance haben, ihn anhand der Spuren, die er garantiert hinterließ, zu finden. Es war verdammt knapp, der Mann war nur noch ein kleines Stück entfernt gewesen. Noah hatte sich nicht mehr so schnell aufrappeln können, nachdem ihn etwas umgestoßen hatte. Im Nachhinein glaubte er, dass es ein Reh oder etwas in der Art gewesen war. Vielleicht hatte er es überrascht und es war geflüchtet.

Als er aus dem Bach trinken wollte, hatte er seinen Verfolger bemerkt, der sich ihm bis auf wenige Meter genähert hatte. Erst hatte er geglaubt, dass dieser Jason ihn an Ort und Stelle erschießen würde, doch stattdessen war er herumgewirbelt und hatte in die andere Richtung geschossen. Noah hatte nicht lange überlegt, sondern war so schnell er konnte geflüchtet. Jason war ihm nicht gefolgt, stattdessen hatte er einen ganz furchtbaren Schrei ausgestoßen. Einen Moment lang hatte Noah überlegt, ob er überprüfen sollte, warum er so schrie, sich dann jedoch dagegen entschieden. Vielleicht war es nur eine Masche gewesen, um ihn genau dazu zu bewegen. Außerdem, was konnte er schon tun? Er war verletzt, halb verdurstet und hatte keinerlei Waffen dabei.

Am Ende war er weitergegangen und hatte am Bach etwas getrunken, nachdem er überzeugt war, dass der Mann ihm nicht mehr folgte. Zwar wusste er nicht, warum, aber es war seine Chance, diesem ganzen Irrsinn zu entkommen. Kurz darauf hatte er weitere durch die Vegetation gedämpfte Schreie gehört, ein Zeichen für ihn, sich so schnell wie möglich von seinen Verfolgern zu entfernen. Am liebsten hätte er sich zurück zum Fahrzeug geschlichen und es entwendet, doch das war eine aussichtslose Operation. Seine Entführer würden es sicher nicht unbeaufsichtigt und mit laufendem Motor stehen lassen, damit er es klauen konnte. Doch der Gedanke war nett, den restlichen Weg gemütlich in einem Wagen fortzusetzen. Wobei gemütlich das falsche Wort war, bei dem Geschaukel. Zumindest würde es ihn aber in einer halbwegs angemessenen Zeit in die Zivilisation bringen, wo er hoffentlich schnell auf jemanden stoßen würde, der ihm helfen könnte.

Allerdings könnten ihn dort auch die anderen Verbrecher erwarten, die an der Bohrungsaktion teilnahmen. Es waren sicher fünf Fahrzeuge gewesen, wenn nicht sogar mehr. Gemeinsam hatten sie die Natur des Tals mit ihren Fahrzeugen und Bohrungen zerstört, es war ihnen völlig egal gewesen. Ganz zu schweigen von dem kaltblütigen Mord, den er beobachtet hatte. Deshalb wunderte es ihn auch nicht, dass sie ihn nicht zu einem Arzt gebracht, sondern einfach in einem ihrer Fahrzeuge gefangen gehalten hatten. Eher hatte er sich gefragt, warum sie ihn nicht gleich getötet hatten. Offenbar hatten sie keinerlei Skrupel, wenn es darum ging, einen Profit zu erwirtschaften. Aus den Gesprächen hatte er entnommen, dass sie hier Fracking in großem Stil betreiben wollten. Wenn er es richtig verstanden hatte, befanden sich im Bereich des Parks große Mengen an unterirdischen Ressourcen.

Sobald die ausgebeutet wurden, würde in diesem Teil des Parks – und vermutlich noch viele Kilometer außerhalb – die Natur vernichtet werden. Was dachte sich die Parkverwaltung dabei, das zuzulassen? Auf keinen Fall konnten diese Typen mit ihren schweren Fahrzeugen hier einfach reinfahren, ohne dass irgendjemand etwas davon mitbekam. Jemand musste Bescheid wissen, dem offenbar alles egal war. Weder der Schutz der Pflanzen und Tiere noch dass dabei Menschen zu Schaden kommen könnten und auch schon waren. Er konnte sich das nicht erklären. Es gab doch genug andere Orte, die nicht dermaßen geschützt waren wie ein National Park.

Doch so sehr ihn das auch aufregte, jetzt ging es erst mal darum, dass er überlebte. Denn nur so konnte er die Geschehnisse öffentlich machen und dafür sorgen, dass der Park geschützt und das Vorhaben gestoppt wurde. Es war sehr ärgerlich, dass er sein Handy mit den Beweisfotos verloren hatte. Andererseits, wenn er es bei sich gehabt hätte, hätten es ihm die Männer sowieso abgenommen.

Auf jeden Fall wollte er Nick wiedersehen. Seit dem Tod ihrer Eltern waren sie noch viel näher zusammengerückt, sein Bruder war fast etwas wie ein Ersatzvater für ihn geworden. Ganz sicher hatte Nick inzwischen irgendetwas angeleiert, damit er im Park gesucht wurde. Die Frage war nur: von wem? Eventuell genau von den Leuten, die die Verbrecher überhaupt hierhergebracht hatten? Dann würde er vom Regen in die Traufe geraten. Er hoffte allerdings auf jemanden, der ihn wirklich retten wollte, und dafür auch die nötigen Mittel zur Verfügung hatte. Nur was, wenn derjenige nie herausfand, wo er abgeblieben war? Inzwischen war er weit von dem Ort entfernt, an dem er zuletzt mit Nick Kontakt gehabt hatte. Es konnte gut sein, dass sie ihn nie fanden.

Ein Tropfen traf ihn, gefolgt von weiteren. Apropos Regen. Er brauchte jetzt wirklich einen Unterschlupf, um dem immer schlechteren Wetter zu entkommen. Der einzige Vorteil war, dass ihm die Männer nicht mehr folgen konnten, wenn seine Spuren weggespült wurden. Blieb aber weiter das Problem, dass er so nicht dorthin kam, wo es Nahrung und medizinische Versorgung gab. Er kannte sich selbst gut genug, um zu merken, dass seine Kraft nahezu erschöpft war. Lange würde er nicht mehr durchhalten. Nur seine Dickköpfigkeit hinderte ihn noch daran, aufzugeben. Er war nicht bereit, zu sterben. Egal, was er dafür tun musste, er würde aus diesem verdammten Park herauskommen.

Mühsam kraxelte er die Felsen hinauf, in der Hoffnung, irgendwo einen Spalt oder eine kleine Höhle zu finden, in der er den Regen abwarten konnte. Wenn er wenigstens noch seinen Rucksack hätte! Ein pappiger Müsliriegel klang jetzt unglaublich verlockend. Wenigstens hatte die vom Hunger verursachte Übelkeit aufgehört, die ihm vor allem am ersten Tag Probleme bereitet hatte. Sein Magen knurrte protestierend. Noah presste seine gesunde Hand darauf, um ihn zum Schweigen zu bringen. Er wollte auf keinen Fall irgendwelche wilden Tiere anlocken.

Von sich selbst genervt verdrehte er die Augen. Nicht mal in einer solchen Situation schwieg sein unangebrachter Humor. Wahrscheinlich würde er noch auf den Tod wartend irgendwelche Witze reißen. Sein Psychiater, den er nach dem Flugzeugabsturz seiner Eltern hatte aufsuchen müssen, war darüber überhaupt nicht amüsiert gewesen. Nicht, dass er irgendwelche Witze gerissen hatte, nachdem seine Eltern gestorben waren, aber er hatte die beißenden Bemerkungen nicht immer zurückhalten können.

Sein Fuß rutschte auf dem feuchten Gestein ab, als er versuchte, über einen größeren Felsen nach oben zu klettern. Er wollte sich mit seiner gesunden Hand abstützen, doch es reichte nicht, um den Fall aufzuhalten. Mit voller Wucht landete er auf dem Rücken, etwa zwei Meter tiefer auf einer relativ ebenen Fläche, die mit ein wenig Sand gefüllt war. Dicht neben ihm war ein Fels. Wäre er auf ihm gelandet, hätte er sich schwer verletzt oder sich vielleicht sogar das Genick gebrochen. Seine Schulter fühlte sich an, als hinge sie nur noch an einem seidenen Faden. Die kleinste Bewegung tat entsetzlich weh. Selbst wenn er nur atmete.

Immer dickere Regentropfen trommelten auf sein Gesicht und verhinderten, dass er das Bewusstsein verlor. Er musste hier weg, solange es noch irgendwie ging. Nur wie sollte das funktionieren, wenn er sich nicht mal rühren konnte, ohne durch die starken Schmerzen am Rand einer Ohnmacht zu stehen? Noah presste die Lippen zusammen und versuchte, sich so am Felsen hochzuschieben, dass er wenigstens sitzen konnte. Seine Beine schienen zumindest nicht betroffen – außer, dass er sich vermutlich das Steißbein geprellt hatte, und jede Bewegung seiner Beine einen scharfen Schmerz zur Folge hatte. Erst recht, wenn er noch darauf lag.

Noah schloss die Augen, bemüht, genug Kraft zu sammeln, um sich aus dieser Situation zu befreien. Verdammt noch mal, warum war er nicht vorsichtiger gewesen! Er hatte gewusst, dass er sich keinen weiteren Sturz leisten konnte. Doch es brachte nichts, darüber zu lamentieren, es würde nichts an dem ändern, was geschehen war. Es würde ihn nur weitere Energie kosten, die er nicht besaß. Also atmete er mehrmals tief durch, dann setzte er sich mit einem Ruck auf. Er schwankte, als ein gewaltiger Schmerz durch ihn schoss, Tränen füllten seine Augen. Hart blies er den Atem aus, während er darauf wartete, dass die Qual abebbte. Das tat sie nur zögernd. Inzwischen war er bis auf die Haut durchnässt und zitterte. Was wiederum seinen Verletzungen überhaupt nicht guttat.

Mit dem unverletzten Arm zog er sich langsam an dem Felsen hoch, bis er wieder stand. Seine Beine fühlten sich an wie aus Wackelpudding, aber immerhin, er war wieder aufrecht. Jetzt musste er es nur noch schaffen, sich vorwärts zu bewegen. Oder vielmehr aufwärts, denn seine einzige Chance waren die Felsenhöhlen. Mit zusammengebissenen Zähnen ignorierte er sein protestierendes Steißbein und kletterte weiter.

16

Sean blickte in den wolkenverhangenen Himmel, aus dem der Regen immer heftiger herunterströmte. Es hätte auch nicht noch ein paar Stunden trocken bleiben können, damit sie wenigstens eine Chance hatten, Noah noch lebend anzutreffen. Hoffentlich würde das Wetter wenigstens den verbliebenen Verfolger davon abhalten, Noah weiter zu suchen. Sollte er sich in seinen Wagen zurückziehen und das Ende des Wolkenbruchs abwarten, dann brauchten sie sich wenigstens keine Gedanken zu machen, dass er sie finden könnte. Es würde Sean nicht wundern, wenn der Verbrecher Verstärkung rief, nachdem sein Kumpan tot war. Das würde es ihnen noch schwerer machen, mit Noah irgendwie zu entkommen. Doch das war ein Problem, das sie erst später haben würden.

Erneut blinzelte er sich den Regen aus den Augen und versuchte, am Boden weitere Spuren zu erkennen. Die trockene Erde hatte sich in kürzester Zeit vollgesogen und viele der Abdrücke getilgt. Nur dort, wo unter den Bäumen und Büschen noch nicht so viel Wasser hingekommen war, konnte er vereinzelte Spuren erkennen. Immerhin reichte es, zu wissen, dass sie immer noch auf der richtigen Fährte waren. Das Problem war, dass mögliche Verfolger ihre tief in den aufgeweichten Boden eindringenden Schuhabdrücke noch viel besser erkennen würden. Wenigstens hatten sie jetzt eine Pistole, doch mit nur einem Magazin – minus eine Patrone – würden sie nicht viel ausrichten können. Mal ganz davon abgesehen, dass er noch nie auf einen Menschen geschossen hatte.

Das tiefere Einsinken in den Boden machte auch das Gehen mit seiner Verletzung unangenehmer. Die Wunde brannte inzwischen wie Feuer, doch er ignorierte es. Es würde nichts bringen, die Tatsache zu thematisieren, denn er konnte nichts daran ändern. Und es brachte sie kein Stück näher zu Noah. Ganz im Gegenteil, er war sich fast sicher, dass Taylor versuchen würde, ihn zum Umkehren zu überreden. Doch das würde er nicht tun. Er würde nie damit leben können, wenn er wusste, dass er Noah hätte retten können und sich von einer kleinen Verletzung hatte abhalten lassen.

Nein, seit er wusste, dass Noah noch lebte und vielleicht nur einen Vorsprung von einigen hundert Metern hatte, würde er sich durch nichts und niemanden zur Umkehr überreden lassen. Sie kamen näher, das konnte er fühlen. Es trieb ihn immer weiter vorwärts. Ohne die Verletzung hätte er Taylor beim Zelt gelassen, wo sie hoffentlich in Sicherheit wäre, doch so war er auf ihre Hilfe angewiesen. Was sich unangenehm mit seiner Verantwortung Noah gegenüber rieb. Wie konnte er das Leben seines Freundes höher bewerten als ihres?

Sean blieb stehen und blickte zu Taylor, die dicht neben ihm ging. Ihre Augen waren weiterhin auf den Boden gerichtet, unter der großen Kapuze ihrer Regenjacke war ihr Gesicht kaum noch zu erkennen. Sie war eine unglaublich tolle Frau, die klaglos alles ertrug, was seit ihrem Kennenlernen passiert war. In jeder anderen Situation hätte er so viel Zeit wie nur irgend möglich mit ihr verbringen wollen, doch jetzt könnte das dazu führen, dass sie verletzt oder sogar getötet wurde. Es war nicht richtig, so etwas zu fordern.

Taylor drehte sich zu ihm um und kam zu ihm zurück, als sie sah, dass er stehen geblieben war. »Was ist? Hast du etwas entdeckt?«

»Nein.«

Besorgnis stand in ihren ausdrucksvollen Augen. »Geht es dir schlechter? Brauchst du eine Pause?«

»Eine Pause kann ich mir nicht leisten.« Er wischte über sein Gesicht. »Ich möchte, dass du zurück zum Zelt gehst. Ruf deine Kollegen an, oder besser noch direkt die Polizei, und bring dich in Sicherheit.«

»Nein.«

Verdammt, er hatte es geahnt. »Taylor …«

Wütend blitzten ihre Augen auf. »Du erwartest doch nicht im Ernst, dass ich dich in solch einer Situation einfach im Stich lasse, oder?«

»Doch, das tue ich. Es ist nicht dein Kampf, Taylor.«

Sie deutete mit dem Finger in die Richtung aus der sie gekommen waren. »Hast du das da draußen gesehen? Sie zerstören den Park! Ich würde sagen, das ist Grund genug, gegen diese Typen vorzugehen. Vor allem, wenn sie auch noch versuchen, einen Mann zu töten, der vermutlich das Pech hatte, sie bei ihrem Tun zu beobachten.«

»Das sollst du ja auch, nur eben nicht hier direkt in der Schusslinie.« Er packte ihre Arme. »Ich könnte es nicht ertragen, wenn dir etwas geschieht. Geh und hol Hilfe, das ist das Beste, was du im Augenblick tun kannst.«

Einen Moment lang blickte sie ihn nur an. »Hatten wir nicht festgestellt, dass man niemandem trauen kann, weil wir nicht wissen, wer in die Sache verwickelt ist? Was, wenn ich dem Falschen vertraue?«

»Was, wenn du es schon getan hast und deshalb viele Leute hinter uns her sind? Es kann hier jederzeit noch deutlich ungemütlicher werden, Taylor. Ich möchte nicht, dass du darin verwickelt wirst.«

Ihre Miene wurde etwas weicher. »Das bin ich bereits. Das war ich, seit du die Klippe runtergestürzt bist. Seit ich weiß, dass Noah schwer verletzt ist. Seit ich gesehen habe, wie ein Mann von einem Bären gefressen wurde. Und besonders seit letzter Nacht. Ich kann und werde dich nicht im Stich lassen, Sean. Es ist meine Entscheidung, ob ich bereit bin, mein Leben zu riskieren. Nicht deine.«

Damit hatte sie grundsätzlich recht, aber er wünschte, sie würde etwas vernünftiger denken. »Aber es ist meine, ob ich dich mitnehme.«

Taylor schnaubte. »Versuch nur, mich loszuwerden. Ich denke, ich kann schneller laufen als du.«

Verzweiflung kam in ihm auf. »Bitte! Ich will dich nicht sterben sehen.«

»Dann sollten wir uns lieber beeilen, um so viel Zeit wie möglich zu gewinnen. Außerdem, was das Hilfe holen angeht: Selbst wenn ich jetzt jemanden anrufen würde, wie lange würde es dauern, bis sie hier sind? Eine Stunde? Zwei? Vielleicht sogar mehr? Lewis würde seine Ranger sicher nicht in eine solch gefährliche Situation schicken. Vermutlich müsste eine Sondereinheit der Polizei angefordert werden. Und die sind nicht unbedingt für diese Bedingungen hier ausgerüstet. Wir sind im Moment auf uns allein gestellt. Sowie wir Noah gefunden haben, rufen wir jemanden, der uns rausholt. Oder willst du, dass sie dich abholen, Noah aber dort lassen, weil sie ihn nicht so schnell finden können?«

Auf gar keinen Fall! Er würde nicht weggehen, bis er seinen Freund gefunden hatte. »Ich bleibe hier, sie können mich nicht zwingen.«

»Natürlich können sie das. Du bist ohne Permit in diesem Teil des Parks. Außerdem brauchen sie nur die Sicherheit als Argument nehmen und schon sitzt du im Hubschrauber, der dich aus dem Park bringt. Danach bekommst du auch noch eine Rechnung für den Flug. Glaub mir, das habe ich schon öfter erlebt.« Sie legte ihre Hände auf seine Schultern. »Wir können diskutieren, bis wir Moos ansetzen, Sean. Ich werde dich nicht im Stich lassen. Das Einzige, was wir hier tun, ist, noch mehr Zeit zu verlieren. Zeit, die dein Freund vielleicht nicht hat. Und die den Verfolger möglicherweise immer näher bringt.«

Damit hatte sie leider völlig recht. Das Gefühl, keine Wahl zu haben, lastete auf seinen Schultern. »Wenn dir etwas geschieht, werde ich die Schuld daran tragen.«

»Falsch, es ist meine Entscheidung. Niemand wird dir die Schuld daran geben.«

»Doch, ich.« Ohne ein weiteres Wort drehte er sich um und ging weiter.

Sein größtes Problem war, dass er gleichzeitig froh war, weiterhin auf Taylor zählen zu können. Er bewunderte sie immer mehr, je länger er mit ihr zusammen war und konnte nicht mit dem Gedanken umgehen, sie zu verlieren. Er konnte ihr Leben nicht gegen Noahs tauschen. Es war so einfach und doch so kompliziert. Wenn er die Wahl hatte, Noah oder Taylor zu retten – er wusste nicht, für wen er sich entscheiden würde. Und wenn er sich entschied, würde er sich für den Rest seines Lebens Vorwürfe machen und sich fragen, ob er die richtige Entscheidung getroffen hatte. Es musste ihm gelingen, beide in Sicherheit zu bringen!

Mit fest zusammengebissenen Zähnen stapfte Sean weiter vorwärts, Taylor ein Schatten rechts von ihm. Nur mühsam schaffte er es, sich auf die Spuren zu konzentrieren und nicht ständig zu ihr hinüberzusehen. Die Furcht in ihm, sie zu verlieren, nahm immer größere Ausmaße an. Das Herz hämmerte, bis er glaubte, kurz vor einem Infarkt zu stehen. Normalerweise schaffte er es spielend, sich nur um seine Aufgabe zu kümmern und alles andere beiseitezuschieben, doch diesmal gelang es ihm nicht. Schließlich brachen sich seine Gefühle bahn, sie explodierten förmlich aus ihm heraus.

Ohne Vorwarnung schlang er seine Arme um Taylor, die einen erschreckten Laut von sich gab. Gleich darauf erstickte er ihn mit seinem Mund. Es war nicht richtig, was er tat, aber er konnte nicht anders. Er küsste sie mit all den Gefühlen, die sich in den letzten anderthalb Tagen in ihm aufgestaut hatten. Taylors Mund öffnete sich und sie erwiderte seinen Kuss mit so viel Leidenschaft, dass ihm die Luft wegblieb. Er bemerkte nichts mehr vom Regen, der auf sie niederprasselte und vergaß die Kälte, die durch die nasse Kleidung an seine Haut drang. Nur noch Taylors Körper, der sich an seinen presste, ihre Hand, die sich in seine Haare grub und dafür sorgte, dass er den Kuss nicht beenden konnte. Nicht, dass er das wollte.

Es war unglaublich, sie endlich küssen zu können, ihre Lippen an seinen zu spüren. Ihr Atem vermischte sich, während sich ihre Zungen aneinander rieben. Der Kuss schien unendlich lange zu dauern, dabei handelte es sich vermutlich nur um einige Sekunden. Als er keine Luft mehr bekam, beendete er ihn bedauernd. Noch immer hielten sie sich fest, sodass er nicht zurücktreten konnte. Vermutlich sollte er sie loslassen, aber er schaffte es nicht.

Taylors Augen öffneten sich und er konnte die Erregung darin sehen. »Wofür war das?«

»Ich konnte einfach nicht anders.«

Ein Lächeln hob ihre Mundwinkel. »Gut.« Langsam löste sie

die Finger aus seinen Haaren. »So leid es mir tut, wir sollten jetzt weitergehen. Aber Sean …«

Bedauernd beendete er die Umarmung. »Ja?«

»Wenn das alles vorbei ist, erwarte ich das volle Programm.«

Er schenkte ihr ein breites Grinsen, während sein Herz hüpfte. »Mit dem allergrößten Vergnügen.«

»Gut.« Mit den Fingern folgte sie einem Wassertropfen auf seiner Wange. »Ich kann es kaum erwarten.«

Als sie weitergingen, fühlte sich Sean das erste Mal seit Nicks Anruf ein wenig leichter. Sie würden Noah finden und ihn in Sicherheit bringen. Einen anderen Ausgang würde er nicht zulassen. Egal, was er dafür tun musste. Danach würde er dafür sorgen, dass niemand sie störte, während er Taylor nach allen Regeln der Kunst liebte.

17

Taylor war seit dem Kuss deutlich wärmer. Vielleicht lag es an der Gefahr, in der sie schwebten, aber es funkte eindeutig zwischen Sean und ihr. Ein wenig hatte sie Angst davor, dass sich alles nur als Seifenblase entpuppen könnte, die platzte, sobald sie wieder in der Zivilisation und nicht mehr aufeinander angewiesen waren. Doch wenn es so war, würde sie damit leben können, sie bereute es keine Sekunde, Sean nähergekommen zu sein. Es war eine unglaubliche Erfahrung gewesen, die sie jederzeit gern wiederholen würde.

Etwas knackte durch das Geräusch des Regens auf ihre Kapuze kaum hörbar neben ihr im Gebüsch. Gerade als sie ihr Gesicht dorthin drehte, traf sie etwas mit voller Wucht. Ohne die Möglichkeit, sich abzustützen, krachte sie zu Boden. Glücklicherweise war der halbwegs weich, trotzdem begann ihre ganze Seite zu schmerzen. Einen Augenblick lang blieb sie liegen, zu betäubt, um schnell zu reagieren. Regentropfen stachen in ihre Augen und prasselten auf ihre Wangen.

»Lass sie los, sofort!« Seans Stimme klang so hart, wie Taylor sie bisher nie gehört hatte.

Erst jetzt bemerkte sie, dass derjenige, der sie umgeworfen hatte, immer noch über ihr hockte. Eine Pistole presste sich gegen ihre Brust. Mit Verspätung setzte die Angst ein, ein Zittern lief durch ihren Körper. Im ersten Moment hatte sie geglaubt, dass der Bär sie angegriffen hatte, doch jetzt konnte sie sich nicht entscheiden, was schlimmer wäre. Der Mann trug einen breitkrempigen Hut, der sein Gesicht in Schatten tauchte. Aber sie brauchte es nicht zu sehen, um zu wissen, dass er sie ohne zu zögern töten würde. Warum auch nicht? In dieser Gegend könnte er sie einfach irgendwo verscharren und sie würde vermutlich nie gefunden werden.

Taylor warf einen Blick auf Sean, der den Verbrecher wütend anstarrte. Die Pistole des Toten hatte er auf dessen Kumpan gerichtet und es sah so aus, als hätte er kein Problem damit, sie abzufeuern. Das machte ihr fast noch mehr Angst. Sie wollte nicht, dass er ihretwegen tötete – allerdings wollte sie auch nicht sterben.

»Tja, das ist dann wohl eine klassische Pattsituation.« Die Augen des Mannes richteten sich auf die Pistole. »Das ist Jasons Waffe! Ihr habt sie ihm geklaut.«

Sean hob scheinbar gelassen die Schultern. »Er brauchte sie nicht mehr.«

Der Verbrecher stieß ein wütendes Knurren aus. »Das wirst du büßen!«

»Wir haben ihn nicht umgebracht, sondern der Bär. Hätten wir ihn nicht vertrieben, wäre von deinem Freund nicht mehr viel übrig gewesen.«

»Soll ich dafür jetzt etwa auch noch dankbar sein?«

»Ja. Warum zum Teufel bedrohst du uns? Wir sind einfache Wanderer und wollen nur endlich aus dem Regen raus.«

»Ne, ist klar. Ich bin nicht blöd, ich habe gehört, dass weitere Leute hier unterwegs sind, um den Schnüffler zu finden. Wir haben Anweisungen für den Fall, dass wir euch treffen.«

»Und die wären?«

Ein unheimliches Grinsen überzog sein Gesicht. »Dafür sorgen, dass ihr nie gefunden werdet. Und das werde ich jetzt tun.«

»Wer hat das befohlen?« Wie konnte Sean weiterhin so ruhig klingen, während sie bisher kein Wort herausgebracht hatte?

»Das braucht euch nicht zu interessieren. Glaubt nicht, dass mir das Spaß macht, aber ich will gern weiter mein Geld bekommen. Und ihr steht dem eindeutig im Weg.«

»Wir können Ihnen Geld geben.« Es war ein verzweifelter Versuch, aber Taylor hatte sonst nichts anzubieten.

Er schüttelte bereits den Kopf. »So viel habt ihr nicht. Außerdem neigen diese Typen dazu, Verräter hart zu bestrafen. Darauf habe ich echt keinen Bock.«

»Wenn Sie mich erschießen, werden Sie auch sterben. Wollen Sie das?« Taylor versuchte, ihre Stimme fest klingen zu lassen. Sie war es nicht gewöhnt, Drohungen auszusprechen oder über ihren eigenen Tod zu reden.

Der Mann lachte nur. »Ich glaube kaum, dass dieser Tourist den Mumm hat, auf einen Menschen zu schießen.«

Sean presste die Lippen zusammen. »Wenn es darum geht, jemanden zu schützen, den ich liebe, dann bin ich zu allem bereit. Ich töte nicht gern, aber ich werde es tun, wenn man mich dazu zwingt.«

Zum ersten Mal wirkte der Verbrecher ein wenig unsicher. »Ihr habt ja nicht mal auf den Bären geschossen!«

»Der kann auch nichts für seine Instinkte. Hätte er uns bedroht, hätte ich auch ihn erschossen. Allerdings sehr ungern, im Gegenteil zu einem Menschen, der einem Verletzten nicht hilft, sondern ihn jagt. Noah hat euch überhaupt nichts getan!«

»Er hat uns ausspioniert, das können wir nicht zulassen. Sein Pech, dass er bei dem Sturz nicht gleich gestorben ist. Das hätte es uns allen leichter gemacht.«

Seans Augen verengten sich, sein Zeigefinger krümmte sich um den Abzug. »Noah ist gerade mal dreiundzwanzig, er ist Student und macht hier Urlaub! Er ist ganz sicher nicht hier, um irgendwas auszukundschaften. Nichts, aber auch gar nichts rechtfertigt es, ihn zu jagen und töten zu wollen.«

»Geschäft ist Geschäft. Und jetzt Schluss mit dem Gelaber. Tut mir leid, Lady.« Die Waffe presste sich härter gegen ihre Brust.

O Gott, nein! Sie hatte gehofft, dass sie ihn irgendwie erreichen und verhindern konnten, dass er sie tötete, doch offenbar war er durch nichts umzustimmen. Ihr Blick suchte Seans, doch er konzentrierte sich ganz auf den Verbrecher. Was konnte sie tun, um den Mann aufzuhalten? Selbst wenn Sean auf ihn schoss, könnte es sein, dass er aus Reflex abdrückte und sie trotzdem starb. Der Lauf der Waffe war genau auf ihr Herz gerichtet. Auch der Verbrecher achtete nur darauf, was Sean tat. Offenbar dachte er, dass sie kein ernst zu nehmender Gegner war. Sie wünschte, sie hätte wenigstens ein Messer in Griffweite.

Sie tastete unauffällig den Boden ab und atmete auf, als sich ihre

Finger um einen faustgroßen Stein schlossen. Es könnte sein, dass sie trotzdem von einer Kugel getroffen wurde, aber dann hatte sie wenigstens etwas versucht, als sich einfach in ihr Schicksal zu ergeben. Aufgeben lag ihr nicht. Einmal atmete sie noch tief durch, bevor sie mit dem Stein so fest sie konnte gegen den Arm mit der Pistole schlug. Ein Schuss löste sich und sie spürte ein Brennen in ihrer Rippengegend. *Aber sie war nicht tot!* Ein weiterer Knall ertönte und der Mann stolperte rückwärts. Sowie er aus dem Weg war, sprang Taylor auf. Eine Hand auf ihre Seite gepresst, rannte sie zu Sean, der immer noch die Waffe in ihre Richtung hielt. Sie wusste nicht, ob er den Mann getroffen hatte, aber das war egal.

Sie packte seine Finger und zog ihn mit sich. »Komm, wir müssen weg!«

Das schien ihn aus seiner Trance zu wecken. Seine Finger schlossen sich fest um ihre, während sie durch den Regen liefen. Sie mussten sich irgendwo in Sicherheit bringen, wo der Typ ihnen nichts mehr anhaben konnte. Sofern Sean ihn nicht kampfunfähig gemacht hatte. Die beste Lösung wäre, wenn der Mann verletzt zum Fahrzeug zurückging. Dann hatten sie genug Zeit, Noah zu suchen und aus der Gegend zu verschwinden. Taylor wurde langsamer und blieb schließlich stehen.

Sean zog sie noch ein Stück weiter, bevor er merkte, dass sie nicht weiterlief. »Was ist? Bist du verletzt?«

»Nein.« Zumindest war es nichts Lebensbedrohliches. »Hast du darauf geachtet, ob wir weiter Noahs Spuren folgen?«

Seine Augenbrauen schoben sich zusammen. »Daran habe ich überhaupt nicht gedacht. Ich wollte dich nur aus der Reichweite dieses Verbrechers bringen.« Er rieb über seine nassen Haare, die daraufhin in alle Richtungen abstanden. »Ich kann nicht …« Abrupt brach er ab.

»Was?«

»Ich kann dein Leben nicht noch einmal riskieren, Taylor. Aber ich kann auch Noah nicht im Stich lassen.« Es war deutlich zu sehen, wie sehr ihn das zerriss. »Shit, ich weiß nicht, was ich machen soll.«

Sie drückte seine Hand. »Wir sind ein gutes Team, ich möchte nicht wissen, was passiert, wenn wir uns trennen. Es ist sicherer, zusammenzubleiben.«

»Ich will das auch nicht, aber du sollst niemals wieder in solch eine Situation geraten. Ich wusste nicht …« Er schluckte hart. »Ich habe erst gedacht, er hätte dich getroffen. Die Vorstellung, dass du sterben könntest … Gott! Ich glaube nicht, dass ich das ertragen könnte.«

Taylor bemühte sich um ein beruhigendes Lächeln. »Ich bin noch da. Weißt du, ob du den Typen getroffen hast?«

»Es sah so aus, aber ich bin mir nicht sicher. Ich weiß auch nicht, wo. Kann einfach nur eine Fleischwunde sein und er ist immer noch hinter uns her. Noch mal wird er uns nicht entkommen lassen. Er könnte aus dem Hinterhalt auf uns schießen. Oder Noahs Spur folgen und ihn töten.«

Ein Schauder lief durch Taylors Körper. »Das ist beides durchaus möglich. Deshalb sollten wir uns beeilen.«

Sean zog sie näher an sich und presste seine Stirn an ihre. »Bitte sei vorsichtig. Dir darf nichts geschehen.«

»Ich werde mich bemühen.« Das meinte sie völlig ernst. Es reichte ihr, einmal fast erschossen zu werden.

Langsam gingen sie in ihren eigenen Spuren zurück bis zum Ausgangspunkt, an dem der Verbrecher sie überrascht hatte. Es war nichts mehr von ihm zu sehen, er hatte sich wohl tatsächlich zurückgezogen. Sean folgte seinen Schuhabdrücken ein kurzes Stück, bis er sicher war, dass der Mann nicht noch in der Nähe lauerte. Erleichtert, dass es offenbar nicht so war, suchten sie erneut Noahs Spuren, die inzwischen noch schwächer zu erkennen waren.

Taylor hielt Sean ihre Hand hin, um ihm über einen umgestürzten Baumstamm zu helfen.

Sein Blick fiel auf ihre Hand und er wurde blass. »Ist das Blut?«

Taylor sah nach unten und ihr Magen absolvierte eine Rolle. Ihre Hand war tatsächlich voller Blut – zumindest bis der Regen es fortwusch. Also hatte sie sich nicht getäuscht, dass die Kugel sie gestreift hatte. Jetzt, wo sie darüber nachdachte, spürte sie ein Brennen an ihrer Seite. Und Feuchtigkeit, die sich unter ihrer Regenjacke bildete.

»Nur ein Kratzer. Lass uns Noah suchen, solange wir noch die Möglichkeit dazu haben.«

Sean bewegte sich keinen Millimeter. »So ein Kratzer wie bei mir?«

»So ähnlich. Ich bin aber sicher, dass kein Holzstück drinsteckt.«

Seine Lippen pressten sich zusammen. »Ich weiß nicht, ob mir das besser gefällt.«

»Sean, jede Minute zählt. Wenn der Verbrecher nicht tot ist, wird er vermutlich Hilfe rufen. Und wenn die da ist, haben wir keine Chance mehr. Sämtliche Spuren werden bald vom Regen getilgt sein. Wenn du deinen Freund noch finden willst, ist das die letzte Gelegenheit.«

»Ich weiß.« Er quetschte es heraus.

»Hast du die Pistole noch?« Sean hob wortlos die Hand, in der sich die Waffe befand. »Gut, dann haben wir zumindest etwas Schutz. Vielleicht ist der Mann ja so klug und bleibt uns fern.«

»Ich bin Wissenschaftler, ich gehe normalerweise rational vor und wäge alle Risiken ab.«

Das brachte Taylor zum Schmunzeln. »Ich sage es ja nur ungern, aber du hast dich von Anfang an nicht besonders logisch verhalten.«

»Was meinst du damit?«

»Du hättest einfach mich nach deinem Freund suchen lassen sollen, während du oben auf der Klippe bleibst. Dann wärst du jetzt nicht verletzt.«

»Und du hättest allein mit diesen Typen zu tun? Oder der Baum hätte sich bewegt, wenn du versucht hättest, hochzuklettern. Du könntest jetzt tot sein.« Sean schüttelte den Kopf. »Nein, es sollte alles so kommen.«

»Das klingt aber nicht sonderlich wissenschaftlich.«

»Mag sein.«

»Weißt du, ich mag dich genau so, wie du bist.«

Verwirrt sah er sie an. »Okay.«

Mühsam folgten sie den Abdrücken und abgebrochenen Zweigen weiter in Richtung der Felsen. Es war ganz klar, dass Noah dorthin wollte. Vermutlich, weil ihn dort niemand mehr finden konnte. Je näher sie an die Felsen kamen, desto steiniger wurde der Boden. Immer öfter mussten sie umkehren und in anderen Richtungen nach Spuren forschen. Es dauerte ewig, einen neuen Anhaltspunkt zu finden. Bis es schließlich keinen mehr gab. So sehr sie auch suchten, Noahs Spur war verschwunden. Taylors Hoffnung sank. Verzweifelt lief Sean weiter, er wollte nicht aufgeben. Schließlich hielt Taylor es nicht mehr aus und stoppte ihn mit einer Hand am Arm.

»Wir kommen hier nicht weiter. Lass uns Hilfe anfordern und einen Platz im Trockenen suchen. Sowie es aufhört zu regnen, suchen wir weiter. Vielleicht ist der Verbrecher bis dahin weg.«

Seans Gesicht verzerrte sich. »Was, wenn Noah irgendwo ganz in der Nähe ist und unsere Hilfe braucht? Wenn er stirbt, nur wenige Meter von uns entfernt und wir ihn hätten retten können?«

Sie konnte seine Verzweiflung absolut verstehen, aber es wäre Unsinn, unter diesen Bedingungen weiterzusuchen. Es würde nur ihre eigene Kraft kosten, die sie vielleicht noch dringend brauchen würden. »Du hast es selbst gesehen, es gibt keinerlei Hinweise mehr. Er könnte überall sein. Oder auch nirgends.« Seans Hinken war immer schlimmer geworden, wenn er sich jetzt nicht schonte, würde er bald nicht mehr vorwärts kommen. »Lass mich Hilfe rufen, mit mehr Leuten werden wir ihn eher finden und vor allem haben wir damit auch mehr Sicherheit.«

Sean schwieg einen Moment, bevor er nickte. »In Ordnung. Aber niemanden von deinen Kollegen.«

»Wen dann?«

»Meinen Bruder Blake, er kennt genug Leute, die sich mit Rettungsaktionen auskennen.«

»Woher?«

»Er ist Feuerwehrmann in Denver.«

Taylor blickte zum Himmel. »Feuer ist momentan unser geringstes Problem.«

»Glaub mir, er kennt einige sehr kompetente Menschen. Er weiß, wen er kontaktieren muss.«

»Okay.« Taylor tastete ihre Taschen nach dem Handy ab und fand es schließlich nah an ihrer Verletzung. Vorsichtig zog sie es heraus und schaltete es an. Oder zumindest versuchte sie es. Doch anstatt aufzuleuchten, passierte gar nichts. Hatte es sich abgeschaltet? Taylor drückte lange auf den Knopf, doch es geschah rein gar nichts. *Verdammt!* »Es ist tot.«

»Kein Saft mehr?«

»Nein, das kann eigentlich nicht sein, es war voll aufgeladen. Vielleicht hat es bei meinem Sturz etwas abbekommen.« Oder von der Kugel, auch wenn sie kein Loch sah.

»Mist. Es kann doch echt nicht sein, dass sich alles gegen uns verschworen hat!«

»Immerhin leben wir noch. Versuchen wir es mit deinem Handy.«

Sean zog es aus seiner Tasche und wischte die Wassertropfen weg. Das Display leuchtete auf, als er den Knopf drückte, und Taylors Hoffnung wuchs. Doch dann schüttelte er den Kopf. »Kein Empfang. Liegt vermutlich an den Bergen.«

Die Enttäuschung legte sich schwer auf ihre Schultern. Sie müssten in die Richtung gehen, in der der Verbrecher lauerte, um wieder Empfang zu haben. Wenn es in diesem Talkessel überhaupt welchen gab. »Suchen wir einen Unterschlupf und versuchen es nachher noch mal.«

18

Das Klettern war beinahe mehr, als Sean seinem Bein noch zumuten konnte. Doch es ging nicht anders, die Eingänge zu den Höhlen und Minenschächten lagen deutlich höher als der Talboden. Vor allem waren sie während dieser Zeit deutlich sichtbar für jeden, der in Richtung der Felswände blickte. Deshalb kletterte er so schnell er konnte. Auch Taylor schien angeschlagen, immer wieder presste sie ihre Hand an die Seite. Sie mussten dringend überprüfen, wie schwer sie verletzt war, doch das konnten sie erst tun, wenn sie im Trockenen und vor allem in Sicherheit waren. Zumindest insofern, dass sie niemand aus dem Hinterhalt erschießen konnte.

Es schien unendlich lange zu dauern, bis sie endlich zum Eingang eines angelegten Minenschachts kamen. Er war mit Holzbrettern verschlossen, doch Sean erkannte schnell, dass sich die Latten verschieben ließen und so den Zugang ermöglichten. Offenbar waren einige der Nägel mit der Zeit verrostet, oder es hatte vor ihnen schon einmal jemand hier Unterschlupf gesucht. Egal, was es war, Sean war dankbar dafür, dass er das Holz nicht erst noch mit seinem Werkzeug entfernen musste. Er hielt die Bretter zur Seite und bedeutete Taylor durch den Spalt zu klettern. Der war gerade breit genug, dass sie mit ihren Rucksäcken hindurchpassten.

Im Innern war es stockdunkel. »Kommst du an die Stirnlampe? Sie müsste in der Seitentasche des Rucksacks sein.«

Taylor löste das Regencover und griff in die Tasche. Kurz darauf flammte das Licht auf. Die Schachtwände bestanden aus Gestein, gestützt von dicken Holzbalken. Auf dem Boden lagen unzählige herausgebrochene Steine. Sie mussten aufpassen, dass ihnen nichts auf den Kopf fiel oder sie stolperten und umknickten. Sean war bereits in unzähligen Höhlen gewesen, natürlichen und menschengemachten. Normalerweise hatte er kein Problem damit, in der Erde eingeschlossen zu sein, im Gegenteil, die Welt untertage faszinierte ihn.

Heute jedoch wäre es ihm lieber, den Himmel zu sehen.

Aber gut, immerhin wurden sie hier nicht nass, wenn man von einigen Stellen absah, wo Wasser aus dem Gestein tropfte. »Gehen wir ein Stück rein und sehen wir, ob hier etwas vorhanden ist.« Manchmal hinterließen die Bergleute Werkzeug oder sogar Sprengladungen, wenn sie eine Mine aufgaben.

Taylor war ungewöhnlich still, als sie ihm voran tiefer in den Schacht ging. Der Lichtstrahl wanderte über den Boden zu den Wänden und wieder zurück.

»Geht es dir gut?« Okay, die Antwort war klar in dieser Situation, aber er musste wissen, ob noch etwas anderes in ihr vorging.

Sie drehte sich zu ihm um, im Halbdunkel war ihre Miene schwer zu deuten. »Alles in Ordnung.«

»Sicher?«

Das brachte ihm hochgezogene Augenbrauen ein. »Was willst du hören? Wir sind nass, verletzt und erschöpft. Ich habe mich schon mal besser gefühlt, um ehrlich zu sein.«

Sean seufzte. »Ich auch. Ich wollte eher wissen, ob du ein Problem mit Höhlen oder Minenschächten hast.«

»Problem würde ich es nicht nennen. Ich bin Bergsteigerin, aber ziehe es tatsächlich vor, wenn der Berg unter mir und nicht über mir ist. Ich mag es, den Himmel zu sehen. Im Berg habe ich immer das Gefühl, dass er mich erdrückt. Aber ich habe es im Griff, du musst dir keine Sorgen machen.«

Erleichtert atmete er auf. »Gut. Vielleicht finden wir einen kleinen Nebenschacht, in dem wir es uns ein wenig gemütlich machen können.«

»Definiere gemütlich.«

»Kein Regen, kein Geröll auf dem Boden, weniger zugig.«

Taylor schüttelte den Kopf. »Du wirst doch nicht etwa ein Optimist?«

»Das bin ich normalerweise tatsächlich. Du erlebst mich gerade in schlechter Form.«

Das brachte ihm ein Lächeln ein. »Also wenn das deine schlechte

Form ist, bin ich schon sehr gespannt auf die gute.«

»Ich hoffe, ich kann sie dir bald zeigen. Im Moment sollten wir aber erst mal weitergehen.« Er wünschte sich tatsächlich, seinen Optimismus wiederzufinden. Seit er nach Noah suchte, hatte er ihn irgendwie verloren und befürchtete nur noch das Schlimmste. Vielleicht war er aber auch einfach realistisch – und das machte ihm erst recht Angst. Er wollte daran glauben, dass sie Noah lebend fanden und sie alle hier schnell und gesund rauskamen. Wenn er schon dabei war, sollten die Verbrecher verschwinden und sie nicht weiter suchen. Doch das wäre wohl zu viel verlangt. Sean folgte Taylor weiter den Schacht entlang, der leicht abwärtsführte.

Als eine Abzweigung kam, blieb sie stehen. »Wo lang?« Sie leuchtete erst in die eine, dann in die andere Richtung. Hinter dem Lichtkegel herrschte nur tiefste Dunkelheit.

»Ich würde sagen nach rechts. Wir wollen nicht zu tief in den Berg, wer weiß, in welchem Zustand der Schacht dort ist. Außerdem müssen wir das alles wieder zurück, wenn der Regen aufhört.«

»Hoffen wir, dass dort was ist.«

Sie folgten der Abzweigung in den etwas schmaleren Gang. Offenbar war er nur ein Nebenstollen und nicht für den Abbau genutzt worden. Sie waren nur wenige Meter gegangen, als Sean aus den Augenwinkeln etwas sah.

Sofort blieb er stehen. »Leuchte mal an die Wand rechts.«

Der Lichtstrahl beschrieb einen Bogen, bis er auf dem rauen Fels landete. Sean trat näher heran und betrachtete die dunklere Stelle in Höhe seines Ellbogens. Mit dem Finger strich er darüber.

»Was ist das?«

»Ich dachte erst irgendeine Flechte oder so. Aber es ist feucht.«

»Hier ist alles feucht. Vielleicht ist Wasser die Wand runtergelaufen.«

Sean hielt seinen Finger ins Licht. Er leuchtete rot auf. »Rotes Wasser? Das ist Blut!«

»Vielleicht ist hier irgendwie ein Tier reingekommen.«

»Sehr unwahrscheinlich, vor allem in der Größe.« Sein Herz begann schneller zu klopfen. »Noah?« Sein Ruf hallte laut von den Wänden wider. Mit angehaltenem Atem lauschte er, doch es kam keine Antwort. »Suchen wir nach weiteren Spuren.«

»Weißt du, wie unwahrscheinlich es ist, dass er sich genau in diesen Schacht geflüchtet hat?«

»Mag sein, aber weißt du, ob es nicht der einzige Schacht ist, dessen Eingang sich öffnen lässt? Oder der überhaupt hier in der Nähe ist? Wir waren ja auf seiner Spur, vielleicht ist er genauso wie wir die Felsen dort hochgeklettert, wo es ging. Von daher finde ich es nicht unlogisch, dass er hier sein könnte.« *Gott, bitte!*

»So gesehen könntest du recht haben. Halt trotzdem die Pistole griffbereit, falls sich der Bär hier häuslich eingerichtet hat.«

Sofort hatte er die Bilder der Leiche wieder vor Augen. Ein Schauder lief durch seinen Körper. »Auf jeden Fall. Suchen wir nach weiteren Spuren.«

Angespannt achtete er auf alles, was auf Noahs Anwesenheit hindeuten konnte, doch bis auf die eine Stelle mit dem Blut war nichts zu finden. Könnte es sein, dass er sich etwas einredete, nur weil er es sich so sehr wünschte? Ja, die Möglichkeit bestand. Aber das Blut hatte er sich nicht eingebildet, es war tatsächlich da. Ein Gedanke ließ ihn stehen bleiben. Könnte es von dem Mann stammen, den er angeschossen hatte? Möglich war es sicher. Wobei er eigentlich davon ausging, dass dieser zum Fahrzeug zurückgegangen war – sofern er dazu überhaupt noch in der Lage war. Er umfasste die Pistole fester. »Vielleicht sollte ich vorgehen.«

Taylor drehte sich zu ihm um. »Warum?«

»Weil ich die Waffe habe.«

Sie sah ihn einen Moment lang an, dann nickte sie und reichte ihm die Stirnlampe. »Damit du siehst, wo du hingehst.«

»Danke.« Sean nahm die Lampe entgegen und setzte sich wieder in Bewegung. Aufmerksam leuchtete er alles ab, trotzdem übersah er beinahe den schmalen Durchgang im Fels. Es konnte genauso gut nur eine Nische sein, aber sie war es wert, untersucht zu werden. Mit der Stirnlampe leuchtete er hinein und erkannte, dass hinter dem nur etwas über mannsbreiten Spalt ein größerer Raum lag. Er war sicher zwölf Quadratmeter groß, vielleicht war er früher als Vorratsraum genutzt worden. Das schienen die verschiedenen Objekte nahezulegen, die in dem Raum verstreut waren. In dem schwachen Licht konnte er sie nur vage erkennen. Er berichtete Taylor, was er sah.

»Warte kurz hier, ich sehe nach, ob etwas dabei ist, das wir gebrauchen können.«

»Sei vorsichtig.« Sie berührte seinen Arm.

»Bin ich immer.« Die Antwort kam automatisch, dicht gefolgt von ihrem skeptischen Laut. Das ließ ihn trotz der angespannten Situation grinsen.

Seine Heiterkeit verflog sofort, als er sich durch den Spalt schob und in den schmalen Raum trat. Hier gab es anders als im Schacht keinen Luftzug, ein seltsamer, leicht süßlicher Geruch lag in der Luft. Steine stießen unter seinen Schuhen aneinander, als er langsam den Raum durchquerte. Der Lichtstrahl glitt über einige alten Kisten, sie waren leer und zum Teil zerbrochen. Einige Meter aufgerollte Lunten lagen in einer Ecke, zusammen mit einer Gaslampe, deren Schirm fehlte. Kleinere Balken waren auf einen schiefen Stapel geworfen. Lumpen lagen dahinter gegen die Wand gepresst.

Sean wollte sich gerade wegdrehen, als sich in dem Haufen etwas bewegte. Gab es hier Ratten? Durchaus möglich, auch wenn er nicht wusste, wovon sie sich ernährten. Etwas wie ein rasselnder Atemzug drang an seine Ohren. Sofort hob er die Pistole, während er vorsichtig näher trat. Erneut ein Rascheln, dann ein Klappern. Was zum Teufel war das? Mit äußerster Vorsicht griff Sean den Zipfel eines der Lumpen und zog daran. Der Lichtkegel erfasste etwas, das er im ersten Moment nicht deuten konnte. Dann sah er blonde Haare hervorblitzen. *O Gott, Noah!*

Rasch kniete er sich neben das Bündel und zog weitere verschmutzte und muffig riechende Lumpen zur Seite. Jetzt war der Körper deutlicher zu erkennen. Der Arm stand in einem seltsamen Winkel ab, dünne Äste waren darum gewickelt. Zögernd legte Sean seine Hand auf den Rücken der Person. »Noah? Kannst du mich hören? Ich bin es, Sean.«

Unter seinen Fingern konnte er ungleichmäßige Atemzüge spüren. Erleichterung, dass sein Freund noch lebte, mischte sich mit Besorgnis über dessen Zustand. Vorsichtig drehte er Noah herum und stützte dabei seinen Arm, um ihm nicht noch weitere Schmerzen zuzufügen. Er leuchtete in das Gesicht des Mannes und atmete auf. Es war wirklich Noah! Kratzer und Prellungen überzogen sein Gesicht, die Lippen waren aufgerissen. Offenbar hatte er schon längere Zeit nichts mehr zu trinken bekommen. Seine Wangen wirkten hohl, so als hätte er auch nichts mehr gegessen. Ein Wunder, dass er überhaupt bis in den Minenschacht gekommen war.

Hinter ihm kullerte etwas über den Boden und er wirbelte herum. Der Lichtstrahl erfasste Taylor, die ebenfalls in den Raum gekommen war. »Was hast du gefunden?«

Seine Kehle schnürte sich zu, als er ihr antwortete. »Es ist Noah.«

Sofort kniete sich Taylor neben ihn. »Das ist toll! Wie geht es ihm?«

»Nicht so gut, fürchte ich. Sieht aus, als wäre sein Arm gebrochen. Er scheint nicht ansprechbar zu sein. Er muss sofort zu einem Arzt.«

»Den wir hier draußen nicht haben. Er muss ausgeflogen werden.«

»Ja.« Nur war das momentan nicht möglich. Nicht, solange sie keinerlei Verbindung zur Außenwelt hatten und immer noch diese Typen auf sie lauerten. »Vielleicht hilft es, wenn er etwas zu trinken bekommt.«

»Ich habe noch eine Extraflasche dabei.« Sie setzte ihren Rucksack ab und wühlte darin. Dann hielt sie ihm eine Wasserflasche hin. »Hier.«

»Danke.« Sein Bein schmerzte, als er das Gewicht verlagerte, um Noah zu stützen, doch er ignorierte es. Vorsichtig hob er den Kopf ein wenig an und setzte die Flasche an Noahs Mund. Nur wenige Tropfen liefen heraus und benetzten die Lippen. Anscheinend reichte das schon, um Noah etwas zu beleben. Seine Hand schoss hervor und schloss sich um Seans Handgelenk. Der Griff war so kraftlos, dass Sean es kaum ertragen konnte. Sein Freund war ein junger Mann, er sollte vor Energie nur so strotzen. Stattdessen schien er sogar zu schwach, richtig zu trinken. »Langsam, es ist genug da.«

Nach ein paar wenigen Schlucken sackte Noahs Kopf wieder zurück. Seine Augen blieben geschlossen.

»Noah, sieh mich an.«

Es dauerte einige Sekunden, bis sich die Lider ein winziges Stück hoben. Sean drehte die Stirnlampe so, dass sie ihm ins Gesicht leuchtete.

»Se…an?«

»Ja, ich bin es. Wir werden dich hier rausholen.« Vorsichtig bettete er Noahs Kopf wieder auf die Lumpen.

»Nick?«

»Dein Bruder ist zu Hause. Mit seinem gebrochenen Bein kann er nicht hier sein. Er macht sich große Sorgen um dich, deshalb bin ich hier.« Er hatte keine Ahnung, ob seine Worte bei Noah ankamen.

Die Lippen bewegten sich, aber es kam kein Ton heraus. »Durst.«

»Ich gebe dir gleich noch etwas. Erst müssen wir herausfinden, was dir fehlt.«

Noah gab einen Laut von sich, der beinahe wie der Versuch eines Lachens klang. Es schmerzte, ihn zu hören. »Klippe runter- …gefallen.«

»Ja, das habe ich auch geschafft.«

Diesmal öffneten sich Noahs Augen etwas weiter. »Warum?«

»Ich habe dich gesucht.« Weiter wollte er das jetzt nicht ausführen. »Wo bist du verletzt?«

»Arm … gebrochen. Schulter kaputt. Alles … andere nicht … so wichtig.«

»Okay, am besten untersuche ich dich jetzt und dann bringen wir dich hier raus.«

Diesmal versuchte Noah, sich aufzusetzen. »Nein! Männer …«

Beruhigend legte Sean ihm eine Hand auf die Brust. »Es ist alles in Ordnung, wir wissen von ihnen. Einer ist tot, der andere vermutlich verletzt.«

»Wollten mich … mitnehmen. Bin ge…flohen. Sind mir … gefolgt.«

Das Gleiche hatten sie sich schon zusammengereimt. »Gut, dass du dich in Sicherheit bringen konntest.« Sanft berührte er den geschienten Arm. »Ich sehe mir jetzt deine Verletzungen an.« Er gab Taylor die Stirnlampe, damit er die Hände frei hatte. Langsam wickelte er den Verband ab, mit dem Noah die Stöcke befestigt hatte. Darunter war der Ärmel blutgetränkt, ein Stück Knochen ragte aus dem Unterarm. *Shit!* Übelkeit stieg in Sean auf, als er die Wunde sah. Taylor schnappte hörbar nach Luft.

»Nicht gut … oder?« Noahs Stimme klang schwächer.

»Nein. Andererseits hättest du tot sein können, als du von der Klippe gestürzt bist, von daher hast du noch Glück gehabt.« Wäre er gleich gefunden und in ein Krankenhaus gebracht worden, wäre er jetzt schon längst wieder auf dem Weg der Besserung.

»Haben … geschossen. Musste ent…scheiden.« Noah hustete.

»Du meinst, du bist freiwillig gesprungen, weil sie auf dich geschossen haben?« Allein die Vorstellung entsetzte Sean. Wie hätte er sich in der Situation entschieden? Vermutlich genauso.

»Ja. Sie hatten … schon … jemanden er…schossen.«

»Wen?«

»Weiß … nicht. Foto auf … meinem Handy. Habe es … verloren.«

»Wir haben es unterhalb der Klippe gefunden.« Shit, kein Wunder, dass diese Kerle es auf ihn und jeden anderen möglichen Zeugen abgesehen hatten! Aber das war jetzt erst mal nebensächlich. »Was ist mit deiner Schulter? Kannst du sie bewegen?«

»Schmerzt … höllisch.«

Vermutlich war auch irgendetwas gebrochen oder sie zumindest ausgekugelt. »Sonst noch irgendwas Lebensbedrohliches?«

»Nicht … dass ich wüsste.«

»Gut, ich säubere jetzt die Wunde, soweit es geht und verbinde dich neu.« Rasch machte er sich an die Arbeit. Er desinfizierte die Wunde, verband den Arm und befestigte die Stöcke neu. Zusätzlich stabilisierte er die Schulter, soweit es seine begrenzten Mittel zuließen. Sean setzte sich auf die Hacken zurück und unterdrückte ein Stöhnen, als sich sein Oberschenkel wieder meldete. Für einen Moment hatte er ihn vergessen gehabt.

»Sean, kann ich dich kurz sprechen?«

Er blickte zu Taylor. »Klar.«

Sie neigte den Kopf zum Durchgang hin und stand auf.

»Ich komme gleich wieder, Noah. Ruh dich etwas aus.« Als hätte sein Freund eine andere Wahl. Mühsam erhob sich Sean und folgte Taylor.

19

Der Schacht war nur von der Stirnlampe beleuchtet, während Taylor auf Sean wartete. Sie freute sich für ihn, dass er seinen Freund endlich gefunden hatte, aber es erleichterte ihre Situation nicht unbedingt. Ganz im Gegenteil. Mit ihren eigenen Verletzungen war es unmöglich, Noah zu tragen. Sie waren dringend auf professionelle Hilfe angewiesen. Ein Hubschrauber mit einem Arzt an Bord wäre am besten. Und ein Sondereinsatzkommando, das die Verbrecher verhaftete. Aber das würde nicht passieren, solange sie hier in der alten Mine gefangen waren und niemanden benachrichtigen konnten.

»Was ist?« Sean war hinter ihr aus dem Durchgang getreten. »Es tut mir leid, ich hätte mich auch um deine Wunde kümmern sollen.«

»Das ist jetzt nicht so wichtig. Wir können hier nicht bleiben, Sean. Noah wird nicht mehr lange durchhalten.«

Seans Lippen wurden schmaler. »Ich weiß.« Die Sorge um seinen Freund war ihm deutlich anzusehen.

Taylor holte tief Atem. »Ich werde rausgehen und telefonieren.«

»Nein!« Die Reaktion kam prompt und eindeutig. Sean packte ihren Arm, als wollte er sie körperlich davon abhalten.

Es fühlte sich gut an, ihm so wichtig zu sein, doch darauf konnten sie jetzt keine Rücksicht nehmen. »Sean, Noah braucht so schnell wie möglich Hilfe. Hier drin können wir nicht telefonieren, das geht nur draußen, ein ganzes Stück von den Bergen entfernt.«

»Dann gehe ich …«

»Du kannst kaum noch laufen, es wäre einfach nicht sinnvoll. Zumal du auch keine Regenkleidung hast. Ich komme viel schneller voran.«

»Aber …«

Wieder unterbrach sie ihn. »Jetzt sag nicht, dass ich eine Frau bin, dann muss ich dich schlagen.«

Ganz kurz blitzte ein Lächeln durch, das sofort verschwand.

»Eigentlich wollte ich sagen, dass ich uns in diese Situation gebracht habe. Wenn jemand sein Leben riskiert, sollte ich das sein.«

»Unsinn. Es sollte derjenige gehen, der die besten Chancen hat. Wir sollten nicht noch mehr Zeit mit unsinnigen Diskussionen vergeuden. Ohne Rucksack bin ich beweglicher und wenn wir Glück haben, ist der verbliebene Verbrecher zu schwer verletzt, um noch draußen rumzulaufen. Jetzt ist die beste Gelegenheit, bevor möglicherweise noch andere kommen.«

Sie konnte sehen, wie es in ihm arbeitete. Schließlich nickte er zögernd. »Ich verstehe die Logik, aber – *Gott* – ich mag dich nicht gehen lassen. Wenn dir etwas passiert …«

»Ich werde vorsichtig sein und so schnell wie möglich zurückkommen. Ich verspreche es.«

Unglücklich sah er sie an. »Ich verlasse mich darauf.«

Taylor beugte sich vor und küsste ihn sanft. »Wir sehen uns wieder, Sean Montgomery.«

Er erwiderte den Kuss, dann trat er einen Schritt zurück. »Hier ist das Handy. Ruf Blake an, oder jemand anderen aus meiner Familie, falls er nicht drangeht. Montgomery oder Hunter.« Sean holte das Handy aus seiner Tasche, drückte es ihr in die Hand und nannte ihr sein Passwort. »Sie können die Koordinaten des Telefons orten und uns damit finden. Sag ihm, er soll auf keinen Fall allein kommen, wir brauchen ein ganzes Rettungsteam. Es soll nicht noch jemand in Gefahr geraten.«

»Ich werde es schon hinkriegen, Sean.«

Er seufzte. »Ich weiß.« Pure Angst um sie stand in seinem Gesicht. »Wenn es zu gefährlich sein sollte, komm zurück.«

»Ich bin nicht lebensmüde, Sean. Bis gleich.« Sie gab ihm die Stirnlampe und schaltete die Taschenlampenfunktion des Handys an.

»Warte!«

»Was?«

»Ich muss deine Verletzung erst verbinden.«

»Es war wirklich nur ein Kratzer, ich habe ein Pflaster draufgeklebt, als du dich um Noah gekümmert hast.« Das war zwar etwas untertrieben, aber sie wollte nicht, dass er sich darum Gedanken machte. »Jetzt muss ich aber wirklich los.« Sie drehte sich um und eilte davon, bevor Sean noch mehr Gründe einfielen, warum er sie daran hindern sollte.

Mithilfe der Taschenlampenfunktion des Handys fand sie ihren Weg durch den Schacht ohne Probleme. Vorsichtig näherte sie sich dem Ausgang und schaltete das Licht aus, als sie die Bretter berührte. Taylor blickte durch einen schmalen Spalt und schob sie erst zur Seite, als sie sicher war, dass draußen niemand lauerte. Noch immer regnete es, wenn auch nicht mehr ganz so kräftig, sodass sie ihre Kapuze überzog, bevor sie nach draußen kletterte und den nicht ungefährlichen Abstieg über die nassen Felsen in Angriff nahm. Die Bewegung zerrte an ihrer Wunde, doch es war glücklicherweise gut zu ertragen. Nicht auszudenken, was geschehen wäre, wenn die Kugel nur etwas weiter mittig in ihren Körper gedrungen wäre. Vielleicht wäre sie dann schon tot.

Der Gedanke ließ sie schaudern. Endlich hatte sie die Felsen überwunden und lief über den feuchten Waldboden. Hier kam sie deutlich besser vorwärts. Da Noahs Zeit ablief, rannte sie so schnell sie konnte in Richtung der anderen Seite des Tals. Hin und wieder blickte sie auf das Handy, um festzustellen, ob es bereits Empfang gab. Außer Atem blieb sie schließlich am Rande einer kleinen Lichtung stehen und sah sich um. Sie sollte eigentlich weit genug von den Bergen weg sein, dass das Handy eine Funkverbindung hatte. Es war so ärgerlich, dass ihr Satellitentelefon kaputt war, damit wäre es kein Problem gewesen, direkt außerhalb der Höhle ein Telefonat zu führen.

Erleichtert atmete sie auf, als wenigstens zwei Striche im Display aufblinkten. Die Verbindung würde vermutlich nicht toll sein, aber gut genug, um den Hilferuf abzusetzen. Rasch gab sie Seans Passwort ein und rief das Adressbuch auf. Blakes Eintrag stand glücklicherweise fast an erster Stelle. Hastig tippte sie darauf und hielt das Handy ans Ohr.

»Verdammt noch mal, Sean, ich habe den ganzen Tag auf deinen

Anruf gewartet! Ich war schon bereit, einen Suchtrupp loszuschicken.« Die Stimme war etwas rauer als Seans.

»Hier ist Taylor, ich rufe für Sean an. Wir brauchen Hilfe …«

»Kommen Sie da raus! Sofort!«

Taylors Herz blieb stehen, als die Stimme unvermittelt hinter ihr erklang, bevor es losgaloppierte. *O nein!* Unauffällig nahm sie das Handy hinunter und hielt es hinter ihrem Bein versteckt, als sie sich umdrehte. Eine Gruppe von Männern stand vor ihr, jeder von ihnen bewaffnet. Die Mündungen diverser Pistolen und Gewehre waren direkt auf sie gerichtet. So sehr sie auch fliehen wollte, nach ein paar Schritten würde sie von einer Kugel getroffen werden.

»Was wollen Sie von mir? Ich bin Bergführerin hier im Park, nehmen Sie die Waffen runter!« Sie versuchte, so zu tun, als wäre sie nicht vor Angst beinahe erstarrt, aber sie hatte keine Ahnung, ob sie es ihr abnehmen würden. Sie konnte nur probieren, Blake so viele Informationen wie möglich über ihre Situation mitzuteilen, ohne dass die Verbrecher es mitbekamen.

»Was treiben Sie hier?«

»Das sollte ich doch wohl eher Sie fragen. Dieser Teil des Parks ist gesperrt, Externe haben hier überhaupt keinen Zutritt.«

Das brachte ihr nur ein Lachen ein. »Wir haben eine Erlaubnis. Wollen Sie uns sagen, dass Sie nicht mit dem Mann unterwegs sind, der für den Tod eines unserer Freunde verantwortlich ist?«

»Ganz sicher. Ich bin allein hier. Sie können gern beim Ranger Service nachfragen.« Vielleicht konnte sie sich doch irgendwie aus der Situation herausreden.

»Das ist die Tussi! Glaubt ihr kein Wort.« Der Mann, den Sean angeschossen hatte, humpelte nach vorn. »Sie haben Jasons Pistole geklaut und ihr Freund hat auf mich geschossen. Hätte mich beinahe umgebracht!«

Verdammt! »Nachdem Sie uns töten wollten! Ich weiß nicht, wer Sie sind, aber das wird für Sie Konsequenzen haben.«

Einer der Männer kam näher heran. »Du bist in keiner Position, uns zu drohen. Wo ist dein Freund?«

»Ich habe keine Ahnung, von wem Sie reden.« Unauffällig ließ sie das Handy in den Busch fallen. Wenn sie es bei ihr fanden, würden sie es zerstören und sie wollte, dass Blake eine Chance hatte, Sean und Noah zu finden.

»Wirklich nicht? Ihr habt hier rumgeschnüffelt, aber das werden wir nicht zulassen. Also, zum letzten Mal, wo finden wir den Mann?«

Taylor presste die Lippen zusammen. Sie würde Sean auf keinen Fall verraten, das würde für ihn und Noah den Tod bedeuten.

Der Mann war jetzt bei ihr und packte sie am Kragen ihrer Regenjacke. »Du solltest lieber reden, wenn du nicht erleben willst, was wir mit den Leuten machen, die uns im Wege stehen.«

»Nein.«

Mit einem harten Stoß schickte der Verbrecher sie zu Boden. Taylor schrie schmerzerfüllt auf, als die Bewegung ihre Wunde erneut öffnete. Der Mann beugte sich über sie, seine Faust presste sich auf ihren Brustkorb, sodass sie keine Luft bekam. Verzweifelt kämpfte sie gegen ihn an. Sie wollte nicht sterben, nicht hier, nicht so.

»Lass sie, wir finden ihn auch so. Wir brauchen einfach nur ihrer Spur zu folgen, sie wird uns direkt zu ihm führen.« Die Stimme klang gedämpft durch das Rauschen in ihren Ohren. Der Druck ließ etwas nach und sie schnappte verzweifelt nach Luft.

»Wenn wir sie nicht mehr brauchen, kann ich sie doch gleich hier erledigen. Spart uns später Zeit und die Tiere werden ihren Kadaver für uns beseitigen.«

Taylor entwickelte einen extremen Hass gegen das Arschloch, das sie festhielt. Wie konnte er so kalt davon reden, einen Menschen zu töten?

»Nein, vielleicht brauchen wir sie noch. Nehmen wir sie erst mit, danach können wir sie immer noch loswerden.«

Der Verbrecher erhob sich und packte sie am Arm, um sie unsanft hochzuziehen. Taylor presste die Zähne zusammen, um keinen Laut von sich zu geben.

Der andere Mann trat näher und musterte sie von oben bis un

ten. »Eine Schande, aber du hättest dich nicht einmischen sollen.«

»Ich habe mich nirgends eingemischt! Sie halten sich hier widerrechtlich auf, zerstören die Natur und haben versucht, uns umzubringen. Dafür kommen Sie ins Gefängnis.« Vermutlich sollte sie besser den Mund halten, aber sie schaffte es nicht. Die Vorstellung, dass diese Kerle damit durchkommen könnten, machte sie unglaublich wütend.

Er lächelte nur milde. »Ganz ehrlich, ich hasse diese scheinheiligen Naturfreunde, die sich künstlich aufregen, nur weil ein kleines Stück Gestrüpp zerstört wird. Aber dann wollen sie doch alle ihre Energie, ihr Benzin, ihren Strom oder auch ihre Handys haben. Oder mit dem Flugzeug mal eben quer durchs Land fliegen. Sie wollen alles haben, doch wenn man ihnen dann sagt, dass das nur mit immer neuen Rohstoffen geht, spielen sie sich als Moralapostel auf. Wenn sie nicht wollen, dass wir weitere Ressourcen erschließen, sollten sie einfach mal ihren Konsum einschränken. Wenn das genug Leute machen, sind wir arbeitslos und die Natur freut sich.«

Ganz abstreiten konnte sie das nicht. Im Grunde hatte er recht, aber deswegen würde sie trotzdem nicht zulassen, dass sie hier mitten in einem anerkannten Schutzgebiet eine Fracking-Operation starteten.

»Die Spuren führen zu den Felsen da hinten.« Einer der Männer deutete in die Richtung, aus der sie gekommen war.

»Na dann sehen wir doch mal, ob sich unser Freund dort versteckt.«

Der Arsch packte sie am Kragen und schob sie unsanft vorwärts. »Ich kann durchaus allein gehen!«

Wenn sie auch lieber in die andere Richtung rennen würde. Wie sollte sie diese Verbrecher davon abhalten, den Schacht zu durchsuchen und Sean und Noah zu finden? Sie konnte nur hoffen, dass Blake mitgehört hatte, die Situation erkannte und sofort ein Hilfsteam schickte. Das Problem war nur, dass es mit allergrößter Wahrscheinlichkeit zu spät kommen würde. Sicher würde es einige Stunden dauern, bis es hier war – und dann waren sie sicher schon tot oder verschleppt worden. Vielleicht konnte Sean sie mit der Pistole in Schach halten, damit sie irgendwie entkommen konnten. Allerdings müssten sie dann Noah zurücklassen und sie glaubte nicht, dass Sean das tun würde. Und sie auch nicht. Sie konnte einen jungen Mann nicht dem sicheren Tod überlassen.

Es musste einfach eine Lösung geben! Diese Mistkerle durften nicht damit davonkommen. Weder mit der Zerstörung der Natur noch mit dem Mord an unschuldigen Personen. Doch je näher sie an die Klippen kamen, desto unwahrscheinlicher wurde es, dass es noch irgendeine Rettung für sie gab. Sie konnte eigentlich nur noch darauf hoffen, dass sie den Zugang zum Schacht nicht fanden. Oder zumindest sehr lange dafür brauchten. Wenn sie nicht zurückkam, würde Sean vielleicht ahnen, dass es ein Problem gab und sich und Noah tiefer im Schacht in Sicherheit bringen. Was die Verbrecher dann mit ihr tun würden, konnte sie nur raten. Es würde auf jeden Fall nichts Gutes sein.

Der Mann zog sie am Arm nach vorn, als sie die Felswand erreichten. »Wo habt ihr euch verkrochen?«

Taylor schwieg.

Er presste die Pistole in ihre Rippen, knapp oberhalb der Stelle, wo die Kugel sie gestreift hatte. »Du solltest besser kooperieren, wenn du nicht testen willst, wie viele Schmerzen du aushalten kannst.«

Taylor versuchte, sich von ihm zu lösen, doch er hielt sie nur noch fester.

»Schwärmt aus, es gibt sicher irgendwo Spuren oder andere Hinweise.« Wieder rettete der Anführer sie vor dem Verbrecher, der anscheinend Spaß daran hatte, Frauen zu quälen. Oder vielleicht behandelte er jeden so.

Hilflos sah Taylor zu, wie die Männer die Felsen hinaufkletterten. Es würde bestimmt nicht lange dauern, bis sie den Mineneingang gefunden hatten.

20

Die Hülle knackte, so fest hielt Blake das Telefon in der Hand, während er auf das lauschte, was auf der anderen Seite passierte. Zuerst war er erleichtert gewesen, Seans Namen auf dem Display zu sehen. Als sich dann nur die Bergführerin meldete, von der Sean ihm beim letzten Telefonat berichtet hatte, schrillten schon sämtliche Alarmglocken. Doch machtlos zuhören zu müssen, wie sie offenbar von irgendwelchen Männern überwältigt und bedroht wurde, war am schlimmsten. Sie hatten ihr Schmerzen zugefügt und sie hatte ihnen trotzdem nicht erzählt, wo Sean war. Das beeindruckte ihn, aber es ließ ihn auch befürchten, dass sie nicht mehr lange zu leben hatte, wenn die Verbrecher ihre Drohungen wahr machten.

Blake ließ das Telefon sinken, nachdem sich die Stimmen entfernt hatten. Offenbar hatte sie Seans Handy irgendwo fallen gelassen, damit es niemand bei ihr bemerkte. Immerhin konnten sie so herausfinden, wo sich Sean und Taylor derzeit aufhielten. Wenn sie sich allerdings von dort entfernten – sei es freiwillig oder unfreiwillig –, hatte er keinerlei Möglichkeit mehr, ihren Aufenthaltsort herauszufinden. Genau deshalb war es wichtig, dass er so schnell wie möglich reagierte. Einen kurzen Moment überlegte Blake, ob er seine Schwester Kendra anrufen sollte, die als FBI-Agentin andere Möglichkeiten hatte als er. Allerdings würde die Sache dann viel zu lange dauern, weil das FBI nur tätig werden konnte, wenn sie Beweise für eine Entführung vorlegen konnten. Genauso die Polizei. Davon abgesehen waren sie nicht darauf trainiert, in der Wildnis zu agieren.

Deshalb rief Blake seinen Onkel Clint an. Er war Navy SEAL und damit Spezialoperationen gewöhnt. Vor allem aber hatte er jede Menge Kontakte zu Leuten, die ihm dabei helfen konnten.

»Ja?«

»Hallo Clint, hier ist Blake.«

»Lange nicht gehört. Ist alles in Ordnung?«

Blake schnitt eine Grimasse. Er war so mit seinem neuen Leben mit Christine, ihrer Katze Jamie und dem Neubau seines abgebrannten Hauses beschäftigt gewesen, dass er sich offenbar nicht oft genug bei seiner anderen Familie gemeldet hatte. Das würde er in Zukunft ändern müssen. »Tut mir leid. Ich habe ein Problem. Oder vielmehr Sean hat eines.« Er erzählte seinem Onkel, was Sean ihm am Telefon berichtet hatte und von Taylors Anruf. »Ich muss davon ausgehen, dass diese Männer ihnen etwas antun. Vermutlich sind es diejenigen, die die Natur im Park zerstört haben.«

»Weißt du irgendwas darüber, wo dieser Noah abgeblieben ist?«

»Nein, Taylor kam nicht dazu, mehr zu sagen, als dass sie Hilfe brauchen.«

»Es sind also mindestens zwei, vielleicht aber auch drei Leute in Gefahr?«

»Genau. Taylor hat das Telefon wohl verloren, ich denke, darüber sollte es möglich sein, den ungefähren Aufenthaltsort zu ermitteln. Aber eben nur zu diesem Zeitpunkt, je länger es dauert, desto unwahrscheinlicher ist es, dass sie noch in der Nähe sind.« Blake atmete tief durch, um sich zu beruhigen. »Ich hatte gehofft, dass du vielleicht einen Weg weißt, wie wir dort so schnell wie möglich Hilfe hinbekommen.«

»Du bist in Denver?«

»Ja.«

»Okay, ich kümmere mich darum. Ich kann nicht versprechen, wie schnell jemand da sein wird. Vor Ort ist niemand, auf den wir zurückgreifen können?«

»Nein, soweit ich das bei Sean verstanden habe, ist vermutlich jemand vom Park Service in die Sache verwickelt, wir können niemandem trauen. Außerdem sind auch die Park Ranger nicht für so einen Einsatz ausgebildet.«

»Mist. Okay, dann müssen wir ein Team von außen einfliegen lassen.«

»Ich komme dorthin.«

»Ich denke nicht …«

Blake unterbrach ihn sofort. »Das ist nicht verhandelbar. Ich werde meinen Bruder nicht im Stich lassen.«

Ein tiefer Seufzer drang durch die Leitung. »Typisch Hunter. Lass mich das nicht bereuen, Blake.« Clint war genauso gestrickt wie der Rest der Familie, deshalb versuchte er gar nicht erst, ihm die Sache auszureden.

»Ich bin ausgebildet in Rettungsaktionen, mach dir keine Sorgen.« Auch wenn normalerweise nicht auf ihn geschossen wurde, aber auch das war durchaus schon vorgekommen.

»Ich sorge mich immer um euch.« Clints Stimme klang knurrig. »Und jetzt fahr los. Ich melde mich bei dir, wenn ich weiß, ob ich ein Team bekomme und wann es da ist.«

»Alles klar. Danke.«

Sowie die Verbindung unterbrochen war, lief Blake los, um ein paar Sachen zu packen und einen Flug zu buchen. Mit dem Auto würde es bis zum North Cascades National Park viel zu lange dauern. Während er alle benötigten Dinge in seine Tasche warf, wählte er Christines Nummer. Sie war heute im Dienst als Captain von Aurora Fire Station 7. Er wünschte, er könnte sie noch sehen, bevor er aufbrach, aber das würde zeitlich nicht funktionieren. Nach dem kurzen Gespräch, in dem sie ihn inständig bat, vorsichtig zu sein, rief er bei seiner neuen Fire Station an, um sich wegen eines Notfalls abzumelden. Er machte das ungern so kurzfristig, weil es den gesamten Dienstplan durcheinanderwarf, aber er konnte es nicht ändern.

Blake blickte auf die Uhr und fluchte. Wenn er den Flug noch erreichen wollte, musste er sich wirklich beeilen. Er sprang in seinen Wagen und raste zum Flughafen.

***

Sean versuchte, sein Bein wenig zu belasten, während er sich um Noah kümmerte. Seinem Freund ging es extrem schlecht, Fieber ließ seine Stirn glühen, immer wieder zitterte er, obwohl Sean ihn so warm eingepackt hatte, wie es ihm möglich war. Im Erste-Hilfe-Set hatte er eine Rettungsdecke gefunden, die ihn eigentlich warm halten sollte. Noah brauchte umgehend medizinische Hilfe, aber selbst wenn Taylor Blake erreichte, würde es noch etliche Stunden und vielleicht sogar einen ganzen Tag dauern, bis sie gerettet wurden. Er wusste nicht, ob Noah so lange durchhalten würde, oder ob er irgendwann nicht mehr aus der Bewusstlosigkeit aufwachen würde. Immer wieder schlossen sich Noahs Augen und es wurde schwerer, ihn wieder wach zu bekommen.

In einer kontrollierten Umgebung würde Sean ihn vielleicht schlafen lassen, aber es konnte sein, dass sie noch fliehen mussten und dann musste Noah wach genug sein, um noch ein wenig mitzuarbeiten. Sean konnte ihn mit seiner eigenen Verletzung auf keinen Fall komplett tragen. Vorsichtig hatte er ihm Flüssigkeit und etwas Nahrung eingeflößt. Noah brauchte jetzt jede Energie, die er bekommen konnte.

Bei jeder seiner unruhigen Bewegungen raschelte die Isolierdecke. In der Stille des Schachts klang das Knistern unheimlich laut. Mit etwas Glück würde es nicht über diesen kleinen Raum hinausdringen. Selbst wenn, sollte es zumindest nicht bis zum Eingang des Schachts zu hören sein, genauso wenig wie das Stöhnen, das hin und wieder über Noahs Lippen drang. Sanft tupfte Sean die Stirn seines Freundes ab. Er wünschte, er könnte mehr für ihn tun, aber seine Möglichkeiten waren begrenzt.

Unruhig blickte er auf seine Uhr. Taylor war bereits dreißig Minuten weg. Hatte sie Probleme, eine Stelle mit Handyempfang zu finden? Am Zelt war das noch kein Problem gewesen, aber vielleicht war das Tal an dieser Stelle zu eng, die steilen Felswände zu hoch. Oder ihre Verletzung war doch schlimmer, als sie erzählt hatte. Warum hatte er sie sich nicht selbst angesehen? Gut, er hatte sich um Noah gekümmert, aber das war keine Entschuldigung. Taylor hatte so viel für ihn getan und auch riskiert und er hatte ihre Bedürfnisse nicht beachtet. Sowie sie zurückkam, würde er das wiedergutmachen.

Wenn … Es war durchaus möglich, dass ihr die ganze Situation zu gefährlich geworden war und sie sich nach dem Telefonat in Sicherheit gebracht hatte. Er könnte es ihr nicht verdenken. Als sie den Auftrag bekommen hatte, Noah zu suchen, hatte sie nicht ahnen können, dass es eine Verfolgungsjagd auf Leben und Tod werden würde. Sein Herz zog sich schmerzhaft zusammen. Nein, so sehr er sie in Sicherheit sehen wollte, war er sicher, dass Taylor ihn nie im Stich gelassen hätte. Zwar kannte er sie erst seit nicht mal zwei ganzen Tagen, doch er war ihr so nahegekommen, dass er glaubte, sie einschätzen zu können. Taylor war über alle Maßen treu, auch wenn das nicht gut für sie war.

Das ließ nur zwei Möglichkeiten offen: Es ging ihr nicht gut und sie hatte Probleme, zum Schacht zurückzukommen. Oder die Verbrecher hatten sie wieder in ihre Gewalt gebracht oder vielleicht sogar getötet. *Nein!* Das konnte er auf keinen Fall zulassen. Mühsam stemmte er sich hoch. Er würde sie suchen und …

Noahs Augen öffneten sich einen Spaltbreit. »Sean?«

Rasch beugte sich Sean zu ihm hinunter. »Ja, ich bin hier.«

»Wo ist … Freundin?«

Das Wort gefiel ihm irgendwie, obwohl es seinen Gefühlen für sie nicht annähernd gerecht wurde. »Taylor ist gerade draußen und versucht, Hilfe für uns zu rufen.«

»Zu … gefährlich. Männer …«

»Sie ist vorsichtig.« *Gott, hoffentlich!*

»Nein, gehen über … Leichen. Hol sie zurück.«

»Ich kann dich hier nicht allein lassen.« Egal, wie sehr es ihn auch drängte, nach Taylor zu suchen. Wenn sie zurückkam, würde er sie umarmen und nie wieder loslassen. Gut, zumindest für eine längere Zeit, irgendwann musste er es vermutlich.

Noah atmete schwer. »Bin froh … nicht allein zu sein. Aber du … kannst nicht wirklich … was tun. Will nicht … schuld sein, wenn ihr meinet…wegen in Gefahr … geratet.« Nach der langen Rede begann er zu husten. Die Erschütterungen mussten ihm furchtbar wehtun. Wenn möglich wurde er noch blasser.

»Hör auf zu reden und schon dich lieber.« Da sein Bein wieder zu schmerzen begann, setzte sich Sean wieder neben Noah. »Außerdem würde ich Taylor mit meiner Verletzung nur behindern. Allein kommt sie schneller vorwärts.« Jedenfalls versuchte er, sich das einzureden.

Noah blickte ihn an und ein Hauch seiner normalen Persönlichkeit blitzte hervor. »Du schaffst es nicht … nur, mich zu retten, obwohl … du selbst verletzt bist, sondern … auch noch, eine Frau für dich … zu gewinnen. Ich bin beeindruckt.«

»Du halluzinierst.«

»In dem Fall nicht.«

Da Sean nicht darüber reden wollte, wechselte er rasch das Thema. »Warum hast du mich nicht angerufen, als Nick ausfiel? Ich wäre gern mit dir hier wandern gegangen.«

»Ich dachte, du … wärst zu beschäftigt.«

»Nicht für meine Freunde. Im Ernst, nächstes Mal ruf an, okay?«

Noah verzog den Mund. »Ich glaube, ich habe … erst mal genug … von solchen Touren.«

Was Sean gut verstehen konnte. Im Moment klang ein Urlaub auf irgendeiner tropischen Insel hervorragend. Taylor an seiner Seite, eine luxuriöse Suite mit einem großen Bett … Rasch schob Sean diese Gedanken beiseite. Zuerst einmal mussten sie hier heil rauskommen, dann konnten sie klären, ob sich die gegenseitige Zuneigung nur durch die Situation ergeben hatte, oder wirklich vorhanden war. Wobei er sich ziemlich sicher über seine Gefühle war. Allein der Gedanke, dass ihn Taylor eventuell nicht mehr sehen wollen würde, presste sein Herz zusammen. Noch schlimmer allerdings war die Vorstellung, dass ihr etwas passieren könnte. Wenn es danach ging, hätte er sie lieber nie kennengelernt, als dass sie durch seine Schuld schwer verletzt wurde oder gar starb. Leider konnte er das nicht wirklich beeinflussen.

»Wie lange … werden sie brauchen, um … uns hier … rauszuholen?« Noahs schwache Stimme holte ihn aus seinen Gedanken.

»Ich weiß es nicht. Ein paar Stunden sicherlich. Du kennst ja meine Familie und auch ein paar von den Freunden. Ich bin sicher, sie werden alles tun, um uns so schnell wie möglich zu retten. Wenn sie erst mal wissen, wo wir sind, ist es nur noch eine Frage der Organisation.« Er legte seine Hand auf Noahs. »Du kommst hier rechtzeitig raus, ich verspreche es.« Jedenfalls würde er alles tun, um sein Versprechen zu halten. »Ich bin sicher, sie schaffen es sogar, einen Hubschrauber zu organisieren.«

»Gut … ich möchte ungern … hier rausklettern … müssen.«

Wenigstens hatte Noah seinen Humor noch nicht ganz verloren. »Ich auch nicht.«

»He, Schnüffler, komm raus da, wir haben deine Freundin!« Der Ruf hallte durch den Schacht und drang bis zu Seans Versteck.

Sein Herz blieb stehen, bevor es loshämmerte. Die Befürchtung, dass sie Taylor haben könnten, wurde zu einer fürchterlichen Gewissheit.

Noah hielt seine Hand fest. »Geh nicht, sie werden dich … töten. Und wenn sie Taylor haben, sie auch.«

Das war Sean schmerzlich bewusst. Unentschlossen biss er auf seine Unterlippe. Was sollte er tun? Wenn er da rausging, hielt nichts die Verbrecher davon ab, sie beide umzubringen. Tat er es allerdings nicht, war Taylor jetzt schon so gut wie tot. Und wenn sie hier reinkamen und alles durchsuchten, würden sie auch Noah finden. Ihn würden sie ganz sicher nicht mitschleppen. Das gab den Ausschlag und Sean erhob sich mühsam.

»Nicht, Sean!«

»Ich muss gehen, sonst töten sie Taylor. Das kann ich nicht zulassen.«

»Vielleicht ist es nur eine Falle.«

Auch das war ihm bewusst.

»Versuchst du, mit uns zu spielen? Du wirst verlieren. Aber erst mal werden wir uns mit deiner Freundin beschäftigen. Sie ist schon ganz wild darauf. Komm her Schätzchen, sag mal was, damit er uns glaubt, dass du hier bist.«

Stille herrschte, dann hörte Sean einen schmerzerfüllten Aufschrei. »Nein! Sean bleib dort, versteck dich!« Ein lautes Klatschen war zu hören.

Das war eindeutig Taylor. Sein Herz pochte schmerzhaft in seiner Brust. Er konnte sie nicht im Stich lassen, es ging einfach nicht. Selbst wenn es sein eigenes Leben kosten sollte.

»Blöde Kuh! Wir kriegen ihn sowieso. Je länger wir suchen müssen, desto unangenehmer wird es für dich.« Es ertönten Kampfgeräusche, dann ein Stöhnen.

»Ich muss zu ihr. Bleib du hier in Sicherheit, ich werde sagen, dass wir dich nicht gefunden haben.« Er drückte Noah die Pistole in die Hand. »Falls doch jemand kommt, erschieß ihn.«

»Nein, Sean …!«

»Sag meiner Familie, dass es mir leidtut, falls ich es nicht schaffe, okay?«

Noah nickte zögernd. »Danke, dass du … mich retten wolltest. Ich hoffe, wir … sehen uns wieder.«

»Das werden wir. Ich lasse dir auch die Stirnlampe und die Rucksäcke da. Dann hast du genug Nahrung und Wasser, bis dich jemand rettet.« Nur sein Taschenmesser steckte er in seinen Stiefel. Das war zwar unbequem, könnte sich aber noch als nützlich erweisen. »Wenn das Rettungsteam kommt, gib ihnen die Beweise auf deinem Handy, damit diese Scheißkerle zur Rechenschaft gezogen werden. Es ist oben in der Klappe in meinem Rucksack.«

Rasch verließ Sean den kleinen Raum und tastete sich an der Wand des Schachts entlang in Richtung Ausgang. Es gefiel ihm nicht, sich ohne Waffe in die Hände der Verbrecher zu begeben, aber sie würden sie ihm sowieso abnehmen. Selbst wenn er einen Schuss abgeben könnte, waren da vermutlich genug andere, die ihn sofort niederstrecken würden. Oder – noch schlimmer – Taylor.

In der Nähe des Ausgangs konnte er einen Lichtschimmer erkennen, offenbar hielten sie die Latten zur Seite, um in den Schacht sehen zu können. Er sah mehrere Personen, aber wer es war, konnte er gegen das Licht nicht erkennen. Langsam bewegte er sich an der

Wand entlang auf die Verbrecher zu. Er wünschte, er könnte sicher sein, dass Taylor noch lebte.

»Geht das auch etwas schneller? Hände so, dass wir sie sehen können!«

Offenbar hatten sie zumindest nicht vor, ihn auf der Stelle zu erschießen. Doch das war nur eine kleine Erleichterung. Sean hob die Hände, während er weiter auf die Männer zuging. Offenbar ging es einem noch nicht schnell genug, denn er kam auf ihn zu und hielt ihm eine Pistole an die Schläfe. Danach tastete er ihn gründlich ab, bis er sich überzeugt hatte, dass Sean keine Waffen bei sich trug. Glücklicherweise dachte er nicht daran, die Wanderstiefel zu überprüfen. Als er endlich fertig war, schob sich Sean an ihm vorbei, um zu Taylor zu gelangen. Sie kauerte auf dem Boden, den Kopf hielt sie gesenkt.

Sean berührte zögernd ihre Schulter. Langsam sah sie zu ihm auf. Eine Seite ihres Gesichts war gerötet, Blut lief aus ihrem Mundwinkel. Eine so heiße Wut erfasste ihn, dass er sich kaum beherrschen konnte. Anstatt auf die Verbrecher loszugehen, hielt er Taylor eine Hand hin und half ihr auf die Füße.

Sie schwankte. »Du hättest nicht kommen sollen.«

21

Sean sah sie durchdringend an, Wut stand in seinen Augen, gleichzeitig aber auch Erleichterung, so als hätte er befürchtet, dass sie bereits tot war. »Natürlich musste ich kommen. Dir darf nichts passieren.«

Tränen traten in ihre Augen. »Ich hatte gehofft, sie übersehen den Schacht.«

Sean schloss sie in seine Arme. »Es ist alles in Ordnung. Hauptsache, wir sind zusammen.«

Taylor fragte sich, was mit Noah war, aber sie hielt sich zurück, solange jemand mithörte. Es war gut gewesen, dass Sean ihn dort gelassen hatte, Noah war in keinem Zustand, in dem er hier draußen hätte herumlaufen können. Sicher wäre er dann schnell zurückgelassen worden. Da Sean keine Waffe bei sich hatte, ging sie davon aus, dass er sie bei seinem Freund gelassen hatte, genauso wie ihre Rucksäcke mit den Vorräten. Vielleicht würde Blake ihn retten können, wenn er kam. Zwar hatte sie ihm nichts mehr erzählen können, aber sie hoffte darauf, dass er noch hatte mithören können und daraus geschlossen hatte, dass sie in höchster Gefahr waren. Auch darüber durfte sie nicht mit Sean reden.

»Das ist ja alles unheimlich rührend, aber es interessiert mich einen Scheiß, was mit euch ist. Also los jetzt, durch euch haben wir sowieso schon zu viel Zeit verloren.« Der Mann packte grob ihren Arm und katapultierte sie in Richtung des Abhangs.

Erschreckt schrie sie auf und versuchte, ihr Gleichgewicht zu halten und nicht den Felsen hinunterzufallen. An dieser Stelle war es ziemlich steil, sie würde sich alle Knochen brechen – oder schlimmeres. Ein Arm schlang sich um ihre Taille und zog sie zurück in Sicherheit. *Sean.* Mit wild klopfendem Herzen lehnte sie sich gegen seine Brust und schloss erleichtert die Augen.

»Kirk, geh etwas vorsichtiger mit ihr um. Wenn sie sich was bricht, wirst du sie tragen.« Als sie die Stimme des Anführers hörte, hob sie schnell die Lider.

Offenbar hatten sie zumindest nicht vor, sie sofort zu töten, das war ein wenig beruhigend.

»Ich finde, wir erledigen sie gleich hier. Es ist ein völlig unnötiger Aufwand, sie mitzuschleppen, nur um sie am Ende doch zu beseitigen.«

Der Anführer trat dichter an den Aufmüpfigen heran. »Was unnötig ist, bleibt immer noch meine Entscheidung. Wenn ihr euch weniger dumm angestellt hättet, wäre das alles nicht passiert. Aber das werden wir später diskutieren. Jetzt müssen wir erst mal hier weg, denn ich habe keine Lust, dass noch irgendwelche selbst ernannten Naturfreunde auftauchen.«

Es sah aus, als wollte der Verbrecher protestieren, aber schließlich zog er sich nur mit einem rebellischen Gesichtsausdruck zurück. Sie mussten aufpassen, nie mit ihm allein zu sein, sie könnte sich vorstellen, dass er die Sache doch selbst in die Hand nehmen würde.

»Kommt jetzt, wir haben keine Zeit zu verlieren. Verhaltet euch still und macht keinen Ärger, dann könnt ihr noch ein wenig weiterleben. Ich verabscheue Gewalt, besonders gegen Frauen, aber ich habe keine Skrupel, sie anzuwenden, wenn die Notwendigkeit besteht. Denkt daran, bevor ihr euch zu irgendeiner Idiotie hinreißen lasst.«

Die Warnung war nicht nötig, Taylor hatte inzwischen mitbekommen, dass diese Männer völlig gewissenlos waren und ein Menschenleben bei ihnen nichts zählte. Sie taten einfach, was sie wollten, ohne Rücksicht auf die Natur oder alle, die ihnen im Weg waren. Wozu Sean und sie dummerweise gehörten. Hätte sie die Wahl gehabt, wäre sie diesen Leuten sicher nicht entgegengetreten, zumindest nicht allein und ohne jeden Schutz. Es brachte der Natur auch nichts, wenn sie getötet wurden. Die Behörden mussten informiert werden und durchsetzen, dass hier keine Rohstoffvorkommen abgebaut wurden. Eigentlich sollte das selbstverständlich sein, da es sich um ein streng geschütztes Naturschutzgebiet handelte.

Vorsichtig kletterte Taylor die Felsen hinab, durch die Nässe waren sie immer noch rutschig. Immerhin hatte der Regen inzwischen fast aufgehört, es nieselte nur noch ein wenig. Trotzdem reichte es, um die Sache sehr unangenehm zu machen. Wenigstens trug sie noch ihre Regenjacke, aber Sean musste nass wie er war durch die kühle Luft laufen. Dank seiner Verletzung humpelte er stärker, immer wieder verzerrte sich sein Gesicht, wenn er das Bein zu sehr anspannte. Taylor wollte ihm helfen, aber er winkte ab. Wahrscheinlich wollte er vor den Verbrechern nicht so wirken, als könnte er nicht mehr mithalten.

Unauffällig blickte Taylor auf ihre Uhr. Seit ihrem Anruf bei Blake waren nur knapp vierzig Minuten vergangen. Wenn sie davon ausging, dass er kein Einsatzteam direkt vor Ort hatte, würde es deutlich länger dauern, bis dieses hier eintreffen konnte. Bis dahin waren sie längst weg und da sie das Handy nicht mehr hatte, gab es keine Möglichkeit, wie er ihnen folgen konnte. Wäre Sean doch nur im Schacht geblieben! Es hätte sicher länger gedauert, ihn zu finden und er hätte vielleicht einige der Verbrecher aus dem Verkehr ziehen können. Allerdings wäre es ihr in der Zeit vermutlich nicht gut ergangen und auch Noah hätte das Nachsehen gehabt. Es musste ihnen irgendwie anders gelingen, zu entkommen.

Doch die Verbrecher gaben ihnen keine Chance dazu. Auf dem Weg durch den Wald umringten sie ihre Gefangenen die gesamte Zeit, es waren immer Waffen auf sie gerichtet, die ihnen jederzeit das Leben nehmen konnten. Taylors Verzweiflung wuchs, je näher sie den Fahrzeugen kamen. Wenn sie erst mal darin eingesperrt waren, würden sie keine Möglichkeit mehr zu Flucht haben. Erst recht nicht, nachdem Noah das bereits einmal gelungen war. Wahrscheinlich würden sie jetzt noch aufmerksamer sein, damit das nie wieder passierte.

Taylor sah zu Sean, als er ihre Hand aufmunternd drückte. »Wir werden hier rauskommen.« Er hielt seine Stimme so leise, dass hoffentlich nur Taylor sie hören konnte. Vor und hinter ihnen liefen die Verbrecher, aber die waren weit genug entfernt, dass sie nicht verstehen konnten, was er sagte. Begünstigt wurde das durch den engen Durchgang zwischen den Bäumen und das Prasseln des Regens auf die Blätter.

»Nur wie? Sie werden uns sofort erschießen, wenn wir zu flüchten versuchen.«

»Anscheinend wollen sie uns nicht gleich umbringen, somit werden wir wohl woanders hingebracht. Es wird bestimmt irgendwo eine Gelegenheit zur Flucht geben.«

Sie wünschte, sie hätte sein Vertrauen in die Zukunft. Vielleicht sagte er es auch nur, um ihr Mut zu machen, deshalb nickte sie.

Sean sah wohl ein, dass jetzt nicht der richtige Zeitpunkt war, darüber zu diskutieren, denn er ließ das Thema fallen. Stattdessen zog er sie näher an sich. »Hast du Blake erreicht?«

»Ja, ich konnte aber nur sagen, dass wir Hilfe brauchen, bevor diese Typen mich gefunden haben. Die Verbindung bestand noch, als ich das Handy fallen gelassen habe. Die Verbrecher haben es nicht bemerkt. Ich gehe davon aus, dass er so unsere Koordinaten ermitteln kann, richtig?«

»Er selbst nicht, aber er kennt Leute, die es können.« Sean lächelte sie an. »Danke.«

»Ich fühle mich trotzdem wie ein Versager. Wenn sie mich nicht entdeckt hätten, hätte dein Bruder mehr Zeit gehabt, uns zu finden. Wir könnten in ein paar Stunden diese ganze Sache hinter uns gelassen haben.«

»Das wäre natürlich ideal gewesen. Aber bei den Spuren, die wir hinterlassen haben, war es nur eine Frage der Zeit, wann sie uns finden.«

»So haben sie auch den Schacht gefunden. Ich habe ihnen nichts gesagt.«

Sean blickte auf ihre Wange, die immer noch schmerzte. »Das hättest du tun sollen, ich möchte nicht, dass du meinetwegen Schmerzen erleidest.«

Sofort schüttelte sie den Kopf. »Ich hätte euch nie freiwillig verraten. Ihr seid beide verletzt, ihr konntet euch nicht zur Wehr setzen und vor allem braucht ihr schnell ärztliche Betreuung.«

»Trotzdem ist mir dein Leben wichtiger.«

Taylor sah ihn lange an, bevor sie sich wieder auf den Weg konzentrierte. »Ich fürchte, das wird es uns noch schwerer machen, weil sie wissen, dass wir uns mögen und nicht wollen, dass dem anderen etwas passiert. So haben sie immer ein Druckmittel, mit dem sie uns gefügig machen können.«

»Ja.« Sean hob die Schultern. »Ich kann es nicht ändern. Und ganz ehrlich, das wäre bei mir auch bei jeder anderen Person so, mit der ich unterwegs bin, egal, ob Mann oder Frau oder Kind. Ich könnte nicht zusehen, wie sie gequält werden. So bin ich nicht gestrickt.«

»Und das mag ich sehr an dir.« Auch wenn es ihnen in der Sache überhaupt nicht weiterhalf.

»Hoffen wir, dass wir irgendwann eine Gelegenheit bekommen, die Situation zu unseren Gunsten zu ändern.«

Taylor ging automatisch langsamer, als sie die drei Fahrzeuge sah, die auf sie warteten. Offenbar waren zwei umgekehrt, als der Fahrer des ersten die Probleme gemeldet hatte. Mit einem Mann wären sie vielleicht fertig geworden, aber in dieser Konstellation waren sie machtlos. Ähnlich wie in dem Schacht spürte Taylor ein beklemmendes Gefühl, sie hasste es, irgendwo eingesperrt zu sein, ohne die Möglichkeit, den Himmel zu sehen und frische Luft zu atmen. Ein Grund dafür, warum sie nie einen Bürojob angenommen hatte.

Von nahem sahen die Fahrzeuge noch gewaltiger aus. Sie wurden zu einem überdimensionierten Kastenwagen geführt. Es war nicht der Truck, in dem Noah offenbar transportiert worden war. Einer der Männer öffnete die hinteren Türen und deutete hinein. Zwar war das besser als ein kleiner Verschlag, aber trotzdem sträubte sich alles in Taylor davor, hineinzuklettern. Sie blieb stehen und wurde fast von Sean umgeschubst, der damit nicht gerechnet hatte.

»Nun macht schon, wir haben nicht den ganzen Tag Zeit!«

Unsanft wurde sie von dem Verbrecher in den Wagen gestoßen und konnte sich gerade noch auf den Beinen halten. Sofort wirbelte sie herum, bereit, aus dem Wagen zu stürmen, doch Sean war da und fing sie auf. Er schlang seine Arme um sie und hielt sie fest.

»Spar dir die Kraft, wir werden nichts daran ändern können.«

Sie wollte kämpfen und sich nicht einfach damit abfinden, aber sie musste einsehen, dass Sean recht hatte. Es würde nichts bringen. Unbehaglich sah sie sich um. Es war düster im Wagen, da es keine Fenster gab. Die Fahrerkabine war durch eine Wand abgetrennt, die sie nicht durchdringen konnten. Schmutz bedeckte den Boden und teilweise auch die Wände. Was auch immer sonst hier drin transportiert wurde, war jetzt weg. Es lag nur etwas in eine Plane eingewickelt an einer Wand. Ein seltsam länglicher Gegenstand, mit Huckeln an einer Seite. Sie starrte ihn immer noch an, als die Türen hinter ihnen zugeschlagen wurden und sich der Wagen kurz darauf in Bewegung setzte. Es drang nur noch wenig Licht herein, aber es reichte, um zumindest die Umrisse zu erkennen.

Durch die unebene Fahrspur wurden sie hin und her geschleudert, innerhalb kürzester Zeit fand sich Taylor auf dem Boden wieder. Sean setzte sich neben sie und hielt sie fest, damit sie nicht durch den Wagen rollte. Die Bewegung schmerzte an der Wunde, aber sie konnte nichts dagegen tun. Sie mochte sich nicht vorstellen, wie es Sean dabei ging, dessen Bein immer wieder über den metallenen Boden scheuerte. Eine besonders starke Bodenwelle ließ sie durch die Luft fliegen und hart landen. Die Plane platzte dabei auf und ein Arm schob sich heraus. Taylor starrte ihn einen Moment lang an, dann schrie sie auf.

»Da … da ist ein Mensch drin!«

Sean blickte grimmig auf das Paket. »Ja, das dachte ich mir schon.«

Fassungslos starrte sie ihn an. »Wie kannst du dabei so ruhig sein? Wir sind hier mit einer Leiche eingeschlossen!«

»Besser als mit einem lebendigen Verbrecher, der es auf uns abgesehen hat.« Trotzdem lag sein Blick weiterhin auf dem eingepackten Toten. Vermutlich war er längst nicht so ruhig, wie er tat.

»Was glaubst du, wer es ist?« Ein Gedanke kam ihr und sie packte Seans Arm. »Es ist doch nicht Noah, oder?«

»Nein, das ist unmöglich, sie hätten ihn nie schnell genug hierherbringen können.«

Vermutlich hatte er damit recht. »Könnte es jemand anders sein, der ihnen begegnet ist?« Eigentlich sollte niemand in diesem Teil des Parks unterwegs sein, aber wie an Noah und Sean zu sehen war, konnte man sich darauf nicht verlassen. Ein Gedanke kam ihr und ihr Herz zog sich zusammen. »Oder könnte es die Person sein, die erschossen wurde, als Noah zusah?«

»Möglich ist es. Ich tippe aber auf diesen Jason, der gegen den Bären verloren hat.«

Übelkeit stieg in ihr auf. Noch gut erinnerte sie sich an die üblen Wunden, die der Mann davongetragen hatte. Selbst wenn sie nicht so nah herangegangen war, waren sie nicht zu übersehen gewesen. »Sollten wir nachsehen?«

»Um dann was mit der Information zu tun?«

»Einfach nur, um zu wissen, ob noch jemand von diesem Verbrechen betroffen ist. Wir könnten ihn der Polizei beschreiben, wenn wir jemals hier rauskommen sollten, falls es jemand anders ist. Seine Familie wartet vielleicht auf einen Hinweis, was mit ihm passiert ist. Oder ihr.«

Sean warf noch einen Blick auf die Hand. »Das ist ein Mann, denke ich. Große Hand, Haare auf dem Handrücken.«

»Okay. Soll ich …?« Allein die Vorstellung drehte ihr den Magen um.

Seufzend ließ Sean sie los und versuchte, sich mit den Bewegungen des Fahrzeugs zur anderen Seite vorzuarbeiten. Immerhin war die Leiche noch nicht in ihre Richtung gerollt, dafür war sie schon dankbar. Angespannt beobachtete sie, wie Sean die Plane etwas weiter löste, damit er das Gesicht des Mannes sehen konnte. Sie wollte nicht hinsehen, doch es gelang ihr nicht, die Augen zu schließen. Vermutlich würde sie für längere Zeit Albträume davon haben, aber besser das, als nicht zu wissen, wer in der Plane lag.

Sean befreite das Gesicht des Mannes. Von ihrer Position aus konnte sie es nicht richtig sehen, aber das Blut an seinem zerfetzten Hals war ein klares Indiz. Es war eindeutig Jason.

***

Bear wollte gerade in sein Fahrzeug steigen, als er von Jed aufgehalten wurde. Der Anführer ihrer kleinen Unternehmung starrte ihn mit zusammengeschobenen Augenbrauen finster an. Das war nie ein gutes Zeichen. Die Schusswunde an seinem Oberarm hatte er verbunden, trotzdem brannte sie wie Feuer und er wollte einfach nur noch aus dieser Scheiß Wildnis hinaus.

»Ich habe einen Auftrag für dich.«

»Kann das nicht einer der anderen machen?« Er deutete auf die Verletzung.

Jed trat näher an ihn heran. »Du und Jason, ihr habt die Sache verbockt! Nicht nur, dass ihr den Zeugen verloren habt, sondern ihr habt auch noch zugelassen, dass weitere Personen uns gesehen haben. Wer weiß, wem die schon alles erzählt haben, was hier vorgeht? Deshalb will ich, dass du ihre Sachen suchst, wir wollen keine Beweise zurücklassen.«

»Was? Wie soll ich das denn machen?«

»Ganz einfach, du gehst in die Mine und holst alles raus, was sie dort gelassen haben. Du sagtest doch, dass sie Rucksäcke dabei hatten, richtig?«

Shit, warum war er so blöd gewesen, das zu sagen? »Ja, schon, aber …«

»Du wirst sie finden und zu mir bringen, darüber gibt es keine Diskussion. Und wenn das erledigt ist, wirst du den Zeugen suchen.«

»Der wird jetzt wahrscheinlich sowieso schon nicht mehr leben.«

Jeds Lächeln war alles andere als angenehm. »Umso besser, dann wirst du mir einen Beweis bringen, dass er tot ist und die Leiche so beseitigen, dass sie nie mehr gefunden wird.«

Das könnte Stunden, oder sogar Tage dauern! »Aber …«

Jed packte ihn am Hals und presste ihn mit dem Rücken hart an seinen Wagen. »Du solltest mich besser nicht verärgern. Ihr hattet eine einfache Aufgabe und ihr wart selbst dafür zu blöd. Jason kann ich dafür nicht mehr belangen, aber dich werde ich zur Rechenschaft ziehen, wenn irgendetwas von dem, was wir getan haben, nach außen dringt. Jetzt bring mir den Kram, dann vergesse ich vielleicht, wie unfähig du bist.«

»Es war Kirk, der die Rangerin umgebracht hat, wir hatten damit nichts zu tun! Warum schickst du ihn nicht los?«

»Keine Angst, er wird dafür bezahlen. Sei froh, dass du noch eine Chance erhältst. Und jetzt beeil dich, vermutlich wird hier bald die Hölle los sein.« Jed ließ ihn los und verzog angewidert das Gesicht. »Ich will erst wieder von dir hören, wenn du den Job erledigt hast.« Ohne eine Antwort abzuwarten, wandte er sich um und strebte auf sein eigenes Fahrzeug zu.

Bear starrte ihm hinterher und fluchte halblaut, als sich der Geländewagen in Bewegung setzte. Jetzt war er ganz allein und konnte sehen, wie er den Scheiß ausbadete, den andere angerichtet hatten. Heiße Wut durchströmte ihn. Kurz dachte er darüber nach, einfach ebenfalls aus dem Park hinauszufahren, aber er war auf das Geld angewiesen. Außerdem war er ziemlich sicher, dass Jed seine Drohung wahrmachen würde, wenn er nicht tat, was er verlangte.

Laut vor sich hinschimpfend holte er sein Gewehr zusätzlich zur Pistole und steckte noch eine Taschenlampe ein, damit er sich in der Mine zurechtfand. Die Rucksäcke mussten sich dort befinden, kurz vorher hatten die beiden sie noch getragen. Das war der leichte Teil seiner Aufgabe. Wie er jedoch den Schnüffler finden sollte, war ihm ein Rätsel. Über das Problem würde er später nachdenken. Ganz sicher würde er jedenfalls nicht über Nacht hier draußen bleiben. Ihm war noch zu gut in Erinnerung, wie Jason nach dem Bärenangriff ausgesehen hatte. Das wollte er auf keinen Fall am eigenen Leib erfahren.

Schweiß vermischte sich mit dem Regen auf seinem Gesicht, als er die Felsen wieder hochkletterte. Natürlich hätte Jed das auch nicht sagen können, als er sowieso schon oben war, dann hätte er nicht den ganzen Weg zu den Fahrzeugen zurück und jetzt wieder zur Mine hingehen müssen. Aber es brachte nichts, sich darüber aufzuregen.

Endlich hatte er den Eingang erreicht und schob die Bretter beiseite. Geduckt betrat er die Mine und schaltete die Taschenlampe an. Zu weit entfernt konnten die beiden nicht gewesen sein, so schnell wie Humpelbein zum Schacht gekommen war, nachdem seine Tussi bedroht wurde.

Rasch ging er den Stollen entlang und ließ den Lichtstrahl über die Wände wandern. Nirgends lag etwas, deshalb folgte er der ersten Abzweigung in einen Nebengang. Beinahe übersah er die schmale Nische im Fels, die sich als Durchgang zu einem kleinen Raum entpuppte. Er leuchtete in alle Ecken und sah schließlich einen der Rucksäcke an die Wand gelehnt stehen. Deutlich besser gelaunt bewegte er sich darauf zu. Gerade als er sich danach bücken wollte, bewegte sich etwas neben ihm. Langsam drehte er den Kopf dorthin, wo ein undefinierbarer Haufen Lumpen lag. Eine genauere Betrachtung zeigte blonde Haare. Er war ein Glückpilz! Wer hätte gedacht, dass die beiden den Zeugen am Ende doch noch gefunden und sich zusammen in der Mine versteckt hatten. Aber umso besser für ihn, so konnte er gleich in einem Aufwasch alles erledigen und hinter den anderen herfahren.

Die Frage war nur noch, ob der Kerl schon tot war oder ob er ein wenig nachhelfen musste. Er sah jedenfalls so aus, als wäre er seinem Schöpfer schon begegnet. Bear zog mit einer Hand die Lumpen beiseite, während er mit der anderen nach seinem Handy griff, um das Beweisfoto für Jed machen zu können. Alles nur eine Frage von wenigen Sekunden, dann würde er die Sachen einsammeln und zum Fahrzeug zurückkehren.

»He, Arschloch!« Er stupste den Mann mit der Taschenlampe an.

Zuerst passierte nichts, dann stöhnte der Idiot, seine Lider hoben sich. Als er Bear sah, weiteten sich seine Augen.

»Na, erinnerst du dich an mich? Deinetwegen ist Jason tot und ich muss hier in einem dreckigen Stollen rumlaufen. Du hättest besser sterben sollen, denn jetzt wird es wehtun.« Er konnte deutlich sehen, dass seine Worte bei dem Verletzten ankamen. Panik stand in seiner Miene.

»Nein, ich …«

Mit großer Befriedigung zog Bear seine Pistole heraus. »Ich hätte dich vorgestern schon abknallen sollen, den Fehler werde ich nicht noch einmal begehen.«

Sein Finger krümmte sich um den Abzug. Der Knall setzte sich als Echo in den Gängen der Mine fort.

22

Sean hätte gut damit leben können, den Toten nie wieder zu sehen, aber er verstand Taylors Wunsch, sicher zu gehen. Vermutlich hätte er auch keine ruhige Minute gehabt, solange er nicht wusste, ob es sich um Jason handelte. Sorgfältig steckte er die Plane zurück, war aber nicht sicher, ob es ausreichen würde, damit die Leiche ihnen nicht in den Schoß rollte. Auch den Arm verstaute er unter dem Plastik, er wollte nicht die ganze Zeit darauf starren müssen. Nachdem er das erledigt hatte, kehrte er zu Taylor zurück.

Sowie er saß, legte sie ihre Arme um ihn und presste sich an ihn. »Tut mir leid, dass ich dich dazu gezwungen habe.«

Sean schmiegte sich an sie. »Es war schon richtig so. Jetzt können wir sicher sein, dass nicht noch jemand betroffen ist.« Das war eine größere Erleichterung, als er gedacht hätte.

»Ja, das ist gut. Aber was machen wir jetzt? Wir können doch nicht einfach hier herumsitzen und auf das warten, was diese Typen mit uns vorhaben.« Taylor atmete hart aus. »Ich weigere mich, ihnen die Genugtuung zu geben, dass sie gewonnen haben.«

»Ich kann das wirklich gut verstehen, aber ich wüsste nicht, was wir im Moment dagegen tun können. Wir können nicht hier raus, ich habe gehört, wie er die Tür abgeschlossen hat. Der Kastenwagen ist aus massivem Metall, wir können uns nicht irgendwie durchschneiden, selbst wenn wir Werkzeug hätten.« Es war auch unwahrscheinlich, dass der Tote etwas dabei hatte, das ihnen raushelfen würde. Selbst wenn er einen Schlüssel hätte – was ganz sicher nicht so war, da er einen anderen Wagen gefahren hatte –, von innen konnten sie die Tür damit nicht öffnen. Aber vielleicht hatte er etwas anderes bei sich, das sie gebrauchen konnten. Er bezweifelte, dass die Verbrecher ihren Freund gefilzt hatten, bevor sie ihn eintüteten.

Widerwillig löste er sich von Taylor und kehrte zu der Leiche zurück.

»Was tust du da?«

»Ich will etwas nachsehen. Schließ am besten die Augen.«

»Sean …«

»Hör auf mich.« Als er zu ihr zurückblickte, erkannte er, dass sie es tatsächlich tat. Sein Herz zog sich zusammen. Sie war völlig erschöpft und zerschlagen, trotzdem vertraute sie ihm, obwohl er sie überhaupt erst in diese Lage gebracht hatte. Was für eine Frau.

Es gefiel ihm nicht, noch einmal die Leiche anfassen zu müssen, aber er hatte keine Wahl. Wenn es auch nur die geringste Chance gab, hier rauszukommen, musste er sie nutzen. Mit zusammengebissenen Zähnen schlug er die Plane wieder auf und betrachtete den zerstörten Körper des Toten. Er trug eine Weste mit diversen Taschen, einige davon waren durch den Bären aufgeschlitzt worden. Nacheinander tastete Sean sie ab und betrachtete die Dinge, die er daraus hervorzog. Neben Zigaretten, Taschentüchern und Kaugummis waren das auch Kondome. Seans Augenbrauen hoben sich. Offenbar hatte der Verbrecher noch etwas vorgehabt, wenn er wieder in die Zivilisation kam. Jetzt konnte er nichts mehr damit anfangen.

Sean legte alles zur Seite, was sie gebrauchen konnten, bevor er weitersuchte. Nach den Westentaschen wandte er sich den Hosentaschen zu. Hier war der Körper glücklicherweise deutlich weniger zerstört. Seine Finger stießen gegen etwas Hartes. Es fühlte sich an wie … Rasch zog er es heraus. Ein Handy! Mit angehaltenem Atem schaltete er es an und atmete hart aus, als das Display aufleuchtete. Offenbar war es bei dem Bärenangriff nicht kaputt gegangen. So hatten sie die Möglichkeit, jemanden zu informieren. Allerdings war es passwortgeschützt. Einen Notruf an die Polizei könnte er so absetzen, aber es wäre besser, wenn er Blake direkt erreichen könnte.

Deshalb zog er die Hand des Toten aus der Folie und hielt den Fingerabdruckscanner an seinen Daumen. Nichts geschah. Er probierte einige Finger aus, bis er endlich den richtigen erwischte. *Ja!* Erleichtert setzte er sich auf die Hacken zurück.

»Was machst du denn da?« Sean zuckte erschreckt zusammen.

Beinahe hätte er Taylor vergessen gehabt, so sehr war er mit seiner Entdeckung beschäftigt. Rasch wandte er sich zu ihr um. »Er hat ein Handy dabei.«

»Was?« Taylor krabbelte aufgeregt auf ihn zu. Der Wagen fuhr über eine Bodenwelle und katapultierte sie fast in die Luft.

Im letzten Moment fing Sean sie auf, bevor sie auf dem Toten landete. Sie gab einen erschreckt-angewiderten Laut von sich, während sie sich an ihn klammerte. »Shit!«

»Nichts passiert. Gehts wieder?«

Taylor richtete sich auf und verzog den Mund, als ihr Blick auf die Leiche fiel. »Das wollte ich mir eigentlich ersparen.«

»Du hättest einfach sitzen bleiben sollen, ich war sowieso fast fertig.«

Sie sah auf das Telefon. »Haben wir Empfang?«

Das Display war inzwischen wieder dunkel geworden, deshalb hielt Sean noch einmal den Finger des Toten an den Fingerabdruckscanner. Enttäuscht ließ er den Atem entweichen, als auf dem Display keine Balken zu sehen waren. »Offenbar nicht. Könnte am Metall um uns herum liegen oder an der Gegend.«

»Oder an beidem.« Taylor biss auf ihre Lippe. »Was machen wir jetzt?«

»Ich schreibe eine Nachricht an Blake, die hoffentlich durchgeht, sobald das Handy in einem Bereich mit Empfang ist. Ansonsten werde ich immer wieder probieren, ihn telefonisch zu erreichen.« Der Akku war noch halb voll, das sollte einige Zeit reichen.

»Was machen wir, wenn sie anhalten und jemand reinkommt?«

»Wir verstecken das Handy. Sie haben mich schon bei der Mine abgetastet, ich denke nicht, dass sie es noch mal tun. Ansonsten können wir einfach nur versuchen, damit durchzukommen. Es ist jedenfalls unsere beste Chance. Wir werden durchkommen und Blake wird uns finden.«

»Gott, ich hoffe es!«

»Ganz bestimmt.« Schnell tippte Sean eine Nachricht an seinen Bruder ein und sandte sie ab. Danach stellte er sämtliche Töne aus, damit das Handy nicht in einer ungünstigen Situation plötzlich zu klingeln oder zu vibrieren begann. Außerdem änderte er das Passwort, mit dem er das Handy freischalten konnte, damit er nicht mehr auf Jasons Fingerabdruck angewiesen war. Es könnte Stunden dauern, bis sie mit dem Wagen irgendwo ankamen, wo es Empfang gab. Deshalb mussten sie damit rechnen, dass es noch länger dauern würde, bis sie gerettet wurden. »Hier, nimm schon mal die Sachen mit, ich packe ihn wieder ein und komme dann zu dir.«

Er reichte ihr die Gegenstände, die er dem Toten abgenommen hatte. »Ich habe alles rausgesucht, was wir nutzen können.«

Taylor nahm die Sachen entgegen und zog die Augenbrauen hoch. »Kondome. Im Ernst?«

Hitze stieg in seine Wangen. »Nicht dafür! Sie sind extra reißfest, ich dachte, falls wir irgendwas festbinden müssen oder so.«

»Das soll ich dir glauben?«

»Auch wenn ich durchaus gern mit dir schlafen möchte – wie du sicher weißt –, würde ich das eher nicht hier tun.« Er deutete auf den Toten. »Killt irgendwie die Stimmung. Außerdem sind wir beide nicht im besten Zustand.«

Taylor wurde sichtlich blasser. »Natürlich, ich weiß nicht, was ich mir dabei gedacht habe.«

Sean legte seine Hand an ihre Wange. »Ich verstehe das, wirklich. Wenn wir hier raus sind und diese Typen im Gefängnis, würde ich mich unheimlich freuen, wenn wir uns näher kennenlernen würden. Inklusive der Nutzung möglichst neuer Kondome.«

Taylor lächelte schwach. »Das klingt gut.«

Sean beugte sich vor und küsste sie sanft. »Beobachte das Handy und sag Bescheid, wenn wir Empfang haben.« Rasch wandte er sich von ihr ab und zog die Plane sorgfältig wieder über den Toten. Es musste so aussehen wie vorher, damit die Verbrecher keinen Verdacht schöpften.

Sowie er damit fertig war, kehrte er zu Taylor zurück und setzte sich dicht neben sie. Sofort lehnte sie ihre Wange an seine Schulter. Sie war die ganze Zeit so stark gewesen, er wüsste niemand anderen, den er lieber an seiner Seite gehabt hätte. Mal davon abgesehen, dass er sich wünschte, sie wäre gar nicht erst in die ganze Situation hineingezogen worden.

Taylor schob ihren Arm um seine Taille und schmiegte sich enger an ihn. Es fühlte sich gut an, sie in seiner Nähe zu haben. Sean küsste ihre wirren Haare und schloss für einen Moment die Augen.

***

Blake saß noch in der Abflughalle und wartete ungeduldig darauf, dass sein Flug aufgerufen wurde, als sein Handy klingelte. Da er es bereits in der Hand hatte, nahm er das Gespräch an und presste das Telefon an sein Ohr. »Ja?«

»Clint hier. Ich habe mit Red von RIOS gesprochen. Sie schicken ein Einsatzteam von der Westküste in den Park. Sie sollten ungefähr zur gleichen Zeit dort ankommen wie du. Ich gehe davon aus, dass du schon einen Flug hast?«

»Ja.« Erleichterung überkam ihn. RIOS – *Rescue, Investigations, Operations, Security* – war eine der besten privaten Sicherheitsfirmen des Landes. Wenn jemand Sean da rausholen konnte, dann diese Profis. »Der Abflug nach Seattle ist in einer halben Stunde. Vom Flughafen wird es auch noch mal dauern, bis ich im Park bin.«

»Warte am Flughafen, ihr nehmt einen Hubschrauber.«

Das würde die Zeit noch einmal erheblich verkürzen, mit dem Mietwagen würde er mindestens zwei Stunden benötigen. »Perfekt.«

»Joe Spade hat sich die Koordinaten vom Handy angesehen. Sie haben sich nicht geändert, seit du mit dieser Frau telefoniert hast. Scheint so, als hätte sie das Telefon dort fallen gelassen.« Joe war ein ehemaliger Agent der National Geospatial-Intelligence Agency und kannte sich mit Programmen zur Satellitenüberwachung aus. Er war ihre beste Option, Sean zu finden.

»Das heißt, wir haben keine Möglichkeit, sie darüber wiederzufinden.«

»Nein, aber ihr könnt deren Spuren folgen. Joe hat sich die neuesten Satellitenbilder angesehen, sie sind allerdings schon einen Tag alt. Es gibt frische Fahrspuren durch die Natur. Es sieht so aus, als wären dort einige Fahrzeuge entlanggefahren. Außerdem sagtest du, dass vermutlich eine ganze Gruppe die Frau überwältigt hat. Die Spuren sollten deutlich sichtbar sein, zumal es geregnet hat. Ihr könnt ihnen also folgen.«

»Du kommst nicht?«

»Von der Ostküste würde es zu lange dauern. Ich werde zusammen mit Red alles organisieren und euch mit Zusatzinfos auf dem Laufenden halten.« Clint klang ein wenig sehnsüchtig, so als wäre er am liebsten selbst aufgebrochen. Auch wenn er bereits über fünfzig war, war sein Onkel immer noch in wahnsinnig guter Form und konnte mit deutlich jüngeren Männern mithalten, wie er schon öfter bewiesen hatte. Doch er hatte recht, wenn sie auf ihn warten mussten, könnten das die Stunden sein, die über Leben und Tod entschieden.

»Das verstehe ich. Danke für alles.« Im Hintergrund hörte er, wie sein Flug aufgerufen wurde. Sofort stand er auf. »Ich muss los. Ich melde mich, wenn ich angekommen bin. Wo muss ich hin?«

Clint nannte ihm die Nummer des Hangars, in dem der Hubschrauber stand, den sie nutzen würden. »Seid vorsichtig, okay? Wir wissen rein gar nichts über diese Typen und wie gefährlich sie sind. Oder wie sie ausgerüstet sind.«

»Das ist mir bewusst. Wir werden aufpassen.« Doch wenn es um das Leben seines Bruders ging, war er zu jedem Risiko bereit.

23

Etwa vier Stunden später landete der Hubschrauber in einem schmalen Tal, einen halben Kilometer vom Signal des Handys entfernt. Blake kannte es von dem Satellitenbild, das ihm Clint geschickt hatte. Wobei, Landung war zu viel gesagt, der Hubschrauberpilot ließ sie einige Meter über dem Boden abspringen und flog dann gleich weiter, um an einer besseren Stelle landen zu können. Hier war niemand zu sehen, es konnte gut sein, dass die Verbrecher und auch Sean und Taylor bereits weg waren. Oder sie waren tot. Es gab keine Sicherheit, dass sie noch lebten. Das machte ihn wahnsinnig.

Matt, Leiter des RIOS West-Teams, berührte seinen Arm. »Wir werden sie finden.«

Blake war unglaublich froh, dass der Mann seiner Tante Shannon dabei war. Als Ex-SEAL hatte er viel Erfahrung darin, Menschen zu finden und gegen Verbrecher zu kämpfen. »Die Frage ist nur in welchem Zustand.« Das hatte er gar nicht laut sagen wollen, aber es ging ihm die ganze Zeit im Kopf herum. Mühsam riss er sich zusammen. Er war Feuerwehrmann, verdammt noch mal! Wenn er eines gewohnt war, dann riskante Situationen zu bewältigen. Und das würde er auch diesmal tun. »Vergiss, was ich gesagt habe. Wir finden sie.«

»Ganz genau.« Matt gab dem Team ein Zeichen und sie bewegten sich geduckt vom Hubschrauber fort.

Blake konnte nicht mal genau sagen, wer alles dabei war, offenbar setzte sich das Team aus sieben Männern und einer Frau nicht nur aus RIOS-Mitarbeitern zusammen, sondern auch aus noch aktiven SEALs, die gerade einen freien Tag genossen hatten und von Matt rekrutiert worden waren. Dass sie alle sofort bereit gewesen waren, nicht nur ihre Freizeit aufzugeben, sondern vor allem auch ihr Leben zu riskieren, erfüllte Blake mit Dankbarkeit und einem Gefühl der Verantwortung. Wenn einem von ihnen etwas geschah, wäre es seine Schuld.

Vorsichtig, aber doch in schnellem Tempo folgten sie den Fahrspuren in die Richtung, in der die Koordinaten des Handys lagen. Bisher war nichts zu hören oder zu sehen, aber es konnte genauso gut sein, dass sie jeden Moment auf die Verbrecher stoßen würden. Angespannt lief Blake zwischen den anderen, während weitere Männer hinter ihm den Abschluss bildeten. Es war ganz sicher kein Zufall, dass er als einziger ohne Kampferfahrung in die Mitte genommen wurde. Dafür war er tatsächlich dankbar, er wusste, wann er völlig außerhalb seiner Expertise war. Einer der SEALs an der Spitze des Teams hob plötzlich seine zur Faust geballte Hand und Blake blieb genauso wie die anderen sofort stehen.

Durch das Kopfhörerset hörte er nur ein Wort. »Fahrzeug.«

Blakes Puls jagte in die Höhe. Deutlich langsamer setzten sie sich wieder in Bewegung, jederzeit darauf gefasst, in einen Hinterhalt zu geraten. Doch es geschah nichts. Selbst als sie das Fahrzeug erreichten, auf dessen Ladefläche lange Rohre lagen, rührte sich nichts. Während Blake zwischen den Bäumen versteckt blieb, kontrollierte das Team die Fahrerkabine. Es war niemand darin. Also waren die Verbrecher vermutlich noch irgendwo hier unterwegs. Hatten sie Sean noch nicht gefunden? Nach den vielen Stunden konnte sich Blake das kaum vorstellen.

Es dauerte einen Moment, bis ihm etwas auffiel. Rasch drehte er das Mikrofon auf. »Am Telefon waren deutlich mehr Leute zu hören, als in diesen Wagen passen. Ich gehe davon aus, dass sie mit mehreren Fahrzeugen unterwegs waren. Vielleicht hat dieses einen Motorschaden und ist deshalb hier stehengelassen worden.«

»Oder ein Teil der Verbrecher ist bereits losgefahren und einige sind zurückgeblieben.« Matts Antwort kam prompt.

Ja, das war sicher auch möglich. Was das für Sean und Taylor bedeutete, konnte Blake sich nicht ausmalen. Es musste ihnen einfach gut gehen!

»Hier sind Fußspuren, folgen wir ihnen. Aber vorsichtig.«

Blake setzte sich mit den anderen wieder in Bewegung, immer

entlang der Spur vieler Schuhabdrücke in dem aufgeweichten Boden. Sie führten zielstrebig in Richtung der Felswände, die das Tal umgaben, aber auch in die andere Richtung. Die Frage war, wohin sie zuerst gegangen waren und ob irgendwo Sean und Taylor sein würden. Es war außer den Lauten der Natur rein gar nichts zu hören. Keine unnatürlichen Geräusche, keine Stimmen.

»Hier ist was.« Das war die Frau, Kyla hieß sie. Soweit Blake es mitbekommen hatte, war sie früher Mitglied eines SWAT-Teams, kannte sich also mit Geiselbefreiungen aus. Sie bückte sich und hob einen Gegenstand auf.

Blake trat näher und erkannte ein Handy. Es war die Marke und das Modell, das Sean benutzte. Er nahm es ihr ab und betrachtete es genauer. Mit dem Daumen strich er über die vielen Kratzspuren. »Das ist Seans. Er schleppt es überall mit hin und lässt es ständig fallen.«

»Gut, dann wissen wir, dass wir auf dem richtigen Weg sind.« Matt wollte es an sich nehmen, entschied sich dann aber anders. »Steck du es ein.«

Offenbar verstand der Ex-SEAL genau, wie es ihm ging. Blake nickte und steckte es in eine Tasche der schusssicheren Weste, die ihm im Hubschrauber gegeben worden war.

»Weiter.«

Das Team setzte sich wieder in Bewegung. Alle außer Blake trugen Gewehre und vermutlich noch etliche weitere Waffen am Körper. Blake hatte nur eine Pistole, aber die reichte ihm auch. Fast wünschte er, er hätte seine Feuerwehraxt dabei, ohne fühlte er sich im Einsatz irgendwie nackt. Andererseits hätte das vermutlich sehr seltsam gewirkt und gegen Schusswaffen konnte er damit nichts ausrichten. Deshalb bekämpfte er lieber Feuer, damit kannte er sich wenigstens aus.

Schließlich kamen sie bei den Felsen an und verteilten sich, um den Weg zu suchen, den die Verbrecher genommen hatten. Auf den Steinen war das deutlich schwieriger, aber bei mehreren Leuten gab es immer wieder Stellen, an denen Steine losgetreten worden waren oder

Spuren, wo jemand abgerutscht war. Grimmig folgte Blake den anderen die Felswand hinauf. Glücklicherweise mussten sie nicht allzu weit klettern, bis sie zum Eingang einer alten Mine kamen. Die Latten davor ließen sich bewegen und zerstörten damit seine kurze Hoffnung, dass Sean vielleicht dort eingesperrt worden war und sie ihn einfach nur befreien mussten. Allerdings könnte es natürlich auch sein, dass er irgendwo im Innern des Schachts eingeschlossen war. Ein paar Blutstropfen dicht neben dem Eingang deuteten darauf hin, dass hier irgendetwas vorgefallen war.

Matt teilte die Gruppe auf, einige würden draußen bleiben und den Eingang sichern, während er mit Blake, Kyla und zwei anderen die Mine betrat. Zuerst wollte er Blake nicht mitnehmen, aber er rückte sofort davon ab, als er seinen Gesichtsausdruck sah. Im Schacht war es stockdunkel, nur das Licht ihrer Taschenlampen durchschnitt die Dunkelheit. Ein Stück den Gang entlang teilte er sich in zwei Richtungen. Immer stärker spürte Blake die Zeit davonrennen.

»Teilen wir uns auf.«

»Dir ist schon bewusst, dass das hier ein Hinterhalt sein könnte?«

»Ja, doch es kann genauso gut sein, dass niemand mehr hier ist und wir wertvolle Zeit verschwenden.« Verdammt noch mal, es durfte einfach nicht so sein.

»Also gut, Rock, Kyla, ihr geht mit Blake nach rechts. Wir anderen gehen geradeaus weiter. Nach zehn Minuten drehen wir um, wenn wir nichts finden.«

Erleichtert atmete Blake auf. Der Hüne namens Rock – sehr passend zur Statur, der Spitzname – ging voraus, dann folgte Blake und den Schluss bildete Kyla. Offenbar waren sie solche Missionen gewohnt, sie brauchten nicht miteinander zu sprechen, sondern jeder übernahm seine Rolle. Es beeindruckte Blake, wie professionell alles vor sich ging. Aber gut, normalerweise verdiente RIOS ja auch sehr gut, wenn sie irgendwelche Fälle übernahmen. Egal, wie teuer es werden würde, er war bereit, alles zu bezahlen, solange Sean nur gerettet wurde.

»Hier ist was.« Rock hielt seine tiefe Stimme erstaunlich leise. »Ich habe ein Geräusch gehört.«

Blake leuchtete mit der Taschenlampe in die Richtung. Es dauerte einen Moment, bis er einen Spalt in der Felswand bemerkte. Er war etwa einen halben Meter breit, in der Dunkelheit leicht zu übersehen. Gerade als sich Blake darauf zubewegen wollte, schoss Kylas Arm vor und sie hielt ihn zurück.

»Bleib erst mal hier draußen.«

Es gefiel ihm nicht, doch sie waren in diesem Fall die Profis, nicht er. Deshalb nickte er und trat einen Schritt zurück. Kylas Zähne blitzten kurz auf, dann näherte sie sich dem Spalt von der Seite her. In der Hand hielt sie eine Pistole anstelle des Gewehrs, vermutlich damit sie genauer und schneller zielen konnte. Rock bewegte sich von der anderen Seite her auf den Durchgang zu. Die Anspannung wuchs in Blake, bis er glaubte, sie nicht mehr aushalten zu können. Ihre Taschenlampen verloschen, als sie in den Spalt eintauchten und sie ihre Nachtsichtgläser aufsetzten. Verständlich, das Licht würde ihren Standort verraten.

Blake folgte ihrem Beispiel und steckte die Taschenlampe weg. Es war seltsam, alles mit einem grünlichen Schimmer zu sehen. Wahrscheinlich erkannte man nur Einzelheiten, wenn man daran gewöhnt war. Er bevorzugte Stirnlampen, wenn er in Höhlen unterwegs war. Allerdings musste er da auch nicht befürchten, von irgendwelchen Verbrechern erschossen zu werden. Nachdem sich seine Augen daran gewöhnt hatten, konnte er beobachten, wie sich zwei Personen hinter dem Spalt bewegten. Offenbar befand sich dort eine etwas größere Kammer, in der diverse Gegenstände gelagert waren. Was genau war für ihn nicht zu erkennen. Hielt sich dort jemand versteckt?

Aber warum sollten die Verbrecher das tun? Sie hätten nicht wissen können, dass das Rettungsteam kommen würde. Es sei denn, Sean und Taylor waren in der Nähe und warteten darauf, dass jemand sie befreite. Allerdings waren, wie an den Fußspuren draußen zu erkennen, offenbar schon viele Menschen hier gewesen. Vermutlich vergeudeten sie ihre Zeit, indem sie noch nach jemandem suchten. Er wünschte, die beiden hätten das Handy noch bei sich, dann hätte ihr Weg weiterverfolgt werden können. Sie sollten …

Ein erstickter Schrei hallte durch den Raum, eine Person – Kyla? – stolperte aus seinem Blickfeld. Blake rückte näher heran, um mehr sehen zu können. Kyla hockte auf dem Boden und schien etwas zu untersuchen.

»Was ist da?«

»Ein Toter.«

Sofort war Blake bei ihr. »Ist es Sean?«

»Kann ich noch nicht sagen. Auf jeden Fall ein Mann.«

O Gott, bitte nicht!

»Ist sonst noch jemand hier?«

»Ich sehe niemanden. Wir sollten …« Rock brach ab, als eine weitere grünliche Figur auftauchte.

Wo kam sie auf einmal her? Es musste einen zweiten Zugang zu dem Raum geben. Waren sie doch in einen Hinterhalt geraten? Blake hob die Pistole, hatte aber Schwierigkeiten, einzelne Personen zu unterscheiden. Frustriert senkte er sie. Es wäre fatal, wenn er auf den falschen schoss.

»Nein, lasst mich …« Die männliche Stimme klang schwach. Ein dumpfes Stöhnen erklang.

Blake trat näher heran. »Sean?« Sein Herz klopfte schneller bei der Vorstellung, seinen Bruder möglicherweise gefunden zu haben. »Ich bin es, Blake. Wehr dich nicht, wir wollen dir nur helfen.«

Die Person wand sich nicht länger, deshalb gesellte sich Blake zu den beiden RIOS-Mitarbeitern. Rock hielt ihn mit einer großen Hand zurück. »Er hat eine Pistole.«

Sean nahm manchmal eine mit zu Ausgrabungen, deshalb konnte er damit sicher umgehen. Trotzdem blieb Blake vorsichtig. »Hörst du mich? Du bist in Sicherheit, Sean.«

»Sean … ist nicht … hier.« Ein Husten erklang.

Blake setzte die Nachtsichtgläser ab. »Nehmt die NVGs runter, ich mache die Taschenlampe an, damit wir mehr erkennen können.«

»Fertig.«

Nachdem er auch von Kyla die Bestätigung erhalten hatte, knipste er die Taschenlampe an. Er hatte den Strahl extra zu Boden gehalten, um niemanden zu blenden, jetzt hob er sie langsam hoch. Zuerst sah er nur Lumpen, dann ein blutverschmiertes Hemd und einen mit einem Gestell gestützten Arm. Eine Pistole war direkt auf sie gerichtet. Beinahe fürchtete er sich davor, das Gesicht zu sehen. Endlich erreichte das Licht den Kopf und Blake atmete hart aus. *O Gott!* »Noah?«

»Ja. Bist du es … wirklich, Blake?«

Als Antwort drehte Blake die Taschenlampe so, dass der Lichtstrahl auf seinem Gesicht lag. »Ja. Was ist mit dir geschehen? Hast du Sean gesehen?«

»Das ist eine lange … Geschichte und ich möchte hier … wirklich gern raus.« Er bewegte sich unruhig. »Sind diese … Verbrecher noch … da?«

Blake leuchtete auf den Boden und atmete erleichtert auf, als er erkannte, dass der Tote nicht Sean war. »Was ist passiert?«

Noah schluckte sichtbar. »Er wollte mich … erschießen. Bear ist einer … von den Männern, die hinter … mir her sind.« Er blickte nach unten. »Ich wollte das … nicht, aber er hat mir … keine Wahl gelassen.«

Blake berührte Noahs unverletzten Arm. »Es ist alles in Ordnung. Wir bringen dich jetzt raus.«

Noah nickte schwach. »Sind Sean und Taylor … entkommen und haben … euch zu Hilfe gerufen?«

»Nein. Wir hatten gehofft, sie wären hier.«

»Nicht mehr. Taylor war draußen zum … telefonieren. Ist nicht zurück…gekommen. Sean hat sich … Sorgen gemacht. Dann kamen die … Männer und haben damit … gedroht, sie zu töten. Sie hatten Taylor. Sean konnte nicht zu…lassen, dass sie ihr etwas tun. Er hat mir die … Pistole und Vorräte hiergelassen und ist … rausgegangen. Ich habe … Schreie … gehört. Aber ich konnte nicht … eingreifen.« Noah schloss kurz die Augen. »Es tut mir leid.«

Blake legte vorsichtig eine Hand auf Noahs unverletzte Schulter. »Nicht deine Schuld. Wir sind froh, dich gefunden zu haben. Sean war sehr in Sorge um dich.«

»Zu recht. Hätte er mich nicht gefunden …«

Blake richtete sich wieder auf. »Komm, wir bringen dich in Sicherheit und dann suchen wir Sean und Taylor.« Hoffentlich waren sie noch nicht zu spät. Als sie über das Tal geflogen waren, hatten sie niemanden gesehen, weder Menschen noch Fahrzeuge.

Rock drückte Kyla die Waffe in die Hand. »Ich nehme ihn, ihr kümmert euch um die Rucksäcke und was sie sonst noch hiergelassen haben. Den Verbrecher lassen wir erst mal liegen, aber macht ein Foto von ihm, vielleicht können wir ihn darüber identifizieren.« Überraschend sanft schob er seine Arme unter Noahs Körper und hob ihn hoch. Der stöhnte auf und schien nah daran, das Bewusstsein zu verlieren. Vielleicht wäre das sogar besser für ihn.

Rasch schnappte sich Blake einen Rucksack und gab einen zweiten an Kyla weiter, bevor er noch einmal das Licht durch den Raum gleiten ließ. Es war nichts anderes zu entdecken. Nach einem letzten Blick auf die Leiche verließen sie die Kammer und strebten auf den Ausgang zu. Bei der Abzweigung stießen sie beinahe mit Matt und seinem Team zusammen.

»Wir haben Schreie gehört, deshalb sind wir gleich zurückgekommen.« Er blickte in das Gesicht des Verletzten. »Das ist aber nicht Sean.«

»Nein, Noah ist der Bruder von Seans Freund. Derjenige, den Sean hier gesucht hat.«

»Okay, einer weniger. Seid ihr noch auf irgendwelche Verbrecher getroffen?«

»Keine lebenden.« Rasch berichtete Kyla von dem Toten.

»Wie finden wir jetzt Sean?«

»Fahrzeuge. Große … Sie haben sie bestimmt … mitgenommen.« Das kam von Noah.

»Wohin?«

»Keine Ahnung. Haben mir … nie gesagt, woher sie kommen.« Es schien ihn viel Kraft zu kosten, überhaupt zu sprechen.

»Wir können gleich im Hubschrauber darüber sprechen. Jetzt

müssen wir uns beeilen.« Das meinte er offenbar wörtlich. Beinahe im Laufschritt strebten sie auf den Eingang der Mine zu.

Blake war froh, diesen düsteren Ort verlassen zu können. Vor allem aber, keine Leichen vorgefunden zu haben. Wenigstens hatte er jetzt noch die Hoffnung, dass Sean lebte. Wenn diese Typen ihn hätten loswerden wollen, hätten sie ihn vermutlich sofort getötet und in die Mine geschleppt. Es hätte sicher lange gedauert, bis jemand dort seine Überreste gefunden hätte. Allein die Vorstellung löste Übelkeit in ihm aus, deshalb konzentrierte sich Blake rasch auf etwas anderes.

Der Hubschrauber war ein Stück entfernt gelandet, wie Matt über Funk vom Piloten erfuhr. So schnell wie möglich durchquerten sie das Tal, um wieder an Bord gehen zu können. Bei jedem Schritt dröhnten die Worte durch Blakes Kopf: *Bitte lass sie noch leben.*

24

Scheinbar unendlich lange saßen sie in dem schaukelnden Fahrzeug, während sie sich bemühten, nicht mit der Leiche durcheinandergeworfen zu werden. An Schlaf war kaum zu denken, was einerseits an den Schmerzen lag, die immer wieder durch ihren Körper schossen, wenn sie über eine Bodenwelle fuhren, in die Luft katapultiert wurden und auf dem harten Metallboden landeten. Sie konnte sich nur vorstellen, wie sich das für Sean anfühlen musste. Bisher hatte er nichts dazu gesagt, aber seine Miene wurde mit jedem Mal starrer, die Gesichtsfarbe grauer. Schweiß stand auf seiner Stirn, was sicher zum Teil auch daran lag, dass sich die Entzündung weiter in seinem Körper ausbreitete. Sie wünschte, er hätte in der Mine bleiben können, vielleicht wäre er dann jetzt bereits gerettet worden. Stattdessen fuhren sie einer ungewissen Zukunft entgegen.

Ein Blick auf ihre Uhr zeigte ihr, dass sie bereits seit drei Stunden hier gefangen waren. Sie versuchte, die Zeit zu schätzen, die die Fahrzeuge bei den unebenen Bodenverhältnissen bis zur nächsten befestigten Straße benötigen würden, aber es gelang ihr nicht. Ohne ein Fenster konnte sie nicht herausfinden, wie schnell sie unterwegs waren. Manchmal schienen sie sich nur im Schneckentempo fortzubewegen, dann wieder auf ebeneren Strecken fast zu rasen. Jedenfalls, wenn man davon ausging, wie sie herumgeschleudert wurden. In regelmäßigen Abständen hatten sie das Handy ausprobiert, doch es gab immer noch keinen Empfang. Es musste an dem metallenen Aufbau des Wagens liegen, normalerweise hätten sie schon längst jemanden erreicht.

Was bedeutete, dass sie erst dann eine Verbindung herstellen konnten, wenn sie das Fahrzeug verließen. Nur wussten sie nicht, ob es überhaupt möglich sein würde. Vielleicht waren die ganze Zeit die Verbrecher um sie herum und verhinderten, dass sie telefonieren konnten. Aber immerhin würde wohl Seans Nachricht an seinen Bruder durchgehen und ihn auf das Handy aufmerksam machen. Mit etwas Glück könnte er sie ausfindig machen und befreien. Jedenfalls war es der Gedanke, der sie noch aufrecht hielt. Wenn niemand kam, wusste sie nicht, was sie machen sollten.

Das Geräusch des Motors veränderte sich, dann erfolgte ein Rumpeln, als wären sie über eine Schwelle gefahren. Plötzlich war die Fahrt völlig ruckelfrei.

Sean hob den Kopf. »Wir sind auf einer Straße.«

Die Anspannung in ihr erreichte einen neuen Höhepunkt. »Was wird jetzt passieren?«

»Ich kann es dir nicht sagen, doch wenn ich an Stelle der Verbrecher wäre, würde ich ganz schnell den Wagen wechseln und mich dieser Ungetüme entledigen. Sie sind viel zu auffällig und auch zu langsam.« Seine Lippen pressten sich zusammen. »Und sie müssen uns noch irgendwie loswerden. Keine Ahnung, warum sie uns bis in die Zivilisation mitgeschleppt haben.«

»Vielleicht brauchen sie von uns noch irgendwelche Informationen. Oder wollen wissen, wem wir etwas von den Zerstörungen erzählt haben. Möglicherweise muss auch jemand anders entscheiden, was mit uns geschieht.« Das gefiel ihr überhaupt nicht. »Zivilisation ist allerdings ein wenig übertrieben. Sie können noch kilometerweit auf dieser Straße fahren, ohne auf eine Behausung oder andere Leute zu treffen.«

Sean runzelte die Stirn. »Was mich nicht wirklich beruhigt.«

Quietschende Bremsen ertönten, der Wagen verlangsamte die Fahrt. Taylor sah Sean alarmiert an. »Meinst du, sie werden uns jetzt umbringen?«

Seine Hand umschloss ihre. »Nein, das denke ich nicht. Das hätten sie vorher viel einfacher haben können. Steck schnell das Handy weg, damit sie es nicht entdecken.« Die anderen Sachen hatten sie gleich eingepackt.

Vermutlich würden sie nicht noch einmal durchsucht werden, aber Taylor wollte kein Risiko eingehen. Deshalb nahm sie das Handy und schob es vorn in ihren Slip. So würde es zwar keiner genaueren Durchsuchung entgehen, aber zumindest einer oberflächlichen. Mehr konnten sie nicht tun. Immerhin würde das Handy hoffentlich im Freien endlich Empfang haben und die Nachricht an Blake automatisch abgeschickt werden. Gott, sie wünschte sich nichts mehr, als dass dieser Albtraum endlich ein Ende hatte! Möglichst mit dem Ergebnis, dass sie beide und auch Noah mehr oder weniger unbeschadet nach Hause fahren konnten. Es war zwar nur eine relativ kurze Zeit vergangen, aber die Erfahrung hatte sie definitiv verändert.

Mit einem Ruck kam das Fahrzeug zum Stehen und Taylor blickte angespannt auf die Türen. Sean rückte näher an sie heran und legte eine Hand beruhigend auf ihre Taille. Es war ein gutes Gefühl, zu wissen, dass sie nicht allein war. Andererseits war es aber ebenso belastend, sich noch um jemand anderen Gedanken machen zu müssen. Zwar war sie das auch von ihren Bergtouren gewohnt, aber es war doch noch mal etwas anderes, wenn sie jemanden persönlich kannte und sich um ihn sorgte. Taylor schnaubte innerlich. Wem wollte sie etwas vormachen? Sie waren über das Stadium des bloßen Kennenlernens weit hinaus. Die Erlebnisse hatten sie zusammengeschweißt und im Moment konnte sie sich nicht vorstellen, wie sie in ihr altes Leben – ohne Sean – zurückkehren sollte. Doch das war das geringste ihrer Probleme, deshalb schob sie es beiseite.

Mit einem Ruck öffnete sich die Tür und Taylor blinzelte gegen die plötzliche Helligkeit an. Eine Silhouette erschien davor.

»Kommt raus!«

Offenbar hatte niemand vor, ihnen dabei zu helfen, daher stemmte sich Taylor mühsam hoch und hielt dann Sean die Hand hin. Er kam langsamer auf die Füße und schwankte kurz, bevor er sein Gleichgewicht wiedergefunden hatte. Ja, sie mussten dringend von diesen Verbrechern weg, damit Sean in ein Krankenhaus kam. Allerdings wäre es nicht gut, diese Typen auf seine Schwäche aufmerksam zu machen.

Bevor sie sich auf die Ladekante setzte, wandte sie sich kurz zu Sean um. »Stütz dich auf mich, wenn du runterkommst.«

Sean nickte ihr unmerklich zu.

Taylor sprang zu Boden und blieb dicht vor der Kante stehen. Seans Hand legte sich auf ihre Schulter, während er sich ebenfalls herunterließ. Dabei versuchte er, sein Bein zu schonen, ohne es allzu auffällig zu machen.

»Nun kommt endlich!«

Der Mann packte ihren Arm und zog sie mit sich. Ein weiterer stand daneben und zielte mit der Pistole auf sie. Hier gab es keinerlei Möglichkeiten, den Verbrechern zu entkommen. Jedenfalls nicht, ohne dabei von Kugeln durchsiebt zu werden. Unauffällig blickte sich Taylor um. Leider hatte sie recht gehabt, es gab hier nichts außer einem langen Band asphaltierter Straße, die durch ungezähmte Natur führte. Sie waren noch etliche Kilometer von der Abzweigung entfernt, die sie in die Zivilisation führen würde.

Ihre Seite schmerzte, als der Mann sie brutal zu einem Auto zerrte. Die Limousine neueren Datums wirkte so normal, dass Taylor unwillkürlich stehen blieb. »Was haben Sie mit uns vor?«

»Das hat dich nicht zu interessieren. Jetzt hör auf, Zeit zu schinden, sonst schleife ich dich hinter mir her. Es bringt dir sowieso nichts, niemand weiß, dass ihr hier seid und so wird es auch bleiben.«

Damit hatte er vermutlich sogar recht, aber es widerstrebte Taylor, ihm die Genugtuung zu geben. »Die Ranger wissen, in welchem Gebiet ich unterwegs war. Sie sind sicher schon auf der Suche nach mir. Wenn sie die Spuren finden, werden sie ihnen folgen und uns befreien.«

Der Mann lachte nur. »Eine lustige Geschichte, allerdings unglaublich weit von der Realität entfernt. Niemand sucht euch, sie denken, dass es dir nicht gut ging und du freigenommen hast.«

»Das stimmt nicht! Lewis …«

Der Griff an ihrem Oberarm wurde fester. »Er kann und wird gar nichts tun. Und jetzt komm endlich.« Der andere Verbrecher ging voraus und öffnete den Kofferraum des Wagens. »Los, rein da.«

Entsetzt blieb Taylor stehen. »Nein!« Sie versuchte, ihren Arm aus dem Griff zu winden, doch es gelang ihr nicht. Verzweiflung erfasste sie und sie kämpfte mit aller Kraft, die sie noch mobilisieren konnte. Es war viel zu wenig, um sich losreißen zu können.

Der Mann packte sie im Genick und an den Beinen und hob sie hoch. Mit mehr Gewalt als nötig warf er sie in den Kofferraum. Hart kam Taylor auf und blieb einen Moment lang wie betäubt liegen. Innerhalb von Sekunden landete Sean neben ihr – oder sogar halb auf ihr –, dann wurde sie grob gepackt und ihre Arme und Beine mit einem Strick gefesselt. Seans Stöhnen entnahm sie, dass ihm das Gleiche geschah. Es war schon schlimm genug, auf so engem Raum eingesperrt zu sein, aber sich dabei auch nicht rühren zu können, war mehr als sie ertragen konnte.

Taylor trat mit den Schuhen nach den Männern und erwischte einen am Bauch. Mit einem unterdrückten Fluch wich er rasch zurück, außer Reichweite ihrer Beine. Der andere schlug ihr hart gegen den Kopf, was sie benommen zurückließ. Er nutzte ihre erlahmte Gegenwehr und schloss den Deckel. Taylor stieß einen markerschütternden Schrei aus. Unruhig bewegte sie sich und versuchte, irgendetwas zu finden, wie sie aus dieser Situation entkommen konnte.

»Taylor?« Seans Stimme erklang dicht hinter ihr. Sein Körper war in der ganzen Länge an ihren gepresst.

Es kribbelte alles und sie hatte das Gefühl, keine Luft mehr zu bekommen. Keuchend atmete sie ein. »Ja?«

»Was ist mit dir?« Warum wirkte er so verdammt ruhig? Hatte er etwa aufgegeben? Sie würde das niemals tun.

»Nichts.«

Einen Moment lang herrschte Stille. »Das klingt aber nicht so. Irgendetwas belastet dich.«

»Du meinst, außer dass wir in den Händen von Verbrechern sind, die uns töten wollen? Die uns verschnürt in einen verdammt engen Kofferraum gesperrt haben?«

»Okay, dumme Frage. Oder vielmehr offenbar die falsche Frage. Ich meinte eher, was hat sich jetzt geändert gegenüber unserer Gefangenschaft in dem großen Fahrzeug?«

»Hast du nicht zugehört? Wir liegen verschnürt in einem engen

Kofferraum!«

»Immerhin hat der Teppich und wir werden nicht mehr so viel rumgeschleudert.«

Taylor explodierte. »Findest du das etwa witzig? Ich kann nicht darüber lachen! Wir sind …« Ihre Kehle schnürte sich zusammen und kein Laut kam mehr heraus.

Seans Finger berührten ihren Rücken. »Taylor.« Als sie nicht antwortete, begann er sie zu massieren, soweit es seine Fesseln zuließen. »Es ist alles in Ordnung. Wir sind noch am Leben und zusammen. Offenbar wollen sie noch etwas von uns. Das ist gut für uns, denn es gibt Blake Zeit, uns zu finden. Oder für uns selbst eine Möglichkeit zur Flucht.«

»Ja, schon.«

»Aber?«

Sie redete nicht darüber. Nie. Und sie wollte es auch jetzt nicht. In diesem dunklen, nach Kunststoff und Benzin riechenden Kofferraum. Sean sollte nichts von ihrem Versagen und ihrer Schwäche erfahren. »Nichts.«

Seine Finger stoppten die Bewegung. Die Wut hatte ihr kurzzeitig geholfen, doch jetzt setzte die Panik wieder ein. Langsam, schleichend floss sie sich durch ihren Körper und lähmte sie. Taylor begann zu zittern und konnte nicht mehr damit aufhören.

»Ich bin bei dir. Es wird alles gut ausgehen, ich verspreche es.«

Ein beinahe irre klingendes Lachen entschlüpfte ihr. »Das kannst du gar nicht!« Ihre Worte waren über dem Klappern ihrer Zähne kaum zu verstehen.

»Nein, aber ich kann versprechen, dass ich alles tun werde, was in meiner Macht steht, um dich zu beschützen.« Wieder massierte er sie beruhigend. »Du warst die ganze Zeit so stark, Taylor. Halte noch ein wenig durch. Im Moment können sie uns nichts tun, wir sind hier sicher.«

Und doch fühlte es sich überhaupt nicht so an. Taylor versuchte, tief einzuatmen und sich zu beruhigen, doch es wollte ihr nicht gelingen. Ihr Magen hob sich. »Mir wird schlecht.«

»Dann lass es raus, es macht nichts.«

Mühsam kämpfte sie dagegen an. Auf keinen Fall wollte sie wer weiß wie lange in ihrem Erbrochenen liegen. Schließlich hatte sie sich so weit unter Kontrolle, dass der Drang nicht mehr ganz so stark war. Erleichtert atmete sie auf.

»Besser?« Seans Frage klang sanft dicht an ihrem Ohr.

»Etwas.«

»Gut.«

Eine Weile schwiegen sie. »Meinst du, dein Bruder wird uns finden?«

»Ganz sicher. Blake wird unseren Onkel informiert haben. Clint ist ein SEAL. Und er hat Freunde, die eine Sicherheitsfirma haben. Eine ihrer Aufgaben ist auch die Rettung von vermissten Personen.«

»Das klingt großartig. Doch werden sie auch so schnell reagieren können?«

»Ich bin da sehr sicher. Clint wird ihnen die Hölle heißmachen. Ich kenne auch einige der Leute von RIOS und sie sind wirklich großartig. Sie werden alles tun, um uns zu retten.«

Taylor wollte ihm glauben und die Hoffnung nicht aufgeben. »Okay.«

25

Sean hielt sich an Taylor gepresst, soweit das in gefesseltem Zustand möglich war. Andererseits war es so eng im Kofferraum, dass ihm kaum eine andere Wahl blieb. Deutlich konnte er Taylors Zittern spüren, das immer dann einsetzte, wenn sie längere Zeit schwiegen. Er bewunderte sehr, wie Taylor bisher mit der Situation umgegangen, wie stark und mutig sie war. Wenn sie wenigstens mit ihm darüber sprechen würde, was sie jetzt quälte, damit er ihr helfen konnte. Oder sie zumindest soweit ablenken, dass sie nicht die ganze Zeit daran dachte. Zugegebenermaßen war er auch nicht so überzeugt davon, dass die Rettung noch rechtzeitig kommen würde. Es hing zu viel davon ab, dass Blake die Spur zu ihnen fand und ihr folgen konnte. Hatte er die Nachricht bekommen und konnte dann über GPS den Weg des Handys nachverfolgen? *Gott, hoffentlich!*

Diese Gedanken machten ihn nur nervös, deshalb konzentrierte er sich lieber auf Taylor. Irgendwie musste es doch möglich sein, herauszufinden, was ihr Problem war. »Es tut mir leid, dass du meinetwegen hier bist.«

Er spürte, wie sie ihren Kopf bewegte. »Mir nicht. Also nicht, dass ich gern hier bin, aber es war das Richtige, dir zu helfen. Vor allem war es auch meine Entscheidung, ich hätte jederzeit abbrechen können.«

»Ich bin froh, dass du es nicht getan hast.« Er überlegte einen Moment. »Oder nein, das sollte ich nicht sein. Denn dann wärst du jetzt nicht in dieser Situation. Ich hätte darauf bestehen sollen, dass du mich verlässt, als es noch ging.«

»Zu spät.« Wieder lief ein Beben durch ihren Körper.

Mühsam drehte sich Sean um, sodass er Kopf an Kopf mit ihr lag. Es war zu dunkel, um etwas von ihr zu erkennen, aber er hatte das Gefühl, dass er ihr so näher war. »Taylor.«

»J…ja?«

»Willst du mir nicht sagen, was du hast? Vielleicht kann ich dir helfen.«

»Das … kannst du nicht.«

»Warum nicht?«

Einen Moment lang herrschte Stille. »Ich h…hasse enge Räume. Das Gefühl, eingesperrt zu sein.«

»Ja, das sagtest du in der Mine. Da hast du aber nicht solche großen Probleme gehabt.«

»Es ist das Gefühl, eingesperrt zu sein, sich nicht rühren zu können. In der Mine konnte ich mich bewegen und ich hätte auch rausgehen können. Hier kann ich mich noch nicht mal ausstrecken. Es ist wie lebendig begraben zu sein.« Sie schauderte heftig.

Sean nahm ihre Hände in seine. »Ich bin bei dir. Wir haben genug Luft hier und wir sind zusammen.«

»Ich weiß. Andernfalls wäre ich nicht mehr in der Lage, mich zusammenzureißen.«

»Hattest du schon immer das Problem mit engen Räumen?«

»N…nein. Als Kind habe ich es geliebt, im Winter Iglus zu bauen oder in jede Höhle zu kriechen, die ich finden konnte. Doch das hat sich geändert, als ich erwachsen war.«

»Was ist passiert?«

Wieder schwieg sie, dann atmete sie tief durch. »Es war auf einer Skiwandertour mit einer Gruppe. Einer von ihnen hat versehentlich eine Lawine losgetreten. Wir sind alle hineingeraten.« Ihr gesamter Körper war angespannt, so als würde sie alles noch einmal erleben.

Sean konnte sich gut vorstellen, wie traumatisch solch ein Erlebnis für Taylor gewesen sein musste. Und wie schnell sie hätte sterben können. Er war sehr dankbar dafür, dass sie offenbar körperlich unbeschadet gerettet worden war. »Wie bist du rausgekommen?«

»Glücklicherweise hatte ich einen Lawinentracker dabei. Trotzdem hat es gefühlt unendlich lange gedauert, bis sie sich endlich zu mir vorgearbeitet hatten. Wegen der weiteren Lawinengefahr mussten sie sehr behutsam vorgehen.« Das klang, als hätte sie es auswendig gelernt, es fehlte jedes Gefühl.

Hätte er sie nicht berührt, hätte er das Vibrieren ihres Körpers nicht wahrgenommen. Den viel zu schnellen Herzschlag, die heftigen Atemstöße. »Sie haben dich ausgegraben? Gut, dass du genug Sauerstoff hattest.«

Ihr Puls erhöhte sich, sie bewegte sich unruhig. »Ich war im Schnee begraben, ich konnte nichts bewegen, weder meine Arme noch meine Beine. Wäre vor meinem Gesicht kein Hohlraum gewesen, wäre ich innerhalb kürzester Zeit erstickt. Es gab keine Möglichkeit, irgendetwas zu tun. Ich konnte mich weder selbst ausgraben noch auf mich aufmerksam machen. Ich war völlig hilflos. Ich hasse dieses Gefühl.« Ihr Atem kam in kurzen Stößen. »Seitdem ertrage ich es nicht mehr, an engen Orten eingesperrt zu sein. Ich brauche den Himmel über mir und die Möglichkeit, mich jederzeit zu bewegen.«

Sean lehnte seine Stirn an ihre. »Das kann ich sehr gut verstehen. Wie gut, dass du den Tracker dabeihattest und jemand in der Nähe war, um dich zu retten.«

»Ja. Es hatten nicht alle das Glück. Nur wenige Meter neben mir war ein Mann verschüttet. Er hatte keinen Tracker dabei.« Sie schwieg kurz. »Er hat es nicht geschafft. Als sie ihn endlich fanden, war er bereits tot.«

»Ein Freund?«

»Ein Bekannter. Ich kannte ihn nicht sonderlich gut, aber er war nett. Insgesamt sind bei dem Unglück fünf Menschen gestorben. Sieben weitere sind verletzt worden, haben aber überlebt.«

»Ich bin sehr froh, dass du dabei warst.«

Sie gab einen undeutbaren Laut von sich. »Ich auch. Zumindest nach einiger Zeit. Ich habe etwas gebraucht, um die Sache zu verarbeiten und mich wieder zu trauen, in die Berge zu gehen.«

Das war nur zu verständlich. »Machst du noch Skitouren?«

»Ja, im Winter, doch ich teste immer vorher, wie die Schneeverhältnisse sind. Gibt es nur den Hauch von Gefahr durch Lawinen, mache ich die Tour nicht.«

»Und das ist okay für den Park Service?«

»Das ist mir ziemlich egal. Ich bin nicht dort angestellt, sondern freiberuflich tätig. Momentan arbeite ich aber ausschließlich für den Park.«

»Seltsam, dass gerade du dann für die Rettungsmission ausgewählt wurdest.« Als er hörte, wie das klang, stellte er rasch klar, was er meinte. »Nicht, dass du nicht absolut qualifiziert wärst. Ich hätte nur gedacht, dass in solch einem Fall jemand ausgewählt werden würde, der beim Park angestellt ist.«

»Ja, oder? Ich war auch etwas verwundert, zumal nicht die Rede davon war, dass sich der Vermisste in den Bergen aufhielt. Aber ich hatte Zeit und wenn jemand Hilfe braucht, bin ich gern dazu bereit.«

»Ganz ehrlich, ich glaube nicht, dass mir jemand anders besser hätte helfen können. Vermutlich hätte so gut wie jeder spätestens nach dem Absturz aufgegeben.«

Er spürte eine Bewegung, als würde sie mit den Schultern zucken. »Hättest du auf mich gehört, hätte ich das vielleicht auch getan. Aber die Vorstellung, dass Noah vielleicht irgendwo hilflos liegt – so wie ich damals in der Lawine –, hat mich dazu gebracht, weiter zu machen. Es hätte mich zerstört, hinterher zu erfahren, dass ich ihn vielleicht hätte retten können, wenn ich nur ein Stück weitergegangen wäre. Außerdem bist du verletzt, ich konnte dich nicht allein lassen.«

Sean musste lächeln. »Wofür ich sehr dankbar bin.« Sicher wäre er auch allein weitergegangen, aber vermutlich nicht so weit gekommen.

»Was macht dein Bein?«

Es schmerzte höllisch, aber daran ließ sich nichts ändern. »Geht so. Noch lebe ich, das ist die Hauptsache.«

»Glaubst du, Noah hat es geschafft?«

»Er ist jung und dickköpfig. Wenn Blake ihn gefunden hat, hat er gute Chancen, denke ich.« Er lachte leise, als er sich an etwas erinnerte. »Weißt du, was Noah im Schacht zu mir gesagt hat?«

»Nein, ich war offensichtlich nicht dabei.«

»Er meinte, ich hätte es nicht nur geschafft, ihn zu retten, sondern mir dabei auch noch eine Freundin anzulachen.«

»Ich nehme an, er meinte damit mich?«

Sean wünschte, er könnte ihr Gesicht sehen. »Noah war sehr beeindruckt von dir.«

»Offenbar ist er noch in einer Phase, in der er leicht zu beeindrucken ist.« Sie bewegte sich schwach. »Was hast du ihm geantwortet?«

»Dass er sich das einbildet.«

Eine Pause entstand. »Tut er das?«

»Ich hätte auch sagen können, dass es ihn nichts angeht, aber das hätte ich unhöflich gefunden.«

»Was auch keine Antwort ist.«

Sean zögerte. »Weil es Noah nichts angeht. Oder fragst du?«

»Vermutlich ist jetzt nicht der richtige Zeitpunkt dafür. Aber da wir gerade nichts anderes zu tun haben … Ja, mich würde es schon interessieren. Wir haben uns nicht gerade auf die normale Art und Weise kennengelernt.«

»Das ist sehr dezent ausgedrückt. Es war und bleibt verrückt.« Verdammt, warum konnte er sie nicht sehen? Er redete nicht gern über Gefühle, schon gar nicht, wenn er die Reaktion seines Gegenübers nicht einschätzen konnte. Sean atmete tief durch. »Ich mag dich sehr, ich denke, das weißt du. Wenn es nach mir geht, möchte ich dich liebend gern nach unserer Befreiung noch sehen und vor allem besser kennenlernen. Herausfinden, was zwischen uns ist, wenn wir nicht gerade Felsen runterstürzen oder in Lebensgefahr schweben. Ich würde mich freuen, wenn du das auch so siehst.«

Als nur Stille herrschte, zog sich sein Herz zusammen. Er hatte gewusst, dass er ein Risiko einging und Taylor nichts mehr mit ihm zu tun haben können wollte, wenn sie sich nach ihrem Abenteuer trennten. Es erstaunte ihn nur, wie sehr es schmerzte. Eigentlich hätte er sich in der kurzen Zeit noch gar nicht so an Taylor binden dürfen, normalerweise führte er eher lockere Beziehungen, die in Einzelfällen nach einigen Monaten erst fester wurden. Bei Taylor war jedoch alles anders. Er war fast vom ersten Moment an von ihr fasziniert gewesen und das hatte sich kein bisschen verflüchtigt. Ganz im Gegenteil, mit jeder neuen Facette, die er von ihr kennenlernte, wuchs seine Bewunderung noch mehr.

»Ich kann es verstehen, wenn du nach dem, was passiert ist, am liebsten alles vergessen möchtest und mich aus deinem Gedächtnis streichst. Es sind nicht gerade die besten Bedingungen, sich kennenzulernen.«

»Eine kleine Untertreibung, doch ganz ehrlich, hätten wir uns überhaupt kennengelernt, wäre deine Suche nach Noah nicht gewesen? Selbst wenn wir uns mal zufällig irgendwo getroffen hätten, glaube ich nicht, dass es zu mehr als einem kurzen Gruß gekommen wäre. Ich bin nicht der Mensch, der anderen schnell näherkommt. Tatsächlich neige ich mehr dazu, alles zu zerdenken und lieber nicht zu handeln.«

Sie hätte ihn täuschen können. Im Zelt war sie jedenfalls sehr handlungsfreudig und extrem nah gewesen. Das sagte er aber lieber nicht laut. »So gesehen war es ein Glücksfall, dass wir uns auf diese Art getroffen haben.«

»Darüber können wir noch mal reden, wenn wir in Sicherheit sind.«

»Sehr gern.« Er wartete, doch von Taylor kam nichts mehr. Schließlich hielt er es nicht mehr aus. »Ich weiß, es ist gerade nicht der richtige Moment, aber es würde mir helfen, wenn du wenigstens einen kleinen Hinweis darauf gibst, ob du mich auch magst oder eher nicht.«

Sie hob den Kopf. »Auch wenn du es nicht glaubst, ich neige nicht dazu, jemandem schon am ersten Abend im Zelt so nahe zu kommen. Und nein, bevor du es sagst, das war nicht die aufgeheizte Situation zu zweit auf engstem Raum im Zelt mit nur einem Schlafsack. Es hat das, was geschehen ist, vielleicht erleichtert, aber nicht ausgelöst. Jedenfalls bei mir nicht.«

Erleichtert atmete Sean auf. »Verdammt, du kannst es aber spannend machen. Ich hatte schon fast befürchtet, mir das alles nur eingebildet zu haben.«

»Wo ist dein männliches Selbstbewusstsein?«

Sean musste lachen. »Ich habe keine Ahnung. Normalerweise kann ich das gut einschätzen, du bist mir jedoch immer noch in weiten Teilen ein Rätsel. Was ich wirklich aufregend finde, aber es schürt auch eine gewisse Unsicherheit in mir.«

Ohne Vorwarnung legten sich ihre Lippen auf seine. Sean zuckte im ersten Moment zusammen, bevor er seinen Mund öffnete und den Kuss vertiefte. Er wünschte, er könnte Taylor umarmen und noch einige andere Dinge tun, doch die beengte Situation im Kofferraum ließ das nicht zu. Deshalb genoss er es einfach nur, sie zu küssen und von ihr so die Bestätigung zu bekommen, dass sie ihn ebenso mochte wie er sie. Es fühlte sich richtig an, ihr so nah zu sein. Ohne Eile strich er mit seiner Zunge an ihrer entlang. Taylor stöhnte leise, ihr Körper schmiegte sich an seinen. Jeder Zweifel an ihren Gefühlen verflog.

Wenn sie jetzt noch der Gefahr entkamen, würde er jede Gelegenheit nutzen, mit Taylor zusammen zu sein und herauszufinden, wie stark ihre Gefühle füreinander wirklich waren. Er konnte sich jetzt schon einige Dinge vorstellen, die er unbedingt mit ihr ausprobieren wollte. Bedauernd beendete er den Kuss und zog seinen Kopf zurück. Schwer atmend lagen sie beide eine Weile schweigend da.

»Frage beantwortet?« Ihre Stimme klang atemlos.

Sean musste grinsen. »Ich denke ja.« Gott, wie gern würde er sich jetzt nur darum kümmern müssen, ihre Anziehung zu erkunden, doch das musste warten.

26

Im Hubschrauber folgten sie dem Verlauf des Tals und damit den deutlich sichtbaren Spuren der Fahrzeuge. Immer wieder fühlte Blake Noahs Puls, der mit geschlossenen Augen auf einer Trage lag. Als Feuerwehrmann hatte Blake auch eine Sanitäterausbildung absolviert und war daher in der Lage, den jungen Mann zu stabilisieren, bis sie zu einem Krankenhaus kamen. Eigentlich hatte er ihn sofort in eines bringen wollen, doch Noah hatte darauf bestanden, dass sie Sean und Taylor folgten, um sie aus den Händen der Verbrecher zu befreien. Er hatte ihnen berichtet, was geschehen war und weshalb die Männer hinter ihm her waren. Es war sogar noch schlimmer als das, was sich Blake vorgestellt hatte. Wenn diese Mistkerle Taylor und Sean festhielten, was würden sie mit ihnen tun?

Blake war sich nicht sicher, ob er das Richtige tat. Noah war in keinem guten Zustand, er brauchte dringend ärztliche Versorgung. Auf keinen Fall konnte er dessen Leben opfern, um das seines Bruders zu retten. Andererseits konnte er aber auch nicht Sean im Stich lassen. Es war ein echtes Dilemma, das ihn zerriss.

Kyla hockte sich neben Blake. »Wie geht es ihm?«

»Unverändert. Ich denke, wir sollten so schnell wie möglich ein Krankenhaus ansteuern und die Suche später wieder aufnehmen.« Die Worte brannten wie Essig auf seiner Zunge.

Die Agentin legte eine Hand auf seinen Arm. »Wir werden Sean rechtzeitig finden. Sie haben ihn so lange am Leben gelassen, offenbar brauchen sie ihn noch für irgendwas.«

Blake konnte es nur hoffen. Auch wenn er sich nicht vorstellen mochte, was sie mit Sean tun würden. Warum hatten sie ihn überhaupt mitgenommen? Dachten sie, Noah hätte ihm etwas erzählt oder gar Beweise geliefert? Er musste eindeutig anfangen, analytischer zu denken. Als Feuerwehrmann war er es gewöhnt, zu reagieren und sich auf die vorhandene Situation einzustellen. Das hier war jedoch anders. Es könnte ihnen einen Vorteil verschaffen, zu wissen, wer genau die Leute waren und was sie hier taten. Es musste ungeheuer wichtig oder lukrativ sein, wenn sie dafür sogar unbeteiligte Menschen wie Noah oder auch Sean und Taylor jagten.

Bevor Noah das Bewusstsein verlor, hatte er ihnen noch gesagt, dass in der oberen Tasche von Seans Rucksack sein zerstörtes Handy war, auf dessen Speicherkarte sich Fotos des Mordes befanden. Er hatte es verloren, als er von der Klippe gestürzt war, glücklicherweise hatten Sean und Taylor es später gefunden. Hätte Noah es selbst mitgenommen, wäre es jetzt in den Händen der Männer, denn die hatten ihn kurz darauf entdeckt und in einem ihrer Fahrzeuge mitgenommen. Sie hatten ihm alles abgenommen und hätten die Beweise sofort vernichtet oder verschwinden lassen. Genau das hatte offenbar auch der Mann vorgehabt, den Noah in Notwehr erschossen hatte.

Blake mochte sich nicht vorstellen, wie furchtbar es für Sean gewesen war, sich entscheiden zu müssen, Noah in dem Schacht zurückzulassen, um zu verhindern, dass die Verbrecher Taylor töteten. Sein Bruder war ungeheuer mutig, aber Blake würde ihn am liebsten dafür schütteln, sein Leben so aufs Spiel zu setzen. Wobei Sean sicher sagen würde, dass er als Feuerwehrmann das schließlich auch jeden Tag für Wildfremde tat. Was stimmte, aber er war dafür ausgebildet, ganz im Gegenteil zu Sean.

Es half nichts, darüber nachzugrübeln, es war geschehen und ließ sich nicht mehr ändern. Jetzt mussten sie alles daransetzen, Sean und Taylor zu retten und diese Verbrecher aufzuhalten. Blake schaltete das Mikrofon an seinen Kopfhörern an. »Matt, hat sich I-Mac gemeldet?« Der Computerexperte war damit beauftragt worden, sämtliche Überwachungskameras in und um den Park herum anzuzapfen und herauszufinden, ob es irgendwo eine Spur der Fahrzeuge gab.

»Er ist noch dran. Der Park ist leider nicht besonders gut überwacht, beziehungsweise eher die Natur. Tierkameras findest du an vielen Stellen, aber die helfen uns nicht wirklich.«

»Vielleicht ist auf einer ein Kennzeichen zu erkennen? Wir brauchen ja nur ein einziges.«

»Das Problem ist, dass die meisten Kameras, besonders in dieser abgelegenen Region, mit Speicherkarten versehen sind. Das heißt, es müsste erst jemand hierherkommen, die Karten holen und dann auswerten. Es liegt an der schlechten Funkverbindung hier, dass die Daten nicht direkt zum Hauptquartier gesendet werden.«

Verdammt! »Konnte I-Mac schon herausfinden, wer auf Noahs Foto zu sehen ist?« Sie hatten die Speicherkarte geborgen und das letzte Foto an I-Mac geschickt.

»Nein, leider noch nicht, dafür ist die Qualität zu schlecht. Das Foto ist aus einiger Entfernung gemacht und deshalb ziemlich unscharf. Aber sie arbeiten noch dran.«

»Mist. Sind darauf vielleicht die Fahrzeuge zu sehen, oder irgendwas, das einen Hinweis auf die Täter gibt?«

»Nein. Es sind nur zwei Personen zu sehen, jemand mit einer Pistole und das Opfer. Die Ermittlungen, wer dahinterstecken könnte und wer einen Vorteil von einer Ausbeutung der Rohstoffe im Park hätte, laufen auf Hochtouren. Aber es dauert ein wenig. Ich sage dir sofort Bescheid, wenn ich etwas Neues erfahre.« Mitgefühl klang in Matts Stimme mit.

Es machte Blake wahnsinnig, nichts tun zu können. Genau deshalb war er im Grunde auch froh, dass Christine damals den Posten des Captains in der Fire Station bekommen hatte und nicht er. Die meiste Zeit war sie mit irgendwelchen organisatorischen Bürotätigkeiten beschäftigt. Er dagegen konnte weiterhin Feuer bekämpfen und Leben retten, ohne über den Papierkram nachdenken zu müssen. Vielleicht würde er es irgendwann noch einmal probieren, zum Captain aufzusteigen, wenn er älter war und nicht mehr mit den jüngeren Männern und Frauen mithalten konnte.

Mühsam konzentrierte sich Blake wieder auf sein Gespräch mit Matt. »Danke.« Im Moment war es ihm herzlich egal, wer dahintersteckte und warum, solange er nur Sean lebend wiedersah. »Vielleicht können wir …« Er brach ab, als sein Handy sich mit einem Piepton meldete.

Rasch zog er es aus der Tasche und sah, dass er eine neue Nachricht bekommen hatte. Die Nummer kannte er allerdings nicht. Vermutlich Spam. Trotzdem rief er den Text auf.

Blake, wir sind in einem großen Kastenwagen gefangen und haben keinen Empfang. Das Handy gehört einem der Verbrecher, die hinter Noah her sind. Wir nehmen es mit. Ich hoffe, du bekommst die Nachricht irgendwann und kannst uns folgen. Sean

Blakes Herz klopfte schneller. *Sie lebten!* »Matt, ich habe gerade eine Nachricht von Sean bekommen. Offenbar konnte er sich ein anderes Telefon organisieren. Wir müssen sofort die Koordinaten herausfinden und ihm folgen!« Sollten die Verbrecher das Handy bei Sean entdecken, würden sie es zerstören oder Sean und Taylor verschwinden lassen. Oder beides. Auf jeden Fall blieb ihnen nur eine kurze Zeitspanne, um seinen Bruder zu finden, bevor auch die letzte Spur versiegte. Blake blickte auf die Uhrzeit, wann die Nachricht geschrieben worden war. Es waren bereits fast drei Stunden vergangen. »Wir haben keine Zeit zu verlieren, die Nachricht ist schon alt und kam offenbar bisher nicht durch.«

»Schick mir die Nachricht, ich leite sie dann an Joe weiter, damit er für uns den Standort des Handys ermittelt.«

Rasch leitete Blake sie weiter. »Hast du sie?«

»Ja. Ich bin sicher, Joe kann uns schnell sagen, wo sie im Moment sind. Außer ihr Handy ist gerade wieder nicht in Reichweite einer Funkverbindung.«

Blake starrte auf die Nachricht. »Sollte ich ihn anrufen?«

»Lieber nicht, falls jemand in der Nähe ist, der das Klingeln hören könnte, doch schreib eine Nachricht zurück, dass wir kommen. Mach ihnen Mut und vor allem sollen sie keine eigenen riskanten Aktionen starten, wenn es nicht absolut nötig ist.«

Rasch tippte Blake einige Zeilen, dann schickte er sie ab. Hoffentlich konnte Sean sie empfangen. Drei Stunden waren eine irrsinnig lange Zeit, in der so viel passiert sein konnte. Er könnte das Handy schon längst nicht mehr haben. Oder diese Verbrecher hatten ihn bereits umgebracht und er würde die Nachricht nie bekommen. Nein, es musste ihm gut gehen. *Sean, ich komme, halt noch etwas durch!*

***

Langsam kroch die Panik in Taylor wieder näher. Für eine Weile hatte Sean es geschafft, sie abzulenken und die Furcht in Schach zu halten. Doch ihr Herzschlag wurde erneut schneller, sie hatte das Gefühl zu ersticken. Schweiß lief über ihren Rücken und tränkte ihre sowieso noch feuchte Kleidung. Ein Krampf entstand in ihrem Bein, den sie auf dem beengten Raum nicht lösen konnte. Sean schwieg, aber sie konnte seine rauen Atemzüge hören. Wahrscheinlich schmerzte sein Bein stärker, weil er es nicht ausstrecken konnte.

Ein Vibrieren an ihrem Unterleib ließ sie zusammenzucken. Zuerst konnte sie es nicht zuordnen, doch dann erinnerte sie sich an das Handy. Sie versuchte, es herauszuholen, doch ihre gefesselten Hände verhinderten das. »Sean!« Sie hielt ihre Stimme leise, damit der Fahrer des Wagens sie nicht hörte.

»Was?«

»Fass mir in die Hose, schnell.«

»Okay …« Sie konnte förmlich seine Überraschung spüren.

»Das Handy! Es hat gerade vibriert und ich komme mit meinen zusammengebundenen Händen nicht dran.«

»Das hatte ich fast vergessen. Offenbar haben wir hier Empfang, das ist gut.« Er rückte näher an sie heran, dann schob sich eine seiner Hände in ihre Hose. Da sie an den Handgelenken aneinandergefesselt waren, rieb die Handfläche seiner zweiten Hand von außen über den Stoff.

Unwillkürlich hielt Taylor den Atem an, ein Kribbeln lief durch ihren Unterleib, als seine Finger ihre empfindliche Haut streiften. Sie schlossen sich um das Handy und zogen es langsam heraus. Inzwischen hatte es aufgehört zu vibrieren, vermutlich war es nur eine Nachricht gewesen oder vielleicht eine Erinnerung an einen Termin.

Es war egal, weil dies bedeutete, dass sie wieder eine Verbindung zur Außenwelt hatten und ihre Nachricht an Blake jetzt endlich rausgegangen sein müsste. »Hast du es?«

»Ja.« Seans Stimme klang gepresst. Dann leuchtete etwas auf.

Taylor versuchte, etwas zu erkennen, aber ihre Position ließ das nicht zu.

Sean legte sich wieder zurück und hielt das Handy hoch, sodass sie sah, wie er eine Nachricht öffnete. Tief atmete er durch. »Blake hat meine Nachricht bekommen.«

Hoffnung breitete sich in ihr aus. »Sind sie in der Nähe?«

»Offenbar sind sie in einem Hubschrauber. Sie arbeiten daran, über das Handy unseren Standort zu ermitteln, dann befreien sie uns.«

»Gott sei Dank!« Vielleicht ging die ganze Sache doch noch gut für sie aus. Sie hatte es fast nicht mehr zu hoffen gewagt. »Sagt er was zu Noah?«

»Nur, dass er in Sicherheit ist. Sie fliegen ihn zu einem Krankenhaus.« Die Erleichterung war in seiner Stimme zu hören.

»Großartig.« Das nahm Sean sicher seine größte Sorge. »Ich bin froh, dass er jetzt endlich ärztliche Behandlung bekommt.«

»Ja.« Sean klang seltsam gedämpft, dabei müsste er doch überglücklich sein.

»Was hast du? Das ist doch eine gute Nachricht!«

»Auf jeden Fall. Ich überlege nur gerade, ob wir versuchen sollten, zu fliehen. Wir wissen nicht, was uns am Ende der Reise erwartet. Und wenn der Hubschrauber nicht schnell genug hier sein sollte …«

Furcht rieselte durch ihren Körper. »Sagtest du nicht, dass du normalerweise immer optimistisch bist? Davon könnten wir jetzt eine Dosis gebrauchen.«

»Entschuldige. Ich bin sicher, Blake wird so schnell wie möglich kommen. Er sagt, wir sollen auf das Team warten und nichts selbst versuchen.«

Als er nicht weitersprach, vollendete sie seinen Gedanken. »Aber du weißt nicht, ob wir so viel Zeit haben.«

»Ja.« Sean blies hart den Atem aus. »Ich habe versucht, auszurechnen, wie weit wir schon auf der Parkstraße gefahren sind. Leider wissen wir nicht, wo sie hinwollen, aber ich gehe davon aus, dass sie uns erst mal vom Ort des Geschehens wegbringen. Was danach passiert … keine Ahnung. Sie können in fünf Minuten anhalten oder auch in drei Stunden. Wobei ich nicht glaube, dass sie das Risiko eingehen werden, dass wir in einer belebteren Gegend entdeckt werden könnten. Je länger sie mit uns herumfahren, desto größer ist für sie die Gefahr.«

Jetzt wusste sie auch, warum er so still gewesen war. Vermutlich hatte er die ganze Zeit darüber gegrübelt. »Dann frag deinen Bruder, wie schnell sie hier sein können. Vielleicht weiß er auch schon, wo wir gerade sind.«

Sean nickte und tippte eine Nachricht ein. »Ich wüsste gern, ob wir mit mehreren Autos unterwegs sind, oder ob es nur das eine ist. Sonst könnten wir den Kofferraum öffnen und so vielleicht entkommen.«

»Und wie willst du das hinkriegen? Wir sind gefesselt und der Kofferraumdeckel ist geschlossen.«

»Ich habe ein Taschenmesser, damit können wir uns befreien. Und neuere Autos haben eigentlich immer eine Notfallentriegelung, wir müssen sie nur finden.«

»Du hast ein Messer? Warum haben diese Kerle es nicht entdeckt?«

»Ich habe es in der Mine in meinen Stiefel gesteckt, bevor ich rausgekommen bin. Da hat keiner nachgesehen.«

Unglaublich. »Warum hast du mir das nicht schon früher erzählt?«

»Bisher hätte es uns keinen Vorteil gebracht, aus dem Kastenwagen wären wir nicht rausgekommen. Danach waren zu viele Männer in der Nähe und das Taschenmesser eignet sich nicht wirklich als Waffe.« Sean bewegte sich unruhig. »Ich weiß nur nicht, was die beste Vorgehensweise ist. Irgendwie habe ich das Gefühl, dass die

Luft hier drin schlechter wird. Eventuell haben wir also nicht mehr viel Zeit, etwas zu unternehmen. Ich will aber auch nicht unsere vielleicht einzige Chance vergeben.«

»Dass uns Blake über die Handykoordinaten folgt und rettet?«

»Ja. Wenn wir versuchen, zu fliehen und sie uns dabei erwischen, werden sie uns entweder sofort töten, oder dafür sorgen, dass wir überhaupt nichts mehr unternehmen können. Sehr wahrscheinlich werden sie dabei das Handy finden, und das Messer auch.«

Allein der Gedanke daran, diesen Verbrechern hilflos ausgeliefert zu sein, ließ Taylors Herz stottern. »Was machen wir jetzt?«

27

Sean hasste es, Taylor Angst zu machen, aber ihre Situation war alles andere als rosig. Zu entscheiden, welches Vorgehen für sie am sichersten war, fiel ihm extrem schwer. Am besten fragte er Blake danach, die Leute von RIOS hatten deutlich mehr Erfahrung mit solchen Situationen als er. Das Problem war auch: Wenn sie während der Fahrt aus dem Kofferraum sprangen, könnten sie sich schwer verletzen und nicht mehr in der Lage sein, zu flüchten. Oder die Verbrecher bemerkten sie und fingen sie sofort ein. Es fiel ihm nur so verdammt schwer, hier nur zu liegen und auf etwas zu warten. Wo auch immer sie hingebracht wurden, es war mehr als unwahrscheinlich, dass sie einfach freigelassen wurden.

Wenn es nur um eine Umweltsünde ginge, wäre es eine Sache, aber sie hatten Jagd auf Noah gemacht, weil er Zeuge eines Mordes geworden war. Vermutlich gingen die Verbrecher davon aus, dass Noah sie informiert hatte, deshalb waren sie auch zu einem Risiko geworden. Diese Typen hatten auf sie geschossen, mit der Absicht, sie zu töten. Selbst wenn sie am Ende nicht starben, würde ihnen die Entführung, ebenso wie die illegale Suche nach Rostoffen viele Jahre im Gefängnis einbringen. Und sie hatten ihre Gesichter gesehen, schon allein deshalb konnten die Männer sie nicht gehen lassen.

Das Telefon vibrierte in seiner Hand. Rasch blickte er auf das Display.

Wir haben eure Koordinaten, folgen euch jetzt. Haltet durch!

Erleichtert atmete Sean auf, dann fragte er in einer Nachricht, wie lange es ungefähr dauern würde, bis das Team an ihrem Standort ankam.

»Was sagt er?« Offenbar hatte Taylor das Vibrieren bemerkt.

»Sie können uns jetzt folgen.«

»Gut. Oder?«

»Ja.« Sean las Blakes Antwort. »Er sagt, sie sollten bei gleichbleibender Geschwindigkeit innerhalb von zwanzig Minuten bei uns sein. Und er fragt, was für ein Fahrzeug es ist. Hast du dir das Kennzeichen gemerkt?«

»Nein, leider nicht, ich weiß nur noch, dass es keines von hier war. Vielleicht war ein grüner Baum drauf, aber ich bin nicht sicher. Wofür brauchen sie das?«

»Ich gehe davon aus, dass sie irgendetwas vorbereiten werden, um den Wagen zu stoppen und dafür zu sorgen, dass wir dabei nicht verletzt werden. Es ist ein silberfarbener Chevrolet neueren Baujahrs, so viel weiß ich.«

»Ja.« Taylor hielt einen Moment inne. »Hier ist nicht sonderlich viel anderer Verkehr, glaube ich. Eigentlich sollten sie uns relativ leicht ausmachen können mit der Beschreibung.«

»Hoffentlich.« Sean schickte die Beschreibung an Blake, dann legte er das Handy weg, um Energie zu sparen. Der Akku war nur noch auf dreißig Prozent. Das sollte noch einige Zeit reichen, aber da er nicht wusste, wie lange ihre Gefangenschaft am Ende dauern würde, war er lieber vorsichtig.

Eine Weile lagen sie schweigend da, während Sean versuchte, die Sekunden zu zählen. Unglaublich, wie lang zwanzig Minuten sein konnten, wenn man auf seine Rettung wartete. Der Wagen fuhr über einen Huckel. Sean hielt unwillkürlich den Atem an, als sich das Geräusch unter den Reifen veränderte. Es knirschte, hin und wieder erklang ein Ping, als würde ein Stein gegen den Radkasten fliegen.

»Hörst du das?«

Sean richtete sich auf, soweit es der Kofferraum zuließ. »Es klingt, als hätten wir auf eine andere Straße gewechselt. Vielleicht eine Schotterstraße?«

»Glaubst du, wir werden bald anhalten?« Furcht klang in Taylors Frage mit.

»Möglich.«

Manche dieser Straßen führten aber auch kilometerweit ins Nirgendwo. Jetzt hätte er gern noch die Pistole des Toten, um Taylor und sich im Notfall verteidigen zu können. Sein kleines Taschenmesser würde nicht viel ausrichten können. Vielleicht fuhren sie jetzt langsam genug, um den Kofferraum öffnen und flüchten zu können. Sean zog seine Beine an und versuchte, das Messer aus seinem Wanderstiefel zu angeln. Das war alles andere als einfach, vor allem, weil das Auto immer mehr schaukelte. Offenbar war es keine der ständig instand gehaltenen Strecken. Was bedeutete, dass hier nicht viele Leute entlangfuhren, es also niemanden gab, den sie um Hilfe bitten konnten, sollten Blake und sein Team nicht rechtzeitig ankommen.

Rasch schrieb er Blake eine weitere Nachricht, dann wandte er sich Taylor zu. »Ich werde das Handy wieder verstecken, damit sie es nicht finden.« Er tastete nach Taylors Hosenbund und schob seine Hand hinein. Sie zuckte spürbar zusammen, als er das Handy erneut in ihren Slip steckte.

Taylor griff nach seinen Fingern, als er sie wieder herauszog. »Ich habe Angst.«

»Wenn sie uns in nächster Zeit etwas tun wollten, hätten sie sich nicht die Mühe gemacht, uns aus dem Gebiet rauszubringen. Vielleicht muss erst noch jemand entscheiden, was mit uns passieren soll. Oder sie wollen uns drohen und so dafür sorgen, dass wir nichts erzählen.«

»Hoffentlich hast du recht. Sie haben schon jemanden getötet, warum sollten sie das nicht noch mal tun?« Ihr Griff wurde fester.

»Das Rettungsteam ist nur noch etwa zehn Minuten entfernt und da wir jetzt langsamer fahren, werden sie vermutlich sogar noch eher hier sein. Wir müssen nur so lange durchhalten, dann sind wir frei.« Je länger sie noch fuhren, desto höher waren die Chancen.

»Falls wir es nicht schaffen …«

Sean unterbrach sie sofort. »Das werden wir.«

»Falls nicht, möchte ich, dass du weißt …« Sie schwieg einen Moment. »Auch wenn ich die Erfahrung nicht wiederholen möchte, bin ich doch froh, dich getroffen zu haben. Normalerweise wäre ich dir nie begegnet und das wäre sehr schade.«

Sein Herz klopfte schneller. »Das geht mir ganz genauso. Wir kennen uns zwar noch nicht sehr lange, aber ich möchte keine Sekunde missen.« Er atmete tief durch. »Wir sollten lieber daran denken, was wir machen werden, wenn wir endlich hier raus sind und uns niemand mehr verfolgt. Ich denke, ich brauche erst mal Urlaub und Erholung.«

»Und einen Besuch im Krankenhaus, damit dein Bein versorgt wird.«

Sean verzog den Mund. »Das auch, aber ich wollte nur an Positives denken.«

»Klingt auf jeden Fall beides gut. Und etwas Leckeres zu essen.«

Sein Magen knurrte vernehmlich. »Das war eindeutig Zustimmung. Wollen wir ein Date daraus machen? Ein Essen, samt Vorspeise und Nachtisch in einem guten Restaurant und dann vielleicht ein Hotelzimmer oder eine Hütte mit einem Kamin, nur für uns beide. Stille, Frieden und ganz viel Zeit, um uns endlich richtig kennenzulernen, ohne Extremsituation.« Unwillkürlich hielt er den Atem an, während er auf ihre Antwort wartete.

»Ein guter Plan, ich bin dabei.« Ein Lächeln schwang in ihrer Stimme mit.

Erleichterung raste durch seinen Körper. »Wunderbar, ich freue mich darauf. Sehr sogar.«

»Ich auch.« Ihre Finger verschränkten sich mit seinen. »Ich wäre wirklich sauer, wenn diese Arschlöcher unser Date versauen.«

Überrascht lachte er auf. »Du erstaunst mich immer wieder.«

Taylor drehte ihr Gesicht zu ihm. »Das ist nur mein Versuch, nicht völlig durchzudrehen. Wut hilft mir, bei Verstand zu bleiben und mich nicht in ein bibberndes Häuflein zu verwandeln.«

Sanft küsste Sean sie. »Du machst das großartig. Ich hätte mir keinen besseren Partner wünschen können.«

»Partner?«

Bevor Sean ihr antworten konnte, änderte sich das Motorengeräusch, der Wagen wurde noch langsamer, dann blieb er stehen. Sofort war alles andere vergessen und Seans Kampfgeist übernahm die Führung. »Wenn es eine Möglichkeit gibt, zu entkommen, dann tu es. Egal, was mit mir ist.«

»Nein! Ich werde dich sicher nicht im Stich lassen.«

»Es bringt nichts, wenn wir beide in deren Händen sind. Versprich es mir.«

»Sean …«

Eine Autotür klappte, knirschende Schritte näherten sich dem Kofferraum. »Bitte, Taylor.«

Der Deckel des Kofferraums schwang auf, Licht stach unangenehm in Seans Augen. Kein Wunder, jetzt im Sommer ging die Sonne hier in der Gegend erst gegen 21 Uhr unter. Die Berge waren noch zu sehen, aber deutlich weiter entfernt. Als sich seine Augen an die Helligkeit gewöhnt hatten, sah sich Sean rasch um. Um sie herum war dichte Natur, der Wagen hatte vor einer Hütte gehalten. Es sah nicht so aus, als würde hier jemals jemand vorbeikommen.

»Kommt raus.« Sean wurde grob am Arm gepackt und ohne Rücksicht auf seine Beinverletzung aus dem Kofferraum gezerrt.

Er konnte einen rauen Laut nicht verhindern, als sein Oberschenkel gegen die Kante des Kofferraums stieß.

»Nein, lasst ihn!« Taylors Protest endete in einem schmerzerfüllten Schrei, als ein anderer Mann ihre Haare packte und ihren Kopf zurückriss.

Sean wehrte sich gegen den Griff. »Fasst sie nicht an!«

Der Anführer, der bisher danebengestanden hatte, presste den Lauf seiner Pistole direkt gegen Seans Hals. Ein weiterer Mann entfernte ihre Fußfesseln, damit sie laufen konnten. »Wenn ihr denkt, ihr könnt euch weiter ungestraft so benehmen, irrt ihr euch. Wir sind nicht mehr im Park, hier wird euch niemand mehr finden. Überlegt euch, ob ihr wirklich Ärger machen wollt. Und jetzt kommt endlich, sonst bereut ihr es.«

Was konnte Sean tun, wenn eine Pistole auf ihn gerichtet war? Er presste die Lippen zusammen und humpelte in Richtung der Hütte. Hinter sich konnte er die Schritte von Taylor und den anderen Männern hören. Unauffällig sah er sich um und versuchte, einen Ausweg zu finden. Oder zumindest die Umgebung für einen späteren Fluchtversuch auszukundschaften. Vielleicht konnte er auch eine Nachricht an Blake schicken. Aber da sie das Telefon noch hatten, würde das Rettungsteam sicher schon wissen, wo sie jetzt waren und konnten sich anhand von Satellitenbildern alles genau anschauen. Die Hütte war so alt, dass sie garantiert zu sehen sein würde.

Mit einem heftigen Stoß in den Rücken wurde er durch die Türöffnung katapultiert und konnte sich gerade noch auffangen, bevor er stürzte. Die zusätzliche Belastung verursachte einen reißenden Schmerz in seiner Wunde. Schwarze Punkte flimmerten vor seinen Augen und er klammerte sich an der Lehne eines Stuhls fest. Mühsam kämpfte er gegen die drohende Bewusstlosigkeit an. Taylor trat neben ihn, ihre Hand streifte seinen Arm, bevor ihr Aufpasser sie wegriss. Er durfte auf keinen Fall schwach wirken, das würde den Verbrechern nur einen weiteren Vorteil verschaffen. Mit seiner letzten Kraftreserve richtete sich Sean auf und starrte denjenigen wütend an, der ihn gestoßen hatte. Der grinste nur. Es war der gleiche Mann, der schon im Park besonders grausam gewesen war.

Sean ignorierte ihn und wandte sich stattdessen dem Anführer der Gruppe zu. Er gab hier ganz offensichtlich den Ton an. »Warum habt ihr uns hergebracht?«

»Das werdet ihr noch früh genug erfahren.« Der Mann drehte sich um und kontrollierte sämtliche Fenster, bevor er die Vorhänge zuzog. Dadurch tauchte er den Raum in schummriges Licht, schaltete aber keine Lampe an. Sehr schlau, so konnten sie von draußen nicht gesehen werden.

»Der Ranger Service ist darüber informiert, was im Park vor sich geht. Es sind bereits Ranger unterwegs, die erwarten, uns dort anzutreffen. Man wird hinter Ihnen her sein, wenn sie uns nicht finden.« Taylor wirkte etwas zerzaust, doch sie hielt ihren Rücken gerade. Niemand konnte ihr ansehen, was sie bereits durchgemacht hatte.

Sean war unglaublich stolz auf sie und bewunderte ihren Mut, aber er wünschte, sie würde die Verbrecher nicht zur Eile drängen. Jede Minute, die sie hier noch redeten, würde Blake und das Rettungsteam näher bringen.

»Ihr glaubt doch nicht im Ernst, dass die Ranger uns Angst machen. Das ist ein fauler, korrupter Haufen, der nur dafür da ist, die wenig schicke Uniform anzuziehen und Touristen über die schönsten Routen zu beraten. Vermutlich haben sie die selbst noch nicht mal ausgetestet, weil sie mit ihrem dicken Hintern nur im Visitor Center sitzen.«

»Das ist nicht wahr!« Taylors Antwort war hitzig, ihre Fäuste ballten sich.

»Nein? Wo sind denn deine ach so tollen Kollegen? Sie hatten genug Zeit, euch zu finden und doch sind sie nicht gekommen. Auch jetzt werden sie sich nicht einmischen, dafür habe ich gesorgt.«

Sean übernahm wieder. »Warum tut ihr das überhaupt? Was ist für euch drin? Vielleicht können wir ja eine Abmachung treffen und ihr lasst uns laufen.«

Der Anführer lachte nur. »Wie sollte die aussehen? Ich bezweifle, dass ihr mir etwas bieten könnt, was ich haben will. Oder das aufwiegt, was ich jetzt bekomme. Spar dir also den Versuch.«

»Und wenn wir versprechen, nichts zu sagen von dem, was wir gesehen haben und was passiert ist?« Taylor klang nicht sonderlich hoffnungsvoll.

»Warum sollte ich mich darauf einlassen? Es bringt mir keinen Vorteil. Im Gegenteil, ich würde damit riskieren, dass ihr später doch noch redet. Ich mag keine losen Fäden.« Er wandte sich an seine beiden Kumpane. »Bindet sie fest. Und dann seht ihr euch draußen um und sorgt dafür, dass niemand dieser Hütte zu nahe kommt.«

»Äh, wo sollen wir sie denn festbinden?«

»Herrgott, muss ich alles selber machen? Wenn ihr nicht so unfähig gewesen wärt, hätten wir dieses Problem jetzt gar nicht erst! Ihr hattet ganz eindeutige Befehle und ihr habt es nicht geschafft, sie auszuführen. Wie konnte euch ein einzelner, noch dazu schwer verletzter Mann entkommen? Ihr schießt auf ihn und trefft noch nicht mal. Unglaublich.« Er deutete an die Wand. »Seht ihr die Heizungsrohre dort? Bindet sie daran fest. Und zwar so, dass sie auf keinen Fall entkommen können. Habe ich mich verständlich ausgedrückt?« Nachdem er überzeugt war, dass sie ihm gehorchten, drehte er sich herum, zog sein Handy heraus und begann zu telefonieren. »Ja, wir sind jetzt aus dem Park raus. Wo sollen wir hinkommen?« Er lauschte einige Minuten mit undeutbarem Gesichtsausdruck. »Sicher, dass das eine gute Idee ist? Okay, wir warten hier. Ich habe Bear die Sachen holen lassen. Wenn sie Kontakt zu jemandem hatten und Informationen weitergegeben haben, werden wir es herausfinden. Auf die ein oder andere Weise.«

Das klang überhaupt nicht gut. Mit wem auch immer der Anführer gerade telefonierte, schien das Sagen zu haben. Anscheinend würden sie ihn heute noch treffen. Jedenfalls wenn Blake und das Rettungsteam nicht rechtzeitig kamen.

Die Männer sahen nicht gerade glücklich aus, folgten aber dem Befehl, sie anzubinden. Sean unterdrückte ein Stöhnen, als er grob hochgerissen wurde und sein Bein belastete. Ohne sich um seine Verletzung zu kümmern, wurde er zur gegenüberliegenden Seite des Raumes gezerrt und zu Boden gestoßen. Der Schmerz wurde übermächtig, Schwärze hüllte ihn ein. Sean versuchte, dagegen anzukämpfen, doch diesmal verlor er.

28

Blake starrte wie gebannt auf das Signal des fremden Handys, das Joe an sie weiterleitete. Vor einiger Zeit war der Wagen offenbar langsamer geworden, was insofern gut war, weil sie ihm damit deutlich schneller näher kamen. Dann blieb das Signal an einem Punkt stehen und Blakes Puls stieg in neue Höhen. Vermutlich hatte der Wagen angehalten, in dem Sean und Taylor transportiert wurden. Blake wünschte, sie wären schon dort in Position und könnten gleich den Befreiungsversuch unternehmen. Es war absolut nicht vorherzusagen, was jetzt passieren würde. Ob die Verbrecher Sean und Taylor weiter am Leben lassen würden, oder ob dies der Ort war, an dem sie sterben sollten.

Rasch rief Blake die Koordinaten als Satellitenbild auf. Über viele Kilometer war nur Natur zu sehen, sie befanden sich noch tief in den Naturschutzgebieten, die den Park umgaben. Bis zur nächsten kleineren Stadt war es ein weiter Weg. Sie konnten nicht mal die hiesige Polizei mit einbeziehen, es würde zu lange dauern. Blake bewegte sich im Hubschrauber nach vorn, wo Matt saß.

»Das Signal endet an dieser Hütte.« Er zeigte dem Ex-SEAL das Satellitenbild.

»Sendet das Handy noch?«

»Ja.«

»Gut, dann haben sie das Telefon offenbar noch nicht bemerkt.«

Blake nickte. »Es sieht so aus. Außer, sie haben es gefunden und dort deponiert, während Sean und Taylor woanders hingebracht wurden.«

Matt legte seine Hand auf Blakes Schulter. »Denk positiv. Die wahrscheinlichste Variante ist, dass sie sich jetzt dort befinden und wir sie nur rausholen müssen.«

Blake atmete tief ein. »Du hast recht. Wenn sie das Handy bis dahin noch nicht entdeckt haben, warum sollten sie es jetzt tun. Und wir sind nur noch ein paar Minuten entfernt.«

Er blickte aus dem Fenster auf die vorbeifliegende Landschaft unter ihnen. Es war kaum ein Unterschied zum Park zu erkennen, außer dass sie langsam die Ausläufer des Gebirges hinter sich ließen und die Hügel flacher wurden. Alles wirkte grau und verwaschen, obwohl der Regen weniger geworden war. Aber vielleicht half ihnen das dabei, von den Verbrechern nicht entdeckt zu werden.

»Normalerweise würden wir auf die Dunkelheit warten, bevor wir angreifen, aber jetzt im Sommer dauert das viel zu lange.«

Dafür war Blake sehr dankbar. Auf keinen Fall konnte er hier noch stundenlang darauf warten, bis sie eingreifen konnten.

»Blake, komm mal her.« Kyla saß neben Noah und prüfte laufend seinen Zustand.

Mit einem unguten Gefühl ging er rasch zu ihr. »Was ist?«

»Sein Zustand hat sich deutlich verschlechtert. Ich schaffe es nicht mehr, ihn aufzuwecken. Er muss ganz dringend ins Krankenhaus.«

Auch wenn das keine wirklich neue Entwicklung war, stellte es Blake vor ein Dilemma. Matt hockte sich neben ihn. »Wir lassen uns außer Hörweite der Hütte absetzen. Der Hubschrauber bringt Noah dann auf schnellstem Wege ins Krankenhaus und kommt anschließend wieder zurück, wenn wir ihn rufen.«

Erleichtert atmete Blake auf. »Das klingt machbar.« Er legte seine Hand auf Noahs unverletzte Schulter. »Halt durch, du bekommst bald Hilfe.«

Noah reagierte weder auf die Worte noch auf die Berührung. Hatten sie zu lange gewartet? Andererseits waren sie schon so schnell wie möglich aus dem Park herausgeflogen, wesentlich eher wäre er auf keinen Fall zu einem Krankenhaus gekommen. Trotzdem belastete es ihn, die Entscheidung getroffen zu haben. Selbst wenn Noah ihm selbst gesagt hatte, er sollte zuerst Sean und Taylor retten. Der Mann war verletzt, er hätte dessen Gesundheit in den Vordergrund stellen müssen. Schließlich hatte auch Sean sein Leben riskiert, um seinen Freund zu retten. Doch es half jetzt nichts mehr, Blake konnte nur hoffen, dass er ihn nicht zum Tode verurteilt hatte.

»Ich glaube, es wäre besser, wenn du mit ihm zum Krankenhaus fliegst.«

»Nein. Ich muss zu Sean. Zwar bin ich kein ausgebildeter Soldat oder Polizist, aber ich habe durchaus schon die ein oder andere Tür aufgebrochen. Ich verspreche auch, mich im Hintergrund zu halten und niemanden zu behindern. Doch ich werde bei Sean sein. Falls medizinische Versorgung nötig ist, bin ich dafür gewappnet.«

Matt seufzte. »Woher wusste ich, dass du das sagst?«

»Ich schätze mal, du kennst mich einfach zu gut.«

»Du bist genauso wie der Rest deiner Familie. Meine Frau eingeschlossen.«

»Danke.« Und das meinte er völlig ernst. Seine Familie war eine Wucht, er war stolz, dazu zu gehören.

Matt verdrehte die Augen. »Lass mich das bloß nicht bereuen.«

»Das wirst du nicht. Kann jemand anders bei Noah bleiben?«

»Nein, ich brauche jeden vom Team, wir wissen nicht, was uns dort erwartet. Der Pilot wird alles mit dem Krankenhaus regeln. Ich spreche jetzt mit ihm.«

Blake hielt ihn auf. »Sag ihm bitte, er soll dem medizinischen Personal sagen, dass sie Nick Larsen kontaktieren sollen. Das ist Noahs Bruder. Er ist schon auf dem Weg nach Seattle und will sicher gleich zu Noah ins Krankenhaus. Ich stecke einen Zettel mit der Telefonnummer in die Westentasche.«

»Alles klar.« Matt redete kurz mit dem Piloten, dann kam er zurück. »Der Pilot fliegt nach Abbotsford, das ist die nächste Stadt mit einem richtigen Krankenhaus.«

»Dann sage ich Nick das schon mal, damit er sich gleich von Seattle aus auf den Weg machen kann.« Blake holte sein Handy heraus und schrieb Nick eine Nachricht, als sofort die Mailbox kam. Vermutlich war er noch im Flugzeug. Anschließend schrieb er seine Telefonnummer und den Namen auf und steckte den Zettel in Noahs Brusttasche.

Viel schneller als erwartet erreichten sie ihr Ziel. Das Team war sofort in seinem Element, während Blake immer noch das Gewicht seiner Feuerwehrausrüstung vermisste. Nacheinander sprangen sie aus dem Hubschrauber und duckten sich ins Gras der Lichtung, während der sofort weiterflog und dabei einen großen Bogen um die Hütte machte, damit die Verbrecher nichts von ihrer Ankunft bemerkten. Wie versprochen hielt Blake sich am Ende der Gruppe, um niemanden zu behindern. Es fiel ihm schwer, seine Sorge um Sean zu unterdrücken. Genau deshalb sollte man keinen Einsatz mitmachen, bei dem Familie oder enge Freunde als Opfer beteiligt waren. Mit zusammengebissenen Zähnen strebte er weiter vorwärts.

***

Taylor wollte auf Sean zustürzen, um ihm zu helfen, doch der Mann hielt sie brutal am Arm zurück. Hilflos musste sie zusehen, wie Sean bewusstlos über den Boden gezerrt und an die Heizung gebunden wurde. Wütend setzte sie sich zur Wehr, konnte aber nicht mehr als ein schmerzerfülltes Grunzen erreichen. Dafür versetzte der Verbrecher ihr einen Schlag, der sie gegen die Heizung taumeln ließ. Ihr Kopf schlug gegen das Metall und sandte einen heißen Schmerz durch ihre Schläfe. Instinktiv wollte sie kämpfen und sich gegen die Männer wehren, doch sie wusste, dass Seans Bruder mit dem Rettungsteam in der Nähe war. Sie allein konnte wenig ausrichten, sie würde nur sich und Sean gefährden. Deshalb presste sie lediglich ihre Hand an die Stirn, wo sie sich gestoßen hatte und sackte neben Sean zusammen.

Als sie die Hand wegnahm, sah sie das Blut. Grandios, offenbar hatte sie es auch noch geschafft, sich den Schädel aufzuschlagen, kurz bevor sie gerettet wurden. Sie hatte nicht einfach zusehen können, wie Sean misshandelt wurde, während er bewusstlos war. Dieser Umstand störte die Verbrecher offenbar überhaupt nicht, sie überprüften nicht mal, wie schwer die Verletzung war. Ein weiteres Zeichen dafür, dass sie nicht vorhatten, sie am Leben zu lassen. *Liebes Rettungsteam, jetzt ist ein guter Zeitpunkt für euer Eingreifen!* Taylor hielt den Atem an und lauschte, aber außerhalb der Hütte herrschte totale Stille.

Der Anführer hatte offenbar sein Telefonat beendet und wandte sich zu ihnen um. »Durchsucht sie. Ich will keine weiteren Überraschungen erleben. Woodward ist bald hier und würde es nicht schätzen, wenn wir die Lage nicht unter Kontrolle haben.«

Taylors Herz begann zu hämmern. Wenn das Handy gefunden wurde, könnte das dazu führen, dass sie auf der Stelle ermordet wurden. Noch immer steckte es vorn in ihrem Slip, es gab keine Möglichkeit, wie sie es verstecken könnte, während die Aufmerksamkeit der Männer auf ihr und Sean lag.

Sie beugte sich zu Sean hinüber und rüttelte ihn. »Komm schon, wach auf!« Das Blut tropfte aus ihrer Kopfwunde auf sein Hemd. »Sean, bitte.«

Noch immer waren seine Lider geschlossen, sein Körper schlaff. Wie konnte es sein, dass er so lange bewusstlos blieb? Hatte er noch weitere Verletzungen, die sie bisher nicht bemerkt hatte? Oder hatte sich seine Beinwunde so entzündet, dass andere Körpersysteme in Mitleidenschaft gezogen wurden? Es war schlimm, in den Händen der Verbrecher zu sein, aber noch viel mehr, wenn Sean nicht mehr reagierte. Sie würde es nicht durchstehen, ihm dabei zuzusehen, wie er starb.

Noch einmal schüttelte sie ihn. »Sean.«

Seine Lider zitterten, dann hoben sie sich. Taylor kamen die Tränen, so erleichtert war sie, seine hellbraunen Augen zu sehen. »Was …?« Sein Blick wanderte zu ihrer Stirn. »Du bist … verletzt!«

»Nicht schlimm, nur eine Platzwunde.« Bis auf Kopfschmerzen würde die Verletzung sie hoffentlich nicht behindern. Ihre Finger strichen über seine, während sich das Seil spannte. »Wie geht es dir?«

Sein Blick glitt zu den Verbrechern, die auf der anderen Seite des Raumes immer noch in eine Diskussion verstrickt waren. »Muss ja. Was ist passiert?«

»Du bist gefallen und hast das Bewusstsein verloren. Ich wollte dir helfen, aber sie haben es nicht zugelassen. Sie haben uns an die

Heizkörperrohre gebunden. Ich fürchte, wir kommen hier nicht weg und jetzt wollen sie uns auch noch durchsuchen. Wenn sie das Handy finden …« Würden sie die Nachrichten finden und sehen, dass ein Rettungsteam schon fast vor Ort war. Das würde sie dazu bringen, sie gleich zu töten, oder hier wegzubringen. Ohne das Handy. Das würde es Blake und den anderen unmöglich machen, sie wiederzufinden.

Es war Sean anzusehen, dass ihm genau das Gleiche durch den Kopf ging. »Kannst du es rausholen?«

»Nein, nicht solange sie in diese Richtung blicken.« Sie wackelte mit den Fingern, die langsam taub wurden.

»Mist.« Sean lehnte den Kopf an den Heizkörper und schloss kurz die Augen. »Okay, wir müssen es versuchen. Kannst du ein wenig hinter mich rücken? Wenn sie dich nicht mehr sehen können, hol es raus und versteck es woanders.«

Taylor konnte sich nicht vorstellen, wie das ungesehen funktionieren sollte, aber sie hatten keine andere Möglichkeit.

Sean bewegte sich unauffällig, bis er ihren Körper aus Blickrichtung der Verbrecher ein Stück verdeckte. Taylor rutschte noch etwas hinter ihn, dann schob sie ihre Hand vorsichtig in ihre Hose. Ihr Herz hämmerte, während ihr Blick auf den Männern lag. Wenn sie jetzt in ihre Richtung blickten … Zentimeter für Zentimeter ließ sie ihre Finger weiter vorrücken, behindert durch das Seil und die Tatsache, dass sie nicht eine Hand einzeln bewegen konnte. Dann endlich berührten ihre Fingerspitzen das Plastik des Handys. *Ja!* Unendlich langsam zog sie ihre Hand mit dem Telefon zurück. Als der Blick des Anführers auf sie fiel, erstarrte Taylor.

Sean bemerkte es anscheinend auch, denn er schob sich noch weiter vor sie. »Was zum Teufel denkt ihr, wer ihr seid! Die Polizei wird sich sehr dafür interessieren, was ihr im Park getan habt. Und auch, was ihr meinem Freund angetan habt. Sie werden euch alle verhaften und für Jahre ins Gefängnis stecken!«

Die Männer lachten nur. Der Anführer strich angelegentlich über seine Pistole. »Das glaubst du doch selbst nicht. Niemand weiß, dass wir überhaupt im Park waren. Das heißt, niemand außer euch und ihr werdet nicht mehr davon erzählen können, wenn wir mit euch fertig sind. Euer Freund ist inzwischen längst tot. Vermutlich hat ein Raubtier ihn sich geholt.«

»Warum sitzen wir dann noch hier rum?«

Was zum Teufel tat er da? Wollte er die Verbrecher dazu bringen, sie sofort zu erschießen? Es hörte sich fast so an. Auf jeden Fall war es ein sehr gefährliches Spiel, das er trieb. Rasch zog sie das Handy heraus und ließ es neben ihren Oberschenkel fallen.

Der Anführer trat näher. »Hast du heute noch irgendwas Besseres vor? Sei froh, dass du noch am Leben bist, das kann sich ganz schnell ändern.«

»Ich will nur endlich wissen, was hier los ist. Ich denke, das haben wir verdient, nachdem ihr uns durch den Park gejagt und hierhergebracht habt.«

Der Mann schnaubte. »Ihr seid nur eine nervige Plage. Idioten, die sich in Dinge eingemischt haben, die sie nichts angehen. Ihr habt kein Recht auf irgendwas, schon gar nicht darauf, dass ich euch etwas erzähle. Warum sollte ich das tun? Ihr werdet es nicht mehr nutzen können und mir ist es scheißegal, ob ihr ahnungslos sterbt. Ginge es nach mir, wärt ihr schon im Wald beseitigt worden. Aber da jemand anders die Rechnungen zahlt, richte ich mich danach, was er will. Und er sagte, dass er mit euch sprechen will.«

»Warten wir gerade auf ihn?« Offenbar war Sean immer noch nicht damit fertig, den Verbrecher zu reizen. Unauffällig stieß Taylor ihn an.

»Wie gesagt, das geht euch einen Scheißdreck an. Kirk, durchsuch sie und zwar gründlich. Ich will nachher keine Überraschungen erleben.«

Taylors Puls schoss in die Höhe. Schnell nahm sie das Handy wieder hoch und versuchte, es hinter den Heizkörper zu schieben. Diese Männer durften es nicht in die Hände kriegen! Ihre Finger zitterten, als sie es auf eine der Wandbefestigungen schob, die sie gerade noch erreichen konnte. Erleichtert atmete sie auf. Vielleicht würden sie doch überleben.

Einer der Männer griff nach ihr, doch Sean wehrte ihn ab. »Fasst sie nicht an!«

»Nicht, Sean …«

Bevor sie eingreifen konnte, schob der Verbrecher Sean mit Wucht zur Seite. Er fiel gegen die Heizung zurück, die ein metallisches Knacken von sich gab. In der folgenden Stille war ein deutliches Klacken zu hören, als wäre etwas hinuntergefallen. *Nein!*

29

Der Wald war dicht, an manchen Stellen gab es kein Durchkommen, was sie immer wieder zwang, Umwege zu gehen. Blake wünschte, sie hätten sich dichter an der Hütte absetzen lassen können, aber es wäre zu gefährlich gewesen, wenn die Entführer den Hubschrauber gehört hätten. Sollten sie merken, dass sich jemand näherte, könnten sie Sean und Taylor innerhalb von Sekunden töten. Selbst das bestausgebildete Team könnte dann nichts mehr tun. Nein, das durfte nicht passieren. Er würde nicht dabeistehen und zusehen, wie sein Bruder getötet wurde!

Es war eine seltsame Erfahrung mit einem Team aus Soldaten und RIOS-Leuten auf einer Mission zu sein, es unterschied sich deutlich von Einsätzen in der Brandbekämpfung oder bei Unfällen. Kein Wunder, in den meisten Fällen gab es dort niemanden, der sie umbringen wollte – vom Feuer abgesehen. Die SEALs bewegten sich geradezu unheimlich leise. Er konnte sie zwar als Schatten im düsteren Wald sehen, aber nicht hören. Stattdessen kam er sich vor wie ein Trampel, der hinter ihnen herstapfte. Ein ungewohntes Gefühl. Automatisch versuchte er, leiser aufzutreten, doch es gelang ihm nicht ganz. Glücklicherweise hatte es gerade geregnet und das Holz am Boden war feucht.

»Mach dir nichts draus, mir ging es in der ersten Zeit auch so.« Kyla tauchte – ebenso lautlos wie ihre männlichen Kollegen – neben ihm auf. Sie sprach so leise, dass ihre Stimme nur bis zu ihm drang.

Blake konnte sich daran hindern, erschreckt aufzuschreien. »Wie hast du es gelernt?«

»Lange Übung. Bei den TURTs haben wir sehr häufig mit den SEALs zusammen trainiert. Da schaut man sich den einen oder anderen Trick ab.«

»Ich fürchte, so viel Zeit habe ich nicht.«

»Du machst das schon gut.«

»Ab jetzt Funkstille.« Matts Stimme drang durch den Kopfhörer. Bevor sie aus dem Hubschrauber gesprungen waren, hatte jeder ein deutlich kleineres Set bekommen, das es ihnen während der Rettungsaktion erlauben würde, miteinander zu kommunizieren.

Klicken ertönte, das Blake lieber nicht versuchte zu imitieren. Kyla schnitt eine Grimasse und berührte kurz seinen Arm, bevor sie sich wieder auf ihre Position begab.

Blake bemühte sich, sich voll auf die Umgebung zu konzentrieren und seinen Teil zum Gelingen der Mission beizutragen, doch seine Gedanken kreisten die meiste Zeit um Sean. In welchem Zustand würde er seinen Bruder vorfinden? Vor einigen Minuten hatte er noch gelebt, das war immerhin ein Grund zur Hoffnung. Seitdem hatte er aber über das Handy keine Nachricht mehr bekommen. Vermutlich, weil Sean unter Aufsicht in der Hütte sicher nicht das Telefon herausholen und eine Nachricht schreiben konnte. Doch es könnte auch andere Erklärungen dafür geben, die ihm ganz und gar nicht gefielen. Nein, es ging Sean und Taylor gut. Absolut sicher.

»Ich bekomme kein Signal mehr von dem Handy.« Joe Spades Stimme drang durch den Kopfhörer. Offenbar hatte er sich von DC aus zugeschaltet.

»Was heißt das? Ist es ausgeschaltet?« Matts antwortete prompt.

»Normalerweise würde ich selbst dann noch auf das GPS-Signal zugreifen können. Vermutlich wurde es vollständig zerstört oder das GPS entfernt.«

Blakes Angst um Sean vervielfachte sich. Wenn die Verbrecher das Handy entdeckt hatten, würden sie wissen, dass Sean und Taylor mit jemandem in Kontakt standen. Eventuell konnten sie sogar die Nachrichten lesen und wussten, dass sie jederzeit angegriffen werden würden. Das würde ihnen die Zeit geben, sich darauf vorzubereiten – oder ihre Gefangenen zu töten, bevor das Rettungsteam eingreifen konnte.

»Tempo, Leute! Wir müssen zugreifen.«

Sofort sprinteten alle los und Blake rannte mit laut pochendem Herzen hinterher. Sie durften nicht zu spät kommen!

***

Sean starrte auf das Handy, das vom Anführer zerstört worden war. Immerhin war es erst hier entdeckt worden, sodass Blake ihren Aufenthaltsort schon kannte, trotzdem spürte er ohnmächtige Wut, dass es ihnen nicht gelungen war, es weiter zu verstecken. Beinahe hätte es geklappt, doch die Wucht seines Aufpralls gegen die Heizung hatte nicht nur seine Rippen verletzt, sondern auch dazu geführt, dass das Handy aus dem Versteck gefallen war. Die Verbrecher hatten es nicht übersehen können, nachdem es mit einem lauten Klacken zwischen ihnen auf dem Holzboden gelandet war.

Der Anführer hatte Taylor zur Seite gestoßen, das Handy aufgehoben und darauf gestarrt. Dann hatte er es mit voller Wucht an die Wand geworfen und anschließend noch mit seinem Hacken zertreten. Damit konnten Blake und das Team sicher kein Signal mehr empfangen. Solange sie hier blieben, sollte das kein Problem sein. Allerdings könnte es sein, dass sie damit die Verbrecher jetzt zum Handeln gezwungen hatten. Immerhin hatten sie aber die Nachrichten nicht gelesen und wussten nicht, dass ein Rettungsteam bereits auf dem Weg war. Sean versuchte, sich weiterhin vor Taylor zu halten, damit er sie schützen konnte.

Der Anführer starrte sie an, schüttelte den Kopf und wandte sich an seine Kumpane. »Ich dachte, ihr hättet sie an der Mine durchsucht! Wie könnt ihr so ein großes Handy übersehen haben?«

»Das war nicht da, als wir sie in den Kastenwagen geworfen haben.«

»Und wo sollen sie es dann herhaben? Es wird ihnen ja nicht zugeflogen sein.«

Einer der Verbrecher druckste herum. »Nun ja … es sieht aus wie Jasons.«

»Jason, was hat er damit zu tun? Ich dachte, er ist tot.« Es war kein Funken Mitleid zu erkennen.

»Ja. Wir haben seine Leiche mitgenommen, damit sie nicht von irgendwem gefunden wird. Oder der Bär zurückkommt.« Der Mann wurde deutlich blasser.

»Und?«

»Seine Leiche lag auch in dem Kastenwagen.«

Der Anführer schüttelte den Kopf. »Und ihr habt nicht daran gedacht, ihm vorher alles abzunehmen, was irgendwie als Waffe oder zur Kommunikation verwendet werden kann?« Seine Stimme klang gefährlich ruhig.

»Äh … anscheinend nicht.«

»Ich sollte euch jetzt sofort für eure Dummheit erschießen. Aber es könnte sein, dass ich euch noch als Sündenbock brauche, also werde ich damit noch warten. Bringt die beiden zum Auto, ich komme gleich nach.«

Nein! Wenn er sie von hier wegbrachte, könnte Blake sie nicht wiederfinden. Was natürlich Sinn der Sache war, doch Sean konnte das nicht zulassen. »Gebt auf, ihr könnt gar nicht gewinnen.«

Neugierig sah der Anführer ihn an. »So? Warum nicht?«

»Weil ihr nicht damit davonkommen werdet, wenn ihr uns ermordet. Noah wird inzwischen allen erzählt haben, was ihr getan habt. Sie werden euch bereits suchen.«

Dunkle Augenbrauen schoben sich zusammen. »Wer zum Teufel ist Noah?«

»Mein Freund, den diese Idioten beinahe getötet haben.«

Der Anführer begann zu grinsen. »Er wird nicht wieder auftauchen. Bear sorgt dafür, dass er nicht lebend aus dem Park rauskommt.«

Sean lächelte, obwohl er diese Typen am liebsten zerfleischt hätte. »Irrtum.«

»Woher willst du das wissen?« Die Pistole richtete sich auf seine Brust.

»Nun, er wurde gefunden, medizinisch versorgt und ist auf dem Weg ins Krankenhaus. Wenn ihr uns jetzt gehen lasst, könnt ihr noch mit einer relativ geringen Strafe davonkommen.« Was natürlich gelogen war, schließlich würde Noah der Polizei von dem Mord erzählen, doch er würde sicher nicht zugeben, dass sie das wussten.

»Absoluter Schwachsinn! Niemand weiß, wer wir sind, dafür habe ich gesorgt.«

»Außer, dass wir Jasons Portemonnaie haben. Nicht hier natürlich. Ich wette, wenn man sich genug Mühe gibt, kann man ihn bis zu euch zurückverfolgen.« Die Sekunden schienen unendlich langsam zu vergehen, aber jede einzelne würde dem Rettungsteam helfen.

Der Anführer sah zu seinen Kumpanen, die so wirkten, als wären sie am liebsten woanders. »Nicht euer Ernst, oder?«

Der eine hob die Schultern. »Ich weiß nicht, was Jason alles dabeihatte. Sein Körper war zerfleischt, es war furchtbar. Wir haben ihn in eine Plane gewickelt, damit das Blut nicht überall hin gerät.«

Ein Muskel zuckte in der Wange des Anführers, er wirkte, als stände er kurz vor einer Explosion. »Bringt sie raus.«

Shit, genau das hatte Sean zu verhindern versucht. »Ich kann nicht mehr laufen.«

»Das ist mir völlig egal. Zur Not schleifen wir dich hinterher. Oder ich könnte deine Freundin erschießen, um dich zu motivieren.«

»Dann würde ich erst recht nicht mitgehen.«

»Wollen wir es ausprobieren?«

Sean war sich ziemlich sicher, dass der Verbrecher nicht bluffte. Ihm war offenkundig alles außer seinem persönlichen Vorteil völlig egal. »Wenn sie stirbt, ist es mir egal, ob ich weiterlebe.«

Verächtlich sah ihn der Anführer an. »Ich hasse solche Gefühlsduseleien, hier geht es ums Geschäft.«

»Für mich nicht.« Taylors Hand lag beruhigend in seiner und er drückte sie.

»Das ist dein Problem.« Er packte Taylor, löste die Fessel, die sie an die Heizung kettete, und zerrte sie hoch. »Komm, wenn du nicht willst, dass dein Freund stirbt.«

Hilflos sah Taylor ihn an. Wenn sie nicht mitging, war er tot, tat sie es, würde das Rettungsteam vielleicht zu spät kommen. Sean nickte ihr zu. Solange sie weiterlebten, gab es immer eine Chance. Vielleicht war Blakes Team bereits in der Nähe und würde sie befreien, sobald sie die Hütte verließen. *Gott, hoffentlich!* Es sollte endlich alles ein Ende haben. Verzweifelt beobachtete Sean, wie einer der Verbrecher Taylor aus der Hütte brachte. Er versuchte, sich zu wehren, als der zweite ihn packte und in Richtung der Tür zog. Da sein Bein nachgab, schleppte der ihn mehr oder weniger hinter sich her. Jede Bewegung zerrte an seiner Wunde und verursachte einen unerträglichen Schmerz.

Der Anführer blieb in der Hütte zurück. Was machte er da? Sicher würde er doch ebenfalls fliehen wollen und es gab nur ein Auto. Oder würde er zurückbleiben und den Rettern eine Falle stellen? Ein schlechtes Gefühl breitete sich in Sean aus. Er wollte befreit werden, gar keine Frage. Doch der Gedanke, dass Blake oder einer der anderen dabei verletzt oder getötet werden könnte, war entsetzlich.

Ein harter Tritt gegen sein Bein riss Sean aus seinen Überlegungen. Überwältigender Schmerz schoss durch seinen Körper und raubte ihm fast das Bewusstsein. Wie gelähmt konnte er nur über sich ergehen lassen, wie der Mann ihn über den Schotter schleifte.

»Du Idiot, du bist dafür verantwortlich, dass wir nicht hierbleiben können! Wenn uns jemand stellt, kannst du sicher sein, dass meine erste Kugel dir gilt. Oder nein, vielleicht deiner Freundin, kurz bevor du auch verreckst. Und das alles nur, weil ihr eure Nase in etwas stecken musstet, das euch gar nichts angeht. Was interessiert es euch, was im Park passiert?« Es war nicht als Frage gemeint.

Sean war das recht, er konnte sowieso nicht antworten. Seine Zähne waren fest zusammengepresst, damit er sich nicht vor Schmerz übergab.

»Lass ihn in Ruhe!« Taylors Stimme hallte durch die Stille.

Ein lautes Klatschen war zu hören und ein dumpfer Schmerzenslaut. Aus den Augenwinkeln sah er, wie Taylor gegen ihren Bewacher ankämpfte. Das Schwein boxte sie hart in den Magen, woraufhin sie zusammenbrach. *Nein!* Sean mobilisierte seine letzten Kräfte, um Taylor beizustehen. Auf keinen Fall sollte sie seinetwegen misshandelt werden. Er kämpfte gegen seine Schwäche an und kam wieder auf die Füße. Einen Schritt nach dem anderen bewegte er sich auf

Taylor zu. Wäre er unverletzt, würde er versuchen, die Männer zu überwältigen, um ihnen die Möglichkeit zur Flucht zu ermöglichen. Aber mit seinem Bein würde er nirgends mehr hinkommen, er würde Taylor nur aufhalten.

Aber vielleicht … Ohne weitere Planung stürzte er sich auf den Mann, der Taylor festhielt und stieß ihn mit seinem Körpergewicht zur Seite. Mit einem gedämpften Aufschrei ließ er Taylor los, die gegen den Wagen taumelte. Sean konnte sich nicht mehr auf den Füßen halten und fiel mit dem Mann zu Boden. Aus halb geschlossenen Augen beobachtete er, wie Taylor dem Verbrecher gegen den Kopf trat. Er sackte in sich zusammen und landete schwer auf Sean. Sein Kumpan stürmte auf Taylor zu. Mit einer gewaltigen Kraftanstrengung schob Sean den Bewusstlosen zur Seite und warf sich nach vorn. Mit beiden Armen umklammerte er die Beine des Angreifers. Mit einem rauen Fluch landete dieser auf dem Boden, bevor er Taylor erreichte.

»Lauf!«

Taylor starrte ihn mit großen Augen an. »Nein, ich lasse dich hier nicht zurück!«

»Ich kann nicht rennen. Bring dich in Sicherheit!«

Unentschlossen stand sie da. »Nicht ohne dich.«

»Taylor, das ist deine einzige Chance. Die anderen werden gleich kommen und mir helfen. Aber es ist besser, wenn sie nur einen befreien müssen.«

»Aber wenn sie dich töten …«

»Das werden sie nicht. Los!« Er war sich dessen nicht sicher, aber er würde alles tun, um sie in Sicherheit zu bringen. Blake würde sie finden und sie beschützen, bis die Verbrecher gefasst waren.

Nach einem letzten verzweifelten Blick rannte Taylor los. Sie tauchte in das Unterholz ein und war nach wenigen Sekunden nicht mehr zu sehen. *Lauf!* Ohne Vorwarnung traf Sean etwas am Kopf und es wurde schwarz um ihn.

30

Verzweifelt rannte Taylor durch den Wald, ihr keuchender Atem überdeckte jedes Geräusch. Vielleicht wurde sie verfolgt, doch sie konnte nicht stehen bleiben, um es herauszufinden. Es fiel ihr unglaublich schwer, Sean zurückzulassen, der Gnade der Verbrecher ausgeliefert. Jede Faser ihres Körpers zog sie zu ihm zurück, doch sie kämpfte dagegen an. Das Handy war zerstört und die Verbrecher würden sie von hier wegbringen. Damit konnte Seans Bruder ihnen nicht mehr folgen. Sie würden einfach spurlos verschwinden und vermutlich nie wieder gefunden werden. Wenn sie zurückging, gab es niemanden, der sagen konnte, was passiert war und der Beschreibungen der Männer weitergeben würde. Sie hatte sich sogar das Kennzeichen des Autos gemerkt, als sie daran vorbeigerannt war.

Was sollte sie tun, wenn sie Sean ermordeten? Sie würde sich ewig fragen, ob es ihre Schuld war. Es würde für immer auf ihrem Gewissen lasten. Und sie würde ihn furchtbar vermissen. Taylor wurde langsamer. War es doch die falsche Entscheidung? Sean hatte darauf bestanden, aber wahrscheinlich wollte er sie nur in Sicherheit wissen. Wie würde es ihm gehen, wenn er allein und schutzlos diesen Mistkerlen ausgeliefert war? Sicher würden sie ihn für ihre Flucht bestrafen. Er würde ihretwegen leiden. Taylor blieb stehen und sah sich atemlos um. Sie hatte keine Ahnung, wo sie war und wie sie zur Hütte zurückkam. Oder wo sie das Rettungsteam finden konnte.

Unentschlossen blickte sie um sich. Es schien ihr niemand zu folgen, sonst würde sie sicher schon die Schritte hören. Taylor hockte sich hinter einen gewaltigen Busch und versuchte, sich über ihre nächsten Schritte bewusst zu werden. Wenn die Verbrecher weg waren, würde sie zur Straße laufen und probieren, dort Hilfe zu bekommen. Natürlich könnte es sein, dass sie ihr genau dort auflauern würden. Zur Hütte zurück konnte sie auch nicht, dort würden sie nichts zurückgelassen haben, das ihr helfen würde, die Behörden oder Blake zu kontaktieren. Genau genommen kannte sie nicht mal seine Nummer. Aber sicher war die irgendwie herauszubekommen, wenn sie erst mal Zugang zu einem Telefon hatte. Oder zu einem Computer.

»Komm zurück, Kleine. Da draußen wird dir niemand helfen.«

Ein Zittern lief durch ihren Körper, als sie den Ruf hörte. Rasch erhob sie sich und bewegte sich in die entgegengesetzte Richtung, aus der die Stimme kam. Sie musste weiter weg, wenn sie nicht doch noch von den Männern eingefangen werden wollte.

»Wenn du nicht sofort zurückkommst, erschießen wir deinen Freund.«

Abrupt blieb Taylor stehen. Würden sie das wirklich tun? Ja, die Möglichkeit bestand. Der Anführer kam ihr nicht wie jemand vor, der irgendwelche Skrupel hatte. Allerdings hätten sie das schon viel früher tun können, stattdessen hatten die Verbrecher sie am Leben gelassen. Mit angehaltenem Atem stand sie wie eingefroren da, unschlüssig, was sie tun sollte.

»Bleib weg!« Seans Stimme drang zu ihr, er klang schwächer als vorher.

»Glaub mir, ich mache keine leeren Drohungen. Wenn du nicht in einer Minute hier bist, wars das mit deinem Freund.«

Taylor ballte die Hände zu Fäusten. Was würde Sean retten? Wenn sie sich wieder gefangen nehmen ließ, oder doch die Chance, dass sie mithilfe des Rettungsteams nach ihm suchen konnte. Hätte Sean sie allein gelassen, wenn ihre Rollen umgekehrt wären? Nein, ganz sicher nicht. Die Antwort kam sofort. Sean wäre bis zum bitteren Ende bei ihr geblieben und hätte versucht, sie zu beschützen. Das sollte sie auch tun, selbst wenn sie nicht viel ausrichten konnte. Entschlossen ging Taylor auf die Hütte zu.

Ein lauter Knall zerriss unvermittelt die Stille. Vögel stoben kreischend auf. *Nein, Sean!* Taylor wollte zu ihm laufen, aber die Vernunft sagte ihr, dass sie ihm nicht mehr helfen konnte. Stattdessen würde sie auch getötet werden, als lästige Zeugin. Ihr Herz drängte sie, sich zu überzeugen, ob Sean tot war, aber das würde nur in die Hände der Mörder spielen. Wenn die Männer nach ihr suchten, würde sie vielleicht genug Zeit rausschlagen, dass das Rettungsteam ankam. Gott, sie hoffte, dass diese Mistkerle verhaftet wurden und im Gefängnis verrotteten!

Schweren Herzens lief sie wieder in die andere Richtung, fort von der Hütte und Sean. Zweige peitschten ihr ins Gesicht und rissen an ihrer Kleidung, doch sie spürte es kaum. Zu sehr beherrschte sie der Schmerz in ihrem Innern. Sie konnte sich nicht vorstellen, Sean niemals wiederzusehen. Nie wieder mit ihm sprechen zu können. Ihn nie wieder lachen zu hören. Die Vorstellung war nicht zu ertragen, dass er nicht mehr da sein sollte. Dabei hatte sie ihn noch nicht einmal richtig kennengelernt, doch das, was sie von ihm wusste, reichte vollkommen, um sich in ihn zu verlieben. In seine freundliche Art, die Loyalität zu seinen Freunden und sogar einer Fremden wie ihr. Sein Wille, alles zu tun, um jemanden zu retten, auch wenn ihn das in Gefahr brachte. Selbst seine Familie klang wunderbar.

Als sie keine Luft mehr bekam, blieb sie keuchend stehen. Erst jetzt bemerkte sie, dass Tränen über ihre Wangen liefen. Ihre Kehle war wie zugeschnürt und sie rang um Atem. Noch immer konnte sie keine Geräusche einer Verfolgung hören. Hatten sie aufgegeben oder waren sie doch geschickter als sie annahm? Sie wünschte, sie wäre auf einem Berg, da kannte sie sich aus und würde jemanden kommen sehen. Hier jedoch war sie völlig blind und musste sich auf ihre anderen Sinne verlassen. Die momentan äußerst eingeschränkt waren. Mühsam hielt sie ihren Atem an, um etwas zu hören. Doch da war nichts. Es herrschte eine beinahe unheimliche Stille.

Taylor schlang die Arme um ihren Körper, soweit die Fesseln um ihre Handgelenke das zuließen, um ihr Zittern zu unterdrücken. Normalerweise wusste sie immer, was sie tun musste, doch diese Situation war zu viel für sie. Wie sollte …? In der Ferne war das Starten eines Motors zu hören. Fuhren die Verbrecher jetzt davon und ließen sie zurück? Oder war das eine Falle, um sie in Sicherheit zu wiegen? Die Ungewissheit ließ sie zögern. Vielleicht hatten sie Sean dort zum Sterben zurückgelassen und sie könnte ihn doch noch retten. Dieser Gedanke gab den Ausschlag.

Vorsichtig bahnte sie sich einen Weg durch die Wildnis, bereit, jederzeit zu flüchten, wenn sich jemand nähern sollte. Das Herz hämmerte gegen ihre Rippen, jedes kleinste Geräusch führte dazu, dass sie fast aus der Haut fuhr. Ihr Puls spielte verrückt, ihre Atmung war viel zu flach, sie hyperventilierte nahezu. Schwindel setzte ein und sie musste sich an einem Baumstamm abstützen, um nicht hinzufallen. Taylor lehnte die Stirn gegen die Borke und schloss die Augen. *Bitte, Sean, hilf mir, das durchzustehen! Wenn du noch lebst, gib mir ein Zeichen. Und wenn du tot bist … Es tut mir so leid. Ich hätte bei dir bleiben sollen. Unterstütz mich dabei, deine Mörder zur Rechenschaft zu ziehen. Bitte.*

Es kam natürlich keine Antwort, auch wenn sie alles für eine gegeben hätte. Langsam hoben sich ihre Lider wieder und sie atmete tief durch. Ihre Lunge schmerzte genauso wie ihr Herz und alles andere in ihrem Körper. Doch sie musste weiter. Je eher sie das Rettungsteam fand, desto wahrscheinlicher war es, dass sie die Verbrecher noch fassen konnten. Mit einem Hubschrauber könnten sie die Straße abfliegen und würden den Wagen schnell finden. Das brachte sie dazu, sich wieder zu bewegen. Sie setzte einen Fuß vor den anderen, bis sie sicher war, ihren Körper wieder unter Kontrolle zu haben.

Taylor versuchte, sich zu orientieren, aber das war jetzt fast noch schwerer als vorher. Auf ihrer wilden Flucht hatte sie total die Orientierung verloren. Sie blickte nach oben zum Himmel, konnte aber nur Äste und ein wenig Helleres sehen. Da die Sonne nicht schien, konnte sie sich nicht daran orientieren. Auch das Moos an den Bäumen half ihr nicht weiter, weil sie nicht wusste, ob die Hütte von hier aus im Osten, Westen, Süden oder Norden lag. Dank der Bäume und des vom Regen verursachten Nebels sah sie keine markanten Berggipfel oder andere natürlichen Merkmale. Vermutlich würde auch kein Auto die schmale Schotterstraße entlangfahren und ihr damit helfen.

Komm schon! So darf es einfach nicht enden! Taylor rieb über ihre schmerzende Schläfe und fühlte dort eine Beule. Alles egal, selbst wenn sie tagelang … Erschrocken schrie sie auf, als plötzlich eine dunkel gekleidete Gestalt vor ihr auftauchte. Sie war einfach da, ohne ein Geräusch, ohne eine Bewegung. Der Mann streckte die Hände nach ihr aus und Taylor wich unbeholfen zurück. Sie stolperte über einen Ast und begann, nach hinten zu fallen. Doch sie kam nie auf dem Boden auf. Starke Arme fingen sie auf und hielten sie fest. Taylor versuchte, sich zu befreien, doch sie hatte keine Chance.

»Halten Sie still, ich tue Ihnen nichts.«

Die Stimme klang angenehm, tief und beruhigend.

»Taylor?«

Aus den Augenwinkeln sah sie eine Bewegung und erkannte, dass sie von dunklen Gestalten umgeben war. »Ja. Wer sind Sie?«

»Ich bin Matt. Wir sind hier, um Sie zu retten. Wo ist Sean?«

Sofort sprangen wieder Tränen in ihre Augen. »Er ist tot.«

»Was?« Ein anderer Mann, fast ebenso groß wie derjenige, der sie festhielt, schob sich nach vorn. »Sag mir, dass ich mich verhört habe.« Seine Stimme klang seltsam vertraut.

»Blake?« Ihr Herz zog sich schmerzhaft zusammen. Das Licht war düster und er sah Sean nicht sonderlich ähnlich, aber irgendetwas an ihm erinnerte sie an seinen Bruder.

»Ja.« Er schluckte hart. »Ist Sean wirklich tot?«

»Ich befürchte es. Sie haben uns zum Auto gebracht, nachdem sie das Handy entdeckt hatten. Dort konnte ich fliehen, Sean sagte, ich sollte weglaufen und Hilfe suchen.« Erneut liefen Tränen über ihre Wangen. »Ich war schon ein Stück entfernt, als einer der Verbrecher rief, ich sollte zurückkommen, sonst würden sie Sean töten.« Ihre Kehle zog sich so fest zusammen, dass sie kein weiteres Wort hervorbrachte. Doch sie zwang sich dazu, weiterzusprechen. »Ich bin davon ausgegangen, dass sie uns aus einem bestimmten Grund bisher am Leben gelassen haben. Ich dachte nicht, dass sie ihn wirklich töten würden. Außerdem war mir klar, dass wir nicht wiedergefunden werden können, wenn wir das Handy nicht mehr bei uns haben. Und dass es besser wäre, wenn ich wenigstens die Männer und das Auto beschreiben kann. Das war ein Fehler, ich hätte gleich zurücklaufen sollen, vielleicht hätte ich ihn dann noch retten können. Es tut mir leid.«

Blakes Miene war immer finsterer geworden. »Dich trifft keinerlei Schuld.«

Es erleichterte sie, die Worte zu hören, doch es änderte nichts an ihren Gefühlen. An dem Druck in ihrem Brustkorb, der Leere in ihr. Wie sollte sie je darüber hinwegkommen, ihm nicht geholfen zu haben? Wäre sie beim Wagen geblieben, wäre er jetzt noch am Leben. Vielleicht hätten sie eine andere Möglichkeit zur Flucht gefunden.

Matt legte eine Hand auf ihre Schulter. »Wir sollten jetzt weiter, vielleicht können wir diese Arschlöcher noch erwischen.« Mit einem großen Messer durchtrennte er ihre Fesseln.

Erleichtert streifte Taylor sie ab. »Ich habe einen Motor gehört, wahrscheinlich sind sie inzwischen weggefahren.« Sie sah sich um. »Haben Sie einen Hubschrauber hier? Damit können wir das Auto sicher schnell einholen.«

»Er bringt gerade Noah ins Krankenhaus und kommt anschließend zurück, um uns abzuholen. Ich fürchte, wir werden noch ein wenig warten müssen.«

»Wie geht es Noah?«

»Nicht so gut, deshalb musste er jetzt schnell ins Krankenhaus. Davor hat er sich geweigert und wollte, dass wir euch erst suchen.«

»Sean hat wirklich gute Freunde.« Als ihr bewusst wurde, was sie gesagt hatte, traf sie eine neue Welle der Trauer. »Hatte.«

Matt drückte ihre Schulter tröstend, bevor er sie losließ und sich an die anderen wandte. »Abmarsch. Wir wissen nicht, was uns dort erwartet. Bleibt wachsam. Taylor, Sie bleiben in meiner Nähe.«

Das war ihr nur recht, er strahlte eine Ruhe und Kompetenz aus, die sie gerade dringend benötigte.

»Können Sie mir was zum Wagen sagen? Marke, Modell, Farbe?«

»Eine Limousine von Chevrolet, recht neu. Das Modell weiß ich leider nicht, würde es aber wiedererkennen, wenn ich es sehe. Der

Wagen war silber. Ich habe mir auch das Kennzeichen gemerkt, bevor ich weggelaufen bin. Es ist aus Oregon.« Sie nannte ihm die Buchstaben und Ziffern.

»Super, damit sollten wir weiterkommen. Auf jeden Fall können wir es eindeutig identifizieren, wenn wir es sehen.« Matt drehte an dem Mikrofon seines Kopfhörersets und gab die Informationen an jemanden weiter. »Versucht, herauszufinden, wer der Eigentümer des Autos ist. Ich will alles über ihn wissen. Wo er wohnt, Delikte, Haftstrafen, Zusammenhänge mit dem North Cascades National Park, alles, was von Interesse sein könnte. Und sag Q, er soll mit dem Hubschrauber so schnell wie möglich zurückkommen, wir brauchen ihn hier.« Während er sprach, bewegte er sich nahezu lautlos durch den Wald. In einer Geschwindigkeit, bei der Taylor Mühe hatte, folgen zu können.

Aber das war okay, sie wollte so schnell wie möglich zu Sean zurück. Selbst wenn er tot war, wollte sie nicht, dass er länger als nötig dort herumlag. Weggeworfen wie Abfall, als wäre er unwichtig. Warum hatte sie ihm nicht gesagt, wie viel er ihr bedeutete? Jetzt war es zu spät und sie würde nie mehr die Gelegenheit dazu erhalten. Noch etwas, das sie bis zum Ende ihres Lebens bedauern würde.

Der Atem drang rau durch ihre Kehle, während sie versuchte, ihre Gefühle zu unterdrücken. Im Moment musste sie noch funktionieren, sie konnte sich erst gehen lassen, wenn diese Verbrecher gefasst waren. Wenn sie allein in ihrer Wohnung war und Zeit hatte, die Geschehnisse zu verinnerlichen. Vielleicht würde es ihr dann irgendwann wie ein Albtraum vorkommen, etwas, das sie von sich schieben und in der hintersten Ecke ihres Gedächtnisses vergraben konnte. Das alles wäre nicht passiert, wenn Lewis wie versprochen ein Team losgeschickt hätte, das ihnen half. Warum hatte er das nicht getan? Oder wenn er es getan hatte, wo waren ihre Kollegen abgeblieben? Auch eine Frage, die noch geklärt werden musste.

31

Nach überraschend kurzer Zeit traten sie auf die Lichtung, auf der die Hütte stand. Vielmehr die anderen betraten sie, während Matt ihr bedeutete, zurückzubleiben, bis sie alles gesichert hatten. Das war Taylor nur recht, sie könnte es nicht ertragen, Sean dort leblos liegen zu sehen. Ihr gesamter Körper war angespannt, als sie die Männer beobachtete. Offenbar war eine solche Aktion nichts Ungewöhnliches für sie, es wirkte völlig natürlich, wie sie mit Sturmgewehren im Anschlag die Hütte betraten, während andere die Gegend sicherten. Fast sofort kamen sie heraus, anscheinend befand sich niemand mehr darin. Kein Wunder, der Anführer hatte sicher nicht abgewartet, bis das Rettungsteam eintraf.

Da niemand mehr in der Gegend war, löste sich Taylor aus ihrem Versteck und ging dorthin, wo der Wagen gestanden hatte. Ihre Hände waren zu Fäusten geballt, das Herz schlug ihr bis zum Hals. Sie musste Sean sehen, um wirklich begreifen zu können, dass er nicht mehr zurückkommen würde. Mehrere Personen standen und hockten um etwas herum. *O Gott, nein!* Auch wenn es absolut unwahrscheinlich war, hatte sie gehofft, dass Sean irgendwie eine Flucht gelungen war. Doch das war offenbar nicht so. Taylor wurde immer langsamer, bis sie schließlich ganz stehen blieb.

Jemand aus dem Rettungsteam drehte sich um und bemerkte sie. Rasch kam die Frau auf Taylor zu. »Sie müssen sich das nicht ansehen.«

Mit Mühe bekam Taylor ihren aufeinandergepressten Kiefer auseinander. »Doch, das muss ich. Sean hat es verdient.«

»Es ist nicht Sean. Entschuldigung, ich habe vergessen, dass Sie keinen Kopfhörer haben.«

Mit offenem Mund starrte Taylor sie an. »Nicht Sean? Wer ist es dann? Und wo ist Sean?«

»Wir wissen es nicht. Beides. Aber wir werden es herausfinden.«

Alles in ihrem Kopf drehte sich und Taylor schwankte.

Rasch schlang die Frau einen Arm um sie. »Ganz ruhig, atmen Sie langsam und gleichmäßig. Es ist alles in Ordnung. Sie sind jetzt in Sicherheit.«

Taylor wollte den Kopf schütteln, aber das verstärkte den Schwindel noch. »Ich muss ihn sehen, dann kann ich auch sagen, wer es ist, der Anführer oder einer der anderen beiden Männer.«

Die Frau blickte sie skeptisch an. »Sicher, dass Sie dazu in der Lage sind?«

Taylor hob das Kinn und riss sich mühsam zusammen. »Ja.«

Zu ihrer Überraschung lächelte die Frau. »Gut.«

Taylor spürte jeden einzelnen Knochen in ihrem Leib, als sie auf die anderen zuging. »Hier stand das Auto. Wir haben gegen die beiden Männer gekämpft, der Anführer war noch in der Hütte. Ich konnte mich losreißen und bin weggelaufen, während Sean die Männer zurückgehalten hat.« Sie brauchte ihre gesamte Kraft, um nach unten zu blicken, wo ein Mann zusammengesunken lag. »Das …« Sie räusperte sich, als ihre Stimme zu versagen drohte. »… ist einer der Verbrecher. Er war im Park dabei und ist mit einem weiteren Mann und dem Anführer mit dem Auto hierher gefahren, nachdem sie uns aus dem Kastenwagen befreit hatten. Er wurde von den anderen Kirk genannt. Der zweite Mann hieß wohl Prescott. Der Anführer sagte außerdem, sie warten auf jemanden namens Woodward. Und dann war da noch jemand namens Jason, er ist getötet worden. In Seans Rucksack müsste eigentlich dessen Portemonnaie zu finden sein. Vielleicht hilft das weiter.«

Sie wandte den Blick von dem Toten ab, dessen Stirn ein rundes Loch zierte. Offenbar war es ein kaltblütiger Mord gewesen. Übelkeit stieg in ihr auf, als sie sich vorstellte, dass es genauso gut Sean hätte sein können, der jetzt hier lag. Was allerdings nicht sagte, dass Sean noch am Leben sein musste. Oder noch lange sein würde. Wenn dieser Woodward bereits auf dem Weg hierher gewesen war, trafen ihn die anderen Verbrecher vielleicht irgendwo auf dem Weg. Möglicherweise genau in diesem Moment. Und wenn der dann entschied, dass Sean aus dem Weg geräumt werden musste … »Wir müssen sofort los, hinter dem Auto her!«

»Ja, allerdings ist der Hubschrauber noch nicht da.« Matt antwortete ihr. »Er sollte in fünf Minuten ankommen.«

»Vielleicht sollten wir ihm schon entgegengehen? Wenn wir dadurch nur ein paar Sekunden einsparen, sind es vielleicht die, die Sean am Ende retten.« Wenn er noch lebte. »Oder gibt es Anzeichen dafür, dass er auch getötet wurde? Ich habe nur einen Schuss gehört.«

»Nein. Zwar ist hier ein wenig Blut auf dem Boden, aber das dürfte eher nicht von einer lebensgefährlichen Verletzung herrühren.«

»Er hat sich im Park eine Beinverletzung zugezogen. Am Auto wurde er von einem der Männer zu Boden gedrückt. Daher könnte das Blut stammen.«

Matt nickte. »Gut.« Er strich eine Strähne seiner überraschend langen Haare, die er in einem Zopf trug, hinters Ohr. »Ich möchte die Zeit nutzen, um mich noch mal in der Hütte umzusehen, vielleicht finden wir irgendwelche Informationen, die nützlich sind, um die Hintermänner zu fassen.«

Das war nachzuvollziehen. Und vermutlich würden sie tatsächlich nur wenige Sekunden einsparen, erst recht, weil sie nicht mehr so schnell vorwärts kam. »Ich verstehe.«

Blake tauchte neben ihr auf. »Komm, du kannst dich auf den Baumstamm dort setzen und ein wenig ausruhen, während ich mir deine Verletzungen ansehe.«

Da ihre Beine immer noch zitterten, erschien ihr das wie eine sehr gute Idee. Schweigend setzte sie sich in Bewegung und erreichte mit letzter Kraft den Baumstamm am Rand der Schotterpiste. Sie ließ sich darauf sinken und streckte die Beine aus. Mit gesenktem Kopf atmete sie so tief durch, wie es ihre schmerzende Seite zuließ. Erschreckt zuckte sie zusammen, als sich Blake neben sie setzte. Aus seinem Rucksack zog er einen Verbandskasten und öffnete ihn.

»Ich möchte mir deine Seite ansehen. Wie hast du dich verletzt?«

»Das ist eine Schusswunde. Glücklicherweise nur ein Streifschuss.« Sie lächelte schwach. »Lange Geschichte.«

»Die ich auf jeden Fall hören möchte, sobald wir Sean wohlauf befreit haben.«

»Es tut mir unheimlich leid, dass ich gesagt habe, er wäre tot. Ich habe das wirklich geglaubt.«

»Schon gut, so ist es mir lieber als andersherum. Aber das war ein ziemlicher Schreck.« Neugierig sah er sie an. »Du magst meinen Bruder, oder?«

»Sehr.« Sie hatte keinen Grund, deswegen zu lügen. Ihretwegen konnte jeder davon wissen.

Das brachte ihr ein Lächeln ein, das sie extrem an Sean erinnerte. Sie starrte ihn einfach nur an, während ihr Herz schneller klopfte.

»Das freut mich. Sean ist manchmal einfach zu unabhängig, das schreckt viele Frauen ab.«

Es klang fast so, als hätte er sich Sorgen um seinen Bruder gemacht. Oder vielmehr um dessen Liebesleben. Es war eindeutig an der Zeit, das Thema zu wechseln, bevor Blake ihr im Namen seines Bruders einen Antrag machte. »Sean hatte gesagt, dass du es schaffen wirst, selbst in so kurzer Zeit ein Rettungsteam auf die Beine zu stellen. Ich bin beeindruckt und unendlich dankbar.«

»Die Bewunderung gilt wohl eher unserem Onkel. Clint ist ein Organisationstalent und vor allem hat er die richtigen Kontakte.« Während er sprach, betrachtete er ihre Wunde. »Du solltest das dringend noch mal von einem Arzt ansehen lassen, aber die Verletzung ist tatsächlich eher oberflächlich, du hast Glück gehabt.« Mit einem Desinfektionstuch reinigte er die Umgebung der Wunde und legte ihr einen neuen Verband an. »Das sollte reichen.«

»Dann sind das alles seine Freunde?«

»Das auch. Matt ist Familie, er ist mit unserer Tante Shannon verheiratet. Er leitet RIOS an der Westküste. Zum Teil sind es seine RIOS-Leute, zum Teil noch aktive SEALs.«

»Es ist toll, dass alle sofort bereit waren, zu helfen. Ich bin sehr dankbar dafür und ich bin sicher, Sean ist es auch.«

Blake erhob sich. »Soll ich mir weitere Verletzungen ansehen?«

Taylor berührte ihre empfindliche Schläfe. »Danke, das andere sind eher oberflächliche Verletzungen, jede Menge Prellungen und Kratzer. Das kann ich dann später machen, wenn Sean in Sicherheit ist.«

»In Ordnung. Ich werde mal sehen, ob die anderen neue Informationen haben.«

Taylor sah ihm nach und schüttelte den Kopf. Offenbar hatten Sean und sein Bruder einiges gemein. Nur zu gern würde sie auch den Rest der Familie kennenlernen, es würde ganz sicher nicht langweilig werden.

»Alles okay?« Die Frau gesellte sich zu ihr.

»Ja. Seit ich weiß, dass nicht Sean erschossen wurde, geht es mir deutlich besser.«

Etwas Dunkles zog über ihre Miene. »Das kann ich sehr gut nachvollziehen.«

Taylor fragte sich, ob sie mal jemanden fast verloren hatte, aber sie wollte nicht aufdringlich erscheinen. »Arbeiten Sie für RIOS?«

»Ja, mein Name ist Kyla, Matt ist mein Boss. Früher war ich beim SWAT, deshalb hat er mich gefragt, ob ich mitkomme. Ich habe Erfahrungen mit Geiselnahmen und Entführungen.«

Allein das Wort trieb Taylor einen Schauder über den Rücken. »Ich bin froh, dass Sie dabei sind.«

Kyla nickte. »Sehr gern. Wenn Sie jemanden zum Reden brauchen, stehe ich jederzeit zur Verfügung.«

»Danke.«

»Noch ein Tipp: Essen Sie etwas, bevor es wieder losgeht. Im Hubschrauber ist das nicht sonderlich angenehm.« Sie reichte Taylor eine Flasche mit Wasser und einige Müsliriegel.

»Das klingt vernünftig. Ich habe nicht darüber nachgedacht, weil mir jeder Appetit vergangen ist.«

»Kann ich gut verstehen, doch wenn Sie Sean helfen wollen, brauchen Sie neue Energie.« Kyla ließ sie allein.

Damit hatte sie völlig recht, Taylor fehlte beinahe die Kraft, die Wasserflasche aufzudrehen. Schließlich schaffte sie es und nahm einen tiefen Schluck. Das fühlte sich herrlich in ihrer trockenen Kehle an. Gut, dass sich diese Leute um sie kümmerten, von allein hätte sie nicht daran gedacht. Und natürlich hätte sie auch nichts bei sich gehabt, ihre Rucksäcke hatten sie schließlich in der Mine bei Noah gelassen. Vermutlich waren sie jetzt im Hubschrauber. Jedenfalls hoffte sie, dass sie nicht in dem Schacht geblieben waren. Ihr Ausweis war darin und einige andere wichtige Dinge wie ihr Autoschlüssel.

Sie hatte gerade in den Müsliriegel gebissen, als auf einmal Rufe erklangen. Taylor sah auf und erblickte einen der Männer, der gerade aus der Hütte rannte, als wären alle Höllenhunde hinter ihm her.

»Alle runter! Bomb…« In dem Moment zerriss ein lauter Knall die Stille des Waldes. Die Druckwelle riss ihn von den Füßen und schleuderte ihn durch die Luft.

Mehr sah Taylor nicht, bevor sie selbst erfasst wurde und rückwärts vom Baumstamm kippte. Scharfkantige Splitter bohrten sich in ihre Haut und die Kleidung, Staub umhüllte sie. Einen Augenblick lang lag sie einfach nur da und unfähig, zu verstehen, was passiert war. Sie blinzelte und verzog den Mund, als Sandkörner über ihre Hornhaut rieben. Mit tränenden Augen bemühte sie sich, sich aufzusetzen, was ihr erst nach mehreren Versuchen gelang. Was zum Teufel war passiert? Über den Baumstamm blickte sie verständnislos auf die Lichtung. Dort, wo die Hütte gestanden hatte, war jetzt ein tiefer Krater. Überall lagen Trümmer verstreut.

Sie konnte mehrere Personen sehen, die auf dem Boden lagen. *O Gott, nein!* So schnell es ihr möglich war, rappelte sie sich auf und kletterte über den Baumstamm. Taylor rannte zum nächstliegenden Mann, es war derjenige, der aus der Hütte gerannt war. Als sie bei ihm ankam, rührte er sich und stöhnte. Erleichtert, dass er zumindest nicht gestorben war, kniete sie sich neben ihn. Zaghaft berührte sie seinen Rücken. »Ist alles in Ordnung?«

Noch ein Stöhnen antwortete ihr. »Ging … schon mal … besser.« Mit einer großen Kraftanstrengung rollte er sich herum und atmete zischend ein. »Verdammt, ich hasse diesen Scheiß!«

Anscheinend war er nicht allzu schwer verletzt. Er hatte etliche Löcher in seiner Kleidung, aber die Schutzweste hatte wohl die wichtigen Organe geschützt. Von der Statur her war er extrem groß und breit gebaut, trotzdem war er wie eine Puppe durch die Luft geflogen. Die Explosion musste ziemlich stark gewesen sein. »War eine Bombe in der Hütte?«

»Ja. Ich habe sie nur zu spät entdeckt, um sie entschärfen zu können. Das ist eigentlich mein Spezialgebiet. Die anderen werden mich das nie vergessen lassen.« Ruckartig setzte er sich auf. »Was ist mit den anderen? Sind alle weggekommen?«

»Ich sehe nach, wenn Sie allein zurechtkommen.«

»Ja, gehen Sie.«

Taylor stand rasch auf und brauchte einen Moment, um den Schwindel zu vertreiben. Wahrscheinlich hatte die Druckwelle Auswirkungen auf ihre Ohren gehabt, aber davon konnte sie sich nicht aufhalten lassen. Eilig bewegte sie sich auf die nächste Person zu, die sie am Boden sah. Es war Kyla. Die Agentin richtete sich aber bereits auf, als Taylor näher kam. »Brauchen Sie Hilfe?«

»Nein, die Druckwelle hat mich nur umgehauen.« Sie klang atemlos. »Verdammt, die zweite Explosion in einem Jahr, jetzt reicht es aber mal langsam.«

Da sie offenbar in Ordnung war, kümmerte sich Taylor um den Rest des Teams. Auch ein weiterer Mann brauchte keine Hilfe, doch je näher sie der Hütte kam – oder vielmehr dem Krater –, desto schwerer waren die Verletzungen. Einer hatte einen Metallsplitter in der Schulter. Ein anderer war hart gelandet und hatte sich das Bein gebrochen.

Taylor sah sich um. Wo war Matt? Er hatte gesagt, dass er sich noch einmal in der Hütte umsehen wollte. Und Blake hatte sich bei ihm informieren wollen. Waren sie noch im Gebäude gewesen, als es in die Luft flog? *Bitte nicht!*

32

Blake hustete sich den Staub aus der Lunge und schnitt eine Grimasse, als die Schmerzen in seinem Körper erwachten. Was zum Teufel war passiert? Er hatte mit Matt in der Hütte gestanden und darüber geredet, wie sie weiter vorgehen würden, als Rock plötzlich aufsprang. Eigentlich hatte er nur in der Hütte nach weiteren Hinweisen gesucht, doch offenbar hatte er etwas anderes entdeckt. Das Wort ‚Bombe' hatte sie sofort in Alarmbereitschaft gesetzt. Nachdem klar war, dass Rock sie nicht würde entschärfen können, hatten sie den schnellsten Ausweg gesucht: den durch das Fenster. Matt hatte es geöffnet und war hindurchgetaucht. Blake war ihm nur einen Sekundenbruchteil später gefolgt. Gerade als er auf dem Boden angekommen war, explodierte die Bombe. Die Druckwelle hatte ihn mitsamt der halben Hauswand etliche Meter in den Wald hineingeschleudert. Ein Busch hatte seinen Flug jäh gestoppt.

Wo war Matt geblieben? Und die anderen? Hoffentlich war niemand ernsthaft verletzt worden. Er hörte seinen eigenen rauen Atem lauter als gewöhnlich, Geräusche aus der Umgebung nahm er dagegen nur sehr gedämpft wahr. Kein Wunder, so nah an einer Explosion hatten der laute Knall und auch die Druckwelle die Trommelfelle stark belastet, wenn nicht sogar beschädigt. Doch das war jetzt nebensächlich, es zählte nur, das Team wieder zu versammeln und bereit zu sein, wenn der Hubschrauber eintraf. Diese Arschlöcher durften nicht gewonnen haben. Auf jeden Fall war jetzt die Frage beantwortet, ob die Verbrecher gewusst hatten, dass jemand kommen würde. Sie hatten eindeutig damit gerechnet, dass jemand die Hütte durchsuchen und dabei die Explosion auslösen würde.

Mühsam befreite sich Blake aus dem Busch, in dem er gelandet war. Glücklicherweise hatte dieser ihn deutlich besser abgefedert, als es der Boden oder gar ein Baumstamm geschafft hätten. Ein Blick zurück zeigte ihm das Ausmaß der Zerstörung. Mit offenem Mund starrte er auf den metertiefen Krater, wo vorher die Hütte gestanden hatte. Wenn sie während der Explosion noch darin gewesen wären, könnten die anderen jetzt ihre Einzelteile aufsammeln. Er hatte durchaus schon solche Opfer gesehen, es war absolut kein schöner Anblick. Doch es hing ja noch viel mehr daran. Wenn sie ausgeschaltet waren, konnten sie Sean nicht mehr retten – sofern er noch lebte.

Blake testete seine Gliedmaßen und atmete auf, als alles noch funktionierte. Wenn auch etwas schwerfällig und mit Schmerzen behaftet, doch das konnte er ignorieren. »Matt?« Seine Stimme klang seltsam fern, deshalb versuchte er es noch einmal lauter. Hoffentlich war dem Ex-SEAL nichts passiert. Der Gedanke daran, was das nicht nur für Shannon, sondern auch seine gesamte Familie bedeuten würde, trieb ihn vorwärts. So sehr er seinen Bruder auch finden wollte, er konnte Matt nicht einfach hier zurücklassen. Als Feuerwehrmann und Freund war ihm das gar nicht möglich, jemanden in Not im Stich zu lassen.

»Matt, komm schon, gib mir ein Zeichen!« Das Problem war, selbst wenn Matt antwortete, würde er das nicht hören, sofern er nicht direkt in sein Ohr brüllte.

»Blake.« Die Stimme erklang leise von irgendwo hinter ihm, aber sie gehörte einer Frau.

Rasch drehte er sich um und taumelte zur Seite. Anscheinend waren ruckartige Bewegungen im Moment keine sonderlich gute Idee. Er blinzelte einige Male, bis sich das Bild vor ihm stabilisierte. Es war Kyla, die auf ihn zukam. Einige Kratzer zierten ihr Gesicht, aber sonst schien sie glücklicherweise unverletzt zu sein.

»Wo … Matt?« Er ging davon aus, dass sie wissen wollte, wo Matt war, auch wenn er nur die Hälfte ihrer Frage verstand.

»Ich weiß es nicht. Wir sind vor der Explosion zum Fenster raus. Hintere rechte Seite. Matt war direkt vor mir.«

»Wir suchen … Du solltest … hinsetzen.«

Sofort schüttelte er den Kopf – und bereute es. Übelkeit stieg in ihm auf und er hatte Mühe, sie zu unterdrücken. »Es geht … schon.

Müssen Matt finden. Wie geht es … den anderen?«

»Einige Verletzungen, aber nichts Lebensgefährliches.« Offenbar redete sie jetzt lauter, damit er sie leichter verstand. Oder sein Gehör wurde langsam besser. »Allerdings sind mindestens zwei erheblich verletzt und können bei einer Befreiung nicht mehr eingesetzt werden. Vielleicht auch mehr.«

Blake presste seine Zähne aufeinander. »Sean braucht unsere Hilfe, wir können kein neues Team anfordern, es würde zu lange dauern.«

»Ich weiß. Hoffen wir, dass Matt so weit in Ordnung ist, dann sollten wir es hinbekommen.«

Eigentlich sollte es nur darum gehen, dass alle unverletzt waren, es kam Blake falsch vor, zuerst darüber nachzudenken, was das für seinen Bruder bedeuten würde. Doch er konnte es nicht abstellen, dafür stand zu viel auf dem Spiel. Wenn Sean starb, wäre die ganze Aktion umsonst gewesen, inklusive aller Verletzungen. Das durfte nicht passieren. Deshalb begann er wieder mit seiner Suche. Kyla blieb dabei neben ihm.

»Ich höre nicht sonderlich gut, sag Bescheid, wenn sich Matt meldet.«

»Das dachte ich mir schon, so wie du rumschreist.« Kylas Grinsen verging schnell wieder. »Kein Problem, ich habe zwar immer noch ein Klingeln im Ohr, aber ich höre genug.«

Auf dem Boden waren deutliche Spuren zu sehen, dass selbst in einiger Entfernung noch Objekte aus dem Haus gelandet waren. Glasscherben von den Fenstern und Geschirr, Holzstücke, irgendetwas Metallisches. Fast wäre Blake vorbeigelaufen, doch sein Instinkt ließ ihn noch einmal nach unten blicken. Etwas ragte aus dem Gebüsch heraus, das zu gleichmäßig für etwas Natürliches war. Er gab Kyla ein Zeichen und bückte sich hinunter. Er schob einen Zweig zur Seite und atmete scharf ein. Es war ein Stiefel in dem ein Bein steckte! Für einen winzigen Sekundenbruchteil befürchtete er, dass es Matt abgerissen worden war, aber dann fand er unter weiterem Gestrüpp den Rest seines Körpers.

Kyla hockte sich neben Matts Kopf und untersuchte ihn. Es gefiel Blake nicht, wie still er dalag. Sollte er nicht inzwischen wenigstens das Bewusstsein wiedererlangt haben? »Matt, hörst du mich?«

Der Ex-SEAL rührte sich nicht. Seine Augen waren geschlossen, der Mund stand leicht offen. Kyla legte zwei Finger an seinen Hals und nickte dann, als sie seinen Puls spürte. Immerhin ein kleiner Hoffnungsschimmer. Blake hielt seine Hand über das Gesicht und spürte den Atem an seiner Handfläche. Gut, sein Herz schlug noch und er atmete. Doch warum wachte er nicht auf? Vielleicht hatte er seinen Kopf angestoßen. Oder seine Wirbelsäule war verletzt worden. *Gott, hoffentlich nicht!*

»Rock, wir haben Matt gefunden. Wir brauchen dich hier.« Kylas Stimme ließ Blake zusammenzucken.

Ja, sie brauchten eindeutig Hilfe, Matt war ein großer, muskulöser Mann. Wenn er nicht selbst gehen konnte – wonach es im Moment nicht aussah –, würden sie ihn tragen müssen. Normalerweise hätte Blake ihn über die Schulter genommen, aber er war selbst nicht in Bestzustand und er wollte auch keine möglichen Verletzungen verschlimmern. Es war besser, wenn sie Matt mit Umsicht transportierten, um Folgeschäden zu vermeiden. Blake legte seine Hand auf Matts Brust, direkt über seinem Herzschlag. Der war immerhin kräftig und regelmäßig.

»Komm schon, Matt, wir haben keine Zeit, uns auszuruhen.« Keine Reaktion, nicht mal das Zucken eines Augenlids. Blakes Hoffnung sank. »Matt, hörst du mich?«

Kyla wirkte genauso besorgt, wie er sich fühlte. »Was kann das Problem sein?«

»Ich weiß es nicht genau. Vielleicht ist er irgendwo gegen geprallt oder sehr hart gelandet. Suchen wir nach Verletzungen.«

Nachdem sie die Vorderseite und sämtliche Gliedmaßen überprüft hatten, drehte Blake ihn vorsichtig auf die Seite, während Kyla seinen Nacken stützte. Auch auf der Rückseite waren keinerlei Verletzungen zu erkennen. Zumindest keine äußerlichen. Es könnte natürlich sein, dass Matt innere Blutungen oder eben eine Wirbelsäulenverletzung hatte, die sie vor Ort nicht feststellen konnten. *Verdammt noch mal!* Es schien, als hätte sich alles gegen sie verschworen.

»Was ist mit ihm?«

Kyla sah zu Rock auf. »Wir wissen es nicht. Er wacht nicht auf.«

»Alle aufstehen! Hell Week!« Rocks lauter Ruf könnte Tote aufwecken.

Selbst in Blakes geschädigten Ohren klang es unerträglich laut. Rasch presste er die Hände darüber. »Was ist in dich gefahren?«

Rock hob die Schultern. »Normalerweise funktioniert das.«

»Wenn jemand schläft, ja, aber doch nicht, wenn jemand gerade von einer Druckwelle durch den Wald geschleudert wurde.« Kyla boxte Rock gegen den Arm. »Wir müssen ihn irgendwie vorsichtig hochheben und auf die Lichtung transportieren.«

Blake war zwiegespalten. »Ich weiß nicht, ob das so sinnvoll ist, falls er wirklich innere Verletzungen hat.«

»Von hier aus kann ihn jedenfalls keiner ausfliegen.«

Damit hatte sie vollkommen recht. »Okay, versuchen wir es. Kyla, du stützt den Nacken- und Wirbelsäulenbereich, während wir ihn hochheben.« Er sah sich um. »Gibt es hier vielleicht so was wie ein Brett?«

»Nichts in der richtigen Größe. Die Bombe hat ganze Arbeit geleistet.«

»Dann muss es so gehen.« Blake überlegte, wie sie es am besten hinbekamen. »Rock, du nimmst die Beine, Kyla und ich kümmern uns um Oberkörper und Kopf. Versucht, ihn so gerade wie möglich zu halten.« Noch einmal überprüfte Blake den Puls und die Atmung. »Wäre schön, wenn du mitarbeiten würdest, Matt. Shannon wird richtig sauer sein, wenn sie mitbekommt, dass du verletzt bist.« Vor allem aber besorgt. Die Worte hatten keine sichtbare Wirkung. Mit einem Seufzer schob Blake seine Arme so gut es ging unter den Oberkörper. »Sind alle in Position?« Die anderen nickten. »Gut, dann auf drei. Eins, zwei …«

»Was zum Teufel macht ihr da?«

Erschreckt zuckte Blake zusammen und starrte Matt an. Dessen Augen waren geöffnet und wirkten völlig klar. Genau wie seine Worte. »Verdammt noch mal, musst du uns so erschrecken?« Gleichzeitig strömte Erleichterung durch seinen Körper.

»Warum? Weil ich wissen will, warum ihr an mir rumfummelt und dabei ausseht, als wäre jemand gestorben?«

»Matt, weißt du noch, was passiert ist?«

»Natürlich, ich war …« Er brach ab und sah sich um. »Was mache ich hier?«

»Es war eine Bombe in der Hütte, sie ist explodiert. Wir sind aus dem Fenster raus und dann durch die Druckwelle in den Wald geschleudert worden.«

Matts Gesichtsausdruck verdüsterte sich. »Das hatte ich wohl verdrängt.« Er setzte sich auf und stöhnte unwillkürlich auf. »Shit, das tut weh.«

»Kannst du aufstehen oder sollen wir dich doch tragen?«

Er wirkte beinahe empört. »Ein SEAL läuft immer selbst.«

Rock verdrehte die Augen. »Es braucht niemand den Helden zu spielen, wir haben genug andere Probleme.«

Matt hielt ihm eine Hand hin. »Du hast recht, doch ich denke, es müsste gehen.« Er blickte in Richtung der Hütte. »Wie sieht es bei den anderen aus?«

Rock erzählte es ihm, während er seinem Freund auf die Beine half. Schließlich stand Matt schwankend da, während er sämtliche Gliedmaßen testete.

»Alles noch dran und funktionsfähig, aber vermutlich die ein oder andere Prellung.« Er grinste schwach. »Da hat Shannon viel zu tun, wenn ich wieder zu Hause bin.«

Kyla stöhnte auf. »Bitte, wir wollen keine Einzelheiten hören.«

33

Ein monotones Brummen drang an Seans Ohren, erst leise, dann immer lauter. Mühsam öffnete er seine Augen, konnte aber nichts erkennen. Er wollte mit den Fingern darüber fahren, um zu sehen, ob sie verbunden waren, und stellte dabei fest, dass er noch immer die Fesseln trug. Schlagartig fiel ihm alles wieder ein. Wie Taylor die Flucht gelang und er sich auf die Männer stürzte, um sie daran zu hindern, ihr zu folgen. Das war ihm auch gelungen, doch dann hatten sie ihn überwältigt, geschlagen und getreten. Dabei hatten sie auch seinen Oberschenkel getroffen, der sofort vor Schmerz explodierte. Er war halb bewusstlos gewesen, als sie Taylor zuriefen, dass sie zurückkommen sollte.

Einer der Verbrecher presste eine Pistole an Seans Schädel. So hatte er sich nicht vorgestellt zu enden. Auf einer Schotterstraße liegend, übel zugerichtet und unfähig, sich zur Wehr zu setzen. Aber immerhin war Taylor nicht mehr in deren Händen und auch Noah in Sicherheit. Blake und sein Team würden sich bestimmt um sie kümmern und dafür sorgen, dass ihnen nichts passierte. Er hätte Taylor zu gern näher kennengelernt, aber dazu würde es nicht mehr kommen. Bedauern erfüllte ihn. Auch weil er wusste, welchen Kummer er seiner Familie bereiten würde.

Laut rief er Taylor zu, dass sie wegbleiben sollte. Ein Schlag traf ihn ins Gesicht und Sean versuchte vergeblich, sich zu schützen. Halb besinnungslos lag er am Boden.

»Was tut ihr da, wo ist die Frau?« Die Stimme des Anführers drang durch den Nebel in seinem Gehirn.

»Sie ist abgehauen, aber sie wird sicher zurückkommen, um ihren Lover zu retten.« Die Pistole presste sich härter an seine Schläfe.

Der Anführer nahm ihm die Waffe ab. »Hatte ich nicht ausdrücklich gesagt, dass wir auf Woodward warten, der entscheidet, was mit den beiden passieren soll?«

»Ich dachte …«

»Du bist nicht hier, um zu denken, Kirk.« Eiskalt sah der Anführer ihn an. »Genau genommen bist du sowieso überflüssig. Der ganze Mist geht nur auf dein Konto. Hättest du bei der Frau nicht die Beherrschung verloren, wären wir jetzt nicht hier. Du hast die gesamte Operation gefährdet.«

»Aber …«

Als ein Knall ertönte, zuckte Sean zusammen. Doch er war nicht getroffen, wie er zuerst gedacht hatte. Stattdessen fiel der Verbrecher neben ihm zu Boden, seine toten Augen starrten ihn anklagend an. Warum hatte der Anführer das getan? Sean kam nicht dazu, weiter darüber nachzugrübeln. In einer fließenden Bewegung schlug der ihm die Pistole über den Schädel. Danach wusste er nichts mehr, bis er von dem Motorengeräusch aufgewacht war. Genau, das war es, was er hörte. Und weshalb seine Unterlage wackelte. Er befand sich wieder im Kofferraum des Wagens! Sein Herzschlag beschleunigte sich. Es war zwar besser, als bereits tot zu sein, aber es hieß auch, dass das Rettungsteam ihn nicht bei der Hütte befreien würde. Wie sollten sie ihn ohne das Handy erneut finden?

Es musste ihm irgendwie gelingen, Kontakt zu jemandem aufzunehmen. Oder zu fliehen. Vielleicht war es jetzt an der Zeit, das Taschenmesser zu benutzen, das hoffentlich immer noch in seinem Stiefel steckte. Die Frage war nur, was er damit ausrichten konnte. Solange sie in diesem Tempo fuhren, würde er nicht aus dem Kofferraum springen können, er würde sich alle Knochen brechen. Oder zumindest dank seiner Verletzung so außer Gefecht gesetzt sein, dass die Verbrecher ihn ohne Probleme wieder von der Straße einsammeln konnten. Nein, es musste eine andere Lösung geben.

Blake und das Team müssten jetzt eigentlich bereits bei der Hütte sein. Hatten sie Taylor gefunden? Sicher würde sie auf sich aufmerksam machen, wenn sie den Hubschrauber hörte. Dann wäre sie in Sicherheit und könnte Blake den Wagen beschreiben, in dem er weggebracht worden war. Sofern sie nicht dachte, dass er tot wäre. Aber da der Tote nicht neben ihm im Kofferraum lag, ging Sean davon aus, dass sie ihn bei der Hütte gelassen hatten. Bestimmt würden sie ihn auch dann suchen, wenn sie dachten, dass Sean tot wäre. Oder? Doch, Blake würde sich damit nicht zufriedengeben, erst recht nicht, wenn Taylor nicht gesehen hatte, dass er gestorben war. Solange eine Chance bestand, dass er noch lebte, würde seine Familie nach ihm suchen. Er musste nur so lange durchhalten. Nur …

Als der Wagen langsamer wurde, spannte sich Seans Körper an. Was auch immer jetzt geschah, er würde bis zum Tod kämpfen. Selbst die Fesseln würden ihn nicht aufhalten.

***

Unruhig wartete Taylor darauf, dass endlich der Hubschrauber kam. Laut Matt – der glücklicherweise nahezu unverletzt schien – müsste er in wenigen Minuten da sein. Jede einzelne Sekunde erschien ihr zu viel. Glücklicherweise waren die durch die Explosion der Hütte verursachten Verletzungen des Teams, obwohl teilweise schwer, doch nicht so gravierend, dass sie jetzt sofort zu einem Krankenhaus fliegen mussten. Sie konnten sich stattdessen auf die Suche nach dem Fahrzeug und Sean machen. Auch wenn er nicht erschossen worden war, konnte sie den Gedanken nicht ganz abschütteln, dass die Verbrecher ihn nicht am Leben gelassen hatten. Oder lassen würden. Jede Sekunde, die verrann, könnte seinen Tod näher bringen.

Blake gesellte sich zu ihr. Seit der Explosion wirkte er etwas angeschlagen, aber genauso wie Sean war er nicht bereit, aufzugeben. »Wie geht es dir?«

»Geht so. Ich wünschte nur, wir könnten endlich hinter Sean her. Wenn diese Verbrecher nicht mal ein Problem damit haben, ihre eigenen Leute umzubringen, was werden sie dann erst mit Sean machen? Er ist ein Sicherheitsrisiko, nicht nur, weil er gesehen hat, was im Park geschehen ist, sondern auch, weil er vermutlich die Ermordung des Mannes miterlebt hat. Welchen Grund sollten sie haben, ihn am Leben zu lassen?«

Ein Muskel zuckte in Blakes Wange. »Ich weiß es nicht, aber es muss einen geben, sonst hätten sie euch nicht erst aus dem Park mitgenommen. Dort hätten sie euch viel einfacher loswerden können. Haben sie wirklich nichts gesagt?«

»Nein, anscheinend wollten sie auf diesen Woodward warten. Wer das ist oder was der mit uns wollte – keine Ahnung.«

»Matt hat die Informationen alle an einen IT-Fachmann gegeben, der nun versucht, die Hintergründe herauszufinden. I-Mac ist wirklich gut. Wenn er nichts findet, dann niemand.«

»Wissen wir schon, wem das Auto gehört?«

»Es wurde heute Nacht in Marblemount geklaut. Jedenfalls behauptet das der Besitzer. Wir werden da noch etwas tiefer nachbohren. Wenn es wirklich so ist, bringt uns das natürlich nicht näher an die Verbrecher.«

»Zur Not kann ich die Männer auch beschreiben, aber ich schätze, das hilft momentan auch nicht. Wir müssen das Auto finden, solange Sean noch darin oder in der Nähe ist, alles andere ist erst mal unwichtig.«

»Ich weiß.« Blake blickte zum Himmel, der immer noch wolkenverhangen war. »Wenn ich könnte, würde ich den Hubschrauber herbeizaubern.«

Taylor legte ihre Hand auf seine. »Es tut mir leid, Sean ist dein Bruder und es muss für dich noch viel schlimmer sein. Ich komme mir total selbstsüchtig vor, weil ich hier herumjammere.«

Blake lächelte sie an. »Du jammerst nicht. Im Gegenteil, du bist eine der am wenigsten jammernden Frauen, die ich kenne. Vor allem in dieser Situation. Und ich finde es gut, dass dir Sean so wichtig ist. Ich wusste, dass er irgendwann mal auf die Richtige trifft.«

»Wir sind nicht …«

Blake hob eine Hand. »Es geht mich rein gar nichts an. Ich wollte dir nur deutlich machen, wie dankbar ich dir bin, dass du Seans Leben sogar über deine eigene Sicherheit stellst. Du hättest ihm im Park nicht helfen müssen.«

Das stimmte, rein faktisch gesehen. »Ich konnte nicht anders. Es war ihm so wichtig, Noah zu finden und in Sicherheit zu bringen. Ich bin sehr froh, dass wenigstens das geklappt hat. Gibt es eigentlich schon Nachricht aus dem Krankenhaus?«

»Nein, nur, dass er noch lebend dort angekommen ist. Der Pilot hat Noahs Bruder Nick Bescheid gesagt, wo er zu finden ist. Sicher ist Nick schon fast in Abbotsford angekommen und wird dafür sorgen, dass Noah in besten Händen ist. Er wird uns dann informieren.« Glücklicherweise hatte Blake ihre Ablenkung angenommen und redete nicht mehr über ihre Beziehung zu Sean. Wenn man es überhaupt so nennen konnte.

»Das ist gut. Sean soll wissen, dass seine Mission erfolgreich war.«

»Das wird er.« Ein fernes Rauschen war zu hören. »Der Hubschrauber kommt.« Die Erleichterung war ihm deutlich anzusehen.

»Ist das Team überhaupt noch in der Lage, Sean zu befreien?«

»Wir sind zwei Mann weniger und die anderen etwas angeschlagen, aber es sollte trotzdem noch reichen, sofern nicht plötzlich dreißig Verbrecher auftauchen.«

»Gut.« Sie würde nichts ausrichten können und musste sich darauf verlassen, dass Seans Freunde wussten, was sie taten. »Wenn ich irgendwas tun kann, bin ich jederzeit dazu bereit.«

Wieder lächelte Blake sie an. »Danke, aber ich denke, wir kommen zurecht. Ruh dich aus, du hast es verdient.«

Tatsächlich war ihre Erschöpfung so groß, dass sie vermutlich im Stehen einschlafen könnte. Gleichzeitig aber rasten die Gedanken durch ihren Kopf und hinderten sie daran, Ruhe zu finden. Solange sie nicht wusste, dass Sean in Sicherheit war, würde sie sich nicht erholen können. Die Schmerzen im ganzen Körper halfen auch nicht gerade dabei.

Mühsam stand Taylor mit Blakes Hilfe auf und bewegte sich auf die Stelle zu, an der sich die anderen versammelten. Das gesamte Team zusammen zu sehen, zeigte ihr, wie viel Glück sie gehabt hatten. Wie leicht hätte die Explosion einen von ihnen oder sogar mehrere töten können. Taylor blickte nach oben, als der Hubschrauber in Sicht kam. Während ihrer Arbeit hatte sie schon einige Helikopter oder auch Kleinflugzeuge bestiegen, normalerweise zog sie es aber vor, nicht zu fliegen. Es war nicht nur laut und ungemütlich, sondern auch verdammt eng und sie konnte nicht aussteigen, wann sie wollte. Heute aber war sie dankbar dafür, einen Hubschrauber zur Verfügung zu haben. So konnten sie Sean schnell finden und sie musste sich nicht zu Fuß fortbewegen.

Jetzt machten sich all ihre Prellungen und auch die Verletzung an der Seite bemerkbar. Ihr gesamter Körper fühlte sich deutlich schwerer an als vorher, ihre Gelenke protestierten und die Muskeln brannten. Wenn sie musste, würde sie noch einmal alle Kräfte mobilisieren und zur Not auch rennen, aber sie hoffte, dass das nicht nötig sein würde. Sie war jetzt in Sicherheit und die Profis würden sich um Seans Rettung kümmern. Es fühlte sich seltsam an, plötzlich nicht mehr gebraucht zu werden. Doch in dem Fall war sie mehr als dankbar dafür.

Das Knattern des Hubschraubers war ohrenbetäubend, als er zur Landung ansetzte. Taylor drehte ihr Gesicht weg und schützte Augen und Mund vor aufwirbelndem Sand. Das Geräusch änderte sich etwas und Taylor sah, dass der Helikopter aufgesetzt hatte. Die Tür des Frachtbereichs wurde aufgeschoben und einer der Männer kletterte hinein. Dann nahm er seinen beinverletzten Kollegen entgegen, der von einem anderen hereingehoben wurde. Innerhalb von wenigen Sekunden waren fast alle eingestiegen.

Matt erschien neben ihr. »Jetzt Sie. Kommen Sie zurecht oder soll ich Ihnen helfen?«

»Danke, es geht schon.« Jedenfalls hoffte sie das. Normalerweise war sie deutlich besser in Form als jetzt. Sie packte die Streben der Kufen und zog sich mühsam hoch. Hände legten sich um ihre Hüfte und hoben sie scheinbar spielend leicht hinein. Taylor landete etwas unsanft im Hubschrauber und krabbelte rasch zur Seite.

Matt stieg nach ihr ein. Er nahm ihre Hand und half ihr auf die Füße. »Setzen Sie sich dahinten hin und schnallen Sie sich an.« Er deutete auf den Heckbereich. »Setzen Sie die Kopfhörer auf.« Fast schrie er ihr ins Ohr.

Taylor nickte und folgte seinem Befehl. Rasch setzte sie sich und schloss den Gurt. Sowie sie das getan hatte, hob der Hubschrauber bereits ab. Und zwar nicht so, wie sie das gewohnt war, sondern in einem unglaublichen Tempo. Es dauerte nur Sekunden, bis er sich in die Luft geschraubt hatte und dann vorwärts schoss. Rasch griff sie nach dem Kopfhörer und passte ihn an ihre Kopfgröße an.

»… ein Auto, auf das die Beschreibung passt, wurde etwa dreißig Kilometer von hier gesehen. Wir sollten es in acht Minuten erreicht haben.«

Acht Minuten. Es war so wenig und doch kam es ihr wie eine Unendlichkeit vor. Was konnte in der Zeit alles passieren? Sean könnte sterben. Sie könnten von der Straße abfahren und irgendwo verschwinden und sie würden nie wissen, was mit Sean passiert war. Ihr Herz hämmerte im Takt zu den Rotoren.

»Konnte festgestellt werden, ob Sean darin ist?« Matts Stimme klang wie immer ruhig.

»Negativ.«

»Mist.« Das kam eindeutig von Blake.

»Vorhin lagen wir im Kofferraum, ich könnte mir vorstellen, dass sie ihn wieder dort hineingesteckt haben.« Wie es Sean wohl ganz allein darin ergehen würde? Auf jeden Fall hatte er etwas mehr Platz als vorher. Aber vielleicht überlegte er sich auch, einen Fluchtversuch zu wagen. »Sean hat ein Taschenmesser dabei, falls es nicht inzwischen jemand entdeckt hat. Möglicherweise wird er versuchen, den Kofferraumdeckel zu öffnen und zu entkommen, bevor sie am Ziel angekommen sind.«

Blake fluchte unterdrückt. »Das sollte er lieber lassen, sonst haben wir keine Möglichkeit mehr, ihn zu finden. Mal ganz davon abgesehen, dass er sich bei einem Sturz auf den Asphalt während der Fahrt das Genick brechen kann.«

Taylor mochte sich das nicht vorstellen. Sicher war Sean vernünftig genug, um das nicht zu wagen. »Ich hoffe, bei seiner Verletzung überlegt er sich das noch mal. Er kann niemandem mehr davonlaufen.« *Bitte Sean, sei vernünftig und lass uns dich retten!*

34

Taylor beugte sich im Sitz vor, bis sie aus dem winzigen Fenster des Hubschraubers blicken konnte. Eigentlich sollten sie den Wagen jetzt erreichen, jedenfalls wenn die Schätzung des Piloten korrekt war. Die Straße wand sich in langgezogenen Kurven am Ufer des Skagit River entlang, dichte Wälder wechselten sich mit wenigen Feldern ab. Normalerweise genoss sie die Landschaft, doch jetzt konnte sie nur auf das schmale Asphaltband starren und hoffen, dass endlich die silberfarbene Limousine auftauchte. Sie wagte kaum, zu blinzeln, um sie nur nicht irgendwie zu verpassen.

»Ziel voraus.« Die knappe Bemerkung kam vom Piloten.

Taylor reckte ihren Hals, um das Auto sehen zu können. *Da war es!* Erleichtert atmete sie auf.

»Okay, lande auf der Straße ein Stück vor dem Wagen. Und zwar so, dass er nicht daran vorbeikommt.« Matt sammelte sich mit dem Eingriffsteam an der Tür. Jeder von ihnen trug ein Maschinengewehr und diverse andere Waffen bei sich. Sein Blick fiel auf Taylor. »Keine Angst, ihm wird nichts geschehen.«

Sie nickte ihm zu. »Viel Glück.«

»Alles bereit?« Matt öffnete die Tür, während sich der Hubschrauber noch in der Luft befand. Dann sprang er geduckt hinaus, die anderen folgten ihm ohne zu zögern. Selbst Blake wirkte, als hätte er das schon etliche Male gemacht. Nur die beiden Verletzten und sie blieben zusammen mit dem Piloten zurück.

Der Helikopter landete sanft auf dem Asphalt. Sofort löste Taylor den Gurt und rannte zur Tür. Sie hatte versprochen, drinnen zu bleiben, aber sie wollte zumindest sehen, was passierte. Das Team verteilte sich vor dem Hubschrauber über die Straße, die Waffen auf das Auto gerichtet. Die Limousine näherte sich mit voller Fahrt, nur um kurz darauf scharf abzubremsen, als der Fahrer die Straßenblockade sah. Der Wagen geriet ins Schlingern und kam dabei gefährlich nah ans Flussufer, das hier direkt neben der Straße verlief. Unwillkürlich stockte Taylor der Atem. *O Gott, er musste das Auto unter Kontrolle bringen!* Fast wie in Zeitlupe kam die schwere Limousine von der Straße ab und tauchte in den Fluss. Im Sommer war er nicht extrem tief, aber es reichte, um einen Wagen zur Gänze darin verschwinden zu lassen.

Einen Moment lang schwamm das Auto noch oben, dann öffnete der Fahrer die Tür und Wasser lief hinein. Innerhalb kürzester Zeit war es bis zu den Fenstern untergetaucht, der Kofferraum war bereits unter Wasser. *Nein, Sean!* Taylor hatte nur Augen für das Drama im Fluss. Ohne darüber nachzudenken sprang sie aus dem Hubschrauber und rannte auf das Ufer zu. Mehrere Mitglieder des Teams tauchten bereits ins Wasser und schwammen hinter dem Wagen her. Als SEALs sollte das ihr Element sein, deshalb blieb Taylor direkt am Rand des Flusses stehen und stürzte sich nicht ebenfalls hinein. Bei der starken Strömung würde sie nur abgetrieben werden und könnte Sean nicht helfen.

»Keine Angst, sie werden es schaffen.« Kylas Stimme erklang beruhigend hinter ihr.

Taylor gelang es nicht, sich zu ihr umzudrehen, sondern starrte weiter wie gebannt auf die treibende Limousine. Hilflos ballte sie die Hände zu Fäusten und spürte, wie sich ihre Fingernägel in die Handflächen bohrten. Sie konnte sich kaum eine schlimmere Todesart vorstellen, als eingesperrt in einen Kofferraum zu ertrinken. Selbst das Ersticken unter den Schneemassen einer Lawine erschien ihr angenehmer.

Rufe lenkten sie ab und sie blickte ans Ufer, wo Blake und ein anderes Teammitglied den Fahrer an Land zerrten. So ein feiges Schwein! Befreite sich selbst aus dem Wagen, ließ Sean jedoch hilflos im Kofferraum zurück. Die in ihr aufgestaute Wut brach sich Bahn. Rasch lief sie zu ihnen und baute sich vor dem Mann auf, der nach Luft keuchend auf dem Asphalt lag.

»Wie konnten Sie das tun?«

Der Verbrecher öffnete die Augen und starrte sie verächtlich an.

»Ach, sieh an, wer wieder aufgetaucht ist. Wenn hier jemand für seinen Tod verantwortlich ist, dann bist du das.«

»Nein, ganz sicher nicht. Sie hatten keinerlei Grund, uns im Park anzugreifen und gefangen zu nehmen!« Taylor beugte sich über ihn und packte sein nasses Hemd. »Wenn Sean tot ist, mache ich Sie verantwortlich.«

Eine Hand legte sich um ihren Ellbogen. »Der Abschaum ist es nicht wert, Taylor.« Blakes Stimme erklang hinter ihr.

Unwillig ließ Taylor von dem Mann ab. »Du hast recht.« Ein Blick zum Fluss ließ sie erschreckt nach Luft schnappen. Der Wagen war inzwischen fast völlig versunken, das Team war nicht zu sehen. »Wo sind sie?«

»Unter Wasser. Bei der Strömung wird es schwer sein, den Kofferraum aufzukriegen.«

Bitte, Sean, komm zu mir zurück! Automatisch hielt sie den Atem an, während sie sich vorstellte, wie er im Kofferraum von den eindringenden Wassermassen umspült wurde. Er würde wissen, dass er in kürzester Zeit keine Luft mehr haben würde. *Nutz das Taschenmesser! Befrei dich!* Doch es schien nicht so, als würde er auf sie hören. Die SEALs tauchten auf, einer nach dem anderen. Dann schwammen sie ans Ufer. Rasch zählte Taylor sie durch und ein scharfer Schmerz zog durch ihr Herz. Sean war nicht dabei, sie hatten ihn nicht retten können.

»Nein!« Der Schrei kam tief aus ihrem Inneren. Sie humpelte so schnell sie konnte zu der Stelle, an der das Team ans Land kam. Atemlos kam sie dort an und presste eine Hand auf ihre schmerzende Seite. »Wo ist Sean?« Ihre Kehle war wie zugeschnürt.

Matt strich seine nassen Haare aus dem Gesicht. »Er war nicht da.«

»Ich sehe, dass er nicht da ist. Wo …?« Sie brach ab, als sich eine Hand auf ihren Arm legte.

Blake stand neben ihr, offenbar war er ihr gefolgt. »Sean war nicht im Kofferraum?«

»Nein, er war leer. Es war auch sonst niemand im Auto, der Fahrer war allein.« Matt verzog den Mund. »Ich hoffe, ihr habt ihn festgesetzt. Er ist der Einzige, der uns jetzt noch sagen kann, wo wir Sean finden.«

»Ja, wir haben ihn ans Ufer gebracht. Kyla sorgt dafür, dass er nicht verschwindet.«

Taylor hatte immer noch Mühe, zu verstehen, was vor sich ging. »Sean war … nicht im Kofferraum?«

Mitfühlend blickte Matt sie an. »Genau. Offenbar wurde er irgendwo zwischen hier und der Hütte rausgeholt. Ist der Fahrer der Anführer der Verbrecher?«

»Nein, das ist einer seiner Handlanger.« Also war der Anführer irgendwann mit Sean aus dem Wagen ausgestiegen. Doch wo? Wie sollten sie ihn so wiederfinden? Die Verzweiflung in ihr verstärkte sich, obwohl sie nicht geglaubt hätte, dass das überhaupt möglich wäre. »Was machen wir jetzt?«

Blake fuhr frustriert durch seine nassen Haare. »Reden wir mit dem Arschloch, er wird uns sagen, wo die beiden jetzt sind.« Er wirkte sehr entschlossen.

Gemeinsam gingen sie dorthin zurück, wo der Mann immer noch am Boden lag. Ob das daran lag, dass er beinahe ertrunken wäre, oder weil Kyla ihn mit einem großen Gewehr bedrohte, konnte Taylor nicht sagen. Als Kyla sie kommen sah, stieß sie den Mann an und sorgte dafür, dass er sich hinsetzte. Mühsam richtete der sich auf und sah ihnen angespannt entgegen. Vermutlich konnte er sich vorstellen, was jetzt auf ihn zukam. Wütend stürmte Blake auf ihn zu. Dicht vor ihm blieb er stehen und packte den Mann am Kragen.

»Wo ist er?«

Der Verbrecher schluckte hart. »Wer?«

»Du solltest dich lieber nicht dumm stellen, dafür habe ich nicht die Geduld. Wenn du mir nicht sofort sagst, wo ihr meinen Bruder hingebracht habt, werde ich vergessen, dass ich normalerweise anderen Menschen helfe und ihnen keine Schmerzen zufüge.«

»Woher soll ich wissen, wer dein Bruder ist?«

Blake packte fester zu und der Mann schrie auf. »Überleg es dir besser noch mal. Ihr seid mit ihm von der Hütte losgefahren, jetzt sind dein Kumpan und er verschwunden. Wenn ihm etwas passiert, wirst du mit den anderen für lange Zeit im Gefängnis verschwinden. Entscheidest du dich, uns jetzt zu helfen, werden wir ein gutes Wort für dich einlegen.«

»Ich weiß gar nicht, wovon …«

Taylor reichte es, sie trat neben Blake. »Ich kann dich als einen von denen identifizieren, die uns gefangen genommen haben. Egal, was du versuchst, du wirst aus der Sache nicht mehr rauskommen. Deine einzige Chance ist, zu verhindern, dass es noch einen Mord gibt.«

Der Mann wurde sichtbar blasser. »Es sollte gar keinem etwas passieren! Hättet ihr euch nicht eingemischt …«

»Du willst das jetzt nicht ernsthaft uns anlasten, oder?«

Blake stieß einen Fluch aus. »Wir haben für so was keine Zeit.« Seine Hand schloss sich um den Hals des Mannes. Dessen Gesicht rötete sich und er begann zu husten. »Eine Antwort, sofort!«

Taylor wartete darauf, dass Matt oder einer der anderen eingriff, aber niemand rührte sich. Offenbar waren sie der Ansicht, dass der Verbrecher die Behandlung verdient hatte. Auch ihr Mund blieb verschlossen. Sie verabscheute jede Gewalt, aber es ging um Seans Leben.

Der Mann röchelte. »Hi…«

»Es wird dir niemand helfen. Sag uns, was wir wissen wollen, wenn du nicht sterben willst.« Matt sagte es so ruhig, dass sie nicht sicher war, ob er bluffte. »Du hast noch zehn Sekunden.« Wie zufällig presste er die Mündung seines Gewehrs gegen die Brust des Verbrechers.

»N…nein, bitte …«

»Rede!« Blake lockerte seinen Griff etwas.

»Sie … sind in einen … anderen Wagen … umgestiegen. Haben … jemanden getroffen.«

»Was für ein Auto war das? Marke, Farbe, Kennzeichen.«

»Ich … habe nicht so … genau hingesehen. Dunkel, ein SUV. Keine Ahnung, wie das Kennzeichen … war.«

Wie viele dunkle SUVs gab es hier in der Gegend? Massenhaft. Taylor kannte selbst einige Leute, die so etwas fuhren. »Wo habt ihr euch getrennt?«

»Vor etwa acht Kilometern, hier auf der Straße.«

»Wohin fuhr der SUV von dort aus?« Blake übernahm wieder.

»Vor mir. In die gleiche Richtung.«

»Weißt du, wohin sie wollen?«

Sofort schüttelte der Mann den Kopf. »Keine Ahnung. Über so was wurden wir nicht informiert.«

Verdammt! So würden sie Sean nie finden. Der SUV könnte längst sonst wo sein. »Wie heißt euer Anführer? Der, der mit in der Hütte war?«

»Collins. Jed Collins. Zumindest ist das der einzige Name, den ich kenne.«

Blake packte ihn am Arm und riss ihn hoch. »Fliegen wir weiter, vielleicht erwischen wir sie noch auf der Straße.«

In der Ferne war Sirenengeheul zu hören. Erst jetzt wurde sich Taylor der anderen Leute bewusst, die wegen der durch den Hubschrauber versperrten Straße ihre Autos angehalten hatten und das Schauspiel beobachteten. Einige hatten sogar ihre Handys herausgeholt und filmten alles. Wunderbar, sie wollte schon immer in einem TikTok-Video auftauchen. Für Matt und seine Männer wäre das sicher auch nicht so günstig. Rasch zogen sie sich zum Hubschrauber zurück und stiegen ein. Den Verbrecher nahmen sie mit. Er wurde auf einem Sitz festgeschnallt und eines der beiden verletzten Teammitglieder wurde für seine Bewachung abgestellt.

Sowie alle an Bord waren, hob der Helikopter ab und flog mit hoher Geschwindigkeit weiter die Straße entlang. Der Verkehr war nicht sonderlich dicht, trotzdem konnten sie schlecht jeden dunklen SUV anhalten, um nachzusehen, ob sich darin die gesuchten Personen befanden.

Taylor setzte die Kopfhörer auf, um weiter informiert zu werden. Matt gab gerade dem Piloten die Anweisung, nach einem dunklen SUV zu suchen, der jetzt sicher zehn Minuten Vorsprung hatte. Mit dem Hubschrauber konnten sie das zwar schnell aufholen, aber nicht unbedingt, wenn sie nicht genau wussten, nach welchem Auto sie suchten.

»I-Mac, haben wir inzwischen herausgefunden, wer dieser Woodward ist?«

»Nein, leider nicht. Es gibt zu viele Menschen mit diesem Namen.«

»Mist. Kannst du versuchen, etwas über einen Jed Collins herauszufinden? Könnte allerdings auch ein Alias sein.«

»Mache ich.«

Taylor erinnerte sich an das Portemonnaie des Toten in Seans Rucksack. Rasch suchte sie es und zog den Führerschein heraus. Dann wandte sie sich über Kopfhörer an I-Mac. »Einer der Verbrecher hieß Jason Burrows. Er ist im Park gestorben. Vielleicht hilft der Name weiter.« Sie gab weitere Informationen durch, die auf dem Ausweis standen.

»Alles klar, ich melde mich wieder, sobald ich etwas habe.«

Erschöpft sank Taylor in den Sitz zurück. Es dauerte einfach zu lange und brachte sie deshalb nicht weiter. Bis sie eventuell etwas herausfanden, könnte Collins mit Sean längst über alle Berge sein. Oder sie könnten Sean bis dahin schon getötet haben. Die Zeit lief ihnen davon. Die Verzweiflung hielt Taylor fest in ihren Krallen. Was konnten sie tun, um Sean doch noch rechtzeitig zu befreien? Eigentlich blieb nur die Hoffnung, dass sie den SUV noch auf der Straße entdeckten. Die Frage war, ob dieser Collins oder auch Woodward so dumm waren, ihr einfach weiter zu folgen, wenn sie vermuteten, dass ein Rettungsversuch bevorstand. Vielleicht verließen sie sich darauf, dass ihnen ohne Handysignal niemand folgen konnte.

Handy! Aufgeregt beugte sich Taylor vor. »Collins hat in der Hütte telefoniert. Könnte man nicht dessen Signal herausbekommen und es dann weiter verfolgen?«

Matt nickte. »Das könnte eventuell funktionieren, wenn sich nicht viele andere Leute in der Umgebung aufgehalten haben.«

»Die Hütte lag ja direkt im Wald und so viele Leute werden nicht auf der Straße entlanggefahren sein.«

Matt gab die Informationen an I-Mac weiter.

»Ich sage Joe Bescheid, dass er sich sofort dransetzt. Ich bin sicher, er findet so was raus. Die Schwierigkeit wird dann vermutlich sein, dass in der dünn besiedelten Gegend ein recht großes Gebiet von den Funkmästen abgedeckt wird. Seinen genauen Standort zu ermitteln, könnte knifflig werden. Aber zusammen mit der Beschreibung des Fahrzeugs hilft es vielleicht.«

»Super, danke.« Matt wandte sich zu ihr um. »Gute Idee, Taylor. So finden wir ihn bestimmt.«

Sie konnte nur hoffen, dass es noch rechtzeitig geschah.

35

Sean konnte sich keinen Zentimeter bewegen. Der Sauerstoffgehalt in der engen Kiste, in der er lag, wurde mit jeder Minute geringer. Als der Wagen angehalten hatte, war Sean bereit gewesen, um sein Leben zu kämpfen. Doch er hatte keine Möglichkeit dazu bekommen. Auf einem schmalen Feldweg, nur ein kleines Stück von der Straße entfernt, hatte der Anführer den Kofferraumdeckel geöffnet und dabei eine Pistole auf ihn gerichtet. So verschnürt wie er war, konnte er keiner Kugel entkommen. Würden sie ihn hier nun erledigen? Aber warum hatten sie ihn dann überhaupt mitgenommen? Nein, irgendetwas wollten sie von ihm – und er hatte keine Ahnung, was das sein konnte.

Auch diesmal gab es keine Erklärung, stattdessen wurde er gepackt und in diese Kiste geworfen, die im Kofferraum eines SUVs stand. Wahrscheinlich wollten sie kein Risiko eingehen, dass ihn jemand durch die Heckscheibe sehen konnte. Sean trat um sich, um zu verhindern, dass die Kiste verschlossen wurde, aber er hatte keine Chance. Mit den Fäusten bemühte er sich, den Deckel aufzudrücken, aber es gelang ihm nicht. Sean wollte schreien, aber es war niemand in der Nähe, der ihn hören würde. Deshalb sparte er den Sauerstoff. Es gab seitlich ein paar kleine Löcher, die hoffentlich verhindern würde, dass er erstickte, aber er war nicht völlig davon überzeugt.

Kurz darauf hatte der Wagen die Fahrt fortgesetzt, weiterhin auf Asphalt, immerhin blieben sie in der Zivilisation. Sein Bein schmerzte höllisch, die eingepferchte Stellung verschlimmerte es. Egal, was er auch probierte, er konnte sich nicht umdrehen, um die Wunde zu entlasten. Falls diese Arschlöcher versuchten, ihn zu quälen, hatten sie Erfolg. Aber vermutlich war es ihnen einfach nur egal, ob er es bequem hatte. Was ihn wieder zu der Frage brachte, warum sie ihn nicht längst getötet hatten. Wenn sie ihn frei ließen, würden sie verhaftet werden und lange im Gefängnis sitzen. Er hatte ihre Gesichter gesehen und könnte sie in allen Details beschreiben. Sie konnten ihn nicht gehen lassen.

Mühsam unterdrückte er die Verzweiflung, die immer wieder in ihm hochkriechen wollte. Er musste durchhalten, Blake würde alles tun, um ihn zu retten, da war er völlig sicher. Bestimmt hatten sie Taylor inzwischen gefunden und waren nun auf der Suche nach ihm. Wie sie ihn in dem neuen Wagen finden sollten, wusste er zwar nicht, aber er würde die Hoffnung nicht aufgeben. Er konnte es nicht. Er würde alles dafür tun, seine Familie und Freunde wiederzusehen. Und Taylor. Sollte er die Möglichkeit dazu erhalten, würde er ihr klar machen, wie sehr er sie bewunderte und wie viel sie ihm bedeutete. Wie gern er sie besser kennenlernen wollte. Auch durch die Hölle gehen, wenn es notwendig war. Am liebsten würde er sie aber einfach nur in seine Arme schließen und sich mit ihr irgendwohin zurückziehen, wo sie niemand stören konnte.

Ein paar Minuten gelang es ihm, nur in seinen Gedanken zu leben und sich ihr Wiedersehen in allen Details auszumalen. Das half ihm, seine Atmung zu kontrollieren und die Verzweiflung ein wenig zu verdrängen. Schließlich entschied er, seine Befreiung in die eigenen Hände zu nehmen. Egal, was dabei herauskam, er musste es zumindest probieren.

Sean versuchte, mit den Fingern an seinen Wanderstiefel zu kommen, doch das stellte sich in der Kiste als ziemlich schwierig heraus. Er konnte die Beine nicht eng genug anziehen, während er auch den Oberkörper nicht weit genug beugen konnte, dafür war die Kiste zu schmal. Sie bestand aus Metall und gab keinen Millimeter nach, wenn er dagegen stieß. Sein Atem ging heftig, während er jede mögliche Verrenkung ausprobierte. Mehr als einmal war er nahe an der Bewusstlosigkeit, wenn er wieder gegen sein Bein stieß. Schließlich gelang es ihm jedoch, mit den Fingerspitzen den Schaft seines Stiefels zu berühren. *Ja!*

Schweiß brannte in seinen Augen, als Sean seine Finger weiter in den Stiefel schob. Deutlich konnte er am Spann das Messer fühlen, jetzt musste er es nur noch greifen und herausziehen. Das erwies sich als nicht so einfach, doch schließlich konnte er es zwischen Zeige- und Mittelfinger packen. Vorsichtig zog er die Hand mit dem Messer zurück. Kurz blieb es am Schaft seines Stiefels hängen, dann war es frei. Unwillkürlich hielt Sean den Atem an, während er das Messer an seinen Körper presste, um es richtig greifen zu können. Endlich hielt er es fest in der Hand und atmete hart aus. Als Erstes musste er die Fesseln loswerden, damit er Möglichkeiten hatte, sich zu bewegen.

Verbissen säbelte er mit der nicht sehr scharfen Klinge an dem Seil um seine Knöchel, bis es endlich nachgab. Schweiß tropfte von seiner Stirn. Offenbar schien die Sonne auf die Metallkiste und heizte diese extrem auf. Ihm blieb nicht viel Zeit, bis es so ungemütlich wurde, dass es ihn handlungsunfähig machte. Die Fesseln um seine Handgelenke waren noch einmal komplizierter. Schließlich klemmte er das Messer zwischen seine Knie und führte das Seil über die Klinge. Das dauerte noch länger als anders herum, doch er hatte keine Wahl.

Endlich schnitt er den letzten Faden durch und seine Hände waren frei. Einen Moment lang massierte er seine schmerzenden Handgelenke, dann machte er sich an die Arbeit, die Kiste zu öffnen. Sean schloss kurz die Augen und versuchte, sich daran zu erinnern, wo die Riegel gewesen waren. In der Mitte der langen Seite war einer gewesen, deshalb setzte er dort an. Er schob den Dosenöffner ganz nach oben und hakte ihn hinter die vordere Wand der Kiste. Dann zog er mit aller Kraft daran, die er noch aufbringen konnte. Zuerst passierte nichts, doch schließlich gab sie etwas im oberen Bereich nach. Ermutigt hängte sich Sean mit seinem gesamten Gewicht daran und erreichte damit einen Spalt, durch den er den metallenen Riegel sehen konnte.

Der Erfolg durchströmte ihn und gab ihm Hoffnung, es doch irgendwie schaffen zu können. Hastig suchte er nach dem passenden Werkzeug, mit dem er den Riegel hochstemmen konnte. Schließlich entschied er sich für einen Haken. Sean brauchte einige Versuche, bis er ihn so positioniert hatte, dass er den Riegel damit bewegen konnte. Mit einem lauten Knacken sprang er schließlich zur Seite. Aufregung pulsierte in Sean, während er überlegte, wie er aus der Kiste entkommen konnte, ohne dass die beiden Männer es bemerkten. Sowie er den Deckel anhob, um herauszuklettern, würde das vermutlich im Rückspiegel zu sehen sein.

Deshalb entschied er, zuerst herauszufinden, wie er die Heckklappe von innen öffnen konnte. Vorsichtig hob er den Deckel so weit an, dass er hinausblicken konnte. Durch die Scheibe konnte er die vorbeifliegenden Bäume sehen, hinter ihm lag das Asphaltband der Straße. Nichts wies darauf hin, dass sie in nächster Zeit durch einen größeren Ort kommen würden, an dem er versuchen könnte, Passanten oder andere Autofahrer auf seine Lage aufmerksam zu machen. Rasch konzentrierte er sich auf sein nächstes Ziel. In der Verkleidung der Heckklappe befand sich im unteren Bereich in Höhe des Schlosses ein abgesetztes Rechteck. Dahinter befand sich der Schließmechanismus. Es sollte kein Problem sein, den Deckel mit einem Schraubenzieher aufzubekommen – wenn er mit dem Arm dorthin kam. Und ihn niemand dabei beobachtete.

Einen kurzen Moment zögerte er, doch er hatte keine Wahl. Jetzt war vermutlich die einzige Möglichkeit, sich noch zu befreien. Vorsichtig stemmte er den Deckel der Kiste ein wenig hoch, dann schob er den Arm bis zur Schulter hindurch. Es gelang ihm, die Heckklappe mit dem Messer zu erreichen. Sean hakte die Spitze hinter den Deckel und hebelte ihn auf. Glücklicherweise fiel das Plastikrechteck auf den Teppich und gab kein Geräusch von sich. Den Rest würde er mit den Fingern machen müssen, allerdings war sein Arm etwas zu kurz. Mühsam schob er sich noch weiter durch den schmalen Spalt, bis er mit den Fingerspitzen in die Aussparung greifen konnte.

Nach einigem Suchen fand er den Hebel und drückte ihn hinunter. Von vorn hörte er einen lauten Fluch, der Wagen wurde langsamer. Verdammt, er hatte nicht daran gedacht, dass das Öffnen der Heckklappe während der Fahrt auf den Displays angezeigt werden würde! So schnell er konnte, wand er sich aus der Kiste und schob die Heckklappe ganz auf. Es war nichts in der Nähe zu sehen, keine Behausungen oder Autos. Doch er musste es versuchen. Mit dem zusammengeklappten Messer in der Hand sprang er aus dem noch fahrenden Wagen. Hart kam er auf dem Asphalt auf und schrie auf, als glutheißer Schmerz durch sein Bein fuhr.

Übelkeit wühlte in seinem Magen, aber davon ließ er sich nicht aufhalten. Hastig kam er auf die Füße und lief los. Er kam mit der Verletzung viel zu langsam vorwärts, das wurde ihm schnell bewusst. Ein lauter Knall ertönte und Sean blieb ruckartig stehen. Langsam drehte er sich zum SUV um. Der Anführer war ausgestiegen und kam auf ihn zu. Die Pistole war direkt auf seine Brust gerichtet, der nächste Schuss würde nicht daneben gehen.

»Steig wieder ein, du Idiot!«

»Nein.« Wenn er das tat, war er so gut wie tot. Noch einmal würde er keine Gelegenheit zur Flucht bekommen.

»Glaubst du, das ist ein Scherz? Wenn du nicht freiwillig einsteigst, wirst du nicht so gut wegkommen wie bisher.«

Sean schüttelte den Kopf. »Sie werden mich doch sowieso umbringen. Warum also nicht hier, wo alle Leute zusehen können?« Er sollte ihn nicht reizen, aber er hatte sein Limit erreicht. Mehr konnte er nicht aushalten, ohne daran zu zerbrechen.

Der Anführer sah sich um. »Welche Leute? Hier ist außer uns niemand. Ich könnte dich hier einfach in den Straßengraben werfen und es würde niemanden interessieren. Wahrscheinlich würden sie dich erst in ein paar Tagen finden, wenn deine Leiche anfängt zu stinken.«

Eine wunderbare Vorstellung. »Es wird sich bestimmt jemand fragen, wo das Blut auf der Straße herkommt.«

Der Mann lachte nur. »Wir sind hier in der Natur, alle paar Meter wird irgendein Tier angefahren. Da zuckt niemand mehr mit der Wimper.« Er sah Sean von oben bis unten an. »Aber wir können es auch anders machen. Ich schieße irgendwo hin, das nicht sofort tödlich ist, dich aber außer Gefecht setzt, und dann schleppe ich dich in den Wagen. Du kannst dir aussuchen, was dir lieber ist.«

Sean schwankte. Die bereits vorhandene Verletzung reichte bereits, um ihn extrem zu schwächen, eine weitere würde ihn vermutlich über kurz oder lang töten. Das war sicher auch dem Verbrecher bewusst, sonst hätte er schon auf ihn geschossen. Doch Sean war ziemlich sicher, dass er es tun würde, wenn er keine andere Wahl hatte. So wie er auch seinen Kumpan einfach getötet hatte. »Warum tut ihr das?«

»Darüber willst du jetzt nicht wirklich diskutieren, oder? Gib auf, du kannst nicht gewinnen.«

»Verdammt noch mal, Jed, komm endlich! Da kommt gleich ein Auto!« Das kam von dem anderen Mann, der hektische Handbewegungen machte.

»Okay, du hast es so gewollt.« Der Zeigefinger krümmte sich um den Abzug.

Sean blickte ihm direkt in die Augen. Mehr konnte er nicht tun, weder fliehen noch sich verteidigen, dafür war der Mann zu weit weg. Aber doch zu nah, um Sean zu verfehlen. Das Rauschen des Flusses wurde von einem Dröhnen übertönt. Es dauerte einen Sekundenbruchteil, bevor er verstand, dass es ein Hubschrauber war. Er warf sich zur selben Zeit zu Boden, als sich der Schuss löste.

36

Taylor sprang aus dem Hubschrauber, sowie die Kufen den Asphalt berührten. Aus der Luft hatten sie gesehen, wie der Anführer Sean mit der Pistole bedrohte, eines der Teammitglieder hatte aus dem Fenster heraus auf Collins geschossen. Jetzt lagen beide bewegungslos auf dem Boden. *Gott, hoffentlich waren sie nicht zu spät gekommen!* Ihr Herz hämmerte, als sie auf Sean zurannte. Er durfte nicht tot sein. Taylor warf sich neben ihm auf die Knie.

»Sean!« Er rührte sich nicht. *O Gott, nein!* Taylor berührte seine Wange mit zitternden Fingern. »Bitte sei nicht tot.«

Blake hockte sich neben sie und begann, seinen Bruder zu untersuchen. »Ich sehe keine Schusswunde.« Seine Stirn war sorgenvoll gerunzelt.

Seans Lider flatterten, dann öffnete er die Augen. »Taylor.«

»Du lebst!« Freudentränen liefen über ihre Wangen.

»Ja.« Er verzog das Gesicht. »Mehr oder weniger.«

Blake beugte sich über ihn. »Sean, bist du getroffen?«

Sean schien einen Moment lang in sich hineinzuhorchen. »Nein, ich denke nicht.«

Sein Bruder schüttelte den Kopf. »Du bist echt ein Glückspilz.«

»So fühle ich mich aber gerade nicht.«

Blake legte seine Hand auf Seans Schulter. »Ich bin froh, dass wir dich endlich gefunden haben. Du hast es uns nicht gerade leicht gemacht.«

»War nicht meine … Schuld.« Sean betrachtete ihn ausgiebig. »Du siehst auch nicht gerade aus, als hättest du nur im Hubschrauber gesessen.«

»Lange Geschichte. Jetzt kümmere ich mich erst mal um andere Dinge, wenn ihr hier so lange zurechtkommt.«

Taylor mischte sich ein. »Ich sorge dafür, dass er sich nicht bewegt.«

»Gut.« Nach einem letzten langen Blick auf seinen Bruder drehte sich Blake um und ging zu den anderen, die sich um die beiden Verbrecher kümmerten.

»Taylor.«

Sie beugte sich tiefer über ihn. »Ja?«

»Ich bin froh, dass du diesen Kerlen entkommen konntest.«

»Ich hätte dich nicht allein lassen dürfen. Vielleicht wäre dann alles gar nicht so weit gekommen.«

Seine Hand legte sich um ihre Wange. »Nein, es war genau richtig so. Ohne dich wäre ich sicher nicht gefunden worden. Richtig?«

»Möglich.« Zumindest nicht so schnell und ob er dann noch am Leben gewesen wäre …

Ein schwaches Lächeln huschte über sein Gesicht. »Wusste ich es doch. Du bist mein rettender Engel.«

Sie hauchte einen Kuss auf seine Handfläche. »Und ich denke, du liegst schon im Delirium.«

Sean versuchte, sich zu bewegen und stöhnte auf. »Ich wäre dann jetzt bereit fürs Krankenhaus.«

»Das denke ich auch.« Sie winkte Blake heran. »Wir müssen ihn ins Krankenhaus schaffen.«

Seans Bruder nickte. »Mit dem Hubschrauber sind wir in einer Viertelstunde da. Die werden ordentlich was zu tun bekommen, wenn wir eintreffen.«

»Was ist mit den Verbrechern?« Die Frage kam von Sean.

»Einer ist tot, der andere hat sich ergeben. Er sitzt schon im Helikopter.« Blake blickte sich um. »Ich denke, wir sollten die Straße räumen, bevor die Polizei hier ist.«

Taylors Augenbrauen schoben sich zusammen. »Wollt ihr den Verbrecher nicht den Behörden übergeben?«

»Doch, natürlich. Aber wir haben Verletzte, die wir ins Krankenhaus bringen müssen und eine langwierige Ermittlung würde uns nur aufhalten. Außerdem ist das Team … Nun ja, nicht wirklich offiziell im Einsatz. Einige sollten lieber nicht mit der Polizei in Berührung kommen.«

»Okay.« Ihr war alles recht, solange Sean endlich medizinisch versorgt wurde und am Ende der Gerechtigkeit genüge getan wurde. Sie wollte diese Mistkerle im Gefängnis sehen.

»Was ist mit Noah?«

Stimmt, Sean konnte davon ja noch nichts wissen. »Du wirst ihn im Krankenhaus sehen können.«

»Dann geht es ihm gut?«

»Wir haben keinen aktuellen Status, aber laut letztem Stand wurde er stabilisiert und es besteht keine Lebensgefahr.« Diesmal antwortete Blake. »Nick sollte inzwischen im Krankenhaus angekommen sein. Er kümmert sich um alles.«

»Gut.« Sean schloss die Augen.

Matt tauchte mit einem weiteren Mann neben ihnen auf. »Wir bringen ihn jetzt zum Hubschrauber.«

Widerwillig ließ Taylor Seans Hand los und stand auf.

Sofort öffneten sich Seans Augen. »Taylor!«

»Ja, ich bin hier.«

»Versprichst du, dass du nicht einfach verschwindest?«

Wärme breitete sich in ihr aus. »Natürlich. Ich bleibe die ganze Zeit bei dir.«

»Außer wenn sie sich selbst untersuchen und behandeln lässt.« Das kam von Blake.

Das wollte sie sowieso erst machen lassen, wenn Sean operiert wurde. Sie ging davon aus, dass noch etliche Holzsplitter aus seinem Bein entfernt werden mussten, die Wunde gesäubert und danach genäht. Das würde einige Zeit in Anspruch nehmen, in der sie sich um sich kümmern konnte. »Natürlich.«

Angespannt beobachtete sie, wie Sean vorsichtig hochgehoben und zum Hubschrauber getragen wurde. Sein schmerzerfülltes Stöhnen ging ihr durch Mark und Bein. Hoffentlich kam er früh genug zu einem Arzt, dass seine Wunde noch gut behandelt werden konnte und er keine bleibenden Schäden behielt. Doch die Hauptsache war, dass er lebte. Rasch kletterte Taylor ebenfalls in den Helikopter und setzte sich neben Sean, der auf der Notfallliege festgeschnallt wurde.

Auch der verbliebene Verbrecher wurde hereingebracht und Taylor blieb der Mund offen stehen, als sie ihn erkannte. »*Du* bist Woodward?« Entsetzt starrte sie ihn an. »Offenbar hatte Sean recht damit, dass es gefährlich für uns sein könnte, wenn wir uns an den Ranger Service wenden! Wie konntest du das tun? Du hast zugelassen, dass sie uns jagen – oder hast du es sogar befohlen? Und wie zum Teufel konntest du daran mitwirken, dass die Natur des Parks zerstört wird? Ich dachte, es wäre dein Leben, dich um die Umwelt zu kümmern.« Sie lachte bitter. »Woodward. Was für ein Witz.«

Seans Lider hoben sich mühsam. »Wer ist das?«

»Ranger Lewis. Er leitet den Ranger Service des Parks.«

Seans Augen verengten sich. »Dann habe ich mit Ihnen telefoniert und Sie um Hilfe gebeten? Wie konnten Sie Noah einfach im Stich lassen? Sie wussten genau, dass er in dem Gebiet in Gefahr schwebt und haben nichts unternommen, um ihn zu retten!«

Lewis' Lippen pressten sich zusammen. »Ich habe Taylor geschickt. Und ich bin nicht Woodward.«

»Sie haben sie in den Tod geschickt! Warum haben Sie das getan?«

»Ich bin davon ausgegangen, dass sie den Vermissten sowieso nicht findet und Sie überredet, den Park zu verlassen.«

Sean war die Wut deutlich anzusehen. »Mag sein, dass Sie sich das einreden können, doch ich bin sicher, dass Sie einen anderen Grund dafür hatten.«

»Ich wollte niemanden vom Ranger Service opfern! Ich arbeite seit Jahren mit ihnen zusammen, sie sind meine Freunde.« Nach diesem Ausbruch lehnte sich Lewis gegen die Wand zurück.

»Ich war also entbehrlich. Danke auch.«

»Du hättest dich einfach an die Anweisung halten sollen, ihn zurückzubringen. Es hätte niemand in dem Bereich unterwegs sein dürfen.« Erbost starrte er Sean an. »Es ist alles nur Ihre Schuld und die von diesem Idioten, der dachte, es wäre eine tolle Idee, sämtliche Verbote zu ignorieren und dort im Backcountry zu wandern. Alles was passiert ist, hat er sich selbst zuzuschreiben.«

»Ich bin sicher, dass ein Gericht das anders sehen wird.« Taylor versuchte, nicht zu zeigen, wie verletzt sie war. Eigentlich hatte sie gedacht, mit allen gut auszukommen, auch wenn sie nicht direkt mit ihnen zusammenarbeitete. Offenbar hatte ihr Vorgesetzter das ganz anders gesehen. »Ich verstehe aber immer noch nicht, warum du zugelassen hast, dass in so einem sensiblen Bereich nach Rohstoffen gesucht wird. Du musst gewusst haben, was sie dort treiben und was für Auswirkungen das auf das Ökosystem haben wird.« Eines wusste sie von Lewis: Die Natur war immer das Wichtigste für ihn. Oder zumindest hatte sie das bisher geglaubt.

Tiefe Abscheu überzog seine Miene. »Glaubst du, ich finde das toll? Ich hatte keine Wahl! Die Mittel vom Park sind stark gekürzt worden. Wenn es nach den Politikern ginge, könnten wir morgen dicht machen. Das würde dazu führen, dass der Park nicht mehr geschützt ist. Du kannst sicher sein, dass schon in kürzester Zeit jede Menge Investoren vor der Tür stehen würden, die überall schicke Resorts hinbauen. Dazu kommen noch die Unternehmen, die die Ressourcen des Parks plündern wollen. Danach kommen dann irgendwelche Idioten, die auf die Wildtiere Jagd machen. Alles wofür ich mein ganzes Leben gearbeitet habe, wäre zerstört. Das konnte ich nicht zulassen.«

»Und deshalb lässt du Leute in den Park, die illegal nach Rohstoffen suchen? Genau das willst du doch nach deinen Worten verhindern!«

Lewis rieb über sein Gesicht. »Ich dachte, es würde noch länger dauern, bis jemand kommt. Ich habe mich verkalkuliert. Eigentlich wollte ich bis dahin andere Sponsoren gefunden haben, die den Park unterstützen und mit deren Hilfe ich von diesen Verbrechern loskomme.«

»Ich bin sicher, der Staat hätte dem Park mehr Geld zugebilligt, wenn du ihnen die Probleme geschildert hättest.«

»Eben nicht! Ich habe alles versucht, aber ich bin nicht zu ihnen durchgedrungen. Diese Bürohengste denken, es wäre damit getan, die Natur einfach sich selbst zu überlassen. Doch so funktioniert es eben nicht.«

»Mit deiner Methode aber ganz offensichtlich auch nicht.« Taylor schüttelte den Kopf. »Wie konntest du zulassen, dass Menschen getötet werden?«

Lewis wurde blass. »Wer ist tot?«

»Noah hat beobachtet, wie jemand ermordet wurde. Deshalb waren sie hinter ihm her.«

Die Hände des Rangers zitterten. »Wer wurde getötet?«

»Ich weiß es nicht, aber Noah hat ein Foto davon gemacht.«

»Ich … ich will es sehen.«

Taylor drehte sich zu Matt um, der mit den Schultern zuckte und ihr sein Handy reichte. Sie blickte nur kurz aufs Display und hielt es dann Lewis hin. Der starrte darauf und schloss die Lider. Vor ihren Augen fiel er in sich zusammen. »Nein!«

Durch seine Reaktion verwirrt, sah sich Taylor das Foto noch einmal gründlicher an. Es war aus weiter Entfernung aufgenommen worden, als sie versuchte, die Personen näher heranzuzoomen, wurde es immer grobkörniger, die Gesichtszüge verschwammen. Was sie aber deutlich erkennen konnte, war eine Rangeruniform beim Opfer. Wenn sie sich nicht irrte, war es eine Frau, die sie trug. Sie schluckte hart. »Wer ist das?«

Lewis hob den gesenkten Kopf, seine Augen waren gerötet. »Susan.«

»O nein! Was tut sie denn dort, ich dachte, der Teil des Parks ist gesperrt.«

»Susan war zu neugierig. Ich habe ihr gesagt, dass sie sich raushalten soll, aber davon hat sie sich noch nie abhalten lassen.« Seine Stimme zitterte. »Jetzt ist sie tot.«

»Aber warum hast du Noah nicht geholfen, als du um Hilfe gebeten wurdest?«

»Woodward drohte damit, Susan etwas anzutun, wenn ich mich einmische. Ich musste sie gewähren lassen, wenn ich Susan retten wollte.«

Sie konnte nachvollziehen, dass er seiner Kollegin helfen wollte, aber das ging eindeutig zu weit. »Du hast das Leben anderer gefährdet! Noah ist fast gestorben, genauso wie Sean und ich. War es das wert?«

»Es war eure eigene Schuld, weil ihr euch eingemischt habt! Ich wollte Susan nur wiederhaben. Ich habe alles verloren.«

Offenbar war Susan deutlich mehr als eine Kollegin gewesen. Ein Hauch von Mitgefühl stellte sich ein, den sie sofort unterdrückte. Das alles war nur Lewis' Schuld. Wäre er nicht auf die aberwitzige Idee gekommen, so die Finanzsituation des Parks aufzubessern, wäre das alles nicht passiert. »Du hast dem Park schweren Schaden zugefügt. Und auch dem Ansehen des Ranger Service.«

Eine Hand legte sich auf Taylors Schulter und sie blickte hoch. Matt stand hinter ihr. »Überlasst das uns, wir werden alles aus ihm rausbekommen. Sorgt dafür, dass ihr gesund werdet, den Rest erledigen wir.«

Im Grunde war Taylor froh, sich nicht mehr damit befassen zu müssen. Sie war maßlos enttäuscht von Lewis, bisher hatte sie viel von ihm gehalten, gerade wegen seiner offensichtlichen Liebe zur und Hingabe für die Natur. Es würde einige Zeit brauchen, bis sie darüber hinwegkam.

»Danke, Matt. Auch für die Rettung.« Sean übernahm für sie.

»Gern geschehen. Ich bin froh, dass wir euch noch rechtzeitig gefunden haben.« Matt kehrte zu seinem Platz zurück und nahm Lewis mit. »Alle an Bord, los geht's!« Diesmal kam seine Stimme über Kopfhörer. Gleich darauf hob der Hubschrauber ab.

Taylor war froh, dass Lewis nicht mehr in ihrer Nähe war. Den Rest des Fluges hielt sie einfach Seans Hand und versuchte, nur noch an die Zukunft zu denken und alles Negative zu vergessen.

37

Als Sean die Augen öffnete, sah er als Erstes Taylor. Lächelnd beobachtete er sie, wie sie in einem Sessel saß und tief zu schlafen schien. Sie war offenbar dazu gekommen, sich ein wenig zu waschen und trug jetzt andere Kleidung. Ihre Haare waren aber immer noch zerzaust und ihr Gesicht ohne jedes Make-up. Sie sah grandios aus. Oder sie würde es, wenn nicht dunkle Schatten unter ihren Augen liegen würden – durch seine Schuld verursacht. Doch für das, was sie durchgemacht hatten, wirkte sie geradezu himmlisch fit. Er fühlte sich wie durch den Fleischwolf gedreht, auch wenn er momentan wenigstens keine Schmerzen hatte. Wahrscheinlich hatten sie ihm starke Schmerzmittel gegeben.

Sean sah nach unten und atmete auf, als er den Umriss seines Beins unter dem Laken erkennen konnte. Zumindest schien es bei der Operation keine größeren Komplikationen gegeben haben. Ein Blick unter das Laken zeigte ihm einen dicken Verband um seinen Oberschenkel. Die Haut drumherum hatte eine normale Farbe, was ihn sehr erleichterte.

»Es ist alles noch dran.«

Taylors Stimme ließ seinen Kopf hochrucken. Sie war aufgewacht und richtete sich gerade im Stuhl auf. Sean grinste sie an. »Hast du nachgesehen?«

Sie verdrehte die Augen und stand auf. »Nein, das hat die Ärztin deinem Bruder gesagt und er wiederum mir.«

»Wo ist Blake?«

»Er musste zurück, genau wie der Rest des Teams, aber er lässt dir schöne Grüße ausrichten. Er ruft dich nachher an.«

»Ich habe mein Handy nicht mehr.«

Taylor zog die Schublade seines Nachttischs auf. »Doch, es ist hier. Blake hatte es aus dem Park mitgebracht und dir hiergelassen.«

Ja, das klang nach Blake. Selbst in den größten Krisensituationen konnte er noch klar denken. »Gut.«

Taylor setzte sich auf die Kante seines Betts. »Wie geht es dir? Hast du noch Schmerzen?«

»Überraschend gut dank der Drogen. Wann kann ich hier raus?«

»Heute jedenfalls noch nicht. Sie haben etliche Holzsplitter aus der Wunde geholt, die durch die ständige Bewegung und die schlechte Behandlung ziemlich gewütet haben. Du wirst wohl noch einige Zeit etwas davon haben. Aber zumindest sind sie ziemlich sicher, die Entzündung mit Antibiotika eindämmen zu können. Wenn du das Bein also in nächster Zeit schonst, sollte nichts davon zurückbleiben, außer einer Narbe.«

Normalerweise fiel es ihm schwer, still zu sitzen, er wollte immer in die Natur raus, sich bewegen, etwas sehen. Nach den Erlebnissen war er aber erst mal davon geheilt. Ein paar Tage Ruhe waren auf jeden Fall annehmbar. »Das klingt gut.«

Taylor strich seine Haare aus der Stirn. »Du hast mir wirklich Sorgen gemacht. Ich dachte, du wärst tot. Mehrfach.«

»So leicht bin ich nicht umzubringen.«

Sie schnaubte. »Hast du das aus einem Film geklaut?« Sofort wurde sie wieder ernst. »Das war kein Spiel, Sean. Die meinten es verdammt ernst.«

Er schnitt eine Grimasse. »Das ist mir aufgefallen. Ich bin nur froh, dass du relativ heil rausgekommen bist. Was macht deine Seite?«

»Die Ärzte haben sich die Wunde angesehen. Es war wirklich nur ein Streifschuss. Sie haben sie genäht und ordentlich verbunden.«

Sean fing ihre Hand ein und führte sie an seine Lippen. »Das ist gut. Wenn dir etwas passiert wäre …« Er brach ab, weil er sich nicht vorstellen konnte, was er dann getan hätte. Wie er mit dem Wissen hätte weiterleben sollen, dass sie seinetwegen gestorben war.

»Schsch. Es ist alles gut. Wir sind beide am Leben und halbwegs fit. Noah geht es auch so weit gut. Er ist dehydriert und seine Verletzungen werden ihm noch einige Schwierigkeiten machen, aber er wird durchkommen und sich vollständig erholen.«

Sean schloss die Augen und schickte einen Dank gen Himmel. »Also ist Nick hier angekommen und kümmert sich um ihn?«

»Ja, er und Chrissy. Mit seinem Gips ist er nicht ganz so wendig.«

»Danke, dass du nachgefragt hast.« Mit dem Daumen rieb er über ihren Handrücken.

»Gar kein Problem. Deine Freunde sind unheimlich nett, genauso wie dein Bruder und Matts Team. Du hast sehr viel Glück.«

»Ich weiß. Und jetzt habe ich auch noch dich kennengelernt. Mein Leben könnte nicht besser sein.«

Das brachte ihm ein Lächeln ein. »Warte bis du all meine Fehler erkennst.«

»Ich kann es kaum erwarten.« Er rückte sich zurecht, als sich sein Rücken zu verspannen begann. »Also, wann kann ich hier raus?«

Taylor lachte auf. »Ich wusste doch, dass du es nicht lange aushältst. Die Ärztin sagte, du kannst morgen gehen, wenn du einen Platz hast, wo sich jemand um dich kümmert und du dich schonst.«

»Besser als hier an die Decke zu starren. Ich denke, ich kann für ein paar Tage zu meinen Eltern ziehen oder auch auf die Ranch meiner Großeltern.«

»Oder du könntest mit zu mir kommen.« Röte stieg in Taylors Wangen. »Du musst aber natürlich nicht, das war …«

»Eine ganz hervorragende Idee. Danke, ich würde gern mehr Zeit mit dir verbringen.« Ein Gedanke kam ihm. »Oder musst du arbeiten? Dann will ich dir nicht zur Last fallen.«

»Ich bin die nächsten Tage freigestellt. Es werden jetzt erst mal Ermittlungen stattfinden, wer eventuell noch vom Ranger Service in die Sache verwickelt war, oder ob nur Lewis die Schuld daran trägt.«

»Gut.« Befriedigung breitete sich in Sean aus. »Ich kann es nicht erwarten, mehr über dich zu erfahren.«

»Ich fürchte, da gibt es nicht besonders viel Interessantes zu entdecken.«

Sean hob eine Augenbraue. »Das ist eine glatte Lüge. Du bist die interessanteste Person, die ich kenne.«

»Möchtest du Noah besuchen? Er liegt auf der gleichen Etage.«

»Sehr gern, auch wenn ich genau weiß, dass du gerade versuchst, das Thema zu wechseln.«

»Gut, dann frage ich die Krankenschwester, ob das jetzt schon geht und besorge dir einen Rollstuhl.«

Sean verzog den Mund. Er konnte sich schöneres vorstellen, als herumgeschoben zu werden, aber immerhin konnte er sich so davon überzeugen, dass es Noah wirklich gut ging. »Danke.«

Taylor nickte ihm zu und verließ dann das Zimmer. Als sich die Tür hinter ihr schloss, erlaubte sich Sean einen erleichterten Seufzer. Er hatte schon befürchtet, sie dazu überreden zu müssen, ihn weiter zu sehen. Oder dass die Ereignisse so furchtbar gewesen waren, dass sie mit ihm nichts mehr zu tun haben wollte. Glücklicherweise war sie, wenn es um Gefühle ging, offenbar genauso verlässlich und ehrlich, wie er sie kennengelernt hatte. Sein Bein ließ es leider nicht zu, dass er durch das Zimmer tanzte, deshalb begnügte er sich mit einem Fistpump.

Kurz darauf kehrte Taylor mit einer Krankenschwester zurück. Die lächelte ihm zu. »Sie sind ja schon wach. Dr. Anderson hat mir gesagt, dass Sie noch nicht gehen dürfen, um die Nähte nicht wieder aufzureißen, aber es spricht nichts dagegen, Sie mit einem Rollstuhl zu Ihrem Freund zu bringen. Die Wunde ist seitlich am Oberschenkel, damit sollte nichts passieren, wenn Sie sitzen.«

»Das sind gute Neuigkeiten.«

»Ich hole einen Rollstuhl. Wenn Sie sich noch etwas anziehen wollen, können Sie das in der Zwischenzeit tun. Aber belasten Sie Ihr Bein nicht und versuchen Sie, es so wenig wie möglich zu bewegen.« Damit eilte sie auch schon hinaus.

Sean blickte Taylor an. »Habe ich denn etwas zum Anziehen?«

»Ja, Blake hat unsere Rucksäcke hergebracht und für dich auch noch eine weite Jogginghose besorgt, die du über den Verband bekommst.«

»Perfekt.«

Taylor ging zum Schrank und holte die Sachen heraus. »Ich gehe davon aus, dass du es oben allein schaffst?« Sie legte das Zeug neben ihn aufs Bett. »Bei der Hose helfe ich dir.«

»Ich denke schon.« Sean setzte sich auf und spürte, dass er sich doch etwas schwächer fühlte als normalerweise. Aber das war nach dem Abenteuer und der Operation kein Wunder. Schließlich saß er mit zusammengebissenen Zähnen aufrecht da. An seinem Oberkörper waren etliche Prellungen zu sehen, wo er von den Verbrechern geschlagen und getreten worden war, genauso wie von seinem Sturz aus dem Kofferraum.

Taylor legte eine Hand auf seinen Rücken, um ihn zu stützen. »Langsam, dein Kreislauf muss erst mal wieder in Schwung kommen.«

Sean lehnte sich leicht an sie. »Ich hasse das.«

»Das kann ich nachvollziehen, aber es würde jedem anderen in dieser Situation genauso gehen.« Sie nahm das T-Shirt vom Bett und schüttelte es aus. »Kannst du die Arme heben?«

Wortlos gehorchte Sean. So machte er sicher keinen Eindruck auf Taylor, aber sie hatte völlig recht, es war einfach nicht zu ändern. Sowie er etwas mehr Kraft hatte, würde er das wettmachen. Sanft streifte Taylor das T-Shirt über seine Arme und den Kopf und zog es vorsichtig nach unten.

»Ich hoffe, diese Schweine werden für den Rest ihres Lebens im Gefängnis schmoren!« Überrascht über die Heftigkeit ihres Ausbruchs blickte Sean ihr ins Gesicht. Heiße Wut brannte in ihren Augen.

Er legte seine Hand auf ihre. »Das werden sie.«

»Gut.« Taylor atmete tief durch. »Normalerweise bin ich nicht so rachsüchtig, aber sie haben es nicht anders verdient, so wie sie mit Menschenleben umgegangen sind. Von der Natur ganz zu schweigen.«

»Ich bin sicher, die anderen Mittäter können ebenfalls ermittelt werden. Hoffentlich erkennt die Regierung dadurch auch, dass die Naturschutzgebiete besser geschützt werden müssen. Wir haben nur diese eine Welt. Wenn sie kaputt ist, können wir uns keine neue erschaffen.«

Taylor lächelte ihn an. »Du bist ein Idealist.«

»Eher ein Realist. Durch meinen Job habe ich einen guten Einblick in sämtliche Forschungen zu dem Thema und ich kann nur sagen, wir haben nicht mehr viel Zeit.« Wenn es nicht schon längst zu spät war. Aber es würde keinem helfen, wenn er darüber lamentierte. »Vielleicht sollten wir jetzt zur Hose kommen, wenn die Krankenschwester mich nicht in Unterhose erwischen soll.«

»Nein, das wollen wir ja nicht.« Sie zwinkerte ihm zu. Rasch zog sie ihm Socken an, dann streifte sie vorsichtig die weite Jogginghose über seine Beine. »Kannst du dich ein wenig hochstemmen und dabei dein verletztes Bein nicht bewegen?«

»Ich werde es versuchen.«

Mit vereinten Kräften gelang es ihnen, die Hose über seine Hüfte zu ziehen. Anschließend lag er keuchend da. »Verdammt, wie kann etwas so Einfaches so anstrengend sein?«

»Wenn du dich erst mal ausgeruht und etwas gegessen hast, wirst du deine Energie sicher schnell wiedergewinnen.«

»Du musst doch sicher auch erschöpft sein.«

»Das bin ich, aber ich kann mich nachher zu Hause ausruhen.«

Seans Magen zog sich zusammen. »Du bleibst nicht im Krankenhaus?«

»Nein, ich konnte nach der Behandlung gehen. Wenn wir bei Noah waren, bringe ich dich hierher zurück und danach fahre ich nach Hause.«

Aus irgendeinem Grund gefiel ihm das nicht, dabei war er froh, dass es ihr so gut ging. »Könnte ich dich überreden, hier zu bleiben?«

»Ich muss zu meinem Vater, er hat Alzheimer und braucht seine Routinen und ich war nun schon einen Abend nicht bei ihm.«

»Natürlich, das verstehe ich.« Sean schwieg kurz. »Ich habe mich so daran gewöhnt, dass wir die ganze Zeit zusammen sind. Es wird seltsam sein, dich nicht zu sehen, deine Stimme zu hören.«

Taylor beugte sich vor und küsste ihn sanft. »Das wirst du eher, als es dir jetzt vorkommt. Ich komme morgen früh wieder und vielleicht kann ich dich dann ja mitnehmen.«

Sean konnte sich nichts Schöneres vorstellen. »Ich werde alles dafür tun, dass ich entlassen werde.«

Sie lachte auf. »Das denke ich mir.«

Kurz darauf kam die Krankenschwester mit dem Rollstuhl ins Zimmer. Mit vereinten Kräften hievten sie Sean hinein. Die Fahrt über den Gang nutzte Sean, um zu verheimlichen, dass sein Oberschenkel die Bewegung nicht allzu freudig aufgenommen hatte. Doch das bisschen Schmerz war egal, solange er nur am nächsten Tag das Krankenhaus verlassen konnte.

Die Krankenschwester klopfte kurz an eine Tür, dann öffnete sie sie. »Wenn Sie weitere Hilfe brauchen, klingeln Sie.«

»Danke.«

Taylor schob den Rollstuhl in das Zimmer und stellte ihn so neben das Bett, dass Noah ihn sehen konnte, ohne sich den Kopf verrenken zu müssen. Seans Herz zog sich zusammen, als er seinen Freund so schwach sah. Er wirkte geradezu ausgemergelt, obwohl es nur drei Tage gewesen waren. Es erinnerte kaum noch etwas an den fröhlichen jungen Studenten, den Sean zuletzt vor einigen Monaten gesehen hatte.

»Hallo Noah.«

»Sean.« Er blickte nach oben. »Taylor. Ich bin unendlich froh, dass ihr diesen Mistkerlen entkommen seid. Blake hat mir schon ein bisschen was erzählt. Es tut mir wirklich leid, dass ihr meinetwegen in solch eine Situation gekommen seid.«

»Du konntest ja nicht wissen, dass so etwas passieren würde. Mach dir keine Gedanken, wir sind ja alle noch am Leben.«

»Gerade so. Ich bin jedenfalls von Solotouren geheilt. Ich hätte auf Nick hören sollen.«

Sean grinste ihn an. »Ältere Brüder wissen immer alles am besten.«

Noah lächelte schwach. »Scheint so.«

»Ne, im Ernst. Du musst dein eigenes Leben führen, du kannst nicht immer alles nach Nick ausrichten. Er wird es überstehen.«

Noah nickte. »Ja, vermutlich.«

»Wo sind er und Chrissy überhaupt? Ich dachte, sie wären noch hier.«

»Sie kommen gleich wieder. Wollten sich nur mal was zu essen holen.« Er deutete auf das zweite Bett. »Das haben sie extra für Nick hier reingestellt, damit er sein Bein nicht zu sehr belastet. Eigentlich sollte er zu Hause sein und sich von den schweren Verletzungen erholen.«

Sean beugte sich vor. »Du dachtest doch nicht wirklich, dass er zu Hause bleibt, wenn du dich fast umbringen lässt, oder?«

Noahs Augen verdunkelten sich. »Nein, wohl eher nicht.«

»Er hat sich große Sorgen um dich gemacht.«

»Ich weiß. Nick hat es mir lang und breit erzählt.« Noahs Mundwinkel hoben sich. »Und er besteht darauf, dass ich in den nächsten fünfzig Jahren nichts mehr allein mache.«

Sean musste lachen. »Ja, das klingt nach Nick.«

»Er besucht dich bestimmt später noch mal, wenn du jetzt wach bist.« Noah sah zu Taylor hinüber. »Entschuldige, setz dich doch.« Er deutete auf den Stuhl neben dem Bett.

Lächelnd schüttelte Taylor den Kopf. »Ich lasse euch beide lieber allein und warte draußen, ihr habt euch sicher viel zu erzählen.« Taylor ignorierte seinen Protest und verließ das Zimmer.

Als Sean sich Noah wieder zuwandte, grinste der ihn an. »Ich hatte recht, oder? Du bist mit Taylor zusammen.«

Sean fühlte sich seltsam unwillig, über seine Gefühle zu reden. »Warten wir ab, wie sich alles entwickelt.«

»Ja, es ist nicht immer einfach. Aber so wie sie dich ansieht – und wie du sie ansiehst, habe ich große Hoffnung für euch.«

Sean lachte. »Alter Kuppler.« Rasch wurde er wieder ernst. »Und jetzt erzähl mir, was genau passiert ist.«

Noahs Miene verdüsterte sich. »Ich habe das schon Blake erzählt. Am liebsten würde ich mich gar nicht mehr daran erinnern. Erst recht nicht daran, dass ich einen Menschen töten musste. Ich glaube nicht, dass ich das jemals vergessen kann.«

Sean konnte das gut verstehen. »Es war Notwehr, Noah. Hättest du nicht geschossen, wärst du jetzt tot.«

»Ich weiß. Trotzdem wünschte ich, es wäre nie passiert.«

»Verständlich.« Rasch wechselte Sean das Thema. »Sag mir, was sonst so in deinem Leben los ist. Wie gefällt dir das Studium?«

Sie unterhielten sich einige Minuten, bis Sean merkte, dass Noah immer mehr Schwierigkeiten hatte, dem Gespräch zu folgen. »Ich werde dann mal in mein Bett zurückkehren. Ich besuche dich auf jeden Fall noch mal, bevor ich entlassen werde.«

»Das wäre schön.« Noahs Lider schlossen sich.

Es tat weh, ihn so zu sehen, aber immerhin wusste er, dass sich sein Freund erholen würde. Langsam rollte er zur Tür und öffnete sie. Taylor lehnte an der Wand gegenüber und lächelte, als sie ihn sah. »Schon fertig?«

»Ja, Noah ist sehr erschöpft. Ich werde ihn morgen noch mal besuchen.«

»Das ist wohl besser. Du siehst auch etwas blass aus, ich bringe dich in dein Zimmer zurück.«

Sean schwieg, als Taylor den Rollstuhl den Gang entlangschob. Taylor öffnete die Zimmertür und rollte ihn hindurch. Anschließend half sie ihm ins Bett und deckte ihn zu. Es war unglaublich, wie sehr ihn dieser kurze Ausflug angestrengt hatte. Er hatte Mühe, die Augen offen zu halten.

Taylor beugte sich über ihn. »Schlaf jetzt ein wenig, bis dein Essen kommt. Wir sehen uns morgen.« Sanft berührten ihre Lippen seine.

»Morgen.« Er sank in einen tiefen Schlaf, kaum dass sich die Tür hinter ihr schloss.

38

Sean gefiel Taylors Apartment. Es passte genau zu ihr, es war aufgeräumt, aber nicht pedantisch, es gab einige überraschende Farbtupfer, aber auch viele Naturfarben. Einfach gemütlich und zweckmäßig, mit ein wenig Luxus eingestreut. Neugierig sah sich Sean um, während Taylor das Essen vorbereitete. Besonders die Fotos hatten es ihm angetan. Viele Landschaften – vor allem Berge –, aber auch einige von ihrer Familie. Vor allem natürlich Bilder, auf denen sie mit ihrem Vater in der Natur war. Das strahlende Lächeln der beiden war ein Hinweis darauf, wie sehr sie diese Ausflüge und die Gesellschaft genossen.

»Wie geht es deinem Vater?«

Taylor drehte sich in der offenen Küche zu ihm um. »Den Umständen entsprechend. Gestern hatte er einen halbwegs guten Tag, ich glaube, er hat sich gefreut, mich zu sehen.«

»Ich bin froh, dass dein ausgefallenes Treffen ihm nicht geschadet hat.«

Taylor lächelte traurig. »Der Vorteil an Alzheimer ist, dass er es vermutlich einfach vergessen hat, dass ich eigentlich kommen wollte. Wenn man bei der Krankheit überhaupt von einem Vorteil sprechen möchte.«

»Wie alt ist dein Vater?«

»Achtundsechzig. Er hat es sehr früh bekommen, vermutlich eine genetische Veranlagung.« Taylor atmete tief durch. »Es ist schlimm, ihn so zu sehen. Zu wissen, wie intelligent und lustig er noch vor wenigen Jahren gewesen ist. Zusehen zu müssen, wie sein Geist langsam verfällt. Der Mensch, der mich aufgezogen hat, der mit mir all die vielen Touren unternommen hat, der mich immer unterstützt hat, ist fast nicht mehr vorhanden.« Eine Träne lief über ihre Wange, Taylor wischte sie hastig fort. »Entschuldige, ich wollte nicht jammern.«

»Das hast du nicht.« So schnell es seine Krücken zuließen, humpelte er zu ihr und schloss seine Arme um sie. »Und selbst wenn, hättest du jeden Grund dazu. Ich weiß wie es ist, wenn man sich Sorgen um einen geliebten Menschen macht und gleichzeitig hilflos ist, weil man einfach nichts tun kann. Mein Vater war vor Jahren schwer erkrankt, er lag im Krankenhaus und wurde einfach immer … weniger, zumindest körperlich. Glücklicherweise hat er gerade noch rechtzeitig eine Spenderniere bekommen, sonst wäre er gestorben.« Sie hatten tatsächlich jeden Tag befürchtet, einen Anruf vom Krankenhaus zu bekommen, dass Grant gestorben war. Wäre Shannon nicht ein passender Spender gewesen, hätten sie ihn verloren.

Taylor sah mit tränenfeuchten Augen zu ihm auf. »Du verstehst es tatsächlich.«

»Ja.« Sanft küsste er sie. »Es ist toll, dass du dich so um deinen Vater kümmerst.«

»Ich gebe zu, dass es mich manchmal an meine Grenzen bringt, je mehr die Krankheit fortschreitet, doch ich würde ihn nie im Stich lassen.« Forschend sah sie ihn an, es schien, als wollte sie ihn damit etwas fragen.

»Das würde ich auch nie erwarten.«

Das brachte ihm ein schwaches Lächeln ein. »Gut. Ich habe tatsächlich schon Männer kennengelernt, die mehr oder weniger von mir gefordert haben, ich sollte ihn einfach dort allein lassen, schließlich würde er mich die Hälfte der Zeit sowieso nicht erkennen und mich auch nicht vermissen, wenn ich nicht komme.«

»Das waren Idioten.«

Taylor lachte auf. »Ja, das waren sie.«

»Mein Glück.« Er ließ seine Hand über ihren Rücken wandern.

»Meinst du?« Ihre Augen schienen direkt in seine Seele zu blicken.

»Absolut. Sonst würde ich jetzt nicht hier stehen und könnte dich berühren und mit dir reden. Das wäre verdammt schade.«

Einen Moment lang schwieg sie, dann atmete sie tief durch. »Ja, das wäre es.« Sanft küsste sie ihn. »Und jetzt muss ich mich um das Essen kümmern. Außerdem solltest du das Bein schonen und nicht hier herumlaufen.«

Widerwillig ließ er sie los und stützte sich wieder auf die Krücken. »Ganz ehrlich? Das geht mir jetzt schon auf den Keks. Es tut zwar noch etwas weh, besonders wenn ich nicht dran denke und eine falsche Bewegung mache, aber der Rest meines Körpers ist völlig in Ordnung. Es macht mich nervös, nur herumzusitzen.«

»Das kann ich gut verstehen.« Taylor blickte in den Ofen und schien zufrieden. »Nach dem Essen wirst du dich erst mal ins Bett legen und ordentlich ausschlafen. Ich bezweifle, dass du im Krankenhaus viel Ruhe bekommen hast.«

»Damit hast du recht. Ich lag die meiste Zeit wach, weil ich mich nicht drehen konnte und gezwungen war, auf dem Rücken zu schlafen.« Der noch dazu mitten in der Nacht anfing, höllisch wehzutun. Sicher hätte er die Schmerzen vertreiben können, wenn er hätte herumlaufen können, doch das war ausgeschlossen. Also hatte er nur dagelegen und sich damit beschäftigt, über Taylor nachzudenken. Das hatte ihn immerhin etwas abgelenkt. Doch das würde er ihr sicher nicht erzählen. Genauso wenig wie von den anderen Stellen, die ihm ebenso wehtaten. Auf keinen Fall wollte er, dass sie ihn nur als Pflegefall ansah. »Trotzdem möchte ich nicht meine Zeit mit dir verschwenden, indem ich schlafe.«

Taylor lächelte. »Das tust du nicht. Wir haben genug Zeit.« Ihre Augenbrauen zogen sich zusammen. »Oder musst du schnell nach Hause?«

»Meine Eltern und Geschwister würden mich schon gern sehen, aber das kann warten. Den Job kann ich sowieso erst wieder ausüben, wenn ich vollständig genesen bin, von daher habe ich einige Tage frei. Ich würde sie gern mit dir verbringen.« Als sie nicht antwortete, ruderte er schnell zurück. »Du hast viel zu tun und andere Verpflichtungen, das verstehe ich. Ich kann mir ein Hotelzimmer nehmen und dann sagst du mir, wenn du mich sehen möchtest.«

Taylor schüttelte den Kopf und sein Herz sank. »Du bist so intelligent, Sean, aber manchmal versteckst du das gut.«

»He …« Weiter kam er nicht, denn Taylor umfasste seinen Nacken und zog sein Gesicht zu sich hinunter, bis er ihr direkt in die Augen sehen konnte.

»Ich möchte, dass du bei mir bist, ich dachte, das hättest du verstanden. Nichts von dem, was ich während unserer Zeit zusammen gesagt habe, war gelogen oder nur den Umständen geschuldet. Ja, die Gefahr wird dazu geführt haben, dass sich meine Gefühle oder auch mein Vertrauen in dich schneller entwickelt haben, als sie es normalerweise tun würden, aber deshalb sind sie nicht weniger echt.«

Jetzt krampfte sich sein Herz aus einem anderen Grund zusammen. »Mir geht es genauso.« Seine Stimme klang belegt. »Ich hätte das vorher nicht für möglich gehalten, obwohl ich es bei meinen Geschwistern schon gesehen habe. Ich denke, die Umstände haben uns dazu gezwungen, uns sehr schnell mit unseren Emotionen auseinanderzusetzen. Zu realisieren, was wir gefunden haben, obwohl wir nicht danach gesucht hatten.«

Taylors Mund war nur noch wenige Millimeter von seinen Lippen entfernt, als sie antwortete. »Ja.« Dann küsste sie ihn mit so viel Gefühl, dass eine Gänsehaut über seinen Körper lief.

Sean schlang seinen Arm um ihre Taille und zog sie dichter an sich. Es fühlte sich so gut an, sie an sich zu spüren und zu wissen, dass sie genau das gleiche wollte. Es war ein Wunder, dass er, ohne es zu wollen, die eine Frau gefunden hatte, die perfekt zu ihm passte. Die ihn ergänzte und seine Interessen teilte. Die ihn offenbar auch dann verstand, wenn er es nicht aussprach. Seine Zunge schlüpfte in ihren Mund und wurde von ihrer begrüßt. Der Kuss vertiefte sich, Sean spürte eine Wärme und Zufriedenheit in sich, die er noch nie erlebt hatte.

Ein lautes Poltern holte ihn schlagartig in die Realität zurück. Mit wild klopfendem Herzen suchte er nach Angreifern. Es dauerte einen Moment, bis er erkannte, dass nur seine Krücke auf den Holzboden gefallen war. Verdammt, sie hatte ihm fast einen Herzinfarkt verpasst.

»Was war das?« Taylor blickte ihn mit verhangenen Augen an.

»Nur eine Krücke.«

Taylor löste ihren Griff in seinem Nacken und trat einen Schritt zurück. »Warte, ich hebe sie auf.« Ihre Wangen und Lippen waren gerötet, als sie ihm die Krücke reichte. »Das Essen ist auch gleich fertig, ich denke, wir sollten alles Weitere auf später vertagen.«

Er nahm die Gehilfe an. »Jetzt wäre besser, aber später nehme ich auch.«

Das brachte ihm ein Grinsen ein. »Nachher ist definitiv besser, dann sind wir gestärkt und haben viel Zeit.«

Sean versuchte, seine Ungeduld zu unterdrücken. »Ich kann es kaum erwarten.«

Taylor strich mit den Fingern über seine Lippen, die sofort zu prickeln begannen. »Ich auch nicht.« Dann riss sie sich sichtbar zusammen. »Setz dich aufs Sofa und leg dein Bein hoch. Die Wunde darf sich nicht verschlimmern.«

Da war er ganz ihrer Meinung, denn das würde bedeuten, noch länger auf sportlichere Aktivitäten zu verzichten. Und das wollte er auf gar keinen Fall tun. Erst recht nicht, wenn es darum ging, Taylor endlich richtig lieben zu können. Ohne Kleidung, in einem richtigen Bett und vor allem wollte er herausfinden, wie es war, in ihr zu sein. Mit ihr so eng verbunden zu sein, wie es nur möglich war.

»Sean?«

Abrupt tauchte er aus seinen Tagträumen auf. »Ja?«

»Du siehst aus, als hättest du Schmerzen.«

Hitze stieg in seine Wangen. »Äh, nein. Ich dachte nur gerade an das Zelt zurück.«

Ihre Augen flammten auf. »Das war ziemlich unvergesslich.« Sie hob beide Hände, wie um die Gefühle abzuwehren. »Jetzt werden wir aber erst mal essen.«

Um sich abzulenken, berichtete er Taylor während des Essens von Matts Anruf am Morgen. »Das FBI hat den Fall jetzt übernommen, weil mehrere Menschen gestorben sind und das Ganze in einem Gebiet passiert ist, das dem Staat gehört. RIOS hat aber trotzdem weiter ermittelt, besonders was Lewis' Motiv angeht. Es stimmt offenbar, dass er Geld für den Park brauchte und sich deshalb mit den falschen Leuten eingelassen hat. Was er allerdings zu erwähnen vergessen hat, ist, dass der Park nur deshalb nicht genug Mittel hat, weil er sich selbst an der Kasse bedient hat. Offenbar hat er ein nicht geringes Glücksspielproblem, was dazu geführt hat, dass er auf einem Berg von Schulden sitzt. Diese Lücken hat er versucht, mit den Geldern des Parks zu stopfen. Wodurch da Löcher auftraten, die er mit dem Geld für den Abbau von Rohstoffen im Park füllen wollte.«

Taylor starrte ihn mit offenem Mund an. »Nicht dein Ernst. Das hätte ich nie von Lewis gedacht.«

»Er war verzweifelt. Ich glaube ihm, dass er nie wollte, dass wirklich jemand im Park Rohstoffe abbaut und die Natur zerstört. Aber am Ende war es ihm doch wichtiger, dass seine Verfehlungen nicht aufgedeckt wurden.«

»Im Grunde trägt er die Schuld an allem, was danach passiert ist. Er hat es diesen Leuten ermöglicht, unbehelligt in den Park zu kommen. Und damit hat er auch die Verantwortung für Susans Tod. Wieso war sie überhaupt in dem Gebiet unterwegs?«

»Die beiden hatten wohl eine heimliche Beziehung. RIOS hat Notizen in ihrer Wohnung gefunden, die darauf hindeuten, dass sie irgendwann misstrauisch wurde. Als dann kurzfristig der Teil des Parks für alle gesperrt wurde, hat sie sich entschlossen, die Sache zu überprüfen. Sie hat Lewis nichts davon gesagt, sonst hätte er wohl versucht, sie davon abzuhalten. Offenbar war Susan jemand, dem die Natur über alles geht. Sie hätte dafür auch ihre Beziehung zu Lewis geopfert und ihn hinter Gitter gebracht.«

»Also war es auch für ihn von Vorteil, wenn sie einfach verschwindet.«

»Möglich, ich glaube aber, dass er wirklich Angst um sie hatte und deshalb dafür gesorgt hat, dass uns niemand zu Hilfe kam.«

»Und um seine Verfehlungen zu verbergen.«

»Das ganz sicher auch. Vielleicht wird er noch mehr aussagen, wenn ihn das FBI richtig in die Zange nimmt.«

Taylor nickte langsam. »Möglich. Haben sie Susan schon gefunden?«

»Nein, bisher noch nicht, soweit ich weiß. Es sind dort einige Einheiten unterwegs, genauso wie deine Rangerkollegen, aber die Gegend ist sehr weitläufig und wie wir ja gesehen haben, gibt es dort Raubtiere. Vielleicht haben die Verbrecher sie irgendwo vergraben.«

Taylor legte die Gabel zur Seite. »Ich glaube, ich habe keinen Appetit mehr.«

»Tut mir leid, ich hätte nicht erst mit dem Thema anfangen sollen.«

Sie berührte seine Hand. »Nein, das war schon richtig. Ich will wissen, wie die Ermittlungen weitergehen, damit ich das alles für mich abschließen kann. Ist schon mehr über die Hintermänner bekannt? Wurde dieser Woodward gefunden?«

»Nein, bisher noch nicht, doch sie arbeiten daran. Sie sind dabei, die Aufnahmen der Wildtierkameras auszuwerten und hoffen, dass darauf die Fahrzeuge samt Kennzeichen zu sehen sind. Und vielleicht auch die Männer. Aber die Ermittlungen haben gerade erst begonnen, da wird sicher noch einiges herauskommen. Das FBI wird uns sicher demnächst noch befragen.«

Taylor verzog den Mund. »Ich hätte mir nie träumen lassen, dass ich mal in so etwas verwickelt werde.«

»Das geht mir auch so.« Er drückte ihre Finger beruhigend. »Aber das kriegen wir hin und danach können wir hoffentlich die Zeit genießen, die wir gemeinsam haben.«

Das brachte ihm ein Lächeln ein. »Da ist er wieder, der Optimist.«

Sean grinste. »Ich würde es eher hoffnungsvoll nennen.«

Die Wärme in ihren Augen nahm zu. »Gut.«

Der Rest des Essens verlief weitgehend schweigend. Es schmeckte großartig und er aß so schnell er konnte. Nach ihrer Flucht und Gefangenschaft hatte er großen Hunger, größtenteils beeilte er sich aber, weil er es kaum abwarten konnte, das Versprechen einzulösen, das er in Taylors Miene sah. Beinahe bedächtig legte sie ihre Gabel auf den leeren Teller, bevor sie den Blick hob. Sean erschauerte. Hastig griff er nach seinen Krücken. Dann erinnerte er sich an seine Manieren. »Kann ich dir beim Abräumen helfen?«

»Nicht nötig, wir lassen einfach alles so stehen.« Taylor erhob sich und durchquerte die Wohnküche in Richtung der Schlafzimmertür. Kurz davor drehte sie sich um. »Kommst du?«

Sean verhedderte sich fast in seinen Krücken, so hastig stand er auf. Auf einem Bein flog er fast durch den Raum. Jede Faser seines Körpers sehnte sich nach Taylor.

Lächelnd sah sie ihm entgegen. »Mach langsam, wir wollen nicht, dass du dich verletzt. Ich laufe nicht weg, versprochen.«

Dicht vor ihr blieb er stehen. »Das hatte ich auch nicht angenommen. Ich kann es nur nicht erwarten, dir wieder nahe zu sein.«

Ihre Augen verdunkelten sich. »Dann komm.« Vor ihm her trat sie ins Schlafzimmer und schlug die Bettdecke einladend auf. »Setz dich.«

Ohne seine Verletzung wäre er längst über sie hergefallen, aber die Krücken waren der Erotik sehr abträglich. Taylor nahm sie ihm aus den Händen und lehnte sie gegen einen Sessel. Während sie auf ihn zukam, schlüpfte sie aus ihrem T-Shirt und warf es hinter sich. An der Seite verbarg ein unauffälliges Pflaster die Naht ihrer Schussverletzung. Seans Schaft hob sich, als er den schlichten, aber doch raffinierten BH sah, der ihre Brüste perfekt zur Geltung brachte. Sein Puls erhöhte sich, als Taylor vor ihm stehen blieb. Seine Finger kribbelten, so sehr verlangte es ihn danach, sie zu berühren. Doch als er die Arme hob, schüttelte sie den Kopf.

»O nein, du wartest, bis ich dich langsam und vorsichtig ausgezogen habe. Dann darfst du mich berühren, so viel du willst.«

Sean schloss die Augen, um der Versuchung zu entgehen. »Du bringst mich um.«

Taylor lachte heiser. »Ein wenig Erregung hat noch niemanden umgebracht.«

»Wer redet von wenig?«

Ihr sinnliches Lächeln half ihm nicht gerade, seinen Körper unter Kontrolle zu bringen. »Umso besser.« Sie beugte sich zu ihm hinab und packte den Bund seiner Hose.

Wie elektrisiert hob es Sean von der Matratze. Das nutzte Taylor aus und zog die Jogginghose über seine Hüfte. Sein Penis ließ sich nicht mehr von dem Slip bändigen, die Spitze schob sich aus dem

Bund. Taylor hielt inne und starrte auf den Beweis seiner Leidenschaft. Als hätte er einen eigenen Willen strebte ihr der Schaft entgegen. Unerwartet beugte sie sich vor und leckte über die Spitze. Zischend atmete Sean aus und legte seine Hände auf Taylors Schultern. Er wollte sie zu nichts zwingen, aber – Gott – allein die Vorstellung, dass sie seine Erektion in den Mund nahm, ließ ihn beinahe kommen.

Von daher war es wohl gut, dass sich Taylor wieder aufrichtete und damit begann, die Hose vorsichtig an seinen Beinen hinunterzuziehen. Automatisch spannte sich Seans Körper an, doch es gelang ihr, ohne auch nur einen Funken Schmerz auszulösen. Erleichtert atmete Sean auf, als sie die Hose von seinen Füßen zog und sich auch gleich seiner Socken entledigte. Nur in Slip und T-Shirt saß er vor ihr, während sich sein Verlangen mit jeder Sekunde steigerte. Taylor stand rasch auf und griff nach dem Saum seines T-Shirts. Ebenso vorsichtig wie vorher zog sie es über seine Arme und den Kopf.

Als er wieder etwas sehen konnte, befanden sich ihre verlockenden Brüste direkt vor seinem Mund. Ohne zu zögern beugte er sich vor und presste seinen Mund auf die weiche Haut. Die harten Brustspitzen waren durch den dünnen Stoff deutlich sichtbar. Sean zog das Körbchen ein Stück hinunter und schloss seinen Mund um den Nippel. Mit der Zunge erkundete er ihn, bevor er daran saugte. Taylor gab einen rauen Laut von sich, dann presste sie sich enger an ihn. Eine Hand legte sich um seinen Kopf und vergrub sich in seinen Haaren. Sean folgte ihren Zeichen und saugte stärker an der Brustwarze, die sich ihm so aufreizend entgegenschob.

Gleichzeitig ließ er seine Hände an ihrem Körper nach unten wandern, bis sie auf den Bund ihrer Jeans trafen. Rasch öffnete er den Knopf und zog den Reißverschluss hinunter. Anschließend streifte er die Hose an ihren Beinen nach unten. Bedauernd verließ er ihre Brustspitze und küsste stattdessen eine Spur an ihrem Bauch hinunter, während er ihr dabei half, die Füße aus der Hose zu ziehen. Seine Zunge an ihrem Bauchnabel rief ein Zittern hervor, das er sehr interessant fand. Das musste er später unbedingt weiter erkunden. Doch momentan brauchte er eindeutig etwas anderes.

Als er sich wieder aufrichtete, trat Taylor einen Schritt zurück. Ihren Körper in den knappen Dessous zu sehen, verschlug ihm die Sprache. Sie war unglaublich, schlank und muskulös mit genau dem richtigen Maß an weiblichen Rundungen. Er konnte es kaum erwarten, jeden Millimeter zu berühren und zu schmecken.

»Leg dich hin.«

Er folgte ihrem Befehl, ohne weiter darüber nachzudenken. Egal, was sie von ihm verlangte, er würde es tun, wenn er sie dafür weiter ansehen und berühren durfte. Ihr leises Lachen zeigte, dass sie das genau wusste. Neugierig beobachtete er, wie sie etwas aus dem Nachttisch nahm und neben ihm aufs Bett warf. Hitze schoss durch seinen Körper, als er die Kondome sah. *Danke!* Sie war eindeutig besser vorbereitet als er, dafür liebte er sie fast noch mehr. Atemlos verfolgte er, wie sie aufs Bett kletterte und sich neben ihn legte. Sie rückte dicht an ihn heran und küsste eine Spur seinen Hals herauf.

Sean zuckte zusammen, als ihre Hand seinen Bauch berührte und sofort seinen Schaft umfing. *Gott, ja!* Unwillkürlich bog er ihr seine Hüfte entgegen. Einen Moment lang schlossen sich ihre Finger enger um ihn, dann ließ sie ihn los.

Stattdessen stützte sie sich auf ihren Ellbogen und sah ihn ernst an. »Wir können das nur machen, wenn du versprichst, still liegen zu bleiben. Auf keinen Fall möchte ich, dass du die Nähte aufreißt oder dich sonst wie verletzt.«

Shit. Aber er würde allem zustimmen, nur damit sie ihn weiter berührte. »Okay.«

»Ich meine das ernst, Sean. Ich will dir keine Schmerzen bereiten.«

»Das wirst du nicht. Beziehungsweise nur dann, wenn du jetzt aufhörst. Ich habe starke Schmerzen an einer bestimmten Stelle, die nur du stillen kannst.«

Ein Mundwinkel hob sich. »Ist das so?«

»Ja.« Es kam so verzweifelt heraus, dass es ihm fast peinlich war.

»Dann muss ich wohl dringend was dagegen unternehmen.« Taylor rutschte weiter nach unten und schob ihre Finger unter den Bund seines Slips.

Unwillkürlich hielt Sean den Atem an, als sie den Stoff über seine Erektion und dann an seinen Beinen nach unten zog. Sein Penis stand inzwischen steil nach oben, Taylor konnte ihn auf keinen Fall übersehen. Trotzdem nahm sie sich unendlich viel Zeit, den Slip über seine Füße zu ziehen und in Richtung des Sessels zu werfen, bevor sie sich über ihn hockte und langsam auf allen vieren nach oben kroch. Die Haltung gewährte ihm einen großzügigen Blick auf ihre Brüste, aber das reichte ihm nicht.

»Zieh dich aus. Bitte.« Seine Stimme war so rau, dass er sie selbst kaum erkannte.

Taylor stoppte und richtete sich auf. Innerhalb von Sekunden hatte sie den Verschluss gelöst, der BH rutschte an ihrem Arm nach unten und verschwand aus seiner Sicht. Ihren Slip entfernte sie in einer Bewegung, die so schnell war, dass Seans Gehirn sie kaum wahrnehmen konnte. Doch das war egal, Hauptsache, er konnte Taylor endlich in all ihrer Schönheit sehen. Ein schmaler, dunkler Haarstreifen bedeckte ihre Scham und lockte ihn, herauszufinden, was sich darunter befand. Ihre Brüste schwangen verlockend, als sie sich wieder über ihn beugte und ihre Erkundung fortsetzte.

Je näher sie seinem Schaft kam, desto unruhiger wurde Sean. Still liegen zu müssen, während sich seine Traumfrau über ihm befand, war das Schwerste, das er je tun musste. Zumindest im Schlafzimmer. Aber wenigstens konnte er sie berühren. Mit den Fingerspitzen fuhr er über ihre Schultern, an ihren Armen entlang und wieder nach oben. Es frustrierte ihn, dass er nicht mehr erreichen konnte, aber es war besser als nichts. Taylor beugte sich tiefer über ihn und er spürte eine Berührung an seinem Schaft. Die Erregung fuhr so heftig durch ihn, dass er kaum Luft bekam. Keuchend atmete er ein.

Taylor hob den Kopf und er konnte sehen, wie ihre Zunge über die empfindliche Haut seines Penis' strich. Sean ballte seine Hände zu Fäusten, in dem Versuch, die Beherrschung nicht zu verlieren. Es war einfach zu viel. Doch Taylor war offensichtlich noch nicht fertig mit ihm. Sie öffnete ihren Mund und sein Schaft tauchte in die feuchte Wärme. Tiefer, immer tiefer bis er gegen ihren Rachen stieß. Allein der Anblick ließ ihn beinahe kommen. Dann begann sie zu saugen.

Abrupt ließ Sean sie los und packte stattdessen seine Hoden, um sich daran zu hindern, bereits jetzt zu kommen. »Taylor.« Es war nur noch ein Krächzen.

Sie hob ihren Kopf und sein Penis glitt aus ihrem Mund. »Ja?«

»Ich brauche dich. Jetzt.«

Offenbar verstand sie genau, was er meinte, denn sie griff nach der Kondompackung und riss sie auf. Innerhalb von Sekunden hatte sie das Kondom über seine Erektion gerollt und positionierte sich über seinem Schaft. Sie senkte die Hüfte und er schob sich in einer gleitenden Bewegung in sie. Wie ein sanftes Nachhausekommen, als hätte er schon immer genau hier hingehört. Sein Gehirn setzte aus, als sich Taylor zu bewegen begann.

Ihre Hüfte hob sich, bevor sie sich langsam wieder auf ihn senkte. Sean zwang sich, seine Arme zu heben und ihre Brüste zu umfassen. Die harten Spitzen pressten sich gegen seine Handflächen. Sean nahm ihre Nippel zwischen Daumen und Zeigefinger und rollte sie. Taylors innere Muskeln zogen sich als Reaktion um ihn zusammen, sie stöhnte auf. Sean presste seine Zähne aufeinander, um sich einen letzten Rest an Selbstbeherrschung zu bewahren. Immer schneller bewegte sich Taylor auf ihm, immer härter stieß er in sie.

Sean schob eine Hand zwischen sie und berührte ihre Klitoris. Taylor warf den Kopf zurück und schrie auf. Da er es nicht mehr aushielt, hob er die Hüfte und presste sich damit so tief in sie, wie es ihm möglich war. Doch das reichte ihm noch nicht. In einer harten Bewegung rollte er sich herum, sodass er auf Taylor lag. Sofort schlang sie die Beine um seine Hüfte und hob sich ihm entgegen. Immer härter, immer schneller stieß er in sie, der Orgasmus baute sich weiter auf. Taylors Fingernägel bohrten sich in seinen Po, während sie ihn antrieb, sie noch tiefer zu nehmen. Sean gehorchte nur zu gern.

Er stemmte sich auf seine Ellbogen, damit er wieder ihre Brüste erreichte. Jedes Mal, wenn er in sie stieß, zog er gleichzeitig an ihrer Brustwarze. Taylors Mund stand offen, ihr Atem kam keuchend. Sean tauchte in ihren Blick und presste seine Finger zusammen. Ein atemloser Schrei war die Antwort. Taylor löste ihre Beine von seiner Hüfte und schob sie weiter nach oben, sodass sie noch offener unter ihm lag. Sean nutzte das sofort aus und hämmerte in sie. Taylors Körper spannte sich an, sie bog ihm ihre Hüfte entgegen. Noch einmal stieß er vollständig in sie, dann explodierte sie um ihn herum. In einer Welle erreichte Taylor den Höhepunkt, ihre Muskeln hielten ihn in ihr fest. Mit einem heiseren Stöhnen ließ sich Sean in den Orgasmus fallen.

Erschöpft sank er auf sie nieder und vergrub sein Gesicht im Kissen. Immer wieder liefen Schauer durch ihren Körper und setzten sich in seinem fort. Es war unglaublich, so tief mit ihr verbunden zu sein. Nachdem die Erregung seinen Körper verlassen hatte, begann sich der Schmerz in seinem Oberschenkel bemerkbar zu machen, aber er ignorierte ihn.

»Du hast dich bewegt.« Taylor klang atemlos.

Sean grinste ins Kissen. »Ja.«

»Ich hatte doch extra gesagt, dass du mich die Arbeit machen lassen sollst.«

Jetzt hob er den Kopf und sah sie an, um festzustellen, ob sie wirklich sauer auf ihn war. »Das wollte ich auch, aber es ging einfach nicht mehr. Ich wollte tiefer in dich dringen.«

Ein Zittern lief durch ihren Körper. »Dann müssen wir nächstes Mal etwas anderes ausprobieren. Ich glaube, ich habe schon eine Idee.«

Nächstes Mal, das klang wunderbar. »Ich stehe jederzeit gern für eine Probe zur Verfügung.« Er horchte in seinen Körper hinein. »Gib mir ein paar Minuten.«

Taylor begann zu lachen. »Ich meinte eigentlich nicht jetzt sofort.«

»Schade.« Sean schloss die Augen und schlief augenblicklich ein.

Epilog

Eine Woche später

Taylor konnte sich kaum noch an die Zeit erinnern, als Sean nicht zu ihrem Leben gehört hatte. War das wirklich vor Kurzem erst gewesen? Er hatte sich so harmonisch in ihr Leben eingefügt, als wären sie schon ewig ein Paar. Ein Paar, wie seltsam das klang. Bisher hatte sie sich noch nie als Teil einer romantischen Einheit gesehen. Sie hatten alle möglichen Stellungen ausprobiert, bis sie eine gefunden hatten, die sie gleichzeitig befriedigte und Seans Bein schonte. Allein daran zu denken, löste in ihr bereits ein Zittern aus. Doch ihre Beziehung bestand nicht nur aus Sex, so spektakulär und befriedigend der auch war, sondern ebenso aus vielen Gesprächen.

Natürlich hatten sie sich darüber unterhalten, dass die meisten der Verbrecher inzwischen verhaftet waren, es war offenbar nicht allzu schwer gewesen, sie zu finden, nachdem Lewis und Prescott, der im Fluss gelandet war, Aussagen gemacht hatten. Auch Woodward wurde schließlich gefunden, es handelte sich dabei um einen Mittelsmann, der die Drecksarbeit für den reichen Unternehmer Josiah Clarkson erledigte. Jedenfalls behauptete er das, doch es gab keine direkten Beweise dafür. Es war noch nicht klar, ob ihm jemals nachgewiesen werden konnte, daran beteiligt gewesen zu sein. Aber für Taylor passte es, da er viel im Energiesektor investierte. Er besaß bereits mehrere Frackingoperationen und sogar Ölplattformen im Meer. In mehreren Interviews hatte er sich früher über eine Verschwendung von neuen Ressourcen aufgeregt, nur um die Umwelt zu schützen. Selbstverständlich würde er die Möglichkeit nutzen, im North Cascades neue Abbaugebiete zu erschließen, wenn sie sich ihm bot.

Offenbar hatte der Mittelsmann entschieden, dass Sean und sie nicht getötet wurden, bevor er sich nicht davon überzeugt hatte, dass sie keinerlei Informationen über die Aktion an jemanden weitergegeben hatten. Hätten sie das schon getan, hätte er sie als Druckmittel benutzt, um dafür zu sorgen, dass ihnen niemand auf die Schliche kam. Kurz gesagt: Er hatte versucht, seinen Arsch zu retten. Vermutlich hatte er nicht damit gerechnet, dass während einer simplen Bohrungsaktion einer der Männer derart die Beherrschung verlieren und jemanden töten würde. Dafür wies er jegliche Schuld von sich und schob sie lieber auf Jed Collins, der sich ja nicht mehr verteidigen konnte.

Sie hatten aber auch abseits ihres Erlebnisses jede Menge übereinander erfahren und festgestellt, dass sie viele gemeinsame Interessen hatten. Worüber sie aber nie gesprochen hatten, war, wie es weitergehen würde. Sean konnte nicht ewig bei ihr bleiben, irgendwann würde er zu seinem Job, seiner Familie und seinen Freunden zurückkehren müssen. Ihr Herz wurde schwer bei dem Gedanken.

Sie sah zu ihm hinüber. Der Wind zerzauste seine Haare, während er in einem Buch las. Heute waren sie morgens aufgebrochen, um aus der Wohnung herauszukommen und ein wenig frische Luft zu schnappen. Sean konnte noch keine weiten Strecken gehen, deshalb waren sie mit dem Auto gefahren und hatten es sich dann nach einem kurzen Spaziergang auf einem naturbelassenen Rastplatz gemütlich gemacht. Sie hätte nie gedacht, dass sie mit einem Mann, den sie über alle Maßen begehrte, auch einfach nur dasitzen und die Natur genießen konnte. Aber mit Sean funktionierte das. *Sie* funktionierten. Allerdings wusste sie nicht, wie sie das ansprechen sollte.

Sean sah auf, als er ihren Blick spürte. Ein Lächeln ließ sein Gesicht aufleuchten. Verdammt, ihr Herz fing schon wieder an zu flattern. »Was ist?«

»Nichts.« Sie war ein Feigling.

Er legte das Buch auf den Tisch und beugte sich zu ihr herüber. »Ich kann dir ansehen, dass du über irgendwas nachdenkst.«

»Ich habe nur gedacht, wie perfekt es hier ist.«

»Das ist es.« Er verschränkte seine Finger mit ihren. »Vor allem, weil du bei mir bist.«

Ein Kloß bildete sich in ihrer Kehle. »Ja.« Warum konnte er es einfach aussprechen und sie hatte solche Probleme damit? Vielleicht weil sie Angst hatte, alles zu zerstören. Zu merken, dass es nur ein schöner Traum war, der nun sein Ende finden musste.

Sean blickte sie mit schräg gelegtem Kopf an. »Ich möchte deinen Vater kennenlernen.«

Die Bitte lief wie ein Schock durch ihren Körper. »Ich denke nicht, dass das eine gute Idee ist.«

»Warum nicht? Würde es ihm schaden, wenn ich mitkomme?«

»Nein, das nicht, aber …« Sie sprach nicht weiter.

»Willst du mich vor ihm verheimlichen?« Es klang scherzhaft, hatte jedoch einen ernsten Unterton.

Dachte er das wirklich von ihr? »Nein, natürlich nicht!«

»Woran liegt es dann? Er ist ein wichtiger Teil deines Lebens, er hat dich zu der Frau gemacht, die du jetzt bist. Ich würde ihn gern kennenlernen.«

Taylor hatte Mühe, trotz der Enge in ihrem Hals, zu sprechen. »Das würde unsere Beziehung auf eine neue Ebene heben.«

Seine Augenbrauen schossen in die Höhe. »Und? Ich dachte, das wäre es, was wir beide wollen, worauf alles hinausläuft.« Er drückte ihre Hände. »Hast du wirklich noch Zweifel daran, dass wir gut zusammenpassen?«

Langsam schüttelte sie den Kopf. »Nein, es ist perfekt. Ich habe nur Angst …«

»Wovor?«

»Dass ich mich an dich gewöhne, an uns, und es dann vorbei ist. Ich glaube nicht, dass ich das ertragen könnte.«

Er brachte sein Gesicht dicht an ihres heran. »Wir sind gern zusammen, wir haben Spaß zusammen. Warum sollten wir uns trennen wollen? Ich habe das jedenfalls nicht vor.«

»Ich sagte auch nichts von wollen.«

Einen Moment lang sagte er nichts, dann nickte er. »Ich kann nicht versprechen, dass nie im Leben irgendetwas passieren wird, das uns trennt. Das kann keiner. Ist es wegen deiner Mutter?«

Taylor wollte es sofort abstreiten, aber bei näherer Betrachtung konnte es tatsächlich sein, dass die Scheidung ihrer Eltern sie misstrauisch gemacht hatte. Dabei wusste sie, dass das überhaupt nichts mit ihr und Sean zu tun haben sollte. »Vielleicht ein wenig. Ich habe hautnah miterlebt, wie eine Beziehung in die Brüche gehen kann.« Entschlossen stand sie auf und zog ihn mit sich. »Komm, fahren wir zu meinem Vater.«

Seans Lächeln strahlte heller als die Sonne. »Danke.«

Rasch packten sie alles zusammen und waren innerhalb weniger Minuten abfahrbereit. Bevor sie einsteigen konnte, schlang Sean seine Arme um sie und hielt sie einfach nur fest. »Keine Angst, es wird alles gut.«

Ja, vielleicht. Sie gab ihm einen Kuss. »Ich hoffe es.«

Nach einer halben Stunde kamen sie beim Pflegeheim an, in dem ihr Vater untergebracht war. Eigentlich hatte sie sich allein um ihn kümmern wollen, doch sie hatte rasch festgestellt, dass das nicht möglich war. Wegen ihrer Arbeit, aber auch weil ihr Vater Bedürfnisse hatte, die sie nicht erfüllen konnte. Ein wenig schlechtes Gewissen war immer dabei, wenn sie ihn besuchte, doch sie wusste, dass er hier sehr gut untergebracht war, und sich das Pflegepersonal wunderbar um ihn kümmerte. Viel besser, als sie das je könnte.

Sie schob die Eingangstür auf und hielt sie für Sean auf, damit er mit den Krücken hindurchmanövrieren konnte. In der Wohnung nutzte er sie nicht mehr, aber draußen war es sicherer, wenn er sein Bein noch ein wenig schonte.

Taylor winkte der Frau in der Pförtnerloge zu. »Hallo Doreen, ich bin heute mal etwas früher dran.«

Doreen lächelte breit. »Hallo Taylor, das sehe ich. Und du hast auch einen jungen Mann mitgebracht. Gut für dich.«

Hitze stieg in ihre Wangen. »Das ist Sean.«

Sean grinste fröhlich. »Hallo Doreen. Schön, Sie kennenzulernen.«

»Oh, ganz meinerseits. Dein Vater ist im Aufenthaltsraum. Heute ist ein guter Tag.«

Erleichtert atmete Taylor auf. Sie wollte weder Sean noch ihrem

Vater zumuten, das erste Treffen an einem schlechten Tag durchzuziehen. Dann war er so verwirrt, dass er weder sie noch irgendjemand anderen erkannte. Es regte ihn furchtbar auf. »Danke.«

Taylor führte Sean zum Aufenthaltsraum. »Fast alle Patienten hier haben Demenz in verschiedenen Stadien, einige sind einfach nur alt und nicht mehr in der Lage, allein zu leben. Ich bin sehr froh, dass ich dieses Heim gefunden habe.«

»Das kann ich mir vorstellen. Es sieht sehr wohnlich hier aus.«

Als Taylor den großen, lichtdurchfluteten Raum betrat, suchte sie sofort nach ihrem Vater. Schließlich fand sie ihn an seinem Lieblingsplatz, einem bequemen Sessel am Fenster, von wo aus er die Berge sehen konnte. Rasch bahnte sie sich einen Weg durch die verschiedenen Sitzgruppen und Tische. »Hallo Dad.«

Er drehte den Kopf zu ihr und runzelte die Stirn. »Kennen wir uns?«

Ihr Herz schmerzte, wie jedes Mal, wenn er sie nicht gleich erkannte. »Ich bin es, Taylor. Deine Tochter.«

Seine Miene hellte sich auf. »Oh, schön, dass du da bist, mein Schatz.« Er sah um sie herum. »Wen hast du denn da mitgebracht?«

Sie ergriff Seans Hand und zog ihn neben sich. »Dad, das ist Sean. Er ist …« Sie suchte nach einem passenden Wort.

»Ich bin Taylors Freund. Sehr erfreut, Sie kennenzulernen, Mr. Wilson.« Er reichte ihrem Vater die Hand.

Ihr Dad sah Sean über den Rand seiner Brille an. »Nenn mich James. Setz dich doch.« Er deutete auf den anderen Sessel. »Was machst du beruflich?«

Sean nahm Platz. »Ich bin Geologe.«

James strahlte. »Etwas mit Steinen, da passt du perfekt zu meiner Taylor, sie liebt die Natur. Wir gehen immer klettern.«

Lächelnd nickte Sean. »Das sehe ich auch so.«

Ihr Vater beäugte die Krücken. »Wofür sind die?«

»Ich habe mich am Bein verletzt.«

»Oh, wie das?«

Sean schnitt eine Grimasse. »Ich bin von einem Felsen gestürzt.«

James lächelte. »Das hat meine Taylor auch mal gemacht und sich dabei ein Stück vom Schneidezahn rausgeschlagen. So was sollte man besser lassen.« Er schien einen Moment lang in der Erinnerung gefangen.

»Das kann ich nur bestätigen.«

Ein Druck baute sich in Taylors Brust auf, für den sie dringend ein Ventil brauchte. »Entschuldigt mich kurz, ich will etwas mit Doktor Cheran besprechen.«

»Aber sicher, mein Schatz, ich unterhalte mich solange weiter mit deinem jungen Mann.« Seine Stirn runzelte sich leicht. »Bist du nicht ein wenig zu alt für meine Taylor?«

Sean lächelte weiterhin. »Nein, wir sind im gleichen Alter.«

Taylor hörte nicht zu, wie es weiterging, sondern flüchtete aus dem Raum. Sie lief den Gang entlang und aus der hinteren Tür hinaus in den Garten. Dort lehnte sie sich an die Hauswand und schloss die Augen. Obwohl sie jetzt schon seit einigen Jahren mit der Diagnose lebte, gab es immer noch einen kleinen Teil von ihr, der hoffte, dass ihr Vater eines Tages wieder der alte war. Dass er sie nicht mehr für ein kleines Mädchen hielt und wieder mitbekam, wie sie sich verändert hatte. Aber es war hoffnungslos. Mühsam riss sich Taylor zusammen. Sie sollte für jeden Tag dankbar sein, an dem ihr Vater sie überhaupt noch erkannte. Diese würden immer weniger werden, bis er irgendwann nur noch in einer fremden Welt lebte, in der sie ihn nicht erreichen konnte.

Nach ein paar Minuten an der frischen Luft ging sie hinein und setzte sich zu Sean und ihrem Vater. Sie unterhielten sich noch eine halbe Stunde, größtenteils über die Natur und verschiedene Berge, die sie alle bestiegen hatten, dann brachen sie auf.

»Ich glaube, dein Vater mag mich.«

Taylor blieb stehen und wandte sich zu Sean um. »Das tut er. Und beim nächsten Mal wird er vergessen haben, wer du bist.«

»Das ist mir bewusst.« Seans Stimme war ruhig. »Dann stelle ich mich neu vor und wir haben jedes Mal interessante Gesprächsthemen.«

»Sean …« Taylor brach ab und atmete hart aus. »Ich kann das nicht.«

Verwundert sah er sie an. »Was?«

»Ich kann dir das nicht antun. Und ich kann nicht mit zu dir kommen zu deinem Leben. Mein Vater braucht mich hier. Solange er lebt, muss ich bei ihm bleiben.«

»Das ist mir bewusst.«

Ihre verzweifelte Wut richtete sich plötzlich gegen ihn. »Wie kannst du so ruhig bleiben?«

Sean kam langsam auf sie zu und umarmte sie. »Weil ich weiß, was ich will – und das bist du.«

»Aber … hast du nicht zugehört? Ich werde dein Leben nicht teilen können. Ich kann nicht verlangen, dass du dein Leben aufgibst, um bei mir zu bleiben.« Wenn es überhaupt das war, was er wollte.

»Das habe ich auch nie erwartet.«

Verzweifelt sah sie ihn an. »Ich verstehe dich nicht.«

»Nein, ganz offensichtlich nicht. Also versuche ich es ganz klar und deutlich zu sagen: Ich liebe dich, Taylor Wilson. Ich will mit dir zusammen sein. Da die Umstände dich hier halten, bin ich natürlich bereit, meinen Lebensmittelpunkt hierher zu verlegen. Ich brauche nicht in Denver zu leben, das kann ich genauso gut hier. Viele meiner Projekte führen mich sowieso ins Ausland. Natürlich ist es schade, dass ich meine Familie dann nicht mehr so oft und problemlos sehen kann wie bisher, aber dafür gibt es schließlich Flugzeuge.« Er atmete tief durch. »Also, was sagst du dazu?«

Taylor starrte ihn an. »Meinst du das ernst?«

»Todernst.«Unendliche Erleichterung breitete sich in ihr aus, der Druck in ihrem Brustkorb verschwand. »Du bist unglaublich.«

»Ich weiß. Es wäre trotzdem nett, wenn du mir einen Hinweis darauf gibst, ob ich mich gerade total zum Affen gemacht habe, weil du in mir nur eine heiße Affäre siehst.«

»Was? Nein!« Sie umarmte ihn so fest sie konnte. »Ich bin überglücklich! Seit Tagen grübele ich darüber nach und weiß nicht, was ich tun soll. Ich liebe dich auch, Sean. Natürlich will ich mit dir zusammen sein.« Sie küsste ihn mit all den Gefühlen, die in ihr tobten.

Sean löste sich nach einiger Zeit sanft von ihr. »Beim nächsten Mal rede einfach mit mir darüber, wenn dich etwas beschäftigt. Ich bin meist ein relativ vernünftiger Mensch.«

»Ich verspreche es.«

Sean lächelte sie an. »Gut. Wollen wir nach Hause?«

Nach Hause. Bei ihm klang es so wunderbar leicht. »Ja.«

Ende Juli erscheint das Finale der Montgomerys!

Band 1 der Montgomerys verpasst?

Christine Reynolds ist sich darüber im Klaren, dass ihre Beförderung zum Captain der Aurora Fire Station 7 für viel Zündstoff im Team sorgt. Schließlich sieht sich Montgomery als rechtmäßiger neuer Captain an, der bei den Beförderungen einfach übergangen wurde – ihretwegen. Umso schlimmer, dass Blake auch noch die Versuchung auf zwei Beinen ist, der Christine niemals nachgeben darf. Ganz egal, wie sexy die Begegnung unter der Dusche der Fire Station auch verlaufen ist. Doch wie genau soll sie sich eigentlich gegen Gefühle wehren? Gefühle, die bei einem beinahe tödlichen Einsatz vollkommen außer Kontrolle geraten. Gegen jede Vernunft bleibt Blake an Christines Seite, selbst als eine ernstzunehmende Bedrohung alles zu zerstören droht. Unwissend, dass er mit seinem Handeln alles nur noch viel schlimmer macht ...

Ebook bei Amazon, Taschenbuch überall erhältlich

Weitere Bände:
Montgomery 02: Riskante Rache, Montgomery 03: Fatale Jagd

Über Michelle Raven

Schon als Kind war ich ein Bücherwurm, deshalb schien der Beruf als Bibliotheksleiterin genau das Richtige für mich zu sein. Als ich alle (okay, nicht wirklich alle ...) Bücher gelesen hatte, begann ich, selbst für Nachschub zu sorgen. Und wurde zu einer der erfolgreichsten deutschen Autorinnen im Bereich Romantic Fantasy und Romantic Thrill. Bislang habe ich 53 Romane veröffentlicht, von denen einer auf der SPIEGEL-Bestsellerliste landete. 2008 erhielt ich die ‚DeLiA' für den besten deutschsprachigen Liebesroman. Wenn ich nicht vor dem Laptop sitze, erkunde ich gern den Westen der USA und hole mir dort Inspiration für meine Romane.

Sie finden mich auch auf folgenden Kanälen:
Website: https://www.michelleraven.de
E-Mail: info@michelleraven.de
Facebook: https://www.facebook.com/113429112103627/
Instagram: authormichelleraven

Ich freue mich darauf, Sie dort zu treffen!

Romane von Michelle Raven:

Lyons Ranch-Reihe:
1. Soul Deep
2. Wild Heat
3. Cold Fate
4. Torn Heart

The Riverside Club-Reihe:
1. Hüllenlos
2. Hilflos
3. Haltlos
4. Schuldlos

Crossroads-Reihe:
1. Ohne Gnade
2. Ohne Ausweg

Dyson-Dilogie:
1. Eine unheilvolle Begegnung
2. Verhängnisvolle Jagd

Ghostwalker-Reihe:
1. Die Spur der Katze
2. Pfad der Träume
3. Auf lautlosen Schwingen
4. Fluch der Wahrheit
5. Ruf der Erinnerung
6. Tag der Rache

Außerdem erhältlich:
Tödliche Verfolgung
Perfektion
Das Flüstern der Savanne
Fallen from Olymp (Novelle)

Hunter-Reihe:
1. Vertraute Gefahr
2. Riskante Nähe
3. Gefährliche Vergangenheit
4. Trügerisches Spiel
5. Späte Vergeltung
6. Ein letzter Funke Hoffnung
7. Tiefe Strömung (Novelle)

Montgomery-Reihe:
1. Tödliche Glut
2. Riskante Rache
3. Fatale Jagd
4. Düstere Last (erscheint 8/2023)

TURT/LE-Reihe:
1. Gefährlicher Einsatz
2. Riskantes Manöver
3. Geheime Mission
4. Brisanter Auftrag
4.5 Dunkle Hoffnung (Novelle)
5. Letzte Rettung
6. Tödliche Bedrohung

RIOS-Reihe:
1. Riskanter Verdacht
2. Brisante Wahrheit
3. Gefährliche Beute
4. Fatale Täuschung
5. Kalte Vergeltung

Love & Passion (erotische Novelle):
1. Verhängnisvolles Verlangen
2. Flammende Leidenschaft
3. Atemloses Begehren
4. Tiefe Sehnsucht

Romane von Hailey R. Cross:

Cougar Mountain-Reihe:
1. Cougar Mountain Troublemaker
2. Cougar Mountain Heartslayer
3. Cougar Mountain Warrior

Kriminalromane von Liv Sievers

Vanessa Lux-Reihe:
1. Lagerraum 113
2. Kältekammer

FSC
www.fsc.org
MIX
Papier | Fördert gute Waldnutzung
FSC® C083411

Zeitfracht Medien GmbH
Ferdinand-Jühlke-Straße 7
99095 Erfurt, Deutschland
produktsicherheit@kolibri360.de